Scarlet
스칼렛

www.bbulmedia.com

Scarlet
스칼렛
www.bbulmedia.com

꼭 안아 주세요

꼭 안아 주세요

김효원 장편 소설

Contents

1. 하얀 만남

휘리릭.

"설마……."

순식간에 몰아친 바람에 의해 하늘하늘 어깨춤을 추며 날아가는 하얀 것을 넋 놓고 보던 시현의 미간이 살포시 찌푸려졌다. 그것은 자신의 머리 위를 지나 조금씩 멀어지는가 싶더니 옆집 담장 너머로 완전히 모습을 감추었다.

설마 아니겠지. 제 예상이 틀리기를 바라는 마음으로 느리게 고개를 돌려 뒤를 본 그녀는 질끈 눈을 감고 말았다.

'이런. 하필이면…….'

왜 슬픈 예감은 틀린 적이 없나 하던 옛날 노래 가사가 절로 떠올랐다. 지금 상황과 딱 맞아떨어지는 내용에 한숨을 쉬기가 무섭게 들려오는 우렁찬 소리.

"으아앙!"

시현은 재빨리 품에 가득 안고 있던 잘 마른 옷가지를 바구니 안에 밀어 넣고 살짝 무릎을 구부린 채로 양팔을 벌렸다.

"이리 와."

다다다. 부르기를 기다렸다는 듯 달려와 가슴에 안기는 작은 몸뚱이를 시현이 부드럽게 달랬다.

"쉬이. 울지 마. 뚝."

"아아앙. 흐흑."

가현의 커다란 눈에 가득 고여 있는 눈물을 닦으며 시현은 다정한 미소를 지었다.

"그만. 그만 울어. 언니가 찾아 줄게."

"진짜? ……진짜로 찾아 줄 거야?"

그녀는 서럽게 훌쩍이면서도 확답을 받으려는 동생의 행동에 터지려는 웃음을 입속으로 감추고 진지한 얼굴로 고개를 끄덕였다.

"그럼. 진짜 찾아 주지. 언니가 언제 약속 안 지킨 적이 있었어?"

가슴을 크게 들썩이며 고개를 가로젓는 가현의 머리를 천천히 쓸어내렸다.

"집에 들어가서 세수하고 있어. 언닌 옆집에 다녀올게."

"꼭. 꼭 찾아와야 해."

재차 시현의 다짐을 받은 가현이 그제야 집 안으로 들어갔다. 동생이 현관문 너머로 완전히 모습을 감추자 그녀의 입에서 작은 한숨이 새어 나왔다.

"왜 하고 많은 것 중에서 하필 그거냐. 휴우."

나이 차이가 많이 나는 동생 가현이 가장 아끼는 흰색의 손수건. 가장자리가 화려한 레이스로 된 손수건은 한 달 전 동생 생일에 인형과 함께 선물 받은 것이었다.

가현이 마치 공주님이 된 것 같다며 머리에도 쓰고 목에도 두르며 좋아라 했던 것이 날아갔으니 어떻게든 찾아야만 했다.

시현이 걱정스러운 얼굴로 담 너머를 흘낏거리다 무거운 걸음으로 대문을 나섰다.

예전에 할머니 한 분이 손자와 살았다던 옆집은 늘 고즈넉했다. 할머니가 돌아가신 뒤로 전혀 인기척이 느껴지지 않을 만큼 조용했고, 어떤 때는 너무 조용해 으스스한 분위기를 낼 때도 있었다.

간혹 불이 켜지는 걸 보면 분명 사람이 살고 있는 것은 맞는데 왕래가 전혀 없다 보니 찾아가는 걸음이 절로 불편하기만 했다.

띠리리링. 띠리리링.

묵직하고 조금은 칙칙하게도 느껴지는 집 분위기와 사뭇 다른 경망스런 초인종 소리가 우스워 시현은 입술을 깨물었다. 자꾸만 삐져나오려는 웃음을 참고 다시 초인종을 눌렀지만 아무런 기척이 없었다.

난감함에 입술을 쭉 내밀어 한숨을 내쉰 시현은 옆집 대문에서 시선을 떼지 못하고 어렵게 걸음을 옮겼다.

가족이 모두 외출하고 아무도 없나? 가현이가 난리 칠 텐데…….

애교가 많은 늦둥이 동생은 가끔 고집을 부리곤 하는데 왠지 오늘은 이 사건으로 그 고집을 확인하게 될 것만 같았다.

"에휴."

시현은 떨어지지 않는 걸음을 겨우겨우 옮겨 가며 진득한 아쉬움을 옆집 대문에 잔뜩 묻혀 버렸다.

왜 하필 오늘 볕이 이리도 좋았던 걸까? 왜 그 햇살을 무시하지 못하고 빨래를 베란다 건조대가 아닌 이불을 널기 위해 걸어 놓은 줄에 너는 실수를 저질렀을까? 아니 왜 하필 그때 바람이 불어서 손수건이 날아가 버린 걸까? 수많은 이유를 대며 자책 모드에 들어선 시현이 대문을 열고 안으로 들어선 순간, 고개를 모로 돌렸다.

역시나.

반짝이는 별 수십 개를 박아 넣은 듯 보이는 가현의 초롱초롱한 눈망울이 그녀를 기다리고 있었다. 빠르게 시현의 양손을 확인한 가현의 얼굴이 조금씩 일그러지기 시작했다.

"옆집에 아무도 없나 봐. 초인종을 눌렀는데……."

말이 다 끝나기도 전에 가현의 울음보가 다시 터졌다. 시기적절하게 눈물을 이용할 줄 아는 영악한 아이라는 건 알고 있었지만 그때마다 난처해지는 건 어쩔 수 없었다.

"으아아앙. 약속했잖아, 찾아 준다고. 엉엉."

우는 중간에 따지는 것 또한 잊지 않는 가현이다.

"그래. 내일 다시 한 번 가 볼게. 오늘은 집에 사람이 없나 봐."

"아니야. 어엉……. 저긴 맨날 사람이 없어. 흐흐흡. 내 공주님 수건…… 멀리멀리 도망가면 어떡해. 으앙!"

시현은 숨이 넘어갈 정도로 울면서 제 할 말은 다 하는 동생을 보다가 고개를 들어 서서히 해가 기우는 하늘을 응시하며 한숨을 내쉬었다.

"알았어. 그만 울어. 찾아올게."

어쩌겠는가. 동생을 저리 만든 원인 중의 하나가 자신인 것을……. 자신이 18살 때 태어난 동생이 너무 예뻐서 무조건 잘한다, 예쁘다 했던 결과의 산물로 이제 6살이 된 가현은 고집과 애교를 병행해 가며 사람의 혼을 쏙 빼놓는 아기 여우가 되어 버렸다.

잠시 모습을 감추었던 시현이 사다리를 들고 나타나자 일부러 눈물을 닦지 않고 애처로운 모습을 연출하고 있던 가현이 다시금 눈을 반짝였다. 재빠르게 눈물을 닦아 낸 동생이 호기심 어린 눈으로 물었다.

"옆집으로 갈 거야?"

"그래."

"가현이도 가도 돼?"

"안 돼. 너무 위험해. 꿈도 꾸지 마."

"치이. ……알았어."

역시 정도를 아는 가현이었다. 얼마만큼 해야 말발이 먹히는지 알고 본능적으로 수위를 조절했다.

두 집을 가로지르는 담벼락은 그리 높지 않았지만 그렇다고 시현의 손이 닿을 정도도 아니었다. 사다리를 벽에 기대 놓고 크게 심호흡을 한 시현이 용감하게 사다리에 한 발을 올렸다.

땅에서 두 발이 떨어지기가 무섭게 심장이 떨려 왔다. 너무 긴장한 나머지 사다리가 흔들리는 느낌에 잠시 숨을 고르며 입술을 축였다.

'내가 지금 뭐 하는 짓이니.'

자신의 꼴에 절로 한숨이 터져 나왔다.

비정상적으로 뛰는 심장으로 인해 절로 입안이 마르고 손이 부들부들 떨려 왔다. 마치 도둑이 된 느낌에 더 이상 발이 떼어지지가 않았다. 이리 겁이 나고 긴장이 되는데 진짜 남의 집을 터는 사람들은 꽤나 강심장일 게 분명하다는 쓸데없는 생각까지 하며 숨을 골랐다.

이제라도 그만둘까? 호기롭게 큰소리를 땅땅 치긴 했는데 점점 자신감이 옅어졌다. 당장이라도 누군가 튀어나오면 어쩌지? 그저 저 요망한 손수건 하나를 주우러 왔다는 걸 믿지 않고 오해라도 하면……. 생각만으로도 끔찍했다.

시현은 느리게 고개를 돌려 사다리 두 칸 아래에 있는 동생을 쳐다보았다.

마치 어려움에 처한 공주를 구해 낼 왕자님을 보는 듯한 강렬하고 기대 어린 시선이 그대로 그녀에게 날아와 꽂혔다.

꼭 해야 하는구나.

눈을 질끈 감았다 뜬 시현이 다시 크게 숨을 몰아쉬고 떨어지지 않으려는 발을 억지로 떼어 한 칸 위로 올라섰다.

그렇게 천천히 한 발 한 발을 옮겨 마침내 그녀의 새까만 머리가 담장 위로 삐죽하게 솟아올랐다.

있다.

눈이 부신 흰빛을 내는 레이스 덩어리가 옆집 정원 한가운데 요요히 앉아 시현을 유혹했다.

'나 여기 있어. 어서 와서 데려가.'

귓가에 환청을 매단 채로 마른침을 꿀꺽 삼킨 시현이 눈동자를 굴려 고풍스런 외관의 집을 흘끔거렸다. 인기척이 전혀 없는 걸 보니 아마 사람이 없는 게 맞나 보다.

길고 긴 시간이 지나고 마침내 시현이 담벼락 위에 주저앉았다. 여전히 옆집은 고요 속에 파묻혀 있었다. 작은 소음도 들리지 않는 완전한 정적.

자포자기한 마음 조금과 옆집에 아무도 없는 것이 확실하다는 약간의 안도감이 더해져 용기가 살짝 생겨났다.

다시 한 번 옆집을 세세히 살핀 시현은 자신이 밟고 올라온 사다리를 힘주어 당겨 올려 옆집 마당으로 내려놓았다. 거의 끌다시피 했지만 단단한 땅에 무사히 다리를 내린 사다리를 확인하고 가현을 향해 손을 불끈 쥐어 파이팅을 외쳤다.

환한 웃음과 더불어 신이 나서 깍깍대는 가현의 응원을 뒤로하고 제 목표물을 향해 몸을 틀었다.

두 발이 다시 땅에 닿자 마음에 조금의 여유가 생긴 시현은 집에서 인기척이 나는지 다시 한 번 확인한 뒤 호기심 어린 눈으로 주위를 둘러보았다.

깨끗했다. 관리가 잘 된 정원은 휴지 조각 하나 찾아볼 수 없을 만큼 정갈했고 조화롭게 심어진 나무들도 하나같이 건강하게 자라고 있었다.

이리저리 둘러보느라 열심히 눈동자를 굴리는 시현의 시선 끝에 정원 한쪽에 심어진 탐스러운 붉은 장미가 들어왔다. 그 강렬한 색상에 그녀는 홀린 듯 그리로 향했다.

잡티 하나 없는 붉은색이 너무 고와 절로 탄성이 흘러나왔다.

"진짜 예쁘다."

고고한 6월의 장미는 꽃잎 하나하나에 윤기가 좌르르 흘러 무척이나 곱고 예뻤다. 그 부드러운 느낌이 좋아 조심스레 꽃잎을 쓸던 시현의 입가에 걸린 미소가 더욱 진해졌다.

"언니. 찾았어? ……언니이."

"아참."

애타는 가현의 목소리에 정신을 차린 시현이 깜짝 놀라 제 머리를 콩 하고 쥐어박았다. 잊을 게 따로 있지. 남의 집에 몰래 들어와서 지금 뭐 하는 짓인지……. 여유만만한 자신의 행동에 기막혀 하며 서둘러 손수건이 있는 정원 중앙으로 가볍게 걸음을 옮겼다.

생기 넘치는 초록색 잔디 위에 살포시 내려앉은 손수건을 집기 위해 시현이 몸을 숙였다.

"누구십니까?"

"으악."

갑자기 들려온 목소리에 깜짝 놀란 시현이 비명을 내지르며 자리에 주저앉았다. 아무도 없었는데. 분명 조금 전까지 그 어떤 기척도 느낄 수 없었는데…….

너무 놀란 심장이 미친 듯이 요동쳤다.

슬쩍 고개를 드니 진한 남색 슈트를 멋들어지게 차려입은 남자가 양손을 바지 주머니에 꽂고 그녀를 내려다보고 있었다. 한쪽 눈썹을 위로 치켜 올린 남자는 눈으로 묻고 있었다. 당신 누구냐고. 여기서 뭘 하는 거냐고.

잠시 시현을 쳐다보던 남자의 시선이 집 쪽으로 향했다.

"아는 사람이야?"

누구를 향해 하는 말일까? 저를 향한 것이 아님을 분명히 인지한 시현이 남자의 시선을 따라 느리게 고개를 돌렸다.

"으헉."

"풋."

여리게 보이는 외모와 어울리지 않는 굵직한 신음이 시현에게서 나오기가 무섭게 남자의 입에서 웃음이 터졌다. 주먹을 쥔 손으로 입을 막는 걸 보니 제 모습이 꽤나 우습게 보이는 것이 확실했다.

언제부터였을까? 틀림없이 아무도 없는 걸 확인했는데…….

집 현관 근처 그늘진 곳에 누군가 앉아 있었다. 잔뜩 가시를 세운 고슴도치처럼 웅크리고 앉아 길고 삐죽삐죽한 머리카락 사이로 그녀를 보고 있었다.

멀리 떨어져 있는데도 불구하고 날카로운 기운이 그녀의 전신에 내리꽂혔다. 저렇게 시린 시선을 전혀 느끼지 못했다니, 제 무딘 신경이 오늘처럼 원망스러웠던 적이 없었다.

"저…… 저 그러니까…… 제가요."

뭔가 변명이라도 해야 하는데 쉽게 입이 열리지 않았다. 무섭게 두방망이질 치는 심장도 감당이 안 되었고 저를 향한 뾰족한 시선으로 인해 두려움이 가중돼 입을 열기가 더욱 어려웠다. 구명줄을 찾듯 불안하게 흔들리던 시현의 시선이 한 곳에 가서 멎었다.

"?"

"이…… 이, 이거 가지러 왔어요."

시현의 손가락이 발 옆에 떨어져 있는 손수건을 겨우겨우 가리켰다.

"이거?"

그녀의 곁에 있던 남자가 느리게 한 손을 주머니에서 꺼내 손수건을 집어 들었다. 그의 행동을 눈으로 좇던 시현은 격렬하게 고개를 끄덕이며 마른 입술을 축였다.

"옆집에 사는데요. 이게 이리로 날아와서……. 초인종을 눌렀는데 아무 소리도 안 나서, 사람이 없는 줄 알고……."

"아하."

남자의 시선이 시현과 손수건을 번갈아 보다 담벼락에 기대어진 사다리에 가서 멎었다.

"그래서 저걸 이용해서 이리 넘어오셨다?"

"네에."

기어들어 가는 소리로 작게 대답한 시현이 슬며시 고개를 숙이고 눈을 질끈 감았다.

딱 걸렸다. 세상엔 완전 범죄는 없는 건가? 오자마자 손수건만 들고 나갔어야 했다. 어쩌자고 정원을 둘러보는 미련한 짓을 저질렀는지……. 오늘 일진이 정말로 사나웠다.

"그래요? ……헌데, 주인의 허락도 없이 남의 집에 함부로 들어오는 게 범죄라는 것 정도는 알죠?"

끄덕끄덕.

"하아, 이걸 어쩐다."

"자, 잘못했어요."

심각하게 들리는 남자의 음성에 시현은 어쩔 줄 몰라 하며 빠르게 사과의 말을 뱉었다. 하지만 그의 시선은 그녀에게 닿아 있지 않았다. 집 쪽에 고정되어 있는 그의 시선이 의미심장하게 반짝였다.

'뭐지?'

두려움을 느끼기가 무섭게 남자의 입이 열렸다.

"전화번호."

"네?"

"아가씨 전화번호 대라고."

"왜? 왜요?"

시현의 경악에 찬 물음에 남자의 시선이 그제야 그녀에게로 향했다.

"설마 몰라서 묻는 건 아니죠?"

"……."

"헛. 진짜 대책 없는 아가씨네."

그는 혼잣말을 중얼거리며 커다란 눈을 끔벅이고 있는 시현의 앞에 쪼그리고 앉았다. 그리고 그 요물단지인 하얀색 손수건을 천천히 눈앞에 흔들며 입을 뗐다.

"지금 아가씨가 얼마나 큰 범죄를 저질렀는지 알아요? 주거침입. 이거 아주 큰 죄예요. 그런데 내가 그냥 이대로 넘어갈 거라 생각해요?"

시현은 난감함에 입술을 깨물었다.

"옆집인데……."

이웃끼리 너무 야박한 것이 아니냐는 말을 하고 싶었지만 차마 하지 못했다. 슬쩍 치켜 올라가는 남자의 눈썹 아래가 너무나 날카로워 그녀의 말문을 닫게 만들었다.

"지금은 내가 좀 바쁘니까 연락처 줘요. 어떻게 할지 생각해 보고 전화할 테니……. 참고로 지금까지 아가씨가 한 행동은 다 녹화되어 있다는 거 잊지 말고. 요즘은 CCTV가 참 성능이 좋아요. 알죠? 화질도 좋고."

그는 네가 한 행동이 증거로 남아 있으니 나중에 발뺌하지 말라는 말을 우회적으로, 그러나 아주 확실한 방법으로 각인시켰다.

시현이 울상을 지으며 번호를 부르자 그가 자신의 휴대전화를 꺼내 들었다.

"휴대폰 번호."

"집 전화."

"이름."

자신의 물음에 성실하게 답변하는 시현을 보며 만족스런 미소를 지은 남자가 느리게 손수건을 내밀었다.

"그럼, 다음에 또 봐요. 시현 씨."

"네."

시현은 두 손으로 손수건을 곱게 받아 들고 터덜터덜 걸음을 옮겼다. 절로 어깨가 처지고 걸음걸이가 느려졌다. 커다랗고 무거운 추를 매단 사람처럼 마지못해 한 발 한 발을 떼었다.

'이게 다 이것 탓이야.'

시현은 손에 들린 화려한 레이스 덩어리를 원망스러운 눈으로 쏘아보았다. 그러다 이내 풀이 죽어 고개를 푹 숙여 버렸다.

'난 이제 죽었다. 어쩌지?'

임용고시를 준비 중이었는데 범죄자가 되면 자신이 그렇게 원하고 바라던 선생님은 물 건너가게 되는 건가 싶어 눈앞이 깜깜했다.

"풋."

종혁의 눈이 커다랗게 열리고 웃음이 터졌다. 처음 마주했을 때부터 꽤나 시선을 잡아끌던 아가씨는 끝까지 기대를 저버리지 않았다.

시현은 아주 곤란한 표정으로 떨어지지 않는 걸음을 걷는 사람처럼 느리게 발을 옮기며 연신 입술을 달싹여 무슨 말인가를 중얼거렸다. 그녀가 걸어가는 방향이 조금 이상타 싶어 계속 주시하던 그가 손등으로 입을 막아 웃음을 참았다.

멀쩡한 대문을 놔두고 사다리 앞으로 다가간 그녀가 크게 심호흡을 하고 한 칸 한 칸 조심스럽게 사다리를 타고 올라갔다. 담 위까지 올라간 그녀가 아래를 내려다보고는 누군가에게 손수건을 건네더니 낑낑거리며 사다리를 끌어 올려 다시 반대편으로 넘어가는 것이었다.

"뭘 저렇게 힘들게 갈까?"

피식.

그때, 집 쪽에서 바람 빠지는 듯한 웃음소리가 들렸다. 틀림없이 웃었다. 손으로 입을 막아 웃음을 참고 있던 종혁의 눈이 기대감으로 활짝 열렸다.

역시 잘못 본 것이 아니었다. 명백한 호기심이다.

주변 것들에 아무런 관심이 없는 녀석이었다. 더더구나 타인을 경계하고 멀리하는 녀석이 시현이 정원을 휘젓고 다니는 것을 내

버려 두었다는 것이 놀라웠다. 그다음으로 시현과 자신이 이야기를 하는 내내 한시도 눈을 떼지 않고 두 사람을 쳐다보고 있었다는 것. 마지막으로 감정 표현이 전혀 없던 녀석이 잠시지만 웃었다는 사실.

심장이 뛰었다. 어떤 기대감이 스멀스멀 차오르는 느낌에 심장이 터질 것만 같았다.

"사장님."

뒤에서 그를 부르는 소리에 종혁은 슬쩍 고개를 돌렸다.

임 비서 뒤에는 일주일에 두 번 집안을 청소하고 음식을 만들어 주는 도우미 두 명과 정원을 손봐 주는 중년의 남자가 그의 지시를 기다리고 있는 것이 보였다.

"일 보세요."

그의 말이 떨어지자 두 명의 도우미가 집으로 향했다. 그리고 현관으로 가는 계단 아래 그늘진 구석에서 동생 세강이 경계 어린 눈으로 그들을 응시하다 이내 고개를 돌리는 것을 똑똑히 보았다.

완벽한 거부. 조금 전 시현을 보고 있었을 때와 너무 상반된 반응에 그는 희열을 느꼈다.

가능성이 보였다. 이것을 어떻게 이용해야 할지 생각하는 종혁의 머리가 빠르게 회전하기 시작했다.

❀

세강은 여느 때처럼 2층 거실의 구석진 그늘에서 밝은 햇살이 조금씩 사라지는 것을 멍하니 바라보았다. 어제와 조금도 다를 것이 없는 일상이 또 저물어 간다.

그는 눈동자만 굴려 시간을 확인했다. 조금 있으면 형이 도착할 시간이다.

일주일에 두 번, 화요일과 금요일 오후에 도우미를 대동하고 들이닥치는 형이 못마땅했다. 싫다고 말을 해도 집안을 돼지우리로 만들 수 없다는 이유로 형은 고집을 부렸다. 딱히 어지르는 것도 없는데……. 사실 형의 의도를 모르는 것은 아니었지만 그래도 싫은 건 싫은 거다.

집 안에 자신이 아닌 다른 사람이 있는 것이 견딜 수가 없었다. 동정 어린 시선이 싫었고 가식적으로 지껄여 대는 위로의 말도 듣고 싶지 않았다. 그렇게 세상의 소리에 귀를 닫고 타인의 얼굴을 외면한 채로 살아온 것이 10년이 훌쩍 넘었다.

"?"

나비? 아니다. 저렇게 큰 나비는 있을 수가 없다.

어디서 날아왔는지 크고 하얀 것이 나풀거리며 정원 한가운데에 조심스레 내려앉았다. 태양의 기운을 잔뜩 머금은 그것은 눈이 부실 만큼 하얀 빛을 내며 그의 시선을 잡아끌었다.

종이? 천? 저것의 정체는 뭘까?

기억나지 않는 까마득한 예전에 가져 보았던 호기심이 솟아났지만 그 사실을 알아채지 못했다.

삐리리링. 삐리리링.

초인종이 울린다.

자신의 집에 초인종이 울릴 일이 있던가?

세강은 천천히 몸을 일으켜 아래층으로 향했다. 잠시 시간을 두고 다시 울린 초인종 소리에 인터폰 앞에 선 그가 늘어진 머리카락 사이로 화면을 응시했다.

누구지? ……웃어?

뭐가 그리 즐거운지 입술을 삐죽이며 웃음을 참는 낯선 여자를 홀린 듯 바라보았다.

또렷하지 않은 흑백 화면 안에 커다란 눈을 깜박이며 있던 여자가 다시 초인종을 눌렀다. 입술을 깨물며 또다시 벌어지려는 입매를 단속하던 여자가 난감한 얼굴로 있다가 화면에서 서서히 멀어져 갔다.

뭘 기다리고 있지? 이미 까맣게 변해 버린 화면을 응시하며 한참을 서 있던 세강이 쓴웃음을 지으며 거실 창 앞으로 자리를 옮겼다.

"?"

밖에선 안이 보이지 않는 반사유리로 된 창을 통해 눈이 부실 정도로 흰빛을 내고 있는 것을 바라보았다. 넓은 초록의 잔디 위에 자리 잡고 있는 하얀 덩어리. 초인종이 울리기 전에 넋을 놓고 보고 있던 것.

그는 그 이질적인 것을 뚫어질 듯 응시했다. 이유도 모르고 그저 그래야만 한다는 어떤 강박관념에 사로잡힌 것처럼 눈을 돌리지 않았다.

"하아."

눈을 덮고 흘러내린 머리카락 사이로 그의 눈동자가 날카로운 빛을 띠었다. 그리고 그 뒤를 이어 신음 섞인 실소가 터져 나왔다. 그는 자신의 눈앞에 펼쳐지는 일이 믿기지 않았다.

옆집과 경계를 이루고 있는 담벼락 위에 까만 머리가 삐죽하게 튀어나오더니 이내 그 위에 걸터앉는 여자가 보였다. 낑낑거리며 무언가를 끌어당기는 모습에 그의 미간도 함께 찌푸려졌다.

'사다리?'

옆집에서 건너온 사다리가 그의 집 정원에 단단히 자리를 잡은 걸 확인한 여자가 천천히 몸을 돌렸다.

두근두근.

반바지를 입은 여자의 희고 가느다란 다리가 위태롭게 뻗어 나왔다. 세강은 저도 모르게 숨을 멈추고 그녀의 행동을 주시했다. 아차 하면 떨어질지도 모른다는 아슬아슬함을 느끼며 조금씩 가쁜 숨을 뱉어 내었다.

안도의 숨을 내쉬기가 바쁘게 그는 또다시 숨을 멈췄다.

땅에 발이 닿은 여자의 시선이 곧장 집으로 향했다. 커다란 창을 통해 그녀와 시선이 마주친 세강은 말로 표현할 수 없는 오묘한 느낌에 고개를 모로 기울였다.

경계심 가득한 눈으로 정원을 둘러보던 여자가 배시시 미소를 지으며 걸음을 옮겼다. 날듯 가볍고 경쾌한 움직임에 세강은 저도 모르게 현관문을 열고 밖으로 향했다. 그리고 형이 끌고 온 도우미들이 청소와 빨래, 음식을 만든다고 법석을 떠는 집을 피해 나와 있곤 하던 계단 아래 그늘진 곳에 자리를 잡고 앉았다.

몸을 웅크려 무릎을 세우고 그 위에 팔을 얹었다. 시선은 낯선 여자에게 고정한 채로 그는 턱을 그 위에 올렸다. 아직까지 여자는 그가 밖으로 나온 것을 눈치채지 못하고 장미에 눈이 팔려 있었다.

눈을 뗄 수가 없었다. 그는 여자의 행동 하나하나를 놓칠세라 눈도 깜빡이지 않았다.

제 머리를 콩 하고 쥐어박은 여자가 꽃에서 몸을 돌려 정원 한 가운데에 놓인 흰 것을 향해 걸음을 옮기는 것과 동시에 대문이 열리고 형의 모습이 보였다.

"아는 사람이야?"

형의 물음에 그는 아무런 대꾸를 하지 않았다. 그저 뚫어질 듯 여자를 바라보기만 했다.

놀라긴…….

종혁의 시선을 좇아 제게 눈이 닿은 여자의 입에서 괴상한 소리가 새어 나왔지만 그는 꼼짝도 하지 않았다.

시간이 지남에 따라 두 가지 이유로 못마땅함을 느낀 세강의 미간이 좁혀지고 무릎 위에 올려놓은 주먹에 절로 힘이 들어갔다.

첫째는 뒤에서 갑자기 들려온 말소리에 엉덩방아를 찧듯 주저앉은 여자 앞에 쪼그리듯 앉아 오래도록 이야기를 하며 자신을 흘끔거리는 형이 거슬렸고, 두 번째는 반바지를 입은 여자의 하얗고 매끄러운 다리가 형 앞에 고스란히 드러나 있다는 것이 마음에 들지 않아 더욱 인상을 썼다.

피식.

우스웠다. 당장이라도 울 것 같은 얼굴로 사다리를 오르는 여자의 모습이 자꾸만 떠올랐다. 활짝 열린 대문으로 나가도 됐으련만 미련스럽게 자신이 왔던 길을 고집하는 모습이 의외였다. 생각지도 못한 뒤통수를 얻어맞은 기분이랄까?

그녀가 얼굴이 빨개지도록 사다리를 당겨 올릴 때는 저도 모르게 손에 힘이 들어갔다. 뭐가 그리 재미있는지 형은 입만 삐죽이며 웃음을 참을 뿐 여자를 도와줄 생각조차 하지 않았다.

서서히 형의 시선이 자신에게 닿았다. 무언가를 생각하는 모습에 그의 눈매가 가늘어졌다. 또 무슨 일을 벌이려고…….

그때 집안일을 해 주는 도우미 둘이 그의 곁을 지났지만 그들의 시선을 외면했다. 그를 본 사람들의 반응은 두 가지로 나뉘었다. 마치 '넌 세상에 쓸모없는 한심한 인간이야' 라는 말을 하고픈 시선으로 우월감에 빠져 있는 사람과 넘쳐 나는 동정심을 주체하지 못하고 그를 구원해야 한다는 사명감에 젖어 있는 사람으로 말이다.

세상은 그 어떤 것도 원하지 않았다. 그저 그를 가만히 내버려 두는 것. 그것 하나만을 바랄 뿐이었다.

2. 혹시나 했더니 역시나

시현은 조용히 휴대폰을 내려놓으며 거울에 비친 제 모습을 멍하니 응시했다.

"차라리 잘됐어."

피가 마르는 날이 며칠이었던가. 전화가 언제 올지 몰라 전전긍긍하며 하루하루를 보냈다. 당장이라도 옆집을 찾아가 사람 애간장 그만 태우고 어떻게 할 건지 말하라고 따질까 싶다가도 휴대폰이 울리면 깜짝깜짝 놀라는 날이 연속이었다.

그런데 지금, 드디어 연락이 왔다. 지난 금요일, 옆집에 몰래 들어간 뒤로 나흘 만이었다.

시현은 잠도 제대로 못 자고 먹는 것도 부실해 퀭해진 얼굴로 땅이 꺼질 듯 한숨을 내쉬었다. 집 근처 커피숍에서 보자는 연락에 무섭게 뛰는 심장을 지그시 눌렀다.

'에잇, 원수 같은 손수건. 하필 그리 떨어져서…….'

아무리 원망의 말을 뱉어도 사다리를 대 놓고 옆집으로 건너간 것이 제 잘못이라는 사실엔 변함이 없었다. 어쩌자고 그렇게 통 큰 짓을 저질렀을까? 무슨 배짱으로……. 꼭 무엇에 홀린 것처럼, 사다리를 타고 남의 집 담을 넘을 생각을 했다는 게 믿기지 않았다.

무슨 얘길 하려는 걸까? 이제 와서 경찰에 신고한다거나 보상을 원하거나 하진 않겠지? 그의 차림을 보면 돈이 궁할 것 같진 않던데……. 아무리 머리를 쥐어뜯어도 감이 잡히지 않는다.

"나가 보면 알겠지."

거울 속 제 모습을 시무룩하게 쳐다보던 시현의 눈이 순식간에 반짝였다. 제 운명이 어떻게 될지 현재로서는 정해진 것이 없었다. 고로 뭐든 해야 했다. 제가 살려면.

시현은 화장대 위에 있던 콤팩트를 집어 들고 퍼프에 파우더를 살짝 묻혀 입술 위에 가져다 대었다. 파리한 안색에 본래 색을 잃고 허옇게 쩍쩍 갈라진 입술까지. 모든 것이 완벽했다.

"이러면 조금은 불쌍하게 봐 주겠지. 암만 그래도 이웃사촌인데……. 뭐, 사실 그 집에 딱히 피해를 준 것도 없잖아."

신고를 하려고 했으면 벌써 했을 것이다. 지금까지 조용한 걸 보면 그냥 넘어갈 수도 있을 것만 같았다. 작은 희망을 품은 시현이 시계를 확인하고 덜덜 떨리는 주먹을 꽉 움켜쥐고 방을 나섰다.

시현은 집으로 들어서는 골목 입구에 있는 아담한 커피숍의 문을 슬그머니 열고 안을 살폈다.

"휴우, 아직 안 왔네."

켕기는 것이 있는 시현이 약속 시간보다 일찍 커피숍에 도착해 자리를 잡고 앉아 심호흡을 했다. 차가운 얼음물을 한가득 들이켠 그녀가 출입구를 흘끔 쳐다보다 작은 손거울을 꺼내 들었다.

"어휴, 이 얼굴 하얗게 질린 것 좀 봐."

시현은 불편한 심기가 고스란히 드러난 자신의 허연 얼굴을 안쓰럽게 매만졌다.

"후아. 후아."

아무리 심호흡을 해도 떨리는 심장이 쉽사리 가라앉지 않았다.

시간이 조금 더 지나자 그녀의 흔들리는 눈동자가 출입문에 딱 고정되었다. 차가운 물을 삼켜도 연신 입속이 바짝 말랐다.

'어떻게 해야 하지? 그냥 나 죽었소, 하고 납작 엎드려 무조건 용서해 달라고 빌어야 하나? 아님 허락 없이 그곳에 간 것은 잘못이다. 하지만 딱히 피해를 입은 건 아니지 않냐? 하고 조목조목 따져야 하나?'

이리저리 머리를 굴려도 상대방이 어떻게 나올지를 모르는 상황에서 해답은 나오지 않았다. 아랫입술을 삐죽 내밀어 신경질적으로 앞 머리카락을 불어 올리던 시현의 동공이 크게 열리고 그대로 얼음이 돼 버렸다.

왔다. 마른침을 삼킨 시현이 점점 거리를 좁혀 제게 다가오는 남자를 뚫어지게 바라보았다.

"일찍 왔네요."

손목시계를 확인한 남자가 다정하게 웃으며 말을 걸었다.

"네."

"뭐 시켰어요?"

"아, 아뇨."

"뭐 마실래요?"

시현은 지금 내가 목구멍에 뭔가를 집어넣게 생겼냐고 그에게 따지고 싶었다. 그나마 속이 바짝바짝 마르지 않았다면 얼음물조차 마시지 않았을 거다. 그녀는 원망을 밑바닥에 깐 복잡한 눈으로 슬쩍 그를 노려보았다.

"아무래도 시원한 게 좋겠죠?"

끄덕끄덕. 그녀는 남자의 의도를 파악하기 위해 그를 훑어보며 건성으로 고개를 끄덕였다.

"참 오랜만이네. 커피 주문하는 거."

싱긋 웃은 남자가 긴 다리를 이용해서 성큼성큼 카운터로 향했다. 잠시 뒤 진동벨을 손에 든 남자가 시현의 앞자리에 털썩 주저앉았다.

"잘 지냈어요?"

남자의 물음에 시현은 뜨악한 얼굴을 했다. 살짝 일그러지는 그녀의 미간을 본 남자가 또 환한 미소를 지었다.

'이 사람이 뭘 잘못 먹었나?'

눈앞의 남자가 며칠 전 딱딱하기 그지없던 사람과 동일인물인지 의심스러웠다. 경계심을 품은 눈동자를 또르르 굴리던 시현이 눈을 가늘게 떴다.

"저, 그렇게 나쁜 사람은 아닙니다."

그는 시현의 따가운 시선을 즐기는 듯 싱긋 미소를 지으며 입을 열었다. 그리고 품에서 꺼낸 명함 한 장을 테이블에 올려 두고 그녀가 잘 볼 수 있도록 앞으로 슬쩍 밀기까지 했다.

화승해운 대표 윤종혁.

"에?"

놀라 눈이 휘둥그레진 그녀를 두고 종혁이 주문한 음료를 가지러 자리에서 일어났다.

시현은 검은 종이에 은빛으로 인쇄된 글씨를 뚫어져라 바라보았다. 저 사람이 화승해운 대표라고? 화승해운이라면 유조선과 컨테이너선 등을 보유한 국내 선복량 1위의 대기업이었다. 유통과 물류의 최고봉. 우리나라 사람이라면 누구나 알 만한 그 회사 대표라고? 나이도 많아 보이지 않는데……. 믿을 수가 없었다.

'사기꾼 아냐? 명함이야 얼마든지 만들 수가 있잖아.'

그렇게 큰 회사 대표가 이 동네에 모습을 보일 이유가 뭐야? 그러다 나흘 전 잠깐 본 옆집 사람을 떠올린 시현은 부르르 몸서리를 쳤다.

어두운 그늘 아래 잔뜩 웅크리고 있는 사람은 남잔지 여잔지 구분이 되지 않았다. 기다랗고 삐죽삐죽한 머리카락은 제대로 손질한 흔적조차 찾아볼 수 없을 만큼 엉망이었다. 그런 놀라운 겉모습과 다른 형형한 눈빛에 숨이 막혔던 기억이 나자 시현은 급하게 숨을 들이켰다.

어떤 관계지? 옆집이 작거나 허름한 것은 아니었지만 그다지 멋들어진 집도 아닌데…….

"자, 마셔요."

그는 쟁반 위의 딸기 스무디를 그녀 쪽으로 밀어 주고는 말없이 자신의 커피를 마셨다.

'내가 애야? 웬 스무디?'

시현은 속으로 구시렁거리며 맞은편에 앉아 있는 종혁을 샅샅이 살폈다. 깔끔하게 정리된 헤어스타일, 몸에 꼭 맞는 슈트는 그냥 보기에도 꽤 고급스러웠다.

"저기요."

자신을 바라보는 눈길을 거두지 않으면서도 쉽게 입을 열지 않는 종혁을 빤히 쳐다보며 시현이 먼저 말을 걸었다.

"오늘 보자고 하신 이유가 뭐예요? ……아니, 그날 일은 어떻게 하실 생각이세요?"

인내심이 바닥난 시현은 조급증을 느끼며 그의 답을 기다렸다. 눈앞의 남자의 직업이 무엇인지는 중요하지 않았다. 그저 무단으로 남의 집에 들어간 사건을 어찌 처리할 생각인지 알고 싶을 뿐이었다.

"훗, 신경 쓰였어요?"

느긋하게 팔짱을 낀 종혁이 시현의 시선을 맞받아치며 물었다.

뭐라? 잠도 못 자고 제대로 먹지도 못한 며칠이었다. 물론 공부도 제대로 하지 못했다. 그렇게 억울하고 불안한 나흘을 보냈는데 고작 한다는 말이 신경 쓰였냐고?

"당연한 거 아닌가요?"

시현은 심술이 났다는 것을 숨기지 않고 불퉁하게 대답했다.

종혁은 갸름한 얼굴의 많은 부분을 차지하고 있는 시현의 커다란 눈매가 빠르게 일그러지는 것을 물끄러미 바라보았다. 참 솔직한 아가씨였다. 제가 느끼는 감정이 고스란히 얼굴에 드러나는 순진하고 밝은 사람.

그는 오늘 자신의 선택이 어떤 결과를 초래할지 몹시 궁금했다. 큰 욕심은 없었다. 그저 지금의 삶에 약간의 변화라도 생기길 바라는 간절한 마음뿐이었다.

생각이 많은 머릿속이 복잡하고 혼란스러웠지만 겉으로는 여유로움을 버리지 않은 채로 입을 열었다.

"민시현. 24살. 올해 한국대 사범대 수학교육과 졸업. 현재 중등임용고시 준비 중. 가족으로는 원사를 제조하는 중소기업을 운영하고 있는 부친과 가정주부이신 모친, 그리고 18살 차이가 나는 6살 동생 한 명. 맞죠?"

"지금 뭐 하신 거예요?"

종혁이 줄줄이 읊어 대는 신상정보에 시현이 화들짝 놀라며 새된 목소리를 내었다.

"내 집에 무단으로 침입한 사람이 누군지 궁금해서 조금 알아봤어요."

"그래도 이건 아니죠. 개인신상정보를 그렇게 마음대로……."

"민시현 씨. 아르바이트 안 할래요?"

따지려는 시현의 말을 자르고 종혁이 진지하게 물었다.

"네에?"

"오후 12시부터 6시까지 하루 여섯 시간. 월 3백. 주 5일."

"……."

고집스레 입을 다문 시현의 눈동자가 좌우로 느리게 움직였다. 생각보다 좋은 조건에 구미가 당기는 듯했으나 섣불리 승낙의 말을 꺼내진 않았다.

'꽤 신중한 면도 있군.'

"딱히 힘든 일은 없어요. 시현 씨는 그저 시현 씨 공부 하다가 점심하고 저녁 식사 정도 챙겨 주면 돼요. 청소와 집안일은 일주일에 두 번 도우미가 방문할 거고, 그 사람들이 방문하면 문을 열어 주는 정도만 하면 되는데, 어때요?"

"……?"

시현은 설마 하는 마음으로 호기심 어린 시선을 던졌다.

"며칠 전에 봤죠? 시현 씨 옆집에 사는…… 제 동생입니다."

"헉."

역시나다. 시현은 그의 말이 끝나기가 무섭게 고개를 절레절레 흔들었다. 자신을 쳐다보던 날카로운 눈빛에 숨이 콱 막혔던 것이 생생하게 떠올라 저도 모르게 그런 행동이 나왔다.

"시현 씨가 꼭 좀 해 줬으면 해요. 이건 부탁입니다."

자세를 바로 한 종혁의 진중한 음성에 시현은 입술을 깨물었다.

"왜 제게 그런 부탁을 하시는 거예요?"

"기회라고 생각했어요. 그 애가 사람답게 살 수 있는 마지막 기회."

그녀는 쉽게 입을 열지 못하고 눈만 깜박였다. 그가 한 말의 의미가 무겁게 느껴져 쉽게 입이 떨어지지 않았다.

"괜한 선입견을 갖지 않길 바라니까 다른 건 말하지 않을게요. 오랫동안 누구에게도 관심을 보이지 않았는데 처음으로 호기심을 드러냈어요. 타인의 시선이 제게 닿는 것도 질색하던 동생이 누군가를 뚫어지게 바라보는 걸 보았죠."

"……그게 저란 말씀이세요?"

"네."

종혁은 동생의 입가에 걸린 미소를 똑똑히 보았다. 티끌만큼의 감정도 드러내지 않고 안으로 꽉꽉 숨기기만 하던 세강이 시현을 보고 분명한 반응을 보였다. 그것도 전에는 절대 찾아볼 수 없던 강하고 뜨거운 반응을 말이다.

"시현 씨에게 많은 걸 원하는 게 아닙니다. 그저 제 동생에게 지금과 다른 삶이 있다는 것을 알게 해 주고 싶어요. 그 계기가 시현 씨가 되었으면 좋겠고요. ……뭐, 사실 제가 좀 편하자는 것도 있어요. 워낙 타인에 대한 경계심이 심한 편이라 청소라도 한 번 하려면 내가 꼭 있어야 문을 열어 주거든요. 일주일에 두 번, 음식과 청소를 위해 일하다 말고 그곳을 찾아가는 것도 보통 일이 아니에요. 제가 좀 심하게 바쁘거든요."

약간 거들먹거리며 마지막 말을 마친 종혁이 빙그레 웃었다.

"어때요? 해 볼래요?"

"잠시만요. 너무 갑작스러워서……."

당연히 그가 그녀의 잘못을 추궁하며 무언가 심한 요구를 할 거라 예상했던 것이 무안할 정도의 제안이었다. 그렇다고 무턱대고 그의 제의에 수긍하기에도 석연치 않은 구석이 있었다.

"시현 씨, 선생님이 될 거라면서요? 그렇다면 여러 가지 유형의 학생을 다루는 법도 미리 배워 두면 좋지 않나요? 특히 내 동생이 땅굴 파기 전문이라 꽤 희귀해서 좋은 경험이 될 텐데……."

"그렇게 말씀하지 마세요. 제 경험치를 높이기 위해 다른 사람을 이용하고 싶지 않아요. 더구나 동생이라면서요? 어떻게 자기 동생을 두고 그렇게 말할 수가 있어요?"

종혁은 파르르 떨며 노여움이 가득 담긴 목소리를 내는 시현을 물끄러미 바라보았다. 마치 어떤 몹쓸 소리라도 들은 듯 화를 내는 그녀의 도전적인 눈빛이 마음에 들었다. 어떤 상황에서도 내 편이 되어 줄 것만 같은, 그런 절대적인 무언가 생겨나는 기분이었다. 역시 누구보다 동생 세강에게 꼭 필요한 그런 사람임이 틀림없었다.

"역시, 꼭 시현 씨가 해 줘야겠어요."

단호한 그의 말에 시현의 미간이 눈에 띄게 찌푸려졌다.

"물어보셨어요? 동생이 좋대요? 그렇게 한대요? 동생이 거부할 수 있다는 생각은 안 해 보셨어요? 가능성이다 뭐다 다 혼자 생각이잖아요? 동생의 반응을 잘못 본 거라면요? 그렇다면 동생은 생각이 다를 수 있지 않아요? 당사자 의견도 묻지 않고 무조건 밀어붙이는 건 좋지 않다고 생각해요. 후우."

따다다 하고 숨 쉴 틈 없이 말을 마친 시현이 호흡이 부족했는지 마지막에 크게 숨을 몰아쉬었다. 차마 하지 못했던 얘기를 단숨에 털어놓고 시원해하는 그런 숨을 말이다.

"풋."

멍하니 시현을 바라보던 종혁이 터지려는 웃음을 참기 위해 입술을 깨물었다. 그의 행동에 뾰족하게 날이 선 시현의 눈동자가 무섭게 그를 향했다.

"그럼, 동생이 허락하면 내 제안에 무조건 오케이 하는 겁니다."

"아니…… 그, 그게……."

황당함에 입만 벙긋거리는 시현을 보며 종혁은 쐐기를 박았다.

"그럼 그렇게 알고 전 그만 일어나죠. 연락할게요."

문이 닫히고 종혁이 모습을 감출 때까지 시현은 벌어진 입을 다물지 못했다.

"아니, 얘기가 왜 그리 흘러? 어떻게 내 말을 그렇게 받아들이지?"

궁금했을 뿐이다. 동생이 싫다고 하는데 자신이 그 집에 갈 수는 없으니까. 경계심이 강한 사람이 그의 말에 쉽게 수긍할 리 없을 것 같아서…… 그래서 그런 건데…….

그러다 파르르 화를 내며 그의 동생을 옹호하는 발언을 했던 것이 슬그머니 떠올랐다. 하지만 그건 그냥 동생을 실험용 쥐처럼 얘기하는 게 조금은 심하다 싶어서 그랬을 뿐이었다. 과하게 열을 내긴 했지만, 그렇다고 그 제안을 받아들인다는 말은 아니었는데, 얘기가 이상하게 꼬였다.

"젠장, 낚였다."

정신없이 그녀를 몰아붙이고 사라진 종혁에게 완전히 코가 꿰인 것이 확실했다. 공포심을 줘 정신을 혼미하게 만든 다음 뜬금없는 제안을 해 올바른 생각을 할 수 없게 만든 고단수에 넘어가 버렸다.

"제발."

시현은 그의 동생이 싫다고 하길 간절히 빌었다.

"분명 가능성이 있어. 다른 사람이 쳐다보는 것도 싫어한다는데, 설마 허락하겠어? 그래, 틀림없이 싫다고 할 거야."

혼자 중얼거리며 고개를 끄덕이는 시현을 종업원이 이상하게 쳐다보고 있다는 사실도 몰랐다. 그리고 하나 더, 손수건이 날아가 버린 뒤로 혹시 하고 기대했던 일은 역시 실망을 가져다준다는 것도 잊고 있었다.

"후우."

시현은 무거운 한숨을 내쉬고 심란한 눈으로 옆집 대문을 노려보고 서 있었다.

종혁의 연락을 받고 그를 만나 어이없는 제안을 받은 것이 화요일. 그리고 목요일인 어제 그의 전화를 받았다.

'민시현 씨, 잘 지냈죠? 내 말대로 동생이 허락했어요. 하하하. 잘됐죠? 그럼 내일 12시에 집 앞에서 봅시다. 내가 바빠서 그 시간밖에 낼 수가 없어요.'

"누가 물어봤어요? 그쪽이 바쁜지 안 바쁜지."

그가 전화로 말한 내용을 떠올린 시현이 빈정대듯 중얼거렸다.

"그래, 좋다 이거야. 독서실에 왔다고 생각하지 뭐. 돈도 벌고 공부도 하고 좀 좋아."

시현은 어깨에 걸린 가방을 추켜올렸다. 동영상 강의를 듣기 위한 노트북과 오늘 공부해야 할 문제집이 든 가방은 꽤나 묵직했지만 그 무게를 느낄 수 없었다.

도무지 이해가 되지 않았다. 종혁이 있어야만 대문을 열어 줄 정도로 타인을 경계하는 사람이 무슨 생각으로 그녀의 방문을 허락했을까? 꽤 오랫동안 그런 삶을 살았다고 했는데, 그렇게 쉽게…… 혹시 사기 친 거 아니야? 동생은 허락하지 않았는데 그가 일방적으로 결정하고 통보한 게 아닐까? 아무래도 그쪽이 설득력이 있었다.

“무슨 생각을 그리 골똘히 해요?”

“허억.”

가까이서 들려온 음성에 시현이 화들짝 놀라 빠르게 고개를 돌렸다. 크게 열린 그녀의 눈에 실실 웃고 있는 종혁과 낯선 남자 하나, 그리고 중년 여자 두 사람이 보였다.

“뭐예요?”

“무슨 생각을 하기에 사람이 가까이 와도 몰라요?”

그의 물음에 시현은 미심쩍은 눈으로 그를 흘겨보았다.

“진짜 동생분이 허락한 거 맞아요?”

“왜? 내가 거짓말하는 걸로 보입니까?”

“그렇잖아요. 동생이 다른 사람이 집 안에 얼쩡대는 거 싫어하는 거 아니에요? 오랫동안 그렇게 살았다면 쉽게 허락할 리 없잖아요.”

“그건 들어가 보면 알겠죠.”

종혁의 말에도 시현은 의심의 눈길을 거두지 않았다.

“임 비서. 계약서 가져와.”

“네.”

그의 부름에 뒤에 서 있던 낯선 남자가 대답하며 서류와 펜을 내밀었다.

“자, 민시현 씨. 집에 들어가기 전에 여기에 서명부터 했으면 합니다.”

“뭔데요?”

“별거 아니에요. 아주 단순한 고용계약서. 며칠 전 내가 말한 조건과 최소 6개월 동안은 그만두지 못한다는 조항 정도."

"6개월씩이나요?"

"길면 길수록 좋지만 최소 그 정도는 해 줘야 하는 거 아닌가요? 시험일은 아직 멀었고, 시험을 본다고 해도 TO가 적으면 경쟁력이 높아져 꼭 붙는다는 보장도 없고 말입니다. 갱신은 6개월 단위로 하고 계약종료일 전에 민시현 씨가 임용고시에 합격한다면 자연적으로 계약은 종료되는 걸로 합시다. 그 정도 편의는 제가 봐 드리도록 하죠."

시원시원한 그의 말에 시현의 얼굴이 점점 일그러졌다. 자신이 꼭 떨어질 거라 단정 짓는 말 같아서 따지듯 물었다.

"싫다면요."

"지난주 CCTV에 녹화된 내용이 뭐였더라. 태연히 범죄를 저지르는 사람이 선생님이 될 자격이 있을까요? 분명 교육청에서도 자질에 문제가 있다고 여길 텐데……."

시현은 일부러 말꼬리를 흐리는 종혁을 잡아먹을 것처럼 노려보다 그의 손에서 거칠게 서류를 빼앗아 정신없이 훑어 내렸다.

"이 위약금은 뭐예요?"

"일종의 안전장치라 할 수 있죠."

계약서에 따르면 아르바이트 비용은 시현이 계약서에 서명한 시점을 기준으로 6개월 치가 일시금으로 지급이 된다고 명시되어 있었다. 만일 6개월을 채우지 못하고 그만뒀을 시에는 그 금액의 3배에 해당하는 금액을 토해 내야 된다는 아주 간단하고 명료한 문구였다.

그런데 왜 가슴이 답답해지는 걸까?

계약기간이 끝나기 전에 임용고시에 합격한다면 일도 하지 않고 고스란히 돈만 갖게 되는 아주 바람직하고도 훌륭한 조건임에도 불구하고 가슴 밑바닥에서부터 스멀거리며 올라오는 불안함으로 인해 선뜻 서명하기가 망설여졌다.

"자, 어서 하시죠."

종혁의 재촉에 그를 힐끔 쳐다본 시현이 신경질적으로 이름을 적고 싸인을 했다. 어찌 됐든 이 상황을 모면할 수 있는 것도 아니고, 이 정도면 상당히 좋은 조건이라 저를 위로하면서 계좌번호를 꾹꾹 눌러 썼다.

"이로써 계약이 체결되었네요. 잘 부탁합니다."

시현의 손에서 계약서를 넘겨받은 종혁이 만족한 얼굴로 인사를 건네고 서류를 비서에게 넘겼다.

"바로 송금해."

"네."

그의 말에 어디론가 전화를 건 비서의 입에서 송금 완료라는 말을 들은 종혁이 그제야 주머니에서 열쇠를 꺼내 대문을 열었다.

'칫.'

시현은 종혁의 행동이 마치 나 이런 사람이다, 라는 것을 보여주기 위한 쇼처럼 느껴져 입을 삐죽였다.

육중한 대문이 열리고 당당하게 안으로 들어선 시현의 고개가 바쁘게 움직였다. 보면 볼수록 잘 가꿔진 정원이 마음에 들어 슬그머니 입술이 벌어졌다. 조금 전 자신이 어떤 행동을 했는지도 잊은 채로 정원의 청량한 파릇함에 취해 버렸다.

멈칫.

기분 좋게 풀어진 얼굴로 종혁의 뒤를 따라 정원을 가로지르던 시현이 움찔하며 걸음을 멈췄다.

그날처럼 계단 아래 그늘진 곳에 사람이 있었다. 잔뜩 웅크린 채로 그들을 바라보고 있는 사람의 날카로운 눈빛에 또다시 숨이 막혀 왔다. 두려움은 아니었다. 무언지 모를 그 강렬한 떨림에 당혹감을 느낀 시현이 슬그머니 종혁의 재킷을 잡아당기며 작게 소곤거렸다.

"저기요."

"?"

"근데, 여자예요? 남자예요?"

"누구? 내 동생?"

끄덕끄덕.

"남자."

"히익."

시현은 급하게 숨을 들이켰다. 젠장, 길게 늘어진 머리카락을 보며 혹시나 했건만.

"며, 몇 살인데요?"

두려움이 묻어 있는 두 번째 질문을 하면서 그녀는 속으로 간절히 빌었다. 제발, 제발 제 생각이 틀리기를…….

"스물여덟."

"에엑?"

깜짝 놀라 저도 모르게 커다란 소리를 낸 시현에게 다섯 명의 시선이 날아들었다.

❀

형이 왔다. 몇 년 전부터 습관처럼 일주일에 두 번 방문하던 것과 다르게 어제 다녀가고 또다시 찾아왔다. 지금까지 그런 일이 없었는데…….

세강은 현관문 도어록의 비밀번호를 누르고 집 안으로 들어서는 형을 멀뚱히 쳐다보았다.

"뭐 하고 있었어? 밥은?"

"……."

그가 딱히 먹는 것에 관심이 없다는 걸 잘 아는 형은 작게 한숨을 쉬고 주방으로 향했다. 한참 달그락거리는 소리가 나는가 싶더니 형이 그를 불렀다.

"먹자."

어제 도우미들이 만들어 놓은 반찬을 꺼내고 국과 밥을 데운 형이 식탁에 앉아 제 앞자리를 가리켰다.

딱히 배가 고프지 않았지만 형의 수고를 생각해서 자리를 잡았다.

기계적으로 밥을 떠 입으로 가져가는 그를 쳐다보던 종혁이 한숨 섞인 목소리를 내었다.

"반찬도 먹어."

종혁의 말에 세강은 국에 밥을 말아 한 수저 떠서 느리게 씹었다.

"미용사 불러야겠다."

"……그냥 둬. 귀찮아."

"그렇게 눈을 다 가리고 있으면 앞은 보여?"

"딱히 보고 싶은 것도 없어."

"후우. 윤세강."

10년이 훌쩍 넘도록 계속된 실랑이에 지친 종혁이 느리게 젓가락을 내려놓았다. 그는 자신의 시선을 외면한 세강을 물끄러미 바라보다 조용히 입을 열었다.

"이번 금요일에 올 때 사람 한 명을 데리고 올 거야. 그 사람이 다음 월요일 오후부터 이 집에 와서 네 식사 챙겨 주고 도우미가 올 때 문 열어 주는 일을 하기로 했다."

"……."

묵묵히 종혁의 말을 듣고 있던 세강의 움직임이 멈췄다.

"이제야 내가 귀찮아진 건가? 오래 버텼네."

자조적인 웃음을 짓는 그를 노려보는 형의 표정이 무겁게 가라앉았다.

"삐딱하게 굴지 마. 크루즈사업 때문에 시간 내기가 어려워졌을 뿐이야."

"됐어. 모르는 사람이 집 안에 얼쩡대는 거 싫어. 그러니까 대신 누군가를 붙이려고 하지 마."

"억지로라도 챙겨 주지 않으면 하루 종일 아무것도 입에 대지 않는 녀석이 할 소리는 아니라고 본다. 준비해 놓은 음식이 냉장고에서 썩어 가는 걸 내가 모를 거라 생각한 것은 아니겠지?"

"그래도 싫어."

"다른 사람이 집에 오는 게 싫으면 혼자서도 알아서 잘 하든가."

세강은 전에 없이 강경한 목소리를 내는 형을 물끄러미 바라보다 입을 뗐다.

"뭐야? 오늘따라 왜 이리 유난스럽게 굴어?"

"언제까지 이렇게 살 순 없잖아."

"……왜? 왜 그러면 안 되는데?"

감정이라고는 조금도 섞여 있지 않은 건조한 물음이었다.

"이게 사람답게 사는 거라 생각해?"

"세상의 기준에 날 끼워 맞추려 하지 마. 이게 내가 사는 방식이고…… 난 이게 좋아."

"그럼 세강아. 넌 내가 없어도 계속 이렇게 살 거냐?"

종혁은 껄끄럽게 느껴지는 헛웃음을 지으며 되물었다.

세강이 한창 예민하게 굴던 12살 때 동생의 눈앞에서 부모님이 돌아가셨다. 그 사고를 똑똑히 목격한 세강의 정신이 온전할 리가 없었다. 감당하기 힘든 충격으로 인해 모든 것을 거부하며 온몸으로 고통스런 피울음을 토해 내던 동생까지 잘못될까 싶어 노심초사하던 나날이었다.

그렇게 지켜볼 수밖에 없던 그가 할 수 있는 일이라곤 얼마 되지 않았다. 세강이 원하는 대로 해 주는 것. 그 당시에는 그것이 최선이라 생각했다.

그 뒤로 자그마치 16년.

병원에 입원했던 세강이 퇴원한 뒤 집 안에 틀어박혀 꼼짝도 않는 동안 그렇게나 시간이 흘렀다. 그리고 종혁은 인정해야만 했다. 제 결정이 단단히 잘못되었음을.

"무슨 뜻이야?"

“별 뜻은 없어. 그저 내가 영원토록 살 수는 없으니까. 믿을 만한 보험 하나는 들어 놔야 하지 않나 싶어서.”

삐죽삐죽 늘어진 머리카락 사이로 눈을 가늘게 뜬 세강이 탐색하는 시선으로 형을 훑어보았다. 숨겨진 진실을 찾기 위해 열심히 눈을 굴렸지만 특별한 소득은 없었다.

“전에 봤지? 사다리.”

“사다리?”

“그래.”

“!”

“그 아가씨가 올 거야.”

이상하다. 입안에 맴도는 말이 입술 밖으로 나오지 않았다. 당장에 그 여자가 여기 왜 오는 거냐고 따져야 하는데, 필요 없다 말해야 하는데…….

3. 반항 중?

미쳤다. 진짜 미친 거다.

지난 금요일은 제정신이 아닌 상태로 종혁의 안내를 받아 집 안을 둘러보고 해야 할 일에 관한 자세한 설명을 들었다. 고작해야 몇 분밖에 걸리지 않았지만.

넋을 놓고 거실 소파에 앉아 있는 시현에게 열쇠를 쥐여 주고 현관 도어록의 비밀번호를 알려 주는 종혁을 홀린 것처럼 쳐다보다 오늘은 첫날이니 일찍 가도 좋다는 허락을 받고 집으로 향했다.

그때까지도 계단 아래 웅크리고 있던 남자의 시선을 뒤꽁무니에 달고 대문까지 태연하게 걷는 일이 얼마나 힘겨웠던지. 자신의 방으로 들어서자마자 이불을 둘러쓰고 계속해서 참아 온 자책 어린 비명을 터트렸다. 그리고 자신을 향해 제가 할 수 있는 가장

심한 욕을 목이 터져라 퍼부어 댔다.

"어쩌지? 어쩌다 이 지경까지 온 거야."

시현은 육중한 대문 앞에 서서 울상을 지으며 중얼거렸다. 지금까지의 일이 주마등처럼 머릿속을 스쳐 지나갔고 역시나 바보 짓을 했다는 결론이 났다. 왜 확실하게 알아보지도 않고 덜컥 서명부터 해 버린 걸까?

긴 머리카락을 보고 여자일지도 모른다고 생각했다. 그러나 아니었다.

여러 유형의 학생을 상대해 봐야 하지 않겠냐는 말에 당연히 자신보다 나이가 어릴 거라 생각했다. 그것도 역시 아니었다.

위약금이 세 배.

속이 쓰렸다. 그에게 받은 돈이 이미 자신의 통장에 얌전히 들어와 있었지만 세 배에 달하는 돈을 토해 낼 여력은 제게 없었다. 부모님께 말씀드리면…… 잠시 그 생각을 하던 시현이 격렬하게 고개를 저었다.

지금까지 믿음직한 맏딸을 보며 흐뭇해하시던 두 분께 실망을 안겨 드리는 일은 하고 싶지 않았다. 자신의 성급함으로 인해 이도저도 못 하는 상황에 빠져 발만 동동 구르다 시현은 눈을 질끈 감았다.

'6개월만 참으면 돼. 딱 6개월만. 설마 죽이기야 하겠어.'

무의식적으로 제 목을 쓸어내린 그녀가 마른침을 삼켰다.

열쇠를 쥔 오른손이 부들부들 떨려 왔다. 덜덜 떨리는 손에 힘을 주고 과감하게 열쇠 구멍에 열쇠를 밀어 넣었다.

철컹.

문이 열리고 시현은 떨리는 발끝에 힘을 실어 한 발을 내디뎠다. 정원을 가로지르며 계단 아래를 샅샅이 살폈지만 그 사람은 자리에 없었다.

"집 안에 있나?"

시현은 음침해 보이는 그와 마주치지 않았다는 사실에 안도하며 가쁜 숨을 몰아쉬었다. 현관문을 열고 집 안으로 들어서기까지 오랜 시간이 걸렸다.

심호흡도 하고 저도 모를 기도문을 중얼거리며 닥쳐올 만남에 대한 거창한 준비를 끝냈다고 생각했는데, 거실에 들어서자 다시금 숨이 막혀 왔다.

"계세요? 아무도 안 계세요?"

햇살이 시원하게 들어찬 거실은 적막할 정도로 조용했다.

시현은 첫날 제정신이 아닌 상태에서 제대로 살펴보지 못했던 거실을 찬찬히 훑어보았다. 눈처럼 하얀 실크 벽지와 차분하게 느껴지는 원목 마루, 기능적인 면에 치중한 검고 커다란 소파와 깔맞춤 한 테이블 하나. 넓디넓은 거실 벽엔 흔한 그림 한 점 걸려 있지 않고 휑했다. 사람의 온기를 전혀 느낄 수 없는 죽어 있는 공간이었다.

"진짜 썰렁하다. 그래도 소파는 마음에 드네. 넉넉한 게 낮잠 자면 딱 좋겠다."

작게 중얼거린 그녀가 무심코 고개를 돌렸다.

'허억.'

움찔하며 놀라 입이 벙긋거렸지만 다행스럽게 소리가 되어 나오진 않았다. 언제 내려온 건지 2층 계단 중간에 소리 없이 서 있는 남자의 모습에 숨이 턱하니 막혀 왔다. 너무 놀라면 목소리도 안 나온다더니, 딱 이 경우구나 싶었다.

한두 번도 아니고…… 인기척이라도 내면 좋으련만, 유령처럼 뭐 하는 건지.

계단 위에 서 있는 탓에 위협적으로 보이는 남자는 생각보다 키가 크고 호리호리하니 말랐다.

눈을 완전히 덮고 코끝까지 내려온 앞머리로 인해 이목구비가 제대로 보이지 않았지만 날렵한 턱 선과 또렷한 입매는 꽤나 준수했다.

당장이라도 신경질적인 반응을 보일 것 같은 남자는 작은 미동조차 없었다.

날카로운 시선이 시현에게 꽂히자 온몸의 세포들이 딱딱하게 웅크리며 비명을 질러 대기 시작했다. 시간이 지날수록 견디기 힘들 정도의 긴장감에 절로 입안이 말라 왔다.

먼저 알은체를 해 주기를 기다리다 지친 시현이 마른침을 삼키고 용감하게 입을 열었다.

"아, 안녕하세요?"

"……."

"하. 하. 이야기 들으셨죠? 오늘부터 온다고……."

'어쩜 이리도 자연스럽지 못하니.'

시현은 어색한 웃음을 지으며 궁색한 몇 마디를 덧붙이다 슬그머니 입술을 깨물었다. 자신을 쏘는 듯 바라보면서도 별다른 반응을 보이지 않는 남자로 인해 얼굴이 화끈거려 말을 이을 수가 없었다.

어쩌라는 건지……. 따가운 시선으로부터 벗어날 방법을 찾아 바쁘게 눈동자를 굴리던 시현의 얼굴에 순간 화색이 돌았다.

"맞다. 점심. 배 많이 고프죠? 얼른 준비할게요."

시현은 기쁜 얼굴로 소파에 가방을 내려놓고 빠르게 주방으로 향했다. 설마 말도 못 하는 건 아니겠지?

아무런 말 없이 강렬한 시선으로 자신을 빤히 쳐다보던 남자를 떠올리며 슬쩍 뒤를 돌아보려다 빠르게 고개를 돌렸다. 괜히 눈이라도 마주치면…… 여러모로 정신 건강에 해가 될 것이 분명했다.

"우와."

그에게서 벗어난 것에 안도하며 냉장실 문을 연 시현이 감탄사를 터트렸다.

"뭐가 이렇게 많아?"

가지런히 정리된 여러 개의 유리용기가 메모지를 하나씩 달고 들어차 있었다. 그중 하나를 꺼내 냄비에 담고 물만 부어 끓이면 조리가 끝나는 여러 종류의 찌개와 국거리. 양념된 불고기와 갖가지 나물류, 밑반찬들. 종류가 다른 색색의 음료와 주스. 품질이 좋은 사과와 배를 기본으로 해서 다섯 종류가 넘는 과일들까지.

일일이 내용물을 훑어보던 시현이 냉장실에 이어 냉동실까지 열어 보았다. 하나씩 꺼내 굽기만 하면 되는 갖가지 생선과 맛이 다른 여러 종류의 아이스크림이 푸짐하게 들어찬 것을 본 그녀의 눈꼬리가 예쁘게 접혔다.

"맛있겠다."

아이스크림을 무척 좋아해 당장 하나 먹고 싶다는 생각이 들었지만 지금 처지를 생각해 조용히 냉동실 문을 닫았다. 나중에, 조금 더 이 집에 익숙해지면 그때는 자유롭게 맛보리라 다짐하며.

"우선 뭐부터 할까? 너무 많아서 고르기도 쉽지 않네."

요리에 자신이 없는 편은 아니었지만 이 정도로 편하게 준비해 놨을 거란 생각은 해 보지 않아서 많은 재료를 두고 쓸데없는 고민에 빠졌다. 그러면서도 뭐든 적당해야 좋다고 구시렁거리는 것도 잊지 않았다.

"그래도 동생을 꽤 생각하긴 하나 보네."

하긴 그 정도의 위치에 있는 사람이 일주일에 두 번, 바쁜 업무 중간에 시간을 낸다는 것이 쉬운 일은 분명 아닐 것이다. 그럼에도 불구하고 꼬박꼬박 그것을 지켰다면……. 밖에 있는 저 남자는 그걸 알까?

'오지랖은 여기까지.'

평소와 다르게 자꾸만 참견하고 싶은 마음을 억누르고 싱크대 문을 하나하나 열어 안에 들어 있는 것들을 확인했다.

"식사하세요."

주방에서 나온 시현이 텅 빈 거실을 둘러보다 용기를 내어 큰 소리를 질렀다. 그리고 기다렸지만 그는 모습을 드러내지 않았다.

"배 안 고파요? 밥 차려 놨다고요."

시현은 다시 한 번 큰 목소리를 내었다.

싱크대에 물 한 방울 묻어 있지 않은 걸 보니 아침도 거른 모양인데 배도 안 고픈가? 은근슬쩍 걱정이 된 시현은 그가 서 있던 계단을 향해 걸음을 옮겼다.

"이게 무슨 꼴이냐."

자조적으로 중얼거린 그녀가 2층을 향해 조심스럽게 계단을 올랐다.

"저기요. 밥 차려 놨는데요."

휑하기는 1층이나 여기나 마찬가지였다. 허허벌판처럼 느껴지는 거실에는 2인용 소파 하나가 달랑 놓여 있었다. 넓고 깨끗한 흰색의 벽은 왠지 모르게 더럽혀 놓고 싶다는 욕망을 불러 일으켰다.

어린애처럼 스케치북 삼아 그림 한번 그려 봐?

시현은 어이없는 생각을 하다 저도 모르게 피식 웃어 버렸다.

"허억."

젠장맞을. 소리 좀 내고 다니라고……. 심장마비 걸리면 책임질 거야?

넋을 놓고 흰 벽을 보고 있던 시현은 여러 개의 문 중에서 하나가 열리고 그가 나온 것을 보지 못해 깜짝 놀라고 말았다.

순간 울컥하고 크게 소리칠 뻔했지만 시현은 타고난 순발력을 발휘해 입술을 깨무는 걸로 그 위기를 모면했다. 그렇다고 일그러진 표정까지는 관리를 못 하고 못마땅함을 그대로 드러낸 채 입을 뗐다.

"……식사하시라고요."

잠시 그녀를 쳐다보던 그가 소리 없이 아래층으로 향하는 걸 물끄러미 바라보다 그의 다리로 시선을 떨궜다. 어디선가 귀신은 다리가 없다는 말을 들은 기억이 슬쩍 떠올라 경계심 가득한 눈으로 살폈지만 그는 다리가 있었다.

'사람은 맞았군.'

하기야 사람이 귀신을 보면 너무 무서워 본능적으로 위만 보고 하체는 안 본다고 했다. 그래서 다리가 없다고 기억한다나 뭐라나.

서늘한 시선하며 소리 없이 날렵한 움직임을 보면 사람처럼 느껴지지가 않았다. 끝 간 데 없이 뻗어 나가는 황당한 생각에 고개를 절레절레 저은 시현이 자신의 양 볼을 손바닥으로 살짝 쳤다.

"이제 하다하다 별 이상한 생각까지 다 하는구나. 민시현, 정신 차려라."

아래층으로 조용히 내려온 시현은 소파 앞 테이블에 자신이 가져온 노트북과 책을 펼쳐 놓았다. 식사를 차려 줬으니 자신은 이제 시험공부를 하면 되는 거였다.

그런데, 그런데 왜? 문제집이 눈에 들어오지 않는 걸까. 왜? 필기구조차 들지 못하고 노트북 전원을 켤 생각도 못 하고 있는 걸까.

잠시 좌절을 맛본 시현이 숨을 멈추고 고개를 살짝 틀어 귀를 주방 쪽으로 기울였다. 밥은 먹고 있는 건가? 주방에서는 달그락거리는 작은 소리조차 들리지 않았다.

'뭐야? 입에 안 맞나? 맛이 없어서 못 먹는 건가?'

조바심에 엄지손가락을 잘근잘근 씹었다. 들어가서 확인해야 하나 싶어 자꾸만 엉덩이가 들썩이는 걸 참으려니 죽을 맛이었다.

"맛없어도 할 수 없지. 내가 그것까지 책임질 순 없잖아."

혹시라도 큰 소리가 날까 작게 중얼거린 시현이 오늘 공부해야 할 문제집을 과감하게 펼치고 고개를 파묻었다.

해석학 기출문제집을 뚫어지게 보고 있는데도 도무지 눈에 들어오지가 않았다. 까만 것은 글씨요 흰 것은 종이였다. 지문을 몇 번이나 읽었는데도 어떤 유형의 문제인지 이해가 되지 않아 풀 수가 없었다.

"아오, 나 미치겠네."

이런 식으로 문제집을 붙들고 있어 봤자 아무 소용이 없었다. 현재 가장 큰 문제는 그녀의 신경이 온통 주방으로 향해 제자리로 돌아올 기미가 보이지 않는다는 점에 있었다.

한숨을 푹 내쉰 시현이 자리에서 벌떡 일어나 주방으로 향하려는 순간 그가 밖으로 나오는 게 보였다.

'벌써 다 먹었나?'

엉거주춤하게 서서 식사를 끝냈는지 묻지도 못하고 곁눈질로 슬쩍슬쩍 살피는데, 그는 뒤도 돌아보지 않고 2층으로 올라가 버렸다.

슬쩍 안도의 한숨을 내쉰 시현이 재빨리 주방으로 뛰어 들어가 식탁 위를 훑어보았다.

"뭐야?"

먹긴 먹었다. ……밥만.

그녀가 고도로 신경을 집중해 소담하고 보기 좋게 담아 놓은 반찬은 전혀 손대지 않고 오로지 밥만 사라지고 없었다.

"편식하나? 그래도 이건 아니지. 설마 햄이나 계란프라이 같은 게 없다고 안 먹은 건 아니겠지?"

그가 동생 가현의 어른버전일지도 모른다는 생각이 들어 슬쩍 눈매가 가늘어졌다.

"풋."

자신의 동생처럼 계란프라이에 케첩으로 화려한 무늬를 그려 놓고 만족한 듯 입맛을 다시고 있는 그를 상상하자 절로 웃음이 터졌다.

한참을 비실비실 웃음을 흘리다 깨끗하게 비워진 밥그릇을 개수대에 담았다.

마저 식탁을 치우려다 맛깔나게 차려 놓은 음식을 보니 그제야 위장이 요동을 쳤다. 오늘 이곳에 오는 것 때문에 아침도 제대로 챙겨 먹지 못한 것이 떠올랐다.

"남은 건 어떡하지? ……멀쩡한 음식을 버리면 죄받는다던데."

잘 정리해서 냉장고에 넣어 놔도 저 남자는 먹지 않을 것 같았다.

"먹고 죽은 귀신 때깔도 좋다더라. 뭐, 알바도 밥은 먹으면서 해야지. 암."

격하게 자기합리화를 시킨 시현이 공기를 꺼내 들고 밥통으로 향했다. 딱 한 공기의 분량이 남은 밥을 야무지게 퍼 담아 식탁에 자리를 잡았다.

"으음. 맛있다. 이렇게 맛있는데 왜 안 먹었지? 이상하기도 하네."

시현은 불고기에 콩나물무침까지 조금씩 맛보며 행복에 겨운 웃음을 지었다.

어느덧 한 달이라는 시간이 흘렀다. 이 집을 아르바이트라는 명목으로 찾게 된 지도.

처음엔 낯선 공간에서 긴 시간을 보내야 한다는 것이 불편하고 어색했는데 어느 결엔 편히 지내게 되었다. 냉장고에 가득 쌓여 있는 아이스크림도 마음껏 꺼내 먹고 공부하다 졸리면 간혹 짧은 낮잠도 즐길 수 있을 정도가 되었으니 말이다.

집주인 또한 그녀의 행동에 일일이 간섭하는 사람이 아니었다. 과묵하다 못해 입안에 거미줄이 생긴 건 아닐까 하는 쓸데없는 생각까지 하게 만들었으니 말해 뭐할까.

솔직히 날카로웠던 첫인상과 다르게 그와 부딪히는 일은 없었다. 지금껏 목소리 한번 들어 보지 못해 딱히 얘기할 거리도 없었다.

하지만 그녀가 집에 오고 처음 얼마간은 식사 시간 외에는 2층에서 내려오지를 않더니 이제는 물을 마신다거나 하는 일로 가끔씩 아래층에 출몰하는 일이 생겼다.

하도 조용히 움직이는 사람이라 느닷없이 나타나면 움찔하곤 했는데, 자신의 집에서 편히 지낸다는데 뭐라 타박할 이유도 없어 벌렁대는 심장을 살살 다독이는 걸로 제 자신을 위로했다. 또 그것이 몇 번 반복되다 보니 이제는 딱히 관심을 두거나 놀라는 일도 없어졌다.

손질되어 있는 재료로 음식을 만들어 주고 조용하고 쾌적한 환경에서 개인적으로 필요한 공부만 하면 되는, 정말이지 최상의 아르바이트가 아닐 수 없었다.

단 한 가지만 빼면 말이다.

"또야?"

자신이 차려 놓은 밥상이 이런 식으로 무시당하는 것.

그녀가 할 수 있는 최대한의 솜씨를 부리고 하다못해 인터넷 검색까지 해 가며 음식을 만들었음에도 불구하고 결과는 항상 마찬가지여서 좌절하기를 여러 번. 그래서 방법을 달리했다.

워낙 다른 것에는 손을 대지 않는 사람이라 일부러 식탁을 화려하게 꾸몄다.

정원에 흐드러지게 핀 장미 한 송이를 꺾어 식탁에 올리고, 접시에 반찬을 담을 때도 그냥 담는 게 아니라 깻잎 한 장이라도 깔고 그 위에 반찬을 올려 최대한의 시각적 효과를 거두기 위해 애를 썼다. 그렇게 하면 한 젓가락이라도 먹을까 싶어서.

하지만 그는 여전히 처음처럼 밥만 먹고 있었다.

어제는 그의 형인 종혁에게 전화까지 받았는데. 식사는 잘 하고 있느냐고 묻는 말에 제대로 대답하지 못하고 얼버무려야만 했다.

밥투정하는 아이를 둔 주부가 된 기분에 은근 스트레스지수가 상승했다.

"장난하나? 뭐야? 지금 내가 오는 게 마음에 들지 않아 반항하는 거야? 그렇다고 이런 식은 곤란하지. 다 큰 사람이 지금 이게 뭐 하는 짓이래?"

마음 같아선 당장이라도 때려치우고 싶지만 그놈의 위약금이 눈앞에 왔다 갔다 하는지라 속 시원하게 그만둘 수도 없었다.

"어휴, 이걸 쥐어박을 수도 없고."

주방을 담당하는 도우미가 당연한 듯 냉장고에 남아 있는 음식물을 모두 쓰레기통에 넣는 것을 보고 기함한 것도 먼 이야기처럼 느껴졌다.

“어쩌지? 무슨 수가 없을까?”

계속 이런 식이라면 그의 건강에 큰 문제가 생길 것은 자명한 일이었다.

아무리 생각해도 더 이상은 안 된다. 당장 오늘 저녁 식사부터 무슨 수를 내지 않으면 큰일이 날지도 모른다는 위기감을 느꼈다.

뭐가 좋을까?

골똘히 생각에 잠겨 있던 시현이 문득 의미심장한 웃음을 지으며 제 몫의 밥을 퍼 식탁에 앉았다. 그가 손도 대지 않은 음식을 맛나게 먹으며 탁월한 제 생각에 박수를 보냈다.

왜 진작 이런 생각을 못 했는지 조금 아쉽기는 했지만 이제라도 생각해 낸 것이 어디냐 하고 위안을 삼았다.

‘으흐흐흐. 대견한 것. 넌 누굴 닮아 이렇게 머리가 좋은 거니?’

시현은 모든 걱정거리가 해결되었다는 생각에 기분이 좋아 신나게 수저를 놀렸다. 주방 밖 한 귀퉁이에서 문제의 주인공이 쳐다보고 있다는 사실도 모른 채로 말이다.

동영상 강의를 집중해서 보고 있던 시현이 휴대폰 알람 소리에 크게 기지개를 켜 뭉쳐 있던 근육을 풀었다.

이제 슬슬 저녁 식사를 준비해야 할 시간이 되었다.

시현은 가벼운 걸음으로 주방에 들어서기가 무섭게 냉장고를 열어 자신이 원하는 재료를 꺼내 야심 차게 식사 준비를 시작했다.

적당량의 쌀을 씻어 밥솥에 안치고 냄비와 프라이팬을 꺼내는 손길이 분주했다. 그렇게 달그락거리는 소리와 도마 위에서 경쾌하게 통통 울리는 소리가 한동안 이어졌다.

그의 반응을 상상하자 절로 콧노래가 흥얼흥얼 새어 나왔다.

'설마 이렇게까지 했는데 안 먹는 건 아니겠지.'

시현은 자신이 차린 저녁 메뉴를 바라보며 흐뭇하게 웃고는 2층을 향해 소리쳤다.

"식사하세요!"

이것도 달라진 것 중에 하나다.

처음에는 꾸역꾸역 2층까지 쫓아 올라가 그에게 밥 먹으라는 얘길 했었다. 그러다 한 번은 시간이 가는 줄도 모르고 문제집을 잡고 있다 식사 때를 놓친 적이 있었다.

급한 마음에 크게 소리를 질러 그를 불렀는데 순순히 위층에서 내려오는 것을 보고 그 뒤로는 계속 이런 식으로 식사가 준비되었음을 알렸다.

잠시 뒤 그가 주방에 모습을 드러내자 시현은 날렵하게 거실로 향했다.

책을 펴 놓은 탁자 앞에 자리 잡고 앉아 태연한 척 샤프를 손에 들었다. 얼굴은 책을 향해 있었지만 눈동자와 온몸의 세포들은 절로 그가 있는 주방에 고정되었다.

초조한 시간이 흘렀다. 오늘따라 유난히 시간이 더디게 흐르는 것만 같았다.

'제대로 먹고 있나 봐?'

주방에서 나올 시간이 훌쩍 지난 것 같은데 그는 여전히 모습을 보이지 않았고, 시현의 가슴은 커다란 기대로 부풀어 올랐다.

드디어 성공한 거다. 기쁨의 환호성이 터질 것만 같아 입술에 힘을 주었다.

'잘했다. 잘했어, 민시현.'

의기양양하게 어깨에 힘을 주고 고개를 끄덕이며 큰일을 치른 자신에게 칭찬을 해 주었다.

나왔다.

소리 없이 주방을 나선 그가 2층으로 향하는 것을 확인한 시현이 쏜살같이 주방으로 뛰어 들어갔다.

"이게 뭐야?"

희희낙락거리며 준비한 비빔밥의 잔해가 처참해 보였다.

일부러 다른 반찬은 전혀 준비하지 않고 커다란 냉면기에 비빔밥 한 그릇만 덩그러니 놔두었다. 지금껏 그의 행동에 상처받은 마음 보여 주기라도 하듯 일부러 그랬다.

고슬고슬 잘 지어진 밥 위에 5가지의 나물과 볶은 고기를 얹고 가운데에 고추장을 적당히 올렸다. 마지막으로 예술로 부쳐진 반숙의 계란프라이로 대미를 장식하고 참기름까지 살짝 두르고 뿌듯해했는데…….

남아 있는 건 한쪽으로 쏠려 있는 나물과 고기. 비빔밥인데 자기들끼리 전혀 비벼지지도 섞여 있지도 못했다. 그리고 없어진 건 그 아래 있던 밥과 반숙한 계란의 잘 익은 흰자 부분이었다.

졌다. 완벽한 그녀의 패배였다.

좌절감에 식탁 한 귀퉁이를 잡고 눈을 질끈 감았다 떴다.

그의 이상행동을 이해할 수 없어 고심하던 그녀가 인상을 찌푸리며 중얼거렸다.

"진짜 반항하나?"

❀

이 여잔 이상하다. 벌써 며칠째 같은 행동을 보인다.

그는 그녀의 식사하라는 말에 느리게 방을 나섰을 뿐이었다. 그런데 왜 자신만 보면 저렇게 숨 넘어갈 정도로 놀라는 건지 모르겠다.

불러서 나왔을 뿐인데, 여기 있는 걸 알고 찾아 나선 거면서…… 왜 저리도 기함을 하는지 진짜 저 여자의 머릿속이 궁금하다.

'칫. 그렇게 놀랄 거면 부르지를 말든가.'

활짝 열린 눈동자와 함께 벌어진 작은 입술, 그 사이로 빠르게 들이켜는 숨소리가 날것 그대로 느껴졌다. 마치 귀신이라도 마주한 듯 놀라는 얼굴을 보니 조금 억울하기까지 했다.

마음 같아선 '안 잡아먹어요.' 하고 크게 소리라도 치고 싶었다.

하지만 참았다. 얘기해도 소용없을 것 같아서.

민시현이라는 이름을 가진 여자의 살아 움직이는 생생함이 묘하게 그의 시선을 자극하는 일주일이었다.

'왜 이런 짓을?'

식탁이 날로 화려해지고 있었다.

화려한 무늬의 테이블보와 러너, 거기에 장미꽃 한 송이가 꽂혀 있는 목이 기다란 화병까지. 보기만 해도 눈앞이 아찔해졌다.

왜 이런 쓸데없는 것에 신경을 쓰는지 정말 이해 불가다.

거기다 향이 강해 전혀 입에 대지 않는 깻잎 위에 반찬들을 올려놓았다. 절로 입안이 쓰게 느껴진다.

솔직히 지금까지 딱히 먹을 것에 욕심을 가져 본 적이 없었다. 끼니때마다 챙겨 먹는다는 게 귀찮았다는 것이 옳은 표현일 것이다.

그녀가 차려 놓은 음식을 봐도 무감하기는 마찬가지였다. 그나마도 먹지 않으면 형이 주치의를 대동하고 찾아와 가만두지 않을 거라는 사실을 알고 있어 최소한의 성의를 보였다.

딱히 먹고 싶은 것도 없었고 입맛도 돌지 않아 대충 한 끼를 때우는 의미로 밥을 먹고 주방을 나서곤 했다.

그리고 우연히 그 장면을 목격하게 되었다.

식사 후 유독 심한 갈증이 느껴져 물을 마시기 위해 주방으로 다시 내려가서 보게 된 것은 자신이 식사를 끝낸 그 식탁, 그 자리에 그녀가 앉아 맛있게 음식을 먹고 있는 모습이었다.

'신기한 여자네.'

뭐가 그리 좋은지 입가에 은은한 미소를 머금은 채로 접시에 담겨진 반찬들을 하나하나 작은 입에 넣고 오물거리는 폼을 보니 이런 적이 한두 번이 아닌 듯싶었다.

물끄러미 그녀를 바라보고 있다가 그는 조용히 2층으로 향했다. 조금 전까지 지독하게 느껴지던 갈증은 이미 사라지고 없다는 것도 모르고.

또다.

멀리서 들려오는 그녀의 외침.

"식사하세요!"

이런 생활에 그녀가 익숙해져서 그런가. 하루는 때가 되었는데 밥 먹으라는 소리가 없어 그러려니 했다. 먹어도 그만 안 먹어도 그만이라 딱히 배가 고프지도 않았다.

단지 소리가 없는 그녀가 뭘 하고 있는지 은근 신경을 쓰던 차에 갑자기 들려온 소리에 화들짝 놀랐다.

집 안에서 이렇게 큰 소리가 난 적이 몇 년 동안 한 번도 없어 당혹스러워하던 차에 다시 그녀의 음성이 온 집 안에 쩌렁쩌렁하게 울렸다.

그것이 처음이었고, 계단을 오르는 수고로움을 하지 않아도 된다는 것에 만족했는지 그날 이후로 계속해서 그를 향해 소리치는 시현이었다.

그녀의 부름에 주방으로 들어서니 시현이 쏜살같이 거실로 나가 버렸다. 신속하고도 매몰차게 움직이는 그녀의 뒷모습을 멍하니 쳐다보다 느리게 고개를 돌렸다.

기분이 안 좋다. 이유는 모른다. 그냥 기분이 나빠졌다.

"이건 뭐야?"

넓디넓은 식탁 위에 커다란 그릇 하나와 숟가락 —젓가락도 없었다 — 물 한 컵이 덩그러니 놓여 있었다.

절로 눈썹이 치켜 올라가고 입술 사이로 헛바람이 새어 나왔다.

홀린 듯 수저를 쥐고 커다란 계란프라이를 슬쩍 들어 보았다. 다섯 가지 나물과 볶은 고기가 있었고 그 가운데 시뻘건 고추장이 그를 반겼다.

비빔밥이다.

비린 맛으로 인해 질색하는 반숙의 계란프라이로 완전 무장한 여러 가지 나물의 향연. 자신이 싫어하는 음식이다.

어지간하면 주는 대로 먹고 말겠는데 오늘은 너무 심했다.

그녀에게 한마디 할까 하다 도로 입을 다물었다. 입에 맞는 것만 먹으면 되지 굳이 싫은 소리를 할 이유가 없다는 생각이 들었다.

"휴우."

절로 한숨이 터졌다.

그는 계란 노른자가 터지지 않게 조심해서 프라이를 한구석으로 밀었다. 그다음 나물과 고기도 살살 반대편 구석으로 밀어 놓고 밥과 노릇노릇하게 구워진 계란의 흰 부분을 조금 떼어 먹었다.

다른 때보다 오랜 시간을 들여 식사를 끝내고 주방을 나서며 그녀를 흘끔 쳐다보았다.

그녀도 분명 그가 먹는 것에 관심이 없다는 사실을 알아챘으리라 생각했는데 아니었나 보다.

지난 며칠 동안 낯선 느낌에 빠져 허우적거렸다.

그녀가 오지 않는 주말 내내 자신의 모습이 예전 같지 않다는 것을 알았다. 온 신경이 옆집으로 향하는 걸 도저히 막을 수가 없었다. 자연스레 그쪽으로 눈이 가고 보이지 않는 무언가를 찾아 열심히 눈동자를 굴리는 자신을 발견했을 때의 허탈함이란.

"미쳤군."

너무 오랜 시간을 집 안에만 있다 보니 뇌기능에 뭔가 문제가 생긴 모양이다. 그렇지 않고서야 수다쟁이에 투덜거리는 게 특기인 목청 크고 둔한 여자가 궁금할 리가 없다.

4. 알아 가기

소고기뭇국과 다섯 가지 반찬을 차려 놓고 날카로운 눈으로 그것들을 살폈다. 김치, 호박전, 꽈리고추 멸치볶음, 두부조림과 완벽하게 익힌 계란말이가 오늘의 점심 메뉴였다.

야심 차게 준비한 비빔밥으로 K.O패를 당한 시현은 두 번 다시 과감한 도전을 하지 않으리라 다짐했다. 어차피 차려 놔 봐야 지난번과 같은 꼴이 될 것이 확실했기에 쓸데없는 수고를 하고 싶지 않았다.

시현은 모든 준비를 끝내고 그를 부르기 전에 분노를 담아 메모를 작성했다. 말로 하자니 잔소리가 될 것 같아 차선책으로 선택한 방법이었다.

[계속 이런 식으로 밥만 먹으면 영양실조로 병원에 실려 갑니

다. 병원 가서 링거 꽂고 누워 있고 싶어요? 그리고 하나 더 변.
비.도 생겨요. 그러니 반찬도 꼭꼭 씹어 드세요.]

못마땅함에 입을 삐죽거린 시현이 목소리를 가다듬고 입을 열었다.

"밥 먹어요!"

유독 딱딱하고 공격적인 말투로 그를 불렀다.

그가 2층에서 내려와 주방으로 들어서자 그녀는 그에게 작은 눈길조차 주지 않고 거실로 향했다. 평소보다 더 크게 발을 구른 것은 물론이다. 온 집 안이 다 울리도록 쿵쿵 소리를 내 나 열 받았소 하고 소문을 내었다.

자신의 지정석이나 마찬가지인 소파에 털썩 주저앉아 팔짱을 끼고 날카로운 눈으로 주방 입구를 노려보았다.

결전을 기다리는 파이터의 냉혹한 시선으로 숨을 골랐다. 자, 이제 어떻게 할래?

'오래 걸린다.'

그가 주방을 나서야 할 시간이 지났지만 깜깜무소식이다.

불안하다. 몹시도 불안했지만 입술을 깨무는 걸로 자신의 복잡한 심사를 달랬다.

"뭐야?"

주방에서 나오는 그의 행동이 전과 달랐다. 손으로 입과 턱을 가리고 평소보다 빠르게 2층으로 향하는 모습을 보니 더 불안했다.

안에서 무슨 일이 있었던 걸까?

시현은 그가 주방에서 나오기가 무섭게 쪼르르 달려갔다. 오늘은 제대로 먹었는지 당장 확인하지 않으면 미칠 것 같아 저도 모르게 동작이 빨라졌다.

없다.

마치 접시 하나하나를 들어 모두 버려 버린 것처럼. 모든 그릇 안의 음식이 하나도 남아 있지 않았다.

깜짝 놀란 시현이 싱크대로 달려가 개수대를 확인했다. 하지만 그곳도 깨끗했다.

'뭔가 이상해.'

눈동자를 또르르 굴리던 시현이 온 주방을 뒤지기 시작했다. 마치 보물찾기라도 하듯 싱크대 안, 냉장고 속을 살폈다. 그가 쓸어 버린 반찬을 찾아서.

"없네. 진짜 없어."

아무리 찾아도 자신이 원하는 것이 나오지 않자 시현은 식탁 의자에 털썩 주저앉아 원망 어린 눈으로 천장을 노려보았다. 그렇게 하면 2층에 있는 그가 움찔하기라도 하듯.

이해가 되지 않았다. 접시가 깨끗하게 비워져 있고 어디에도 음식물 쓰레기가 없다면 그가 다 먹었다는 건데…….

그래서 입을 가리고 2층으로 올라갔나?

없던 식탐이 생겼을 리는 없고 왜 갑자기 밥만 먹던 사람이 모든 음식을 쓸어 넣은 거냐고.

'혹시 변비 걸리기 싫어서? 진짜 변비가 있나? 그래서 찔려서?'

또다시 끝 간 데 없이 뻗어 나가는 생각에 고개를 절레절레 저었다.

"에잇. 무슨 사람이 모 아니면 도야. 도대체가 중간이 없어. 중간이……."

지금 상황이 너무 짜증스러워 미칠 것만 같았다.

"갑자기 너무 많이 먹으면 탈 날 텐데……."

약이라도 가져다줘야 하나?

하여간 먹어도 걱정 안 먹어도 걱정, 근심덩어리인 집주인이다.

시현은 주섬주섬 지갑을 챙겨 들고 밖으로 나섰다. 집에 소화제가 있을지도 몰랐지만 남의 집을 마음대로 뒤질 순 없었다.

'에고, 일을 만든다. 만들어.'

앓는 소리가 절로 나왔지만 마음이 편치 않아 걸음이 빨라졌다.

똑똑똑.

두 종류의 소화제를 들고 그의 방문을 두드렸다.

혹시 2층 거실에 있을까 싶어 조심스레 올라왔더니 텅 빈 공간만이 그녀를 반겼다. 하는 수 없이 그의 방 앞에 서서 몇 차례 심호흡을 하곤 노크를 했지만 그는 아무런 반응을 보이지 않았다.

2층에 올라와도 기껏해야 거실 정도였고 그의 방은 들어가 볼 생각조차 하지 않았는데, 이런 식으로 첫발을 떼는구나 싶었다.

'자나?'

다시 한 번 노크를 했지만 그는 여전히 묵묵부답이었다.

시현은 방문 손잡이를 잡고 살짝 돌렸다.

"저기요."

이 집은 전체적으로 휑하다.

그의 방도 아래층 거실 못지않게 넓기만 했다. 침대와 협탁, 커다란 책장과 그 바로 앞쪽에 편하고 아늑해 보이는 3인용 소파 하나가 다였다.

슬쩍 눈동자를 굴려 방 안을 둘러본 시현이 등을 보이고 침대에 누워 있는 그에게 발소리를 죽여 다가갔다.

그는 고른 숨을 내쉬며 잠들어 있었다.

"에휴. 아프지는 마요."

속이 좋지 않을 것이 빤한데, 깨워서 약을 먹이자니 너무 곤히 자고 있어 도저히 깨울 엄두가 나지 않았다. 하는 수 없이 그녀는 가지고 온 약을 협탁 위에 소리 나지 않게 올려 두고 발꿈치를 들고 방을 나왔다.

"진짜. 적당히 하라고 그렇게 얘기했건만. 무슨 고집이래?"

처음 식탁 위의 음식을 싹쓸이한 뒤로 일주일이 지났건만 그는 여전히 같은 방식을 고수하고 있었다. 하는 짓이 얄미워 밥과 반찬의 양을 확 늘려 버릴까도 생각했지만 주인을 잘못 만나 고생 중인 그의 위장이 불쌍해 차마 그렇게는 하지 못하고 도리어 양을 줄였다.

미련하게 먹는 게 답답해 먹을 만큼만 먹고 남겨도 된다고 친절하게 다시 메모를 남겼지만 그는 아랑곳하지 않았다.

집주인은 황소고집임이 틀림없다.

찌개를 끓이고 밥을 안치는 내내 마음 한구석이 찜찜했다.

마지못해 이 집에 들락거리던 처음과 달리 시간이 조금 지나고 나서 보이지 않던 것들이 눈에 들어오기 시작했다.

청소와 주방 일을 하기 위해 도우미들이 집으로 방문하면 그는 꼭 집을 내어 주고 밖으로 나가 그들이 일을 끝낼 때까지 기다렸다가 들어오곤 했다.

그가 하는 폼으로 보건대 아주 오랫동안 그런 행동을 해 온 것이 분명했다. 하기야 처음 그를 봤을 때도 계단 아래에 쭈그려 앉아 있는 모습이었으니…….

뭐, 지금이야 날씨가 따뜻하니 괜찮겠지만 겨울에는 어떻게 하나 싶은 게 벌써부터 걱정이 되었다.

"아니, 집주인이면 집주인답게 일을 잘 하나 못 하나 떡하니 버티고 서서 살펴야 하는 거 아냐? 하긴 또 그랬다간 일하는 사람 입장에서는 기분 나쁠 수도 있겠지만. ……암만 그래도 자기 집인데. 이것저것 일도 시키고 해야지. 왜 피해? 죄졌어?"

오락가락하는 마음을 다잡지 못하고 식사를 준비하는 내내 한숨을 푹푹 내쉬었다.

그가 왜 이렇게 신경 쓰이는지 모르겠다. 얼굴 한 번 제대로 본 적도 없는 사람인데 왜 자꾸 그 사람 생각만 나는지 도무지 알 수가 없었다.

"참 그러고 보니 이름도 모르네. ……에라이, 이 밥통아."

이 집에 온 지도 두 달이 지났건만 아직 통성명조차 안 했다는 사실이 이제야 떠올랐다.

무심한 자신을 향한 욕이 서슴없이 흘러나왔다. 2층에 있는 그 사람이야 워낙 과묵하고 조용한 사람이니 먼저 나서서 물어보기라도 했어야 한다는 뒤늦은 자책에 더욱 마음이 가라앉았다.

평소처럼 다섯 가지 반찬을 정갈하게 담아 식탁 위에 놓고 마지막으로 돼지고기를 넣어 자박자박하게 끓인 김치찌개를 올렸다. 그를 부르기 위해 목을 길게 빼던 시현이 아쉬움이 남은 눈으로 다시 식탁 위를 훑어보았다.

노릇노릇하게 구워진 고등어구이와 포근해 보이는 계란말이를 물끄러미 바라보다 한숨을 내쉬었다.

"혼자 먹으면 무슨 맛이 있을까?"

혼자서 식사를 하는 것도 하루 이틀이지 몇 년 동안 이 넓은 식탁에서 홀로 밥을 먹으며 그는 무슨 생각을 했을까? 만약 자신이었다면…….

시현은 고개를 절레절레 저었다. 정말이지 있던 밥맛도 떨어질 것만 같았다.

"괜찮을까?"

홀로 식탁을 차지하고 있는 그를 보고 싶지 않다는 이유와 최후의 수단으로 그의 이상한 식습관을 고쳐 주지 않으면 안 될 것 같다는 위기의식이 그녀를 식탁 앞으로 이끌었다.

조심스럽긴 했지만 일단 한번 저질러 보자 결심한 시현이 접시에 담긴 반찬의 양을 조금씩 더 늘리고 밥을 한 그릇 더 담아 그의 맞은편 자리에 놓고 그를 불렀다.

잠시 후 그가 주방으로 들어섰다. 평상시에는 바통 터치라도 하듯 그가 주방에 들어옴과 동시에 나갔지만 오늘은 식탁 옆을 지켰다.

그녀의 행동에 이상함을 느낀 그가 잠시 머뭇거리는 게 보였다.

그리고 식탁 위를 쳐다보고는 딱딱하게 굳어 버렸다.

"들어요."

상당히 껄끄럽긴 하지만 그의 건강이 나빠지는 것을 막고 자신이 스트레스를 받지 않기 위해선 이 방법이 가장 좋을 것만 같았는데, 그의 표정을 보니 그것도 아닌가 보다.

"혼자 먹으면 맛없잖아요."

거의 웅얼거리는 수준으로 말을 한 시현이 멋쩍게 그의 맞은편에 자릴 잡았다.

말없이 식탁을 노려보던 그가 마지못해 의자를 당겨 앉는 것을 보고서야 참고 있던 숨을 가늘게 내쉬었다. 혹시라도 그가 주제넘은 짓을 했다며 자릴 박차고 나갈지도 모른다는 생각을 하고 있었는데 다행이다.

그가 불편해할 것 같아 되도록 눈을 들지 않고 조용히 수저를 들었지만 온 신경세포가 그를 향해 있는 것만은 막을 수가 없었다. 온몸이 촉수가 되어 그의 움직임 하나하나에 반응하는 꼴이었다.

'이래선 체하기 딱 좋겠다.'

눈물이 날 것만 같았다. 왜 이런 짓을 저질렀는지……. 아까까진 아주 좋은 방법 같았는데 지금 생각하니 판단 미스였다.

역시 불편하구나. 그도 이 자리가 탐탁지 않은지 기계적으로 밥만 입에 밀어 넣고 있었다.

'또, 또 저렇게 먹네.'

차려 놓은 반찬에는 손도 안 대고 밥그릇만 비우는 모습을 보고 있자니 그와 식사하기로 결심했던 이유가 생각났다. 못마땅함에 미간을 살짝 좁힌 시현은 슬쩍 그의 밥그릇 앞으로 계란말이가 담긴 접시를 밀어 주며 한마디를 던졌다.

"진짜 말 안 듣네. 혹시 구급차 타 보는 게 소원이에요?"

멈칫.

시현이 말을 마치자마자 그가 얼음이 되었다. 날카로운 그의 시선이 서서히 그녀의 얼굴에 날아와 꽂혔다. 강렬하고 뜨거운 시선을 받은 시현은 숨이 턱하니 막히는 느낌에 눈동자를 또르르 굴리며 마른침을 삼켰다.

'아! 난 뇌가 없나 보다.'

왜 하고많은 말 중에 그런 말을 했을까? 단어 선택이 적절하지 못했다.

지금 이 자리가 가시방석 같기만 한데 어쩌자고. 시현은 이성을 배반하고 제멋대로 움직이는 자신의 입을 때려 주고 싶었다.

입술을 잘근잘근 깨물며 변명거리를 찾고 있던 그녀가 미묘한 움직임을 느끼고 고개를 번쩍 들어 그를 쳐다보았다. 그리고 느리기는 하지만 젓가락을 들어 그녀가 밀어 준 계란말이를 집어 입으로 가져가는 모습을 홀린 듯 바라보다 활짝 웃었다.

'됐다.'

그녀의 호의를 받아 준 그가 너무 고마워 자칫하면 덥석 그를 끌어안을 뻔했다. 조마조마하기 짝이 없던 심장이 기쁨의 비명을 질렀다.

대단하다. 장하다. 애썼다고 그를 칭찬해 주고 싶었다. 수저도 못 들고 비실대던 아이가 밥 한 공기를 뚝딱 해치우고 쑥쑥 건강하게 자라는 모습을 보는 것만 같아 가슴이 크게 들썩였다.

그가 자신을 밀어내지도 않았고 화를 내지도 않았다. 그저 묵묵히 그녀의 말에 따라 준 그가 한없이 고마웠고, 조금은 그와의 거리를 좁힌 것만 같아 절로 입매가 느른히 풀렸다.

"저기요."

시현의 부름에 그가 숙이고 있던 고개를 들었다. 그래 봐야 길게 늘어진 머리카락 때문에 얼굴이 제대로 보이지도 않았지만.

"이름이 뭐예요? 계속 저기요, 여기요 할 순 없지 않아요? 이제라도 제대로 된 호칭을 정해야 할 것 같은데……. 제가 이렇게 경우 없는 사람은 아닌데, 어쩌다 보니 이름도 모르고 지내고 있지 뭐예요."

보이지도 않는 그의 눈에 눈을 맞추며 최대한 고운 미소를 지었다. 하는 김에 조금 더 욕심을 내 본다. 웃는 얼굴에 침을 뱉지 못한다는 속담을 철석같이 믿으며 다시금 가슴을 졸였다.

그가 자신이 밀어 준 반찬을 거부하지 않았다는 이유로 간이 무지막지하게 커져 버린 모양이다. 이런 질문까지 서슴없이 하는 것을 보면 말이다. 그래도 시현은 제 운을 시험해 보기로 했다. 지금까지 그가 보여 준 모습을 보면 이번 질문도 답을 들을 수 있을 것만 같았다.

"……윤세강."

작지만 분명한 소리가 들렸다.

와! 목소리가 예술이다. 형인 종혁의 목소리도 좋다고 생각했는데 이 남자는 그의 형보다 훨씬 낮으면서도 차분하고 또 부드러운 음성을 지니고 있었다.

"이름이 멋지네요. 세강. 윤세강."

시현은 그의 이름을 몇 번씩 부르며 환하게 웃었다.

“아! 저는 민시현이에요. 제가 세강 씨보다 4살 어리니까 동생이다 생각하고 앞으로 잘 지내봐요. 음…… 이제 매일 밥도 같이 먹어요. 그리고 특별한 일 없으면 2층에 혼자 있지 말고 여기 아래층에 내려와 있는 건 어때요? 이 넓은 집에 사람이라곤 단둘밖에 없는데 너무 각자 노는 느낌이 들어서요. 싫지 않죠?”

기분이 좋아진 그녀가 조잘조잘 떠들며 맛있게 밥을 먹었다. 동생 가현에게 하던 대로 생선 살을 발라 그의 수저 위에 올려 주기도 했다. 멈칫하던 그가 조용히 그것을 입으로 가져가는 것을 보며 뿌듯함을 느꼈다.

뭐든 처음이 어렵다더니 그 말이 딱 맞았음을 실감한 하루였다.

과묵하고 조용한 그의 행동거지는 어쩌면 익숙하지 않은 관계에 따른 낯설음의 표현이 아닐까 하는 생각이 들었다.

그리고 그날 처음으로 시현은 그의 배웅을 받으며 현관을 나섰다.

“내일 봐요.”

6시가 훌쩍 지났음에도 아직까지 환한 빛이 가득한 정원을 가로지르며 시현은 그를 향해 크게 손을 흔들었다.

대문을 열며 시현은 고개를 갸우뚱거렸다.

분명 그의 한쪽 입꼬리가 치켜 올라간 것 같은데 햇살이 눈이 부셔 제대로 본 것이 맞는지 확신이 서지 않았다.

❀

완전히 어이없는 메모다.

'그래, 영양실조까지는 그런대로 이해할 만하다. 헌데 뭐? 변비?'

종이 뒷면이 울퉁불퉁해질 정도로 꾹꾹 눌러쓴 메모를 움켜쥐고 그는 부르르 떨었다.

"내, 이 여자를 그냥."

마치 그녀의 놀림감이 된 것만 같아 기분이 급속도로 나빠졌다.

'사람을 뭘로 보고……. 내가 그, 그런 게 있을 것 같아?'

아무래도 그 비빔밥의 영향이 큰 것 같았다. 이런 격이 떨어지는 메모를 쓴 것을 보면 말이다.

그저 싫어서 안 먹었을 뿐인데, 그게 뭐? 자긴 뭐 싫어하는 음식도 없나? 없으면 그게 사람이야? 그렇다고 저렇게 쿵쿵거리고 나가면서 눈길 한 번을 안 줘? 그러다 집 무너지면 책임질 거야?

거기다 오늘은 '식사하세요' 도 아니다. '밥 먹어요'. 그나마 '요' 자 하나라도 붙여 준 걸 감사해야 하나.

세강은 자신이 연신 투덜거리고 있다는 사실도 모른 채 계속 구시렁대었다.

마음 같아선 안 먹는다며 상이라도 엎고 싶은 심정이었지만 할머니와 살면서 나름 훌륭한 예의범절을 몸에 익힌 관계로 그렇게 막가는 행동은 도저히 할 수가 없었다.

그는 잠시 식탁 위의 음식을 노려보며 씨근덕거렸다.

이대로 나가자니 왠지 그녀에게 지는 것만 같아 몹시도 불쾌했다.

"그래, 먹어 주마."

그녀가 놀라는 꼴을 꼭 보고 말리라. 굳은 결심을 한 그가 날카로운 눈으로 식탁 위를 훑어보았다.

소고기뭇국. 통과. 이 정도쯤이야. 한 번에 들이켤 수도 있다.

계란말이. 좋다. 계란프라이처럼 안 익은 것도 아니니 충분히 먹고도 남겠다.

두부조림과 호박전. 흐음, 그럭저럭 먹으라면 먹을 수는 있겠다.

문제는 저 멸치보다 많아 보이는 꽈리고추와 김치다. 분명 둘 다 매울 텐데…….

"후우."

이왕 먹자고 결심했으니 자신도 한다면 하는 남자라는 걸 그녀에게 확실히 인식시켜 줄 필요가 있었다. 어설프게 깨작대느니 안 먹는 게 낫다.

"뭐부터 먹지?"

좋아하는 음식 순으로? 아님 싫어하는 음식 순?

잠시 고민하던 그가 국에 밥을 말아 순식간에 비웠다. 이 정도쯤이야 종혁과 식사할 때 충분히 먹었던 가락이 있어 가뿐하게 해결했다. 다음은 계란, 호박전, 두부조림 순으로 입에 욱여넣었다. 씹는 게 조금씩 느려지긴 했지만 못 먹을 정도는 아니었다.

배가 부르다. 확실히 평소보다 많은 양을 먹긴 했나 보다.

이제 마지막 남은 저 두 접시만 해결하면 화들짝 놀라는 그녀를 볼 수 있을 터였다.

크게 심호흡을 한 세강이 꽈리고추 멸치볶음이 담겨져 있는 그릇을 통째로 들고 한 번에 입속으로 밀어 넣고 우물우물 씹었다.

"젠장. 맵다."

혀가 얼얼할 정도로 매운 고추로 인해 눈물이 핑 돌았다. 같은 방법으로 남아 있는 김치까지 해결한 그가 급하게 물을 들이켰다.

"우욱."

물을 다섯 잔이나 마셨더니 먹었던 게 당장이라도 역류할 것만 같았다.

하지만 참았다. 죽을힘을 다해 참고 빠르게 자신의 공간으로 달렸다. 그녀 앞에서 우스운 꼴을 절대 보여 줄 수는 없다.

당당하게 주방을 나서며 코웃음이라도 쳐 주려 했는데 완전 망해 버렸다.

"미치겠다."

화끈거리는 혀의 통증으로 인해 절로 눈물, 콧물이 흐르고 가만히 있을 수도 없는 지경이었다. 방 안을 이리저리 서성이며 불이 난 입과 더부룩한 속을 가라앉히려고 애를 썼다.

역전패. 자승자박이다. 그녀를 놀라게 하려다 되려 자신이 덫에 걸리고 만 꼴이라 속이 쓰렸다.

똑똑똑.

'뭐야?'

생각지도 못한 노크 소리에 그는 주위를 둘러보았다. 숨을 곳이라곤 없었다. 그렇다고 욕실에 들어가 있자니 그녀를 피하고 싶다는 제 본심이 빤히 드러나는 것만 같아 발이 떨어지지 않았다.

똑똑똑.

노크 소리가 다시 한 번 들려오자 그는 날쌔게 침대 위로 몸을 날려 문을 등지고 누웠다. 그리고 눈을 꼭 감고 숨을 고르며 깊은 잠에 빠진 척 움직이지 않았다.

흡.

향기로운 체취가 코끝에 맴돌았다. 그녀가 방 안으로 들어온 모양이다. 급격하게 심장박동이 빨라졌다. 가만가만 숨을 내쉬는 일이 쉽지가 않았다.

"아프지는 마요."

작은 목소리가 귓가를 간질였다. 어쩌자고 이리 달콤하게 얘기하는 건지. 평소처럼 투덜대고 크게 소리치면 좋으련만.

낯선 감정에 빠져 정신을 못 차리다 문이 닫히는 소리에 천천히 눈을 뜨고 고개를 돌렸다. 머리맡엔 작은 약병 하나와 소화제가 분명한 약 상자 하나가 놓여 있었다.

피식.

그는 한쪽 입꼬리를 끌어 올리며 미소 지었다. 통증으로 인해 괴롭기만 하던 입안과 배 속이 순식간에 조용히 가라앉는 대신에 다른 곳이 아파 왔다.

"형한테 전화해야 하나? 아무래도 심장에 이상이 생긴 것 같은데."

세강은 약병을 손에 꼭 쥐고 고개를 갸우뚱거렸다.

둘이다. 모든 게…….

그녀의 부름에 주방으로 내려오니 식탁 위에는 평소와 다르게 밥과 수저, 물컵이 둘씩 놓여 있었다.

"혼자 먹으면 맛없잖아요."

당혹감에 멀뚱히 서 있는 그의 귓가에 그녀의 음성이 들려왔다.

먼저 자릴 잡고 앉아 그의 처분을 바라는 다소곳한 모습에 자신도 모르게 의자를 빼고 말았다.

두 달이 지나도록 이런 식으로 다가온 적이 한 번도 없었는데 무슨 바람이 분 것일까?

그는 그녀의 숨겨진 의도를 살피기 위해 길게 늘어진 머리카락 사이로 뚫어질 듯 그녀를 응시하며 숟가락을 들었다.

'이제야 본색을 드러내는 건가?'

그는 속으로 씁쓸한 웃음을 지었다.

지금까지 집안일을 해 오며 그를 위해 간이라도 빼 줄 듯 사근사근하게 구는 사람을 여럿 봐 왔다. 하늘에서 내려온 천사 역할에 완벽하게 빙의된 그들은 동정심이 그득한 눈을 한 채로 그가 원하는 것은 무엇이든 들어주려 애를 쓰곤 했다. 하지만 우연히 알게 된 그들의 본심은 그게 아니었다.

폐쇄적인 성격의 그를 이용해 돈을 벌려는 사람도 있었고 자기 기분에 취해 과한 동정을 베풀려 하는 사람도 있었다. 과연 그녀는 어느 쪽일까?

"진짜 말 안 듣네. 혹시 구급차 타 보는 게 소원이에요?"

"?"

지금 제대로 들은 게 맞는지 의심스러웠다. 말을 안 듣는다니……. 어린아이 대하듯 하는 말이 하도 기가 막혀 꼼짝도 할 수가 없었다. 자신이 왜 이런 말을 들어야 하는지 도무지 이해가 되지 않았다.

그러다 보았다. 자신의 밥그릇 앞으로 슬쩍 밀어지는 계란말이가 담긴 접시를.

우스웠다.

고작 반찬을 안 먹었다고 아이들처럼 꾸지람을 들어야 했다는 게 믿기지 않아 실소가 터질 지경이었다. 그녀의 숨은 속내를 짚어 보며 생각에 빠져 있던 그는 자신이 밥만 먹고 있다는 사실조차 몰랐다.

어이가 없었지만 까짓거 먹어 준다는 생각으로 그녀를 노려보며 계란말이를 하나 집어 입에 넣었다.

'허억.'

두근두근.

자신의 입으로 들어온 것을 씹기도 전에 심장에서 난리가 났다.

뭐 그리 대단한 일을 했다고 저리 환하게 웃는 걸까? 세상에서 가장 기쁜 소식을 들은 사람처럼. 보는 사람으로 하여금 저절로 행복감을 느끼게 하는 미소를 짓는 그녀에게서 도무지 시선을 뗄 수가 없었다.

빠르게 뛰는 심장 때문에 숨이 가빠 왔다. 세강은 고개를 숙여 밥그릇을 뚫어지게 응시했다. 절대 그녀를 보지 않겠다고 맹세라도 한 사람처럼 고집스럽게 수저를 놀렸다.

'빨리 먹고 일어나야 해. 최대한 자연스럽게……. 당황한 것을 들키거나 얕보이면 절대 안 돼.'

자꾸만 조급해지려는 행동을 겨우겨우 진정시키고 있는데 그녀가 다시 입을 열었다.

"저기요."

안 봐야 하는데, 그녀의 부름에 그의 눈동자가 주인의 의지를 배신하고 재빠르게 시선을 맞췄다.

그를 부르고 이름을 묻는 입술이 반짝거렸다. 기름이라도 묻은 걸까? 유난히 빛이 나는 입술에서 도저히 시선을 돌릴 수가 없었다.

"윤세강."

자신이 어느 결에 입을 열어 대답했는지조차 알지 못했다. 또 다시 환하게 웃으며 이름이 멋지다 이야기하는 여자를 뜨겁게 쳐다보며 심장이 죄어 오다 못해 떨어져 나가는 느낌을 맛보았을 뿐이다.

작은 입술을 오물거리며 자신의 이름을 몇 번이나 되뇌는 그녀를 보며 일순간 정신이 멍해졌다.

"세강 씨. 앞으로는 세강 씨라고 부를게요. 아! 저는 민시현이에요."

반짝이는 눈으로 그를 보며 자신의 이름을 알려 주었다. 자신보다 4살이 어리다며 잘 지내자 말하는 그녀의 입술을 뚫어지게 바라보았다. 아까부터 느낀 거지만 이 여자 입술은 유독 시선을 잡아끄는 무언가가 있었다.

한번 만져 보고, 느껴 보고 싶다는 강한 열망이 스르륵 피어올랐다.

그 뒤로 그녀가 수저 위에 올려 준 생선을 받아먹고 종알종알 떠드는 그녀의 음성에 귀 기울였던 모든 것이 꿈속에서 일어나는 일처럼 아득하게 느껴졌다.

자신도 모르게 현관 앞에 나와 그녀를 배웅하다 불현듯 정신을 차린 그가 피식 웃어 버렸다.

"지금 뭐 하는 거냐?"

정원을 가로질러 가며 손을 흔드는 그녀의 뒤로 자잘한 햇살이 쏟아져 내리고 있었다. 세강은 마치 여우에게 홀린 것처럼 시현을 응시하다 욱신거리는 심장 부근을 움켜쥐었다.

'역시 심장에 병이 생긴 게 확실해.'

뒷모습을 보이며 멀어지는 여자를 보면서 허전함을 느끼다니. 그녀가 가지 말았으면 하는 생각은 왜 드는 건지 정말 모를 일이었다.

"정말 이상한 여자야."

세강은 작게 중얼거렸다.

민시현은 그가 평소와 다른 행동을 하게 만드는 이상하면서도 괴상하고…… 또 예쁜 여자였다.

5. 너무 예쁜 당신

완전 애들 입맛이다.

그와 여러 번의 식사를 함께 한 뒤 내린 시현의 결론은 그가 동생 가현과 똑같은 식성을 지녔다는 거였다.

"아, 좀."

"?"

식탁에서 그와 벌이는 실랑이는 그녀의 진을 빼놓기에 충분했다.

"자꾸 이런 식으로 먹는다면 다음부터 햄이랑 김 같은 건 절대 식탁에 올리지 않을 거예요."

오로지 밥만 먹으려 하는 그에게 반찬을 골고루 먹이는 일은 쉽지 않았다.

그녀가 밥 위에 올려 주는 것과 먹어 보라고 권하는 것은 나름 잘 받아먹었지만 그것도 나물과 채소류는 교묘하게 제외시켰다. 다 먹은 줄 알고 뿌듯한 마음으로 식탁을 치우려다 밥그릇 안에 그녀가 준 채소가 그대로 남아 있는 걸 보고 황당함을 느낀 것도 몇 번이나 되었다.

"먹어요."

시현은 그에게 잘게 썰어 놓은 시금치무침을 들이밀며 단호하게 말했다. 그나마 콩나물은 먹는데 시금치라면 질색을 하는 걸 알고 뭔가 못마땅한 일이 생기면 항상 시금치가 들어간 음식을 만들어 그에게 내밀고 먹는 것까지 확인했다.

그러면 그는 싫은 티를 감추지 못하고 입술을 삐죽이다 마지못해 그것을 입에 넣었다. 그리고 몇 번 씹지도 않고 물과 함께 삼켜 버렸다. 그리고 시현은 싫어하는 음식을 먹는 그를 보면서 가슴에 쌓아 두었던 서운함을 깨끗하게 날려 버리곤 했다.

이제 세강은 식탁 위에 시금치가 들어간 음식이 있으면 인상을 팍 쓰면서 서둘러 그것을 먹어 치우고 은근슬쩍 그녀의 눈치를 살피는 경지에 이르렀다.

"뭐야?"

이제 간단한 대화 정도는 나누는 사이가 된 그가 퉁명스레 물었다.

"뭐가요?"

"불만."

"그런 거 없는데요."

"말해."

"……진짜 그 머리 좀 어떻게 하면 안 돼요? 가뜩이나 날도 더워 죽겠는데, 앞이 제대로 보이기는 해요? 계속 그렇게 있으면 눈 나빠져요. 설마 그것도 모르는 건 아니죠?"

때는 이때다 싶어 시현은 그간 몇 차례나 잔소리처럼 이야기했던 말을 다시 꺼냈다. 답답해 보이니까 머리카락을 자르는 건 어떠냐고, 아니면 묶기라도 하자고 누누이 말을 했건만 그는 늘 답을 하지 않았다.

"귀찮아."

"보는 사람이 답답해 미칠 것 같다고요. 하다못해 앞머리만이라도 어떻게 좀 해 봐요. 사람이 너무 음침해 보이잖아요. ……그럼, 우리 이거 한번 꽂아 볼까요?"

시현은 주머니에서 가현의 머리핀 하나를 꺼내 그에게 내밀었다.

앙증맞은 분홍색 딸기가 장식된 똑딱이 핀.

"흥."

어처구니없는 상황에 처한 그가 코웃음을 날렸다.

"왜요?"

"나더러 이걸 하라고?"

끄덕끄덕.

"그쪽이나 하지."

"난 머리띠 했으니까 괜찮아요."

볼록하고 단정한 이마를 훤하게 드러낸 시현이 파란색 큐빅이 자잘하게 박힌 머리띠를 손으로 가리키며 대답했다.

천진한 그녀의 대답이 마음에 들지 않았던 걸까. 그가 큰 소리를 내며 수저를 내려놓고 주방을 나가 버렸다.

"왜 저래?"

돌발적인 그의 행동에 당황한 시현이 눈을 흘기며 핀을 집어 들었다.

"예쁘기만 하네. ……그냥 장식 없는 까만색 핀으로 가져올 걸 그랬나?"

남자인 그가 꽂기에는 조금은 과한 장식이었지만 그다지 나쁘다는 생각이 들지 않았다. 왠지 잘 어울릴 것만 같은 느낌에 가현의 것을 달랑 집어 왔는데 헛수고만 한 꼴이 되었다.

"밥이나 다 먹고 갈 것이지. ……혹시 핑계 김에 밥을 안 먹으려는 고도의 전략?"

시현은 의심스러운 눈초리로 그가 나간 방향을 노려보았다.

먹기 싫은 시금치까지 잔뜩 먹게 되었으니 밥 생각이 있을 리 없었다. 아무래도 성질을 내고 나간 이유가 밥을 그만 먹으려고 수를 쓴 것만 같았다.

심증은 확실하나 물증이 없는 관계로 아쉬운 입맛을 다신 시현이 식탁을 정리하기 시작했다.

시현은 제대로 식사를 하지 못한 그를 위해 쟁반에 과일과 포크를 담아 거실로 나가 크게 소리쳐 그를 불렀다.

"과일이라도 드세요!"

한참 시간이 지나도 그는 깜깜무소식이었다. 화가 많이 났는가 싶어 조바심이 날 때쯤이 되어서야 그가 모습을 드러냈다.

소리 없이 움직여 소파에 앉는 그를 멀거니 바라보면서 윤세강이라는 남자에 대해 새로이 알게 된 사실을 떠올렸다.

조용하고 무난한 성격인 줄만 알았는데 의외로 소심하고 잘 삐친다.

딱 6살 된 동생 가현을 크게 뻥튀기해 놓은 듯 행동하는 그를 보니 절로 웃음이 새어 나왔다. 그를 보며 눈꼬리를 접는 시현을 외면한 세강이 깎아 놓은 키위 하나를 집어 입에 쏙 넣었다.

"어?"

몇 시간을 같은 자세로 앉아 문제를 풀었더니 어깨가 딱딱하게 굳어 버렸다. 고개를 기울여 목덜미를 주무르던 시현이 목을 움켜쥔 채로 조용히 숨을 토해 냈다.

자? 그가 잔다. 분명 조금 전까지 과일을 먹으며 책을 보고 있던 세강이 지금 그녀의 눈앞에서 잠이 들었다.

믿을 수 없는 상황에 멀뚱멀뚱 눈만 깜박이다가 꿀꺽하고 마른 침을 삼켰다. 그녀는 저도 모르게 숨을 죽이고 천천히 몸을 일으킨 다음 그를 향해 조금씩 다가갔다.

두근두근.

미칠 듯 질주하는 심장박동을 호흡이 따라가질 못해 숨이 가빠왔다. 잠시 멈춰 선 그녀가 양손을 오목하게 모아 입을 가리고 크게 숨을 쉬었다.

읽던 책을 배 위에 올린 채로 소파에 푹 파묻혀 잠든 그의 고개가 옆으로 살짝 기울어져 있었다. 그의 곁에 다가선 시현이 조심스럽게 손을 뻗었다.

목표는 그의 머리카락. 앞머리를 치우고 그의 얼굴을 제대로 볼 계획이었다.

'우와, 심장 터지겠다.'

몰래 이 집의 담을 넘던 그때처럼 아슬아슬한 긴장감에 자꾸만 입이 말라 왔다. 혀로 입술을 살짝 축이고 한 발 더 다가선 다음 엄지와 검지손가락으로 신중하게 그의 머리카락을 잡았다.

'깨지 마라. 절대 깨지 마라. 얼굴만 살짝 볼 테니까. 그때까지 절대 일어나면 안 돼.'

속으로 간절한 기도를 하며 그의 머리를 걷어 내었다.

갸름한 얼굴은 잡티가 하나 없이 희고 고왔다. 모공조차 보이지 않을 정도로 깨끗하고 투명한 피부는 그녀의 것보다 매끄러워 보였다. 거기에 완벽한 모양의 짙은 눈썹과 적당한 크기의 모양 좋고 오뚝한 코가 작은 얼굴 중앙에 유려하게 자릴 잡고 있었다. 꼭 감고 있는 눈꺼풀 아래 드리워진 풍성하고 긴 속눈썹까지. 한 마디로 그의 얼굴은 예술이었다.

"헉. 진짜 예쁘다."

시현은 자신이 소리를 내었다는 사실도 잊고 구석구석 그의 얼굴을 훑어보며 한숨을 내쉬었다. 이리 훌륭한 얼굴을 왜 그리 꽁꽁 감추고 있는지 도무지 이해가 되지 않았다.

아쉽다. 꼭 감겨져 있는 저 눈만 뜨면 참 좋을 텐데.

'미친 척하고 한번 깨워 봐?'

조금 전까지 그가 잠에서 깨지 않길 바랐던 것도 잊었다. 그저 활짝 열린 그의 눈을 보고 싶다는 열망에 빠져 허우적대고 있는 순간, 일이 벌어졌다.

깜박깜박.

옅은 쌍꺼풀에 둘러싸인 길고 큰 눈이 몇 번 열렸다 닫힌다 싶었는데 까만 눈동자와 정통으로 마주쳤다. 그의 곁에 가까이 다가섰다는 사실도 잊은 시현이 황홀한 표정으로 입을 열었다.

"너무 예뻐요."

뒤늦게 정신을 차린 그가 시현을 밀치고 소파에서 벌떡 일어났다.

너무 놀라 뭐라 말도 못 하고 정신없이 2층으로 향하던 그가 계단 중간에 우뚝 멈춰 섰다. 그리고 빠르게 뒤를 돌아 그녀를 향해 크게 소릴 질렀다.

"너, 변태야?"

그는 목덜미를 벌겋게 물들이며 씨근덕거리고는 뭔가 굉장히 억울한 일을 당한 사람처럼 거친 걸음으로 나머지 계단을 올라 모습을 감추었다.

"히히히힛."

시현은 최대한 소리를 죽여 가며 기분 좋은 웃음을 흘렸다. 비록 그에게 변태냐는 소리를 들었지만 굉장한 수확을 거둔 마당에 그깟 말 한마디는 충격거리도 되지 못했다.

남자에게 예쁘다는 말은 어울리지 않을 수도 있겠지만 그는 정말 예뻤다. 머리를 곱게 빗어 넘기고 치마를 입힌다면 완벽하게 여자로 보일 정도의 외모니 말을 해서 뭐할까.

"다행이다."

파르르 화를 내는 세강을 보니 안도감이 솟아올랐다.

누구도 곁에 두려 하지 않고 세상 모든 것에 거부반응을 보이던 그가 조금은 변한 것만 같아 가슴이 뿌듯해졌다. 이렇게 조금씩 변화를 찾다 보면 언젠가 평범한 삶을 사는 그를 만나게 될 것이 틀림없었다.

“세강 씨.”

시현은 아침에 집에 들어서자마자 신나게 그의 뒤를 쫓기 시작했다.

“그만둬.”

“한 번만 해 보자고요.”

“싫어.”

“세강 씨도 답답하잖아요.”

“아니.”

“거짓말하지 마요.”

2층에서 1층으로, 다시 2층으로 그녀를 피해 달아나는 세강의 팔을 붙잡고 늘어지며 애원에 가까운 목소리를 내었다.

“제발, 한 번만.”

“너, 귀머거리야? 하지 말라는 말 안 들려?”

도를 넘어선 시현의 행동에 화가 난 세강이 거칠게 그녀의 손을 뿌리치며 고함쳤다.

그에게 떠밀려 휘청거리던 시현이 놀란 눈으로 그를 쳐다보았다.

‘이런.’

실수다.

요즘 들어 그가 그녀의 말을 너무 잘 들어주어 주제넘은 짓을 하고 말았다. 싫다는 사람을 잡고 집요하게 굴다니, 정신이 어떻게 된 모양이었다.

조금은 그와 가까워졌다는 생각에 그의 기분은 아랑곳하지 않고 제 생각을 강요하고 밀어붙였으니 그가 화를 낼 만도 했다.

"미안해요. 내가 정신 못 차리고……."

왜 심장이 콕콕 쑤시고 쪼그라드는 느낌이 들지?

자신의 잘못으로 그의 기분이 상했다는 걸 아는데 왜 서운함이 가슴을 가득 채우는 걸까. 그의 거친 손길과 공격적인 말투에 왜 상처를 받는 건지 모르겠다.

고개를 살짝 숙여 미안함을 표시한 시현이 터덜터덜 계단을 내려갔다.

"공부나 하자."

시현은 풀이 죽어 자리에 앉아 책을 펴 들었다.

집중해, 정신 차려 등등 오만 가지 말로 흐트러지려는 정신을 바로잡으려 했지만 자꾸만 밑으로 가라앉아 버리는 마음은 쉽게 제자리를 찾지 못했다.

잠시 환상에 빠져 있었나 보다. 집에 오는 다른 도우미들과 다르게 자신을 대하는 그를 보고 의기양양해 과한 오지랖을 떨었다. 그의 변화가 모두 제 능력인 양 건방지게 굴고야 말았다.

그들과 하나도 다를 게 없는 입장인데…….

"어휴."

마음이 무거워 아무것도 손에 잡히지 않았다.

다리를 끌어 모아 가슴에 안고 무릎에 턱을 기댄 자세로 먼 산을 바라보며 생각에 잠겼다. 정도껏 하자. 그저 맡은 일만 하면 되는 거다. 그 외는 모두 쓸데없는 짓일 뿐이다.

'내가 뭐라고.'

세상과 소통하기를 거부하는 그가 평범한 삶을 살 수 있길 바랐다. 그가 달라질 수 있다는 가능성을 봤다는 종혁의 말을 자신도 모르게 맹신한 나머지 어울리지도 않는 구원자 역할 놀이에 푹 빠져 버렸다. 있는 그대로 그의 모습을 인정하고 그가 자신의 의지에 따라 천천히 변하는 걸 지켜보는 게 맞았는데 말이다.

'실수했어. 민시현.'

한숨을 내쉰 그녀가 팔에 얼굴을 묻어 버렸다.

시현은 이제 그가 원하지 않는 건 강요하지도 말고 권유하지도 말아야겠다고 다짐했다. 그러다 혹시라도 그가 그녀의 도움을 원해 손을 내민다면 그때 손을 잡아 주겠다고.

'칫. 시금치도 그만 먹여야겠네.'

"밥 먹어."

그 어떤 일에도 흥이 나지 않았다. 이럴 때 밥을 먹으면 체할 것 같아 그의 것만 차렸더니 대번 쫓아 나와 한 소리를 한다.

"생각 없어요."

늘 그에게 한 수저라도 더 먹이기 위해 아등바등했던 그녀의 역할을 오늘은 그가 대신하고 있었다.

"먹어."

"진짜 먹고 싶지 않다고요."

힘없이 중얼거리는 그녀를 뚫어지게 바라보는 그의 시선을 외면했다.

뭐가 기분 나빠 저리 노려보는데? 서운했던 마음이 배배 꼬이기 시작했다. 자신의 실수를 잘 알고 있었지만 그렇다고 한 번 느낀 서운함이 쉬이 사라지지는 않았다.

"……해 줄게."

"?"

웅얼거리는 작은 소리에 삐딱한 시현의 시선이 그에게 향했다.

"밥 먹으면 네 뜻대로 하게 해 준다고."

꿀꺽.

마른침을 삼킨 시현이 그의 의중을 파악하기 위해 눈동자를 굴렸다.

"진짜요?"

"그래."

"정말로 머리 묶어도 돼요?"

"후. 그래."

시현은 그의 말을 믿을 수 없어 재차 물었다. 그리고 그의 확답이 들려오기가 무섭게 입술을 깨물었다. 그가 빤히 보는 앞에서 모자란 아이처럼 웃어 버리면 그의 마음이 변할지도 모른다는 생각이 들어 슬그머니 벌어지려는 입매를 단속했다.

조금 전까지 그가 원하지 않는 일은 하지 않겠다고 다짐했던 것을 까맣게 잊은 시현의 얼굴이 생기로 가득 차기 시작했다.

"에이, 별로 생각 없는데……."

못 이기는 척 느린 동작으로 몸을 일으킨 그녀가 빠르게 주방을 향해 걸었다. 혹시라도 그의 입에서 다른 말이 나올까 싶어 급히 서두르는 티가 역력했다.

세강이 그녀의 뒤를 따라 주방에 들어섰을 때 시현은 이미 식탁에 앉아 수저를 들고 있었다.

"왜 이렇게 늦게 와요? 찌개 다 식겠네."

“…….”

“빨리 먹어요.”

생글생글 웃으며 식사할 것을 권하는 그녀를 물끄러미 바라보던 그가 내키지 않은 듯 자리에 앉아 수저를 들었다.

“흐음. 누가 했는지 진짜 맛있다.”

흐뭇하게 웃으며 입을 오물거리는 그녀에게 세강의 시선이 한참 머물렀다.

이날의 점심이 민시현 24년 인생을 통틀어 가장 달고 맛있는 식사로 기록되는 순간이었다.

식탁 정리를 다 끝낸 시현이 거실로 나오자 소파에 앉아 있던 그가 바닥으로 내려앉았다. 그녀의 처분을 기다리며 순순히 머리를 내어 주는 모습이 마치 첫날밤을 맞이한 새색시의 수줍은 몸짓을 보는 것만 같았다.

그녀는 준비해 둔 빗과 끈을 들고 그의 뒤에 자릴 잡았다.

‘머릿결도 좋다.’

시현은 적당한 굵기의 부드러움을 지닌 머리카락을 천천히 빗어 내리며 손안에 머무는 감촉을 즐겼다. 가현의 머리를 빗을 때와는 또 다른 느낌이 들어 이상하게 손끝이 떨려 왔다.

낯선 느낌에 당황한 그녀가 서둘러 그의 머리를 하나로 묶으며 작게 말했다.

“다음엔 미용실 가요. 가서 시원하게 잘라도 좋을 것 같아요.”

“……모르는 사람이 손대는 거 싫어.”

시간차를 두고 들려온 그의 말에 시현은 심장이 멎는 것만 같았다.

무슨 뜻일까?

그녀에겐 아무렇지 않게 자신의 머리를 맡겼으면서. 특별히 그녀만 예외로 둔다는 말일까? 정확한 뜻을 묻고 싶어 입술을 달싹이던 시현이 복잡한 시선으로 그의 뒤통수를 바라보았다.

머리를 다 묶었지만 그가 한 말을 되짚어 보느라 묶인 머리카락을 빗고 또 빗었다.

❀

"헛."

실소가 터졌다.

핀이라니, 거기다 분홍색 딸기까지 떡하니 얹혀 있는 그따위 물건을 내밀다니.

도대체 이 여잔 자신을 뭘로 본 걸까?

식탁 위에 놓인 시금치무침을 보는 순간 정신이 아찔해졌다.

오늘은 또 뭐가 마음에 들지 않아 저 반찬을 내놓은 건가 싶어 억지로 그것을 삼키며 그녀의 안색을 살폈다.

태연한 척, 평온한 척, 괜찮은 척 앉아 있는 모습이 신경이 쓰여 묻지 않을까 하다 어렵사리 물었다.

그런데 그가 싫어하는 시금치를 식탁에 올린 이유가 고작 머리카락 때문이라니. 허탈함을 느낄 새도 없이 쏟아져 나오는 잔소리와 뒷목을 잡게 만드는 요상한 핀으로 인해 주방을 박차고 나올 수밖에 없었다.

"답답해 죽으라지. 뭐, 내가 답답한가?"

세강은 혼자서 시근덕거리다 천천히 거울 앞에 섰다. 그리고 느릿느릿 손을 들어 인중 근처까지 흘러내린 삐죽삐죽한 머리카락을 쓸어 올렸다.

환하게 드러나는 자신의 얼굴이 낯설다.

'너 이렇게 생겼었나?'

아침마다 세수를 하면서 항상 보는 얼굴이었지만 오늘은 유독 어색하기만 했다. 그는 천천히 볼을 문지르며 거울 속 자신의 모습을 요모조모 훑어보았다.

눈썹도 눈매도, 코와 얼굴형 모두가 어딘지 모르게 균형이 맞지 않고 비틀어져 보였다.

'이 얼굴을 보면 실망하겠는데.'

자신의 얼굴을 보고 낙담하는 시현의 모습을 떠올리다 흠칫 놀란 그가 거울에서 멀찌감치 떨어졌다.

'민시현이 어떻게 생각하건 무슨 상관이라고.'

어이없는 생각을 했다는 사실이 멋쩍어진 그가 괜한 헛기침으로 쑥스러움을 감추려 들었다.

자꾸 그녀에게 향하려는 생각을 막기 위해 읽다 만 책을 집어 들고 억지로 눈동자에 글을 새겨 넣기 위해 애를 썼다. 양 볼이 흐릿한 홍조로 물들었다는 사실도 모르고 말이다.

깜박 잠이 들었나 보다.

그녀의 부름에 1층 거실로 내려와 과일을 몇 개 집어 먹다 책을 읽고 있었는데 어느새 잠이 들었을까? 어제 늦게까지 책을 보며 잠을 설쳤더니 그 여파가 지금 나타난 모양이다.

그는 무겁게 내려앉은 눈꺼풀에 힘을 주어 천천히 눈을 떴다.

깜박깜박.

'뭐지?'

바로 눈앞에 보이는 시현의 하얀 얼굴과 동그란 눈동자가 그대로 각막으로 쏟아져 들어왔다. 온몸이 순간적으로 뻣뻣하게 굳어 작은 미동조차 할 수 없었다. 머릿속이 하얗게 변한 것과 동시에 숨이 콱 막혀 왔다.

민시현. 그녀가 바로 코앞에서 그를 빤히 쳐다보고 있었다. 두 사람 사이에 당연히 있어야 할 어떤 가림막도 존재하지 않았다.

세강은 질끈 눈을 감았다 다시 떴다.

잘못 본 게 아니다. 시현의 놀라움이 담긴 까만 눈동자와 환한 미소를 머금은 고운 입술이 또렷하게 눈에 들어왔다.

가로막는 것 하나 없이 날것 그대로의 얼굴을 가까이 맞대고 있다는 사실을 믿을 수가 없었다. 정확하게 그녀와 시선을 맞교환하고 있음에도 현실처럼 느껴지지 않았다.

"너무 예뻐요."

그를 빤히 쳐다보고 있던 그녀가 입을 열고 환하게 웃으며 말했다.

'예뻐? 뭐가?'

당혹감에 허우적대던 정신이 시현의 말에 뒤늦게 제자리로 돌아왔다. 그는 빠르게 그녀를 밀어내고 자신만의 공간으로 향했다.

예상치 못한 상대에게 강펀치를 얻어맞은 기분에 정신을 차리기가 힘들었다.

얼떨떨한 정신으로 서둘러 발을 놀리던 세강이 우뚝 멈춰 섰다.

저보다 작은 여자에게 놀라 허겁지겁 도망가는 행색이 어이없고 기가 막혔다. 뭐라 한마디 하지 않으면 억울할 것 같아 계단 중간에 서서 그녀를 향해 소리쳤다.

"너, 변태야?"

아무리 생각해도 생각이란 게 없는 여자다. 어떻게 생긴 뇌 구조를 가졌기에 남자인 자신에게 예쁘다는 말을 서슴없이 할 수 있는 건지 도무지 이해가 되지 않았다.

신경질이 덕지덕지 묻은 걸음으로 방에 들어와 침대에 벌러덩 드러누워 눈을 꼭 감았다. 그렇게 하면 조금 전에 있었던 일이 없어지기라도 할 것처럼.

이리저리 뒤척였지만 혼란으로 가득 찬 속은 쉽게 진정될 기미가 보이지 않았다.

"떨어져. 떨어지라고!"

거칠게 소리쳤지만 머릿속에 들어와 박힌 민시현의 얼굴은 떨어져 나갈 생각을 하지 않았다.

'뭐지?'

아무리 생각해도 무언가에 홀린 것만 같았다.

그렇지 않고서야 자신이 다른 사람이 있는 공간에서 편하게 잠을 잘 리가 없었고 민시현의 얼굴이 뇌세포 하나하나에 또렷하게 새겨진 것처럼 자꾸 떠오를 리도 없었다.

그녀의 얼굴을 그 정도로 가깝게 본 것이 처음이었다.

눈꼬리에 웃음을 매달고 길게 늘어진 커다란 눈과 뜨거운 숨을 뱉어 내느라 살짝 벌어진 붉은 입술이 유독 생생하게 머릿속을 떠다녔다.

"미치겠네."

한참 시간이 지난 뒤 세강의 머릿속엔 한 가지 사실만 남았다.

민시현은 예쁘다.

'신경 쓰인다. 신경이 쓰여 미치겠다.'

아팠겠지? 너무 세게 밀었다. 다친 건 아니겠지? 그러게 왜 싫다는 사람을 그리 귀찮게 해서는.

안절부절못하며 2층 거실을 서성이던 그가 머리카락을 쥐어뜯었다.

시현이 아침에 현관을 들어서면서부터 머리를 한 번만 묶어 보자고 성화를 부렸다. 싫다고 몇 번이나 얘기했건만 귓등으로도 듣지 않고 고집을 부렸다. 뒤를 졸졸 따라다니며 같은 이야기를 반복하는 게 짜증스러워 저도 모르게 큰 소리를 내고 말았다.

조금만 참을걸. 그러지 말걸.

때늦은 후회가 그를 덮쳤다.

세강은 도저히 이대로 있을 수가 없어 조용히 아래층으로 향했다. 그녀가 어떻게 하고 있는지 눈으로 보고 싶었다. 또 가능하다면 사과의 말 정도는 해야겠다는 생각에 소리 없이 움직였다.

'이런.'

팔에 얼굴을 묻고 쪼그려 앉아 있는 그녀를 보자 심장이 뚝 떨어져 내렸다.

'저, 저기…….'

생각보다 충격이 컸는지 그의 기척도 느끼지 못하는 시현을 보고도 입이 떨어지지가 않았다.

울고 있나? 이럴 땐 어떤 식으로 말을 하고 행동해야 하는지 도통 알 수가 없었다.

자신이 다른 사람에게 상처를 줄 거라곤 상상도 못 했던 그가 처음 맞닥뜨린 상황에 어찌할 바를 모르고 서성이다 발소리를 죽여 그 자리를 벗어났다.

상처 입은 작은 새처럼 떨고 있는 여자에게 어떤 식으로 다가가야 하는지 방법을 알지 못했고, 혼란 속에서 그가 할 수 있는 일이라곤 비겁하게 도망치는 것밖에 없었다.

그녀의 기척만 살피며 전전긍긍하던 차에 식사 시간이 되었다. 여느 때와는 다르게 작은 소리로 그를 부르는 말을 듣고 벌떡 일어나 주방으로 향했다.

계단을 내려가면서도 조마조마한 마음은 가라앉지 않았고 거실에 우두커니 앉아 있는 시현을 보고도 왜 그러고 있는지 묻지도 못했다.

1인분이다. 식탁 어디에도 그녀의 몫은 존재하지 않았다.

울컥하고 가슴 깊은 곳에서 무언가 치밀어 오르는 기분이 들었다. 그를 멀리하려는 그녀의 마음을 보는 것만 같아 절로 인상이 찌푸려졌다.

"후우."

아무리 속이 상했다 해도 밥은 먹어야지. 치사하게 그의 것만 달랑 차려 주는 그녀가 마음에 들지 않았다. 서운함이 파도처럼 밀려들어 밥 생각이 싹 달아났다.

지금껏 별로 먹고 싶지 않아도 차려 준 그녀의 성의를 생각해서 먹었고, 또 나중에는 그녀 혼자 밥을 먹는 것이 보기 싫어 꼭 꼭 자리를 같이했는데…….

그래도 이번엔 자신이 잘못한 것이 있으니 먼저 화해를 청해야만 했다.

'원하는 걸 들어주는 수밖에 없는 건가?'

오늘은 시현이 오지 않는 날이다.

"조용하네."

시끄럽게 잔소리를 해 대는 사람이 없으니 고요하고 좋을 것만 같았는데 도리어 따분했다.

거기다 오늘은 하루가 무척이나 길었다. 그리고 지루할 정도로 길게 느껴지는 날은 내일까지 계속될 예정이었다.

예전에는 몰랐는데 유독 주말이 빨리 돌아오는 느낌이다. 눈 깜박하면 주말이 되고 그 주말 동안에는 시간이 더디게만 흘렀다.

주말에도 밥은 먹어야 하는데…….

누군가 챙겨 주지 않으면 음식을 입에 대려 하지 않는다는 것을 알면서, 주말 동안 그가 밥을 먹는지 굶고 있는지 궁금하지도 않은가 보다.

무정한 여자 같으니.

세강은 느릿느릿 현관을 열고 정원으로 향했다.

뜨거운 공기가 한꺼번에 달려들었지만 그는 서두르지 않았다. 천천히 그녀가 살고 있는 곳과 가장 가까이에 있는 담장을 향해 움직였다.

고요하다. 열기로 가득 찬 한낮이라 그런지 담장 너머에는 작은 움직임도 없었고 어떤 소리도 들리지 않았다.

양손을 주머니에 꽂고 살짝 고개를 숙인 세강이 그의 집과 시현의 집을 가로막고 있는 담장을 따라 걸음을 옮겼다. 천천히 걷다 앞이 막히면 뒤로 돌아 걷고 또 앞이 막히면 다시 뒤로 돌아 걸었다.

그렇게 이마에 송골송골 땀이 맺힐 때까지 세강은 담장 아래를 떠나지 못했다.

6. 조금씩 조금씩

"언니이!"

높다란 가현의 음성이 날카롭게 귓속을 파고들었다.

"흐흥."

앓는 소리가 절로 나온다. 밤새 뒤척이다 새벽녘에 겨우 잠이 들었는데 유난히 아침잠이 없는 동생은 일찍부터 그녀의 방문을 열어젖혔다. 일요일에는 무조건 10시까지 자야 하는데 오늘도 그 시간을 채우긴 글렀다.

"언니. 나랑 수영하자."

"가현아 언니 좀 살려 주라."

베개에 얼굴을 묻고 웅얼거리듯 애원하는 말을 가현은 가뿐하게 무시하며 제 할 말을 하기 시작했다.

"언니, 언니. 수영해. 수영하자. 응?"

"……."

"빨리 일어나."

가현은 아예 그녀의 팔을 잡아 흔들며 언니 소리를 끊임없이 해 댔다.

"제발."

겨우 한쪽 눈꺼풀을 힘겹게 들어 올린 시현이 울상을 지었다. 요럴 때 동생은 천사가 아니라 마녀처럼 느껴진다. 세상에 둘도 없는 아주 무시무시한 꼬마 마녀.

"어서 일어나 봐. 아빠가 수영장 만들어 줬어."

아마 가현이 꿈을 꾼 모양이다. 어제저녁, 아니 오늘 새벽까지도 텅 비어 있던 마당에 수영장이 있을 리가 없었다. 그녀를 깨우기 위해 갖은 애를 쓰는 동생이 조금은 안쓰럽게 느껴져 눈을 꼭 감고 입을 열었다.

"가현아, 나중에…… 언니 조금만 더 자고."

"지금. 응?"

"눈이 안 떠져서 일어날 수가 없어."

"가현이가 도와줄게."

괜히 얘기했다.

말이 끝나기가 무섭게 시현의 얼굴에 바짝 다가와 선 가현이 앙증맞은 손가락으로 그녀의 눈꺼풀을 밀어 올리기 시작했다.

"으악! 민가현. 그만해."

더 이상 자는 건 포기해야 하나 보다.

힘겹게 몸을 일으킨 시현의 고개가 절로 바닥으로 향했다. 정말 피곤한데…….

"일어났어?"

눈을 반짝이며 묻는 폼이 착한 일을 했으니 칭찬해 달라는 투다.

"그래."

"힝. 아직도 그대로 있으면서."

"일어났어. 그러니까 먼저 나가 있어. 세수하고 갈게."

"……알았어. 빨리 와야 돼."

제 볼일을 마친 가현이 다다다 뛰어 방을 나갔다. 역시 치고 빠지는 경계를 잘 아는 아이다.

"에구구구."

힘들다. 매번 느끼는 거지만 어린 동생의 터미네이터급 체력에 대항하기란 쉬운 일이 아니다.

겨우 눈을 뜬 시현이 느리게 침대를 벗어나며 머리카락을 쓸어 올려 핀을 꽂았다.

덥다. 장마철이라 그런지 유독 비가 오락가락하는 날이 많아서 축축 처지는 느낌이었다.

목덜미를 주무르며 화장실로 향한 시현이 칫솔에 치약을 듬뿍 짜서 입으로 가져갔다. 화한 민트 향에 정신이 일시에 깨어나는 기분이다.

'일어났겠지?'

눈은 양치질을 하는 거울 속 자신의 모습을 보고 있는데 생각은 세강에게로 흘렀다.

요즘 그를 생각하는 시간이 많아 큰일이다. 공부를 하다가도 펜을 입에 물고 멍하니 앉아 그를 떠올리고 있는 자신을 발견하고 흠칫 놀랄 때가 한두 번이 아니었다.

아마도 그가 근래 들어 이상한 모습을 보이고 있기 때문일 거다. 마치 그녀가 처음 그의 집에 갔을 때처럼 먹는 시늉만 하는 날이 많아졌고 무슨 생각을 하는지 말도 붙이지 못할 정도의 날카로운 기운으로 벽을 세우고 있었다.

접근 금지.

온몸으로 그것을 부르짖는 통에 슬슬 눈치를 봐야 하는 날이 점차 늘어만 갔고 그게 은근히 스트레스를 유발했다.

"무슨 일이 있나?"

그의 형에게 물어볼까도 생각했지만 너무 과한 오지랖을 떠는 일 같아 망설여졌다. 그렇다고 계속해서 그런 분위기에서 생활할 수도 없는 노릇인데……. 어제도 이 난국을 헤쳐 나갈 방법을 생각하다 잠을 설치고 말았다.

"골치 아파."

너무 골똘히 생각을 집중한 탓인지 두통이 생길 지경이었다. 지금 자신의 상황이 딴 생각이나 하고 있을 때가 아닌데 윤세강이 그녀를 가만히 놔두질 않았다.

'그만, 그만 생각하자.'

뾰족한 수도 없으면서 고민만 하고 있는 지금 제 꼴이 마음에 들지 않아 시현은 신경질적으로 입을 헹구고 세수를 하고 주방으로 향했다.

"엄마, 나 커피."

"눈뜨자마자 무슨 커피야."

"어머니의 어린 딸을 상대하려면 카페인 성분이 필요하다는 걸

정녕 모르십니까?"

시현의 말에 희선은 피식 웃었다.

"말은 잘하지."

"고마워. 칭찬으로 들을게. 솔직히 하나라도 잘하는 게 있다는 게 어디야? 감사하고 살아야지."

"오! 그 자세 좋다. 그럼 잘 낳아 준 엄마한테 뭔가 보답해야겠다는 생각은 안 드니?"

"뭘 원하는데?"

"원하는 거 있음 해 줄 수 있기는 하고?"

"또 모르지."

"말이라도 됐다는 소리 안 해서 다행이다."

투닥거리며 말싸움하듯 대화를 주고받는 두 사람은 모녀간으로 보이지 않았다.

21살에 그녀를 낳은 어머니 고희선 여사는 이제 40대 중반이었지만 제 나이보다 어려 보이는 외모를 가지고 있어 같이 외출이라도 할라치면 막내 이모나 나이 차가 나는 자매지간으로 보는 사람들이 꽤 많았다.

"가현이는?"

"밖에."

"수영하자고 하던데, 무슨 말이야?"

"나가 봐라. 내가 네 아빠 때문에 미치겠다. 도대체 무슨 생각으로 그딴 걸 사서는……."

그때 비명에 가까운 가현의 높다란 웃음소리가 온 집에 울려 퍼졌다. 깜짝 놀란 시현이 빠르게 현관을 향해 뛰었다.

"세상에…… 이게 다 뭐야?"

"언니. 빨리 와. 진짜 좋지?"

입이 찢어져라 함박웃음을 짓는 가현이 그녀를 향해 빠르게 손짓했다.

여러 개의 기둥으로 둘러싸인 파란색의 대형 풀장이 마당 한쪽을 꽉 채우고 있었다. 풀장 전용 사다리까지 있는 커다란 크기에 놀란 것도 잠깐이었다.

"파라솔에 썬베드까지?"

시현은 어처구니없다는 표정으로 풀장을 향해 다가갔다. 분홍색 수영복을 차려입은 가현이 넓디넓은 풀에 콸콸 쏟아지는 물을 보며 좋아서 어쩔 줄 몰라 했다.

"이거 오늘 안에는 다 받을 수 있는 거예요?"

"설마 오늘을 넘기기야 하겠어? 이거 금방 돼. 오래 안 걸려."

미심쩍은 물음에 아버지 민원종 씨께서 천연덕스럽게 대꾸하자 시현은 작게 한숨을 내쉬었다. 이럴 때 보면 아버지가 아니라 동생같이 느껴진다. 저 대책 없음을 어이할꼬.

"난 이달 수도요금이 얼마나 나올지 무지 궁금한데, 아빤 어때?"

"하하하. 안 그래도 네 엄마한테 그것 때문에 한바탕 잔소리 들었다."

"그럴 만도 하지. 딱 봐도…… 으아악!"

아버지와 이야기를 나누고 있는 그녀에게 가현이 모래놀이용으로 나온 작은 양동이에 물을 담아 끼얹고 짧은 다리를 정신없이 움직여 달아났다. 등에서부터 시작해 엉덩이를 거쳐 다리까지 흘러내리는 물로 인해 진저리를 친 시현이 가현을 슬쩍 흘겨보고 천천히 다리를 움직였다.

"이게 뭐야? 민가현! 너 거기 안 서?"

"까악! 히히히힛."

"요 녀석. 너 잡히면 어떻게 되는 줄 알지?"

"하하하하. 나 잡아 봐라."

시현은 기습공격을 감행한 동생의 뒤를 쫓아 마당을 몇 바퀴 달려 준 다음에야 그곳을 벗어날 수 있었다.

"녀석. 일을 만드네."

축축하게 젖은 옷을 갈아입기 위해 집으로 향하던 시현이 복잡한 눈으로 그의 집을 바라보았다.

지금 그는 뭘 하고 있을까?

넓은 집에 홀로 있을 그를 떠올리자 대번 가슴이 갑갑해졌다.

10년이 넘도록 세상과 담을 쌓고 살아온 사람인데, 몇 달 전만 해도 존재조차도 몰랐던 타인일 뿐인데 왜 그를 생각하는 시간이 점점 늘어나는 건지, 왜 자꾸 그가 걱정이 되는지 모르겠다.

점심 무렵부터 꾸물꾸물 먹구름이 끼기 시작한 하늘을 불안하게 바라보던 가현이 빗방울이 하나둘씩 떨어지자 울상을 지었다.

"그만 놀고 들어가자. 비가 더 많이 올 것 같아."

"힝. 좀만 더."

"다음에 또 놀고, 오늘은 그만."

"비 와도 놀 수 있어."

"고집 그만 부리고 들어가자니까."

"시러."

아예 그녀가 있는 쪽은 쳐다보려고 하지 않는 동생을 향해 엄한 목소리를 내었다.

"민가현, 두 번 다시 여기서 못 노는 수가 있어."

"치. 협박하지 마."

"……."

억울함을 그대로 담은 가현의 말에 순간적으로 할 말을 잃었다. 마치 선한 사람의 뒤통수를 후려치는 몹쓸 사람이 된 것 같아 입안이 쓰게 느껴졌다.

역시 막 자라나는 아이의 언어 습득 능력은 무궁무진하다. 도대체 저 말을 어디서 주워들은 건지 상당히 궁금했지만 호기심을 드러내지는 않았다. 여기서 어물쩍 넘어가면 기회를 놓치지 않는 아기 여우가 제대로 고집을 부릴 것이 확실했기 때문이다.

"그게 듣기 싫으면 말 들어. 계속해서 놀 수 없는 상황인 건 너도 잘 알잖아."

"그래도……."

마지막 앙탈을 부리는 동생을 향해 눈을 부릅뜨자 아이는 분한 듯 입을 다물었다.

"가현아, 비 많이 온다. 들어가자."

현관에서부터 큰 소리를 내며 달려온 원종이 풀장 위에 덮개를 덮는 동안 커다란 수건으로 동생을 감싸 안았다. 빠른 걸음으로 집으로 들어가 거실에 내려놓을 때가지 가현은 그녀를 외면했다.

"엄마."

시현은 거실 바닥에 발이 닿기가 무섭게 희선에게 달려가 품에 안기는 가현을 보며 한숨을 폭 내쉬고는 자신의 방으로 향했다.

두두두툭. 쏴아.

본격적으로 내리기 시작한 큼직한 빗방울을 창문을 통해 바라보며 살짝 미간을 찌푸렸다. 순식간에 시꺼멓게 변해 버린 하늘과 우박 떨어지듯 커다란 소리를 내며 내리꽂히는 빗줄기는 보는 것만으로도 마음이 심란해졌다.

"무섭게 쏟아지네."

Rrrrr. Rrrrr.

창문 앞에서 유리에 얼룩을 만드는 빗방울을 바라보다 갑자기 울리는 휴대폰 벨소리에 화들짝 놀란 시현이 정신없이 전화를 받았다.

"여보세요."

— 시현 씨.

친근하게 제 이름을 부르는 낮은 음성에 그녀는 눈을 동그랗게 떴다.

"누구…… 아, 어쩐 일이세요?"

윤종혁.

뒤늦게 휴대폰에 저장된 이름을 확인한 그녀가 서둘러 용건을 물었다.

— 지금 제가 있는 곳에는 비가 오는데 거기도 그렇습니까?

"네. 여기도 와요."

날씨 물어보려고 했나? 장마철이기도 하고 여기저기 국지성호우가 빈발할 것이라는 뉴스를 들었던 터라 뜬금없는 종혁의 전화에 의아함을 느꼈지만 꼬박꼬박 대답했다.

— 얼마나?

휴대폰을 손에 들고 창문을 열어젖히기가 무섭게 굉장한 기세로 빗방울이 들이닥쳤다.

“상당히 많이 내려요.”

— 흐음. 부탁 한 가지만 들어줬음 하는데…….

“뭔데요?”

평소 종혁이 내는 목소리가 아니었다. 조금은 느물거리는 듯하던 그가 어딘가 모르게 초조한 티를 숨기지 못했다.

— 지금 세강이에게 가 주겠어요? 전화를 해도 받질 않아서……. 그 녀석 상태가 어떤지 확인하고 얘기 좀 해 줬으면 좋겠어요. 내가 지금 그리 갈 수 있는 상황이 아니라서 그래요.

“네?”

그의 말이 무슨 뜻인지 선뜻 이해가 되지 않아 되물었다. 세강의 상태라니.

— ……이맘때 부모님이 돌아가셔서 비와 관련된 안 좋은 기억이 있어요. 비가 조금 오는 건 상관없는데 많이 내리면 세강이가 많이 불안해해요. 그리고 혹시라도 그 녀석이 신경질적으로 굴어도 오늘은 시현 씨가 조금만 이해해 줬으면 좋겠어요.

동생을 향한 걱정이 가득 담긴 종혁의 말에 시현은 빠르게 움직였다. 오늘은 옆집으로 가는 날이 아니었지만 마음이 급해졌다.

“알겠어요. 지금 당장 가 볼게요.”

그에 대한 걱정으로 갑자기 심장이 빠르게 뛰고 호흡이 거칠어졌다.

— 고마워요. 만약 무슨 일이 생기면 꼭 전화 줘요.

"네."

채 열 걸음도 안 되는 방에서부터 현관까지의 거리가 멀게만 느껴졌다. 공중에 붕 떠 있는 느낌이 들어 발을 움직이는 것도 쉽지가 않았다.

"너 어디 가?"

주방에서 나오던 희선이 우산을 들고 급하게 현관문을 열어젖히는 시현을 보고 말을 걸었지만 대꾸할 정신도 없었다.

시현은 무섭게 떨어지는 빗줄기를 가르며 옆집으로 향했다. 잠깐 움직인 건데도 반바지 아래로 드러난 다리가 온통 젖어 버렸다.

"세강 씨. 저 왔어요. 무슨 비가 이렇게 무식하게 쏟아진담."

그녀는 세강의 집 현관을 열고 집 안으로 들어서며 일부러 큰 소리를 내어 자신의 방문을 알렸다.

어둡다. 작은 등 하나 켜 있지 않은 집 안이 어둠에 싸여 있었다. 현관 센서등이 꺼지자 그 어둠은 더욱 짙어졌다.

뭔지 모를 불안감에 시현은 크게 심호흡을 하고 다시 입을 열었다.

"세강 씨. 저 수건 하나만 가져다주세요. 이대로는 도저히 들어갈 수가 없어요."

도대체 어디 있는 걸까? 못 들은 걸까?

꿀꺽.

대상을 알 수 없는 두려움이 왈칵 밀려들었다. 이렇듯 진한 어둠 속에서 그는 무엇을 하고 있는 건지 모르겠다.

서둘러 신을 벗어 던진 시현이 물이 뚝뚝 묻어나는 발로 집 안에 들어섰다.

머리카락이 쭈뼛 서는 어둠을 노려보며 몸을 움직여 전등 스위치를 올렸다. 일시에 쏟아져 들어오는 빛에 잠시 눈을 가늘게 뜬 그녀가 거실과 주방을 둘러보고 2층으로 향했다.

"후우."

빠르게 뛰는 심장박동을 가라앉히기 위해 몇 번의 심호흡을 시도했지만 무섭증으로 인해 쉬이 제자리를 찾지 못했다. 끊임없이 후두둑 떨어지는 빗소리가 스산함을 가중시켰고, 꼭 쥔 주먹으로 인해 팔에 경련이 일 정도였지만 그것을 풀 생각도 하지 못했다.

우르릉 쾅. 번쩍.

천둥에 이어 번개까지 내리치자 악 하고 비명을 지른 시현이 눈을 꼭 감았다.

"세강 씨."

떨리는 음성으로 간절히 그의 이름을 불렀다. 이제 그만 대답해 주면 좋으련만. 그의 기척은 어디에서도 느껴지지가 않았다.

텅 비어 있는 거실. 2층 거실에도 그는 없다.

입술을 깨물고 그의 방으로 향했다. 제발 여기에는 있기를…….

딸깍.

손잡이를 잡은 채로 다시 그의 이름을 불렀다.

"세강 씨. 여기 있어요?"

시현은 방문 옆 벽을 더듬어 스위치를 눌렀다.

환한 빛 아래 드러난 주인을 잃은 침대. 휑한 방 어디에도 그의 모습은 보이지 않았다. 조심스레 방 한쪽에 있는 욕실로 다가가

문을 열었지만 그곳 역시 비어 있었다.

"어디 간 거야?"

원래 바깥출입을 하지 않는 사람이 이런 날씨에 외출할 일은 절대 없을 터였다.

다시 한 번 그를 차근차근 찾아보기 위해 몸을 돌리던 시현이 빠르게 고개를 돌렸다. 책상 앞으로 삐죽 튀어나온 의자와 그 아래 그늘진 책상 밑으로 빼꼼히 드러나 있는 발이 보였다.

설마.

급하게 다가가 의자를 밀어내고 고개를 숙인 그녀의 눈에 귀를 막은 상태로 웅크리고 있는 그의 모습이 보였다. 무언가를 거부하듯 힘겹게 도리질을 치며 눈을 꼭 감고 바들바들 떨고 있는 것은 분명 윤세강, 그였다.

"세강 씨!"

시현은 다급하게 그를 불렀다. 왜 이러고 있어요?

팔을 잡고 흔들었지만 그는 그녀가 온 것도 모르는 듯했다. 완벽하게 자기만의 세계에 빠져 허우적대는 모습이 위태로워 보였다. 이래서 그의 형이 걱정을 했나 보다.

"……잘못했어요. 잘못……."

그의 입에서 작지만 끊임없이 나오는 것은 사과의 말이었다. 어떤 죄를 졌기에 이렇듯 고통스러워하며 잘못을 비는 걸까. 너무나 아파 보이는 그를 보니 목구멍이 따끔거리고 심장이 죄어 왔다.

시현은 어떤 위로의 말도 소용없을 것만 같은 그의 머리와 어깨를 보듬어 안았다. 그리고 그의 귓가에 작게 되뇌었다.

"괜찮아요. 이제 괜찮아요. 아무 일도 없을 거예요."

그러니 그만 아파해요. 그만 벌을 줘요. 그가 가진 죄책감이 어디에서 나온 것인지 모르겠지만 이만하면 됐다 싶었다. 10년이 넘는 시간 동안 그만큼 죄를 빌었으면 이제는 충분하다 싶었다. 그 대상이 누군지는 모르겠지만 이제는 그를 용서해 줬으면 했다.

시현은 그의 관자놀이에 입술을 꾹 누르고 간절한 마음을 담아 그를 자유롭게 해 달라고 빌고 또 빌었다.

"세강 씨. 제발……."

그 상태로 얼마나 있었을까? 생명이 빠져나간 것처럼 보이는 흐릿한 눈동자가 서서히 움직였다.

몇 번 눈꺼풀을 깜박이던 그의 초점이 곧장 그녀에게 맞춰졌다. 그 순간 사납게 창을 두드리는 빗소리도 들리지 않았다. 넓디넓은 공간에 살아 있는 것은 오로지 두 사람인 것처럼 그가 그녀의 눈과 심장에 들어와 버렸다.

"……괜찮아요?"

시현은 그를 감싸 안고 있던 팔을 풀고 겨우 목소리를 쥐어짜내 말을 걸었다.

뜨겁다. 그의 시선에 타오를 것 같은 열기가 느껴졌다. 조금의 미동도 없이 그녀의 얼굴에 날아와 박힌 까만 눈동자를 피해 슬그머니 눈을 내리깐 시현이 마른침을 삼키고 두서없이 입을 열었다.

"노, 놀랐죠? 뭐, 오늘은 오는 날이 아니지만 심심해서 놀러 왔어요. 무지 반갑죠? 근데 비가 너무 많이 오지 뭐예요. 조금 걷는데도 홀딱 젖어 버렸어요. 아! 우리 김치부침개 해 먹을래요? 이런 날은 맛있는 거 먹으면서 방바닥을 뒹굴거리는 게 제일 좋거든요."

"……."

"막걸리랑 만화책만 있으면 딱인데. 정말 아쉽다."

재잘재잘 떠드는 시현의 입술에 그의 시선이 붙박이처럼 와 닿았다.

"……민시현?"

"네. 저예요. 뭐야? 이제 알아본 거예요? ……어서 일어나요. 우리 같이 부침개 만들어요."

민망함에 얼굴을 붉힌 시현이 숨 막히는 공간을 벗어나기 위해 그의 팔을 잡아당겨 책상 밑에서 나오도록 했다.

확.

거칠게 당기는 손길에 반쯤 몸을 틀었던 시현이 덮치듯 그의 품에 안겨 버렸다.

그녀의 정수리에 입술을 묻고 강하게 허리를 끌어안는 그의 손길에 간절함이 담겨 있었다. 왜 이러는 거냐고 물어야 하는데, 그의 손을 쳐 내고 그의 품에서 벗어나야 하는데 몸에 힘이 들어가지 않았다.

쿵쿵쿵.

그의 심장이 힘차고 빠르게 뛰고 있었다. 불안감이 느껴지는 그 소리에 귀를 기울이던 시현은 느리게 손을 올려 그의 등을 끌어안았다.

"또 시작이군."

얼마 전부터 계속된 두통으로 인해 관자놀이를 누르는 세강의 손길에 신경질이 배어났다. 벌써 며칠짼지……. 장마가 시작될 때쯤이면 통과의례처럼 생겨나는 두통이었고, 올해도 그 증상은 여지없이 그를 찾아왔다.

진통제를 먹어도 효과는 약하기만 했다. 점점 더 많은 양의 약을 원하는 몸뚱이가 저주스럽게 느껴질 정도였다. 뾰족하게 날이 선 자신으로 인해 시현이 불편해한다는 걸 알면서도 그녀를 편하게 해 주질 못했다.

Rrrrr. Rrrrr.

요란하게 울리는 전화벨 소리에 세강이 대번 인상을 찌푸렸다. 그와 동시에 지끈거리는 통증이 한층 더 심해졌다.

"왜?"

이 집에 전화를 걸 사람은 한 명뿐이기에 불퉁하게 입을 열었다.

— 몸은 어때?

"괜찮아."

— 병원에 갈래?

"괜찮다고 했잖아."

그의 말을 무시하고 병원을 들먹이는 종혁에게 이를 악물고 대답했다.

— 네 말을 믿을 거라고 생각하는 건 아니지?

실소가 새어 나왔다. 병원에 가도 별다른 수가 없다는 걸 뻔히 아는 형이 요즘은 유난스러울 정도로 그의 건강에 촉각을 세웠다.

"마음대로 생각해. 어쨌든 병원엔 안 가."

— 그럼 김 박사님 보낼까?

"유난 떨지 마. 별수 없다는 건 누구보다 형이 더 잘 알잖아. 왜? 수면제 놔서 잠이라도 재우게?"

그의 두통은 심리적인 원인이 크다고 했다. 부모님의 죽음을 직접 목격한 트라우마로 인해 비가 자주 오는 장마철이면 유독 그 증상이 심해져 자꾸만 안으로 움츠러드는 경향을 보이고 있었다.

— 그런 뜻이 아닌 거 잘 알잖아. 내가 지금 갈게.

"뭐 하러 와? 바쁘다며……. 나 신경 쓰지 말고 일이나 해."

— 세강아.

"귀찮아. 쓸데없이 자꾸 전화하지도 말고 일 없이 오지도 마."

— 하아. 알았다.

깊은 한숨과 함께 종혁은 전화를 끊었다.

버르장머리 없이 말하는 동생에게 화도 내지 않는 걸 보니 자신의 형이 인내심 하나는 대단하다는 생각이 얼핏 들었지만 사과할 생각 따윈 없었다.

"까아. 히히히힛."

"으악. 이게 뭐야."

늘 조용하던 옆집이 오늘따라 왁자지껄했다. 높다란 웃음소리와 비명에 가까운 음성이 담장을 넘어왔다.

"민가현!"

시현이다.

경고를 담아 누군가의 이름을 부르는 이 목소리의 주인공은 그녀가 맞았다. 가족과 함께 즐거운 휴일을 보내는 모양이다. 하지만 저와는 상관없는 일이기에 2층 베란다에 나와 있던 세강이 느리게 고개를 돌렸다.

밝은 세상에서 살고 있는 시현과 음침하고 어두운 자신은 맞지 않았다. 어쩌면 자신을 감싸고 있는 시꺼먼 불운의 그림자가 그녀에게까지 손을 뻗을지도 몰랐다.

시현에게 고통을 주지 않기 위해 자신이 할 수 있는 일이라곤 그저 그녀에게 가까이 다가가지 않는 것밖에 없었다. 늘 환하게 웃는 그녀의 미소를 보려면 말이다.

쏟아진다.

점점 강하게 쏟아져 내리는 빗줄기를 타고 어둠이 조금씩 그를 덮쳐 왔다. 하늘에 구멍이라도 난 것처럼 집중적으로 그를 향해 내리꽂히는 그것을 피하기 위해 주위를 둘러보았다. 숨을 곳을 찾아야 했다. 저것이 자신의 몸 어디에도 닿지 못하게 도망쳐야 한다.

미친 듯이 구석을 찾아 몸을 숨긴 그는 귀를 막았다. 세찬 비바람의 소리를 차단하기 위해 필사적으로 양쪽 귀를 누른 손에 힘을 주었다.

"안 돼……. 오지 마."

조금씩 영역을 넓혀 오는 어둠으로 인해 숨이 콱 막혔다. 차가운 빗줄기와 함께 그를 향해 오는 그것을 떨쳐 내려 해도 역부족이었다. 늘 그를 찾아오는 암흑의 중앙에 떡하니 버티고 있는 흐릿한 두 개의 눈동자가 점차 붉게 물들어 가기 시작했다.

"허억."

뭐가 있는지조차 모를 정도로 깜깜한 가운데 왜 유독 저 붉은 빛은 또렷하게 보이는 걸까? 끊임없이 흘러내리는 그것의 정체가 무엇인지는 보지 않아도 느낄 수가 있었다. 시각보다 먼저 그에게 닿은 짙은 비린내. 절로 욕지기가 치밀어 올랐다.

닿는다. 바로 눈앞에 또렷하게 떠오른다.

"가……. 가 버려."

밀어내려 해도, 고개를 돌리려 해도 할 수가 없다. 고작 귀를 막고 몸을 작게 웅크리는 수밖에 없다.

투툭. 투툭. 쏴아아.

그를 비난하는 듯 빗줄기가 강렬해진다. 커다란 빗방울 하나하나에 맺혀 있는 진득한 원망이 숨통을 움켜쥐고 놓아줄 생각을 안 한다.

"잘못했어요. ……내, 내가 잘못했어요."

억눌린 목구멍을 간신히 열어 작은 소리를 내었다. 절박하게 같은 말을 몇 번이나 중얼거리며 눈을 꼭 감았지만 그것은 쉽게 그를 용서해 줄 마음이 없는가 보다.

집요하고 매몰차게 그에게 달려들어 그를 갈가리 찢어 놔야 성이 풀릴 모양이었다. 숨이 막힌다. 온몸에 생채기가 생긴 듯 욱신거리고 아프다.

발버둥 칠 수 없을 정도로 그를 뒤덮은 어둠이 점점 더 깊은 곳으로 그를 끌어당겼다.

따뜻하다?

벗어나려 발악하는 것을 포기할 즈음 무언가 포근하고 따뜻한 것이 그를 감싸 안았다. 자신을 향해 다가오던 어둠이 조금씩 열어지는 것을 가늘게 뜬 눈 사이로 확인했다.

이리 쉽게 물러갈 놈이 아닌데, 이상하다.

"괜찮아요. 이제 괜찮아요. 아무 일도 없을 거예요."

분명 귀를 막고 있었는데 그 사이로 조용하고 부드러운 음성이 파고들었다. 다정한 음성이 상처 입은 그의 마음을 살살 다독여 주고 있었다.

누구? 느리게 손에 힘을 빼자 그녀의 음성이 또렷하게 들려왔다.

"이제 괜찮아요. 그러니 제발……."

쿵쿵쿵.

시현의 심장이 뛴다. 귓가에 가득 울리는 그 소리를 들으니 점차 마음이 편해지고 온몸에 힘이 풀렸다.

종알종알.

쉴 틈 없이 떠드는 목소리는 분명 민시현의 것이 맞는데…….

"……아! 우리 김치부침개 해 먹을래요? 이런 날은 맛있는 거 먹으면서 방바닥을 뒹굴거리는 게 제일 좋거든요. ……막걸리랑 만화책만 있으면 딱인데. 정말 아쉽다."

그는 눈에 힘을 주고 그녀를 쳐다보았다. 믿기지 않아서, 보고 있으면서도 눈앞에 그녀가 있다는 것이 현실처럼 느껴지지 않았다.

"……민시현?"

억눌린 제 음성이 낯설기만 하다.

그의 팔을 잡아당기는 약한 힘에 이끌려 구석진 자리에서 벗어나기가 무섭게 따스한 온기를 끌어당겼다. 그리고 요리조리 시선을 맞추지 않으려는 그녀를 품 안에 가득 안았다.

늘 텅 비어 있던 허전한 가슴이 꽉 채워지는 느낌이 들었다. 이제 그 어떤 어둠이 자신을 찾아와도 그녀만 있으면 이겨 낼 수 있을 것만 같았다.

놓을 수 없다. 절대로.

자신이 살기 위해서라도 절대 이 여자를 놓으면 안 된다는 생각에 그녀를 안은 팔에 힘을 주었다.

유일한 생명줄. 나만의 쉼터. 그녀만 있으면, 이제 민시현만 곁에 있으면 된다.

눈을 꼭 감은 세강이 그녀의 이마에 뜨거운 입술을 내렸다.

낙인을 찍는 것처럼. 절대 자신을 벗어나지 말라는 주문처럼 그렇게 오랫동안 길고 깊게 입술을 떼지 않았다.

7. 한 걸음 더

“아이참. 미치겠네.”

시현은 세강의 집 대문 앞에서 한참을 망설이다 원망이 가득 찬 눈으로 하늘을 흘겨보았다.

겁이 날 정도로 비가 내리던 어제와 달리 오늘은 아침부터 대지를 뜨겁게 달구는 햇빛으로 인해 죽겠다는 소리가 절로 나오는 날이었다. 거기다 습도까지 높아 가만히 있어도 불쾌지수가 상승하는 듯했다.

이런 뙤약볕 아래에서 벌서는 것처럼 서성대고 있으니 미칠 노릇이었다. 어제 그 비만 아니었어도, 아니 그 전화만 안 받았어도…… 지금 이렇게 낯이 화끈해지는 것은 막을 수 있었을 텐데. 그저 하늘이 야속하기만 했다.

언젠가부터 위태롭게 보이는 그가 신경 쓰이기 시작했다. 세상

사는 일에 관심을 끊고 안으로만 틀어박히려는 그가 조금이라도 평범하게 살길 바라는 마음이 커져 가고 있을 때 종혁의 전화를 받았다.

놀란 마음을 진정시킬 새도 없이 그의 집으로 달려갔고, 거기서 패닉에 빠져 있는 세강을 보고는 심장이 쪼그라드는 듯한 아픔을 느꼈다. 저도 모르게 그를 끌어안고 고통에서 빠져나오기를 간절히 빌었다. 하지만 그 뒤에 벌어진 예상치 못한 그의 행동에 심장이 터져 버리는 줄 알았다.

그의 입술이 닿았던 이마가 다른 곳에 비해 유독 뜨겁게 느껴졌다. 다시금 떠오르는 촉감에 난감함을 감추지 못한 시현이 슬그머니 그곳을 손으로 문질렀다.

'아, 왜 이리 생생한 거야.'

마치 지금 막 그의 입술이 닿았다 떨어진 듯 느껴져 얼굴까지 붉게 달아올랐다.

무슨 생각으로 입을 맞췄을까? 아무리 생각해도 답을 알 수가 없어 날을 새다시피 했는데 여전히 오리무중이다.

"뭐…… 혼자 있기가 두려웠는데 누군가를 보니 안심이 돼서 그랬겠지."

꼭 자신이 아니었어도 상관없었을 거다. 특별한 의미가 있는 행동이 아님이 분명했다. 그런데 왜 자꾸 속이 쓰릴까. 편하게 생각하자 했으면서도 막상 말로 꺼내 놓자 서운함이 앞서는 이유를 모르겠다.

"초딩도 이러진 않겠다. 고작 뽀뽀 한 번에……. 미쳤어, 민시현. 정신 차리자."

고작 이마에 입술 좀 닿은 것 가지고 이리 유난을 떠는 자신의 모습이 기가 막히기도 하고 우습기도 해 한숨만 나왔다.

이렇게 혼자 머리 터지게 고민해 봐야 그의 생각을 알 수 있는 것도 아니고 있던 일이 없어지는 것도 아니었다. 그리고 계속해서 여기서 망설이고 있을 수도 없는 노릇이었다.

가까스로 마음을 다잡은 시현이 용감하게 열쇠를 집어 들었다.

끼이익.

조용히 연다고 했는데 웬 소리가 이리 크게 들리는지……. 순간 가슴이 철렁해 저도 모르게 움찔 몸을 떨었다.

"어?"

조바심을 내며 대문 안으로 들어서자 현관 앞을 서성이고 있는 세강이 보였다. 평소와 다른 그의 모습에 무슨 일이 생겼나 싶어 한달음에 다가갔지만 그는 자신의 얼굴을 보자마자 곧장 집 안으로 들어가 버렸다.

"?"

이게 무슨 일인가 싶어 혼자 멀뚱하니 현관문만 바라보다 뒤늦게 얼이 빠진 얼굴로 거실에 들어가니 그는 천연덕스럽게 소파에 앉아 책을 읽고 있었다.

"왜 그래요? 무슨 일 있어요?"

그녀의 걱정스런 물음에 그는 대답 없이 눈만 깜박였다.

화가 난 것도 같고 아닌 것도 같은 애매한 표정을 읽어 보려 애를 썼지만 역시 알 수가 없다.

'뭐지? 분명 뭔가 있는데…….'

그의 안색을 살피는 시현을 잠시 쳐다보던 세강이 자연스럽게 머리끈과 빗을 내밀었다.

피식.

단번에 긴장감이 사라진 시현이 어이없는 웃음을 흘리며 그를 잠시 노려보다 한층 편해진 얼굴로 그의 뒤에 자릴 잡았다. 그녀의 출근과 더불어 으레 행하는 일 중 하나가 그의 머리 묶기였다.

실크처럼 부드러운 머리카락을 빗어 내려 하나로 모아 묶는 일은 출근 도장을 찍는 것과 같이 자연스러운 일이 되어 버렸다.

"잘 잤어요?"

"……응."

한 박자 늦은 대답.

시현은 어제 빗줄기가 잦아든 저녁이 되어서야 집으로 갈 수 있었다. 차마 떨어지지 않는 걸음을 억지로 떼어 내는 일은 쉽지 않았고 넓은 집에 홀로 있을 그가 걱정되었다. 기습적으로 행해진 입맞춤에 정신없던 것과 별개로 말이다.

"다행이다."

그가 진짜 잘 잔 것 같진 않았지만 모른 체했다.

"걱정, 했어?"

"……그럼요."

"이젠 괜찮아. 더 이상은 그런 일 없을 거야."

대수롭지 않은 대답에 시현의 손이 잠시 빗질하는 걸 잊어버렸다.

마치 더 이상은 그녀의 손길이 필요치 않다는 말처럼 들렸다. 정말 그런 게 맞느냐고 묻고 싶었지만 차마 묻지는 못하고 애꿎은 입술만 잘근잘근 씹었다.

자꾸만 잊는다. 자신은 그의 식사를 챙기는 일을 하기 위한 고용인일 뿐이라는 걸. 그것도 고작 6개월짜리. 더 이상의 참견은 과한 오지랖일 뿐인 걸 잊지 말아야 했다.

아침에 이 집 대문을 열고 들어오는 걸 곤욕스러워하던 것이 엊그제 같은데 어느덧 2개월하고도 반이 지나가 버렸다. 이제는 너무 당연하게 느껴지는 일인데 끝날 날이 얼마 남지 않았다는 생각이 들자 순식간에 명치가 콱 막혀 왔다.

"하아."

작게 숨을 뱉어 낸 시현이 어두운 기색을 감추고 활기찬 목소리를 내었다.

"오늘 우리 맛있는 거 해 먹을래요? 뭐 좋아해요?"

일부러 그가 싫어하는 음식을 해 먹이기는 했어도 원하는 걸 만들어 준 적은 한 번도 없었다. 어쩜 이리도 제 편한 대로만 했는지…… 조금은 그에게 미안한 마음이 들었다.

"김밥."

한참 뜸을 들이다 들려온 답이 의외였다. 특별한 요리는 아니더라도 좀 더 복잡하고 손이 가는 음식을 말할 줄 알았는데, 여러모로 그는 그녀의 예상을 벗어난 사람이었다.

"김밥이요?"

"응."

"좋아요. 일단 재료가 있나 살펴볼게요."

그의 머리를 다 묶고 자리에서 일어난 시현이 곧장 주방으로 향했다.

단무지를 비롯해 김밥을 싸기에 부족한 재료를 사 가지고 온 시현이 한참 동안 주방에서 바삐 움직였다. 고슬고슬하게 지어진 밥에 참기름과 깨소금으로 밑간을 한 시현이 식탁 위에 가지런하게 준비된 김밥 재료를 보고 본격적으로 김밥을 말 준비를 하다 멈칫했다.

“세강 씨. 이리 좀 와 봐요.”

시현은 시간이 지나도 후회가 남지 않게 그와의 추억을 한 가지라도 더 만들어야겠다는 생각이 불현듯 들어 그를 불렀다.

잠시 후 어딘지 모르게 경직된 표정을 한 그가 식탁 앞에 섰다.

그사이에 무슨 일이 있었나 싶어 걱정이 됐지만 애써 무시하고 제 할 말만 했다.

“우리 같이 만들어요. 공평하게 각자 다섯 줄씩. 어때요?”

해맑은 그녀의 말에 세강의 큰 눈이 더욱 휘둥그레졌다.

“뭘 그렇게 놀라요? 이거 아주 쉽거든요. 일단 밥을 김 위에 넓게 펴고, 여기에 준비해 놓은 재료들 하나씩 올려서 돌돌 말기만 하면 끝나요. 진짜 쉽죠?”

시현은 그의 눈앞에서 시범을 보이며 자세하게 설명했지만 그는 외계어라도 듣는 듯 눈만 깜박였다. 마치 이해하기 어려운 문제를 맞닥뜨린 사람처럼 멀뚱멀뚱 서 있는 폼을 보니 절로 웃음이 새어 나왔다.

그래, 지금은 이것으로 되었다.

윤세강이라는 사람과 함께 활짝 웃을 수 있는 지금 이 시간을 소중히 여기면 되는 거다. 많은 것을 욕심내고 강요하기보다는 소소한 일상이지만 함께하는 이 순간을 즐기자 마음먹은 시현이 부드러운 음성으로 말했다.

"일단 한번 해 봐요. 누가 알아요? 김밥 싸기에 숨겨진 재능이 있을지."

그렇게 말했음에도 불구하고 그의 눈은 불신으로 가득했다.

'난 이거 못해' 라는 티를 팍팍 내며 마른침을 삼키고 뚫어지게 식탁 위를 노려보는 모습이 자못 비장하기까지 했다. 긴장했나 보다.

그의 곁으로 다가선 시현이 비닐장갑을 그의 손에 하나씩 끼워주고 김 한 장을 내밀었다.

"자, 시작해요."

"망치면?"

"어차피 먹을 건데 무슨 상관이에요? 배 속에 들어가면 다 똑같아요. 그러니 부담 갖지 말고 어서 해요."

그녀가 하는 것을 곁눈질로 흘끔거리며 열심히 따라 하는 모습이 보기 좋았다. 그의 속도에 맞춰 일부러 천천히 김 위에 밥을 넓게 폈다. 하지만 그것조차 쉽지 않은 듯 미간은 살짝 찌푸려지고 입술은 굳게 닫혀 있다.

실수를 용납하지 않겠다는 결의를 다진 사람처럼 신중하게 손을 놀리는 그에게 일부러 시선을 두지 않았지만 시야에서 떨어뜨리지도 않았다.

밥을 펴는 것을 끝낸 그가 그녀를 따라 가지런히 열 맞춰 있는 재료들을 하나씩 밥 위에 올리기 시작했다.

멈칫.

"시금치도 빼먹지 마요."

은근슬쩍 시금치를 건너뛰려는 그를 향해 작게 주의를 주었다. 그러자 못마땅함을 감추지 못한 그가 엄지와 검지를 이용해 시금치를 살짝 집어 들었다.

"하하하하하."

"왜 웃어?"

"그럼 안 웃겨요? 지금 세강 씨가 해 놓은 것 좀 봐요."

"이게 어때서?"

"진짜 보고도 모른다고요? 너무한다."

그는 두껍지 않게 쪼개서 양념해 놓은 시금치를 한 줄기씩 떼어 줄을 긋듯 이어 놓았다. 돌돌 말아 놓으면 보이지 않을 정도로 가늘고 작은 것으로만 골라서 말이다.

"그렇게 시금치가 싫어요?"

"풀 먹는 것 같아서 싫어."

"더 넣어요."

"이 정도면 충분해."

"그래요, 그럼. 싫은 거 억지로 먹다 탈 나면 어떡해."

그가 시원하게 고개를 끄덕이는 그녀를 낯설게 바라보며 입을 열었다.

"진짜 더 안 넣는다."

"그래요. 더 넣지 마요. ……어? 왜 이리 사람을 못 믿는 걸까? 지금이라도 더 넣고 싶어요? 그럼 내가 직접 넣어 주고."

"됐어."

서둘러 나머지 재료를 밥 위에 올린 그가 허겁지겁 동그랗게 말기 시작했다. 하지만 돌돌 말기가 쉽지 않은 듯 자꾸만 벌어지려는 김밥과 사투를 벌이고 있었다.

잠시 그 모습을 지켜보던 시현이 도저히 안 되겠다는 생각에 그의 곁에 다가섰다.

"이렇게 가운데부터 말아서 꾹꾹 누르듯 양쪽으로 조금씩 안으로 말면 돼요."

시현이 그의 손 위에 제 손을 올려 손끝에 힘을 주고 방법을 일러 주었다.

"왜?"

그녀의 손 아래에서 전혀 움직임을 보이지 않는 그가 이상해 눈을 들어 그를 바라보았다.

미묘하게 바뀌어 버린 공기가 그녀의 살갗에 와 닿았다. 오소소 소름이 돋아난다. 손에서부터 시작된 찌릿한 느낌에 숨을 쉬는 것도 잊어버렸다. 뚫어질 듯 자신을 바라보는 그의 시선에 타 버릴 것만 같았다.

그저 곱고 예쁜 사람이라고만 생각했는데 지금의 그는 강한 열망을 품은 남자의 눈으로 뜨거운 욕심을 고스란히 드러내고 있었다.

두 사람의 시선이 조금 더 진득하게 얽혀 들었다. 그의 커다란 눈동자에 박힌, 넋을 잃은 제 모습에 당혹감을 느낀 시현이 빠르게 눈을 내리깔고 더운 숨을 천천히 뽑아내었다.

그때 시현의 손 아래에서 그의 손이 느리게 빠져나온다 싶더니 조금씩 위로 올라와 그녀의 뺨을 감싸 쥐었다.

"아!"

이런. 그가 기름으로 범벅 된 비닐장갑을 끼고 있다는 걸 잊었나 보다.

"푸웃."

"흐흠."

둘 사이에 이어져 있던 팽팽한 줄이 일시에 끊어져 버렸다. 시현은 허탈함과 아쉬움이 담긴 웃음을 지었고 그는 민망함을 헛기침으로 감췄다.

"씻고 올게요. 장갑은 다른 걸로 끼고 아까 알려 준 대로 해 봐요."

그를 뒤로하고 허겁지겁 화장실로 도망친 시현이 차가운 물로 세수를 했다. 미끈거리는 볼을 깨끗하게 닦아 내고 멍하니 거울을 들여다보았다.

"어느새……."

윤세강이라는 남자가 어느새 자신의 가슴에 들어와 버린 걸까?

그에게 느끼는 거라곤 안타까움과 연민일 뿐이라 생각했는데, 그게 아니었나 보다. 상상도 못 했던 난감한 상황에 허둥대듯 도망치고 말았다.

이제 어떻게 하지? 앞으로가 문제였다. 전처럼 그를 아무렇지도 않게 대할 자신이 없는데.

'큰일이네.'

그를 보면 심장이 간질간질하고 떨린다고 고백을 할 수도 없는 노릇이고, 혼자 끙끙 앓고 있자니 그것도 못할 짓 같았다.

"총체적 난국일세. 어휴."

지금껏 솔직하게 제 감정을 표현하고 살았다 생각했는데 가슴

떨리게 하는 사람 앞에서는 그렇지도 않은 모양이다. 스스로도 알지 못했던 새로운 모습이 반갑다기보다 한숨만 불러일으켰다.

시현은 계속 숨어 있을 수는 없어 힘없이 화장실 손잡이를 잡았다.

오늘은 아침부터 온종일 머뭇대고 서성이는 날이구나. 절로 의기소침해져 맥없이 손잡이를 돌려 문을 열었다.

"으헉."

문을 열자 바로 보이는 세강의 모습에 화들짝 놀라 괴상한 소리를 내고 말았다.

"여, 여기서 뭐 해요?"

당연히 주방에 있을 거라 생각한 사람이 바로 눈앞에 있자 너무 놀란 나머지 말까지 더듬으며 따지듯 물었다.

그런데 왜 자신을 본 그의 얼굴이 평온해지는 걸까. 순식간이긴 했지만 뭔가 안도하는 빛을 분명히 보았다.

묘한 의구심이 슬며시 피어올랐지만 더 이상 생각을 이어 나갈 수 없었다. 가까이 다가선 그가 말없이 그녀의 손을 잡고 주방으로 끌었기 때문이다.

"생각처럼 잘 안 돼."

"……그냥 대충 하면 되는데."

뭘 기대했니? 다른 이유도 아닌 고작 김밥을 마는 게 쉽지 않아 자신을 기다렸다 생각하니 목소리가 저절로 불퉁해졌다. 시현은 그의 뒤통수를 한 번 노려보고 구시렁대며 그가 이끄는 대로 끌려갔다.

'어지간히도 먹고 싶었나 보네.'

길고 긴 사투 끝에 완성된 김밥은 맛있었다.

시금치에 이어 우엉마저 거부하려는 그에게 잔소리 폭탄을 던져 혼을 빼놓은 다음 그녀의 뜻대로 김밥을 말게 했다. 자신의 심장은 요동치게 만들어 놓고 평온하기만 한 그가 얄미워 약간의 심술을 더한 것은 혼자만 알고 있기로 했다.

시현은 하기 싫은 일을 억지로 하는 아이처럼 힘겹게 김밥 말기를 끝낸 그에게 자르지 않은 김밥 한 줄을 내밀었다.

이걸 어쩌라는 거냐는 표정을 짓는 그를 천진하게 바라보며 다시 한 번 권했다.

"이렇게 안 먹어 봤어요?"

"잘라 줘."

"그냥 한 번만 먹어 봐요. 그다음에 잘라 줄게요."

"……."

김밥을 마지못해 받아 든 그가 난감한 얼굴로 그것을 쳐다보기만 하고 선뜻 입으로 가져가지 못했다. 그를 보며 빙그레 웃은 시현이 먼저 자르지 않은 김밥을 덥석 입에 물고는 맛있게 먹기 시작했다.

세상은 정말 맛있다는 표정으로 작은 입을 오물거리는 시현을 물끄러미 바라보다 마른침을 꿀꺽 삼키고 천천히 김밥을 한 입 깨물었다.

느리게 턱을 움직여 입안의 것을 씹던 그의 입매가 슬쩍 치켜 올라갔다.

"맛있죠?"

"응."

"거봐요. 이렇게 먹는 것도 괜찮잖아요."

별것 아니었지만 과거에 해 보지 않은 것을 그가 시도했다는 자체로 좋았다.

이렇게 하나씩 전에 알지 못했던 소소한 재미를 찾다 보면 언젠가는 높게 쌓아 올려진 그의 성벽도 무너지지 않을까 하고 기대를 가져 본다.

그리고 어쩌면…… 조금 더 시간이 흐른 뒤 자신의 마음을 솔직하게 그에게 말할 수 있는 날이 올지도 모른다. 아니면 그를 향해 맹렬하게 뛰는 심장의 울림을 그가 알게 될 수도 있었다.

❀

조바심이 일었다.

시현이 벌써 와야 할 시간이 훌쩍 지났음에도 보이지 않았다.

어제 일로 혹시라도 그녀가 오지 않으면 어쩌나 하는 걱정에 현관 근처를 서성이다 시현이 모습을 보이자마자 집 안으로 들어왔다.

다행이다. 어제 보여 준 자신의 못난 모습에 실망한 것은 아닌가 보다.

불안한 기색을 감추고 최대한 자연스럽게 보이기 위해 읽다 만 책을 집어 들었다.

'왜 안 들어오지?'

여기가 먼 거리도 아니고 바로 코앞에 있으면서 들어오지 않는 그녀가 궁금했다.

아무 말 없이 들어와서 화가 났나? 자꾸만 안달 나 진득하게 자리를 지키기가 힘들었다.

딸깍.

드디어 들어왔다.

속으로 안도의 숨을 내쉰 그가 무슨 일이 있느냐는 걱정스런 물음에 눈만 깜박였다. 뭐라 대답해야 하나? 머릿속이 까맣게 변해 어떤 단어도 떠오르지 않았다. 그래서 그냥 빗과 끈을 내밀었다.

시현의 작은 손이 머리카락을 쓸어내린다. 혹여 아플세라 조심스럽게 빗질을 하는 그녀의 손길에 그는 지그시 눈을 감았다.

머리카락에도 감각을 느낄 수 있는 세포가 있는 것처럼 그녀의 손길에 민감하게 반응이 일어난다.

"잘 잤어요?"

"응."

그녀의 물음에 반사적으로 대답을 했다. 그런데 적절한 타이밍에 잘 한 것 같다. 조금 전 물음과 달리 혼란스러운 티도 내지 않고 자연스럽게.

심장이 이상하다.

걱정했다는 그녀의 말에 더 빠르게 뛰기 시작한 심장박동을 호흡이 따라가지 못해 버거웠다.

"이젠 괜찮아. 더 이상은 그런 일 없을 거야."

왜냐하면 난, 민시현 곁에 있을 거니까. 질척한 어둠에 사로잡히기 전에 그녀의 손을 잡을 테니 말이다.

아무래도 모르겠다. 심장이 자꾸만 불안정하게 뛰는 이유를.

그것도 꼭 민시현만 보면 발작이라도 일어난 듯 떨림이 심해졌다. 전에도 간혹 심장박동이 빨라지는 일이 있었지만 지금은 그 강도가 너무 세져 감당하기 힘들었다.

그녀의 손길이 닿았을 때 자신을 둘러싼 어둠이 열어지는 것을 체험하고는 이제 시현의 곁에서 떨어지는 건 있을 수도 없는 일이 되었다. 그것은 자신의 생존과 직결된 문제이기에 그녀가 안 보이면 불안감을 느끼는 것은 당연한 일이었다.

살려면 시현의 곁에서 멀어지면 안 되는데 이놈의 심장이 문제였다.

너무 떨려서 입안이 바짝 마르고 숨이 가빠지기가 일쑤여서 편하게 그녀의 곁에 머물 수가 없었다.

초조함에 방 안을 서성이던 세강이 숨을 크게 들이쉬고 수화기를 들었다.

혹시라도 협심증, 부정맥, 심부전과 같은 심장병이 생겨서 이런 증상이 나타나는 건지도 모른다는 의심이 생겼다.

뚜르르르. 뚜르르르.

신호음이 가고 놀란 듯한 형의 음성이 들렸다. 지금껏 한 번도 먼저 전화한 적이 없으니 놀랄 만도 했다.

— 윤세강?

“형, 나 심장이 이상해. 병이 생겼나 봐.”

— 뭐?

생각지도 못한 그의 전화에 당황해하는 것도 잠시, 뒤이어 꺼낸 말에 형은 기함할 정도로 큰 소리를 내었다.

— 어디가 어떻게 이상한데? 아픈 거야? 언제부터?

"잘 모르겠어. ……그냥 가만히 있다가도 갑자기 심장이 빨리 뛰어.

— 왜 진작 말을 안 했어?"

종혁의 물음에 대답하려는 차에 시현이 그를 찾았다.

"세강 씨. 이리 좀 와 봐요."

"알았어. 금방 갈게. 후우."

시현의 부름에 대답을 한 세강은 깊은 한숨을 내쉬었다.

"형. 지금이 그래. 심장에서 덜그럭거리는 소리까지 들리는 거 같아. 나 진짜 심장병에 걸린 걸까?"

짧게 숨을 들이켜는 소리가 들린 것 같았는데 답변은 없었다. 갑갑한 마음에 뭔가 해결책이 될 만한 이야기를 기대했건만, 돌아오는 건 침묵뿐이다.

"형."

— 어? 어. 내가 조만간 한번 들를게. ……가서, 가서 보고 얘기하자. 이렇게 말만 들어서는 정확하게 대답하기가 어렵다.

"……알았어."

어딘가 모르게 허둥대는 형의 대답에 그는 수화기를 내려놓을 수밖에 없었다.

종혁이 의사는 아니니 그저 자신의 말만 듣고 심장에 이상이 있다 없다 얘기할 수 없다는 것쯤은 잘 알고 있었다. 그럼에도 속 시원하게 대답을 들었으면 하는 생각이 드는 건 막을 수가 없었다.

그녀의 부름에 최대한 태연한 척 주방으로 들어서니 식탁에 가지런히 늘어선 김밥 재료가 제일 먼저 눈에 들어왔다. 갑자기 먹고 싶은 게 있냐는 물음에 예전에 엄마가 싸 주신 김밥이 떠올랐다.

음식을 잘하지 못했던 엄마가 그나마 먹을 수 있게 만드는 것이 김밥이었다. 그런 사실을 잘 알고 있던 엄마는 학교에서 소풍이라도 가는 날이면 아침 일찍 일어나 손수 김밥을 싸는 걸 잊지 않았다.

하지만 이건 예상 밖이다.

김밥이 먹고 싶다고 했지 싸겠다는 소리를 하진 않았다.

공평하게 다섯 줄씩이라……. 전혀 공평하지 않다. 그녀는 분명 전에도 김밥을 싸 본 경험이 있을 테고 자신은 아니니 말이다.

난감했다.

이걸 꼭 해야 하나 싶어 망설이고 있는데 그녀는 친절하게 비닐장갑까지 끼워 준다. 입가에 살짝 걸린 웃음을 보니 퍽도 즐거운 것 같다.

먼저 시범을 보이는 시현을 빤히 쳐다보았다. 밥을 넓게 펴 그 위에 준비된 재료를 척척 올려 돌돌 마는 폼이 김밥장사를 해도 충분해 보였다.

'김밥에 시금치도 들어갔던가?'

엄마가 해 주신 김밥에는 안 들어갔던 거 같은데……. 슬그머니 그것을 피하다 딱 걸렸다. 맹수와 같은 날카로운 시현이 그것을 절대 놓치지 않았다.

"시금치도 꼭 넣어요."

역시. 피해 갈 순 없군.

그는 최대한 작고 가느다란 것을 골라 길게 줄을 맞춰 세웠다. 넣는 시늉뿐이지만 어쨌든 시금치를 넣은 건 확실하니 이걸로 됐다.

나름 만족해 입매를 느른히 푸는데 그녀가 시원하게 웃기 시작했다. 청량한 웃음소리가 귀를 거쳐 심장을 찌르르 울렸다.

시현이 시금치를 더 넣을까 싶어 서둘러 김밥을 말았다. 하지만 자꾸만 벌어지는 통에 돌돌 마는 게 쉽지가 않았다. 이상하다. 그녀는 분명 아주 쉽게 했는데…….

두근두근.

미친 듯이 심장이 뛴다. 당장이라도 가슴을 뚫고 심장이 튀어나올 것만 같다.

어느새 곁으로 다가온 그녀의 가느다란 손이 제 손을 덮었다. 손가락에 힘을 주어 요령을 알려 주는데 하나도 눈에 들어오지 않았다.

따뜻하고 포근하다. 오랫동안 그녀의 온기를 느끼고 싶었다.

살짝 내리깐 눈꺼풀이 파르르 떨린다. 조곤조곤 설명하는 목소리가 살랑살랑 귓가를 간지럽힌다.

시선이 얽혔다. 팽팽한 긴장감에 숨이 막혔지만 이 느낌이 싫지 않았다.

이 감정이 무엇인지 도무지 모르겠다. 터질 듯 뛰는 심장 때문인가? 가슴 깊숙한 곳에서 은근한 열기가 피어올랐다. 그저 조금 더 가까이 그녀에게 닿고 싶다는 생각이 그를 지배했다.

'피하지 마.'

그의 시선에서 도망치듯 고개를 숙이는 모습이 자신을 거부하는 것만 같아 마음에 들지 않았다.

오래도록 보고 싶은데 왜 피하는지 모르겠다.

세강은 무엇에 홀린 사람처럼 손을 들어 그녀의 뺨을 감쌌다. 저를 보라고, 저만 눈에 담았으면 좋겠다는 열망을 담아…….

"풋."

"흐음."

이런 젠장. 장갑을 잊었다. 빤질빤질 윤이 나는 비닐장갑이 그녀의 뺨에 척하니 달라붙는 것과 동시에 그들을 둘러싼 긴장감이 파사삭 깨져 버렸다.

씻는다고 주방을 나서는 시현에게 눈을 떼지 않았다. 조금이라도 눈을 돌리면 자신의 앞에서 사라질까 겁이 났다.

느리게 장갑을 벗고 그녀가 돌아오기를 기다렸다.

한참이 지났음에도 시현은 주방으로 돌아올 기미가 보이지 않았다. 잠깐 사이에 그녀가 어디로 사라져 버린 건 아니겠지?

세강은 서둘러 걸음을 옮겼다.

물소리가 나는 화장실 앞을 지키고 서서야 안도의 숨을 내쉬었다. 그녀가 여기에 있다.

"생각처럼 잘 안 돼."

화장실에서 나오는 그녀를 향해 말했다. 그렇게 얘기했지만 사실 하고 싶은 말은 따로 있었다.

'네가 없으니 불안해.'

절대 내게서 멀어지지 마. 날 혼자 두지도 말고, 시선을 딴 곳으로 돌리지도 마. 이상하게 네가 보이지 않으면 견딜 수가 없어.

내가 왜 이러는지 알 때까지만이라도 가까이에 있어 줘.

그날 시현과 둘이서 만들어 먹은 김밥은 그의 기억 속에 존재하는 엄마가 해 준 김밥보다 맛있었다. 적당한 크기로 자른 것보다 그녀와 함께 덥석 베어 문, 그 볼품없는 김밥이 앞으로는 더 기억에 남을 것 같았다.

8. 마녀 등장

사람을 지치게 하던 무더위가 한풀 꺾였고 저녁쯤이면 간혹 시원하게 느껴지는 바람도 불어오는 날이 며칠 계속되었다.

"잘 다녀오세요."

시현은 울상인 가현의 손을 잡고 집을 나서는 부모님을 향해 손을 흔들었다.

"괜찮겠어?"

"그럼요."

"가현인 언니 말 잘 듣고."

"몰라."

그녀는 부루퉁하게 대꾸하는 가현을 안쓰럽게 바라보는 부모님의 등을 떠밀었다.

"신경 쓰지 말고 다녀오세요."

"그냥 가현이도 데리고 갈까?"

"아이참, 모처럼 두 분이 오붓하게 다녀오시라니까요. 그리고 지금 가현이 비행기 표도 못 구해요."

부모님의 결혼기념일을 맞아 시현이 태국으로 4박 5일 여행을 보내 드리기로 한 날이었다. 자기도 데리고 가라며 떼를 쓰던 가현의 입술이 아침부터 오리주둥이가 되어 원래대로 돌아올 기미가 보이지 않았고 아버지가 커다란 가방을 들고 나오는 것을 보고는 절정에 달했다.

눈곱도 떼지 않은 채로 유치원 가방에 자기가 제일 좋아하는 인형과 손수건을 챙겨서 가슴에 안고 현관문 앞을 장승처럼 지키고 서서 같은 말을 반복했다.

"가현이도 가. 가현이도 데리고 가."

고집을 부리는 가현을 살살 달래도 보고 야단도 쳐 봤지만 심술이 난 동생은 말을 듣지 않았다.

"널 가진 뒤로 7년 동안 제대로 여행 한 번 다녀 본 적 없는 엄마, 아빠가 겨우 시간 내서 가시는데 끝까지 이래야겠어?"

"싫어. 나도 갈래. 갈 거야아."

"가현아, 오늘은 유치원에 안 가도 돼. 언니가 하루 종일 놀아 줄게. 그리고 쉬는 날에는 놀이공원도 가자."

온갖 감언이설로 가현을 꼬드긴 끝에 겨우 두 분을 배웅할 수가 있었다.

커다란 눈동자에 그렁그렁한 눈물을 매달고 툭 튀어나온 입술을 집어넣을 생각도 않은 채 그녀의 손을 꼭 잡고 있는 동생은 원망이 가득한 눈으로 멀어지는 부모님의 뒷모습을 쳐다보았다.

"어휴. 오늘 하루가 어떨지 눈에 훤하다."

잔뜩 마음이 상한 동생의 비위를 맞추기 위해 오늘 하루 자신이 기울여야 할 노력을 생각하자 부르르 소름이 돋았다. 필시 무지무지하게 긴 하루가 될 것이 분명했다.

혹시나 싶어 가현이 갈아입을 옷과 인형을 챙겨 가방에 넣고 문제집도 챙겼다. 아마 공부할 시간이 전혀 없을 것 같긴 했지만 요 꼬맹이가 낮잠을 자는 시간을 이용하면 될 것도 같았다.

"여긴 왜 가?"

가현의 손을 잡고 집을 나와 옆집으로 향하자 금방 낯빛을 바꾼 동생이 호기심이 가득한 얼굴로 물었다.

처음 가현을 데리고 그의 집에 가려는 생각을 했을 때는 단순히 세강만을 떠올렸다. 날이 밝으면 그에게 가는 게 당연했고 가현을 돌봐야 하는 오늘 역시 여느 때와 다르지 않아 쉽게 생각했다.

"음, 언니가 여기 사는 사람을 잠깐만 돌봐 달라는 부탁을 받았거든. 그래서 가는 거야."

아르바이트 어쩌고 해 봐야 알아듣지도 못할 테고 입도 아프고 해서 되도록 간단하게 대답했다. 다행히 가현이 수긍을 했는지 열쇠를 꺼내 대문을 여는 그녀의 행동을 별다른 말없이 주시했다.

철거덕. 쿵.

대문을 열고 안으로 들어서자 언제나처럼 현관 근처를 서성이고 있는 세강이 보였다. 그녀가 사다 준 검은색의 와이어 머리띠로 이마를 훤히 드러낸 그가 시선을 맞춰 왔다.

"이제 와?"

왜 이리 늦었냐는 타박이 들리는 듯했다. 그렇게 보고 싶었나? 절로 입술이 벌어지려 했지만 가현을 의식해 아무런 대꾸도 하지 않았다.

날카롭다.

그의 시선이 천천히 가현에게 향했다. 낱낱이 해부하듯 훑어보는 폼이 예사롭지가 않다. 마치 자신이 이 집에 처음 발을 디뎠을 때와 흡사해 당혹스러웠다.

어쩌지. 미리 예고도 하지 않고 동생을 데려와 마음이 상했나? 그의 눈썹이 조금씩 위로 치켜 올라가는 것과 함께 그녀의 불안감도 박자를 맞춰 높아져 갔다.

길게 느껴지는 시간이 흐르고 그는 탐색을 끝낸 듯했지만 누구냐고 먼저 묻지 않았다.

"동생 가현이에요. 가현아, 인사해."

시현이 약간은 멋쩍고 미안한 얼굴로 조심스레 동생을 소개했다. 부모님의 여행으로 인해 어쩔 수 없이 데리고 오게 되었다는 설명도 곁들여서 말이다.

그런데 얘까지 왜 이럴까? 그녀의 말에도 가현은 세강을 빤히 쳐다만 보고 있을 뿐이었다.

'이런, 낭패다.'

세강의 반응을 살피느라 가현을 잠시 잊고 있던 게 문제였다.

그만이 동생을 탐색한 게 아니었다. 가현 역시 그를 세세히 살피고 있던 거였다. 인사하는 것도 잊을 만큼 푹 빠져서 말이다.

빛이 난다. 예쁜 것을 좋아하는 동생의 커다란 눈동자가 반짝

반짝 빛을 내었다. 눈 한 번 깜박이지 않고 뚫어지게 그의 얼굴을 살펴보던 가현이 배시시 웃었다. 그리고 커다란 폭탄을 터트렸다.

"이 예쁜 언닌 누구야?"

"헉."

생각지도 못한 가현의 물음에 시현은 말문이 막혀 버렸다.

여자? 그가 여자로 보이나?

가현에게 향해 있던 시현의 눈동자가 느리게 그에게로 향했다. 조금 전보다 더욱 찌푸려진 미간을 보니 가현의 질문이 마음에 들지 않는 것이 확실하다.

"공주님 같아."

"가현아!"

연타로 터진 토네이도급의 위력을 가진 엄청난 말에 시현은 눈을 질끈 감았고 그는 뒤도 돌아보지 않고 쾅 소리가 날 정도로 문을 닫고 집 안으로 들어가 버렸다.

"언니, 언니. 저 언니 진짜 예쁘다. 친구야?"

그의 신경질적인 반응에도 아랑곳하지 않은 가현이 눈을 빛내며 계속 종알거렸다. 제 시선을 잡아끈 대상을 향한 호기심을 감추지 못하고 많은 것을 궁금해했지만 대답할 정신이 아니었다.

윤세강이 언니? ……그래, 그는 예쁘다.

긴 앞머리를 고정시키고 있는 볼품없는 머리띠도 너무 잘 어울리고 작고 흰 얼굴에 또렷한 이목구비는 곱다는 소리가 절로 나올 만큼 섬세했다. 그리고 말랐다기보다 가녀리게 보인다는 표현이 맞을 정도의 몸매는 모델처럼 보이기에 충분했다.

거기다 스물여덟이라는 나이로 보이지 않을 만큼 매끄러운 피부를 가진, 제 나이보다 훨씬 어려 보이는 남자…….

자신도 그의 얼굴을 처음 봤을 때 제일 먼저 한 말이 예쁘다는 말이었으니 가현을 탓할 처지도 아니었다. 하지만 그가 여자가 아닌 이상 이 사태를 어떻게든 수습해야 하는데, 도무지 방법이 떠오르지 않았다.

"언니. 나 아까 그 언니랑 놀아도 돼?"

"가현아, 있잖아."

순간, 가현이 엄마를 붙잡고 미주알고주알 떠들어 대는 장면이 연상되어 제 머리를 쥐어박고만 싶었다. 그는 여자가 아니라고 얘기해야 하는데 초롱초롱한 눈망울을 보니 도무지 입이 떨어지지가 않았다.

왜 그 생각을 못 했을까? 가현이라면 충분히 부모님한테 말하고도 남을 아인데…… 무슨 배짱으로 동생을 데리고 온 걸까? 그를 마주하기 전까지 그 부분에 대해 전혀 걱정을 하지 않았다는 사실이 믿기지 않아 한숨만 푹푹 내쉬었다.

"가현이 먼저 갈게."

다다다다.

"어…… 야! 민가현!"

"젠장, 망했다."

마음을 다잡고 설명하려는 순간 먼저 간다는 말만 던지고 번개처럼 달려간 가현이 현관문을 열고 집 안으로 들어가 버렸다.

'뭐 이런 경우가.'

가현이 그렇게 잽싸게 움직일 거라고 생각도 못 한 시현은 황당함을 감추지 못하고 입만 벙긋거렸다. 넉살이 좋다고 해야 하나? 항상 예쁨만 받고 자란 동생은 사람을 대하는 데 어려움이 없었다. 어리기도 했지만 누군가가 자신을 싫어할 수도 있다는 것을 아직까지 알지 못했다.

널 어쩌면 좋으니. 가현은 당연히 그가 자신과 재미있게 놀아줄 거라고 생각할 텐데. 시현은 지근거리는 머리를 움켜쥐고 소리 없는 비명을 질렀다.

"언니, 가현이랑 인형놀이 하자."

역시다. 집 안으로 들어와 처음 본 상황은 제 예상과 한 치도 다르지 않았다.

가현이 소파에 앉아 있는 세강을 향해 분홍색 드레스를 입은 자신의 마론 인형을 내밀며 기대에 찬 말을 건네고 있었다.

"가현아!"

"응? 언니, 나랑 놀자."

가현은 시현의 부름에도 반응을 보이지 않고 제 말만 계속했다.

따갑지도 않은가 보다. 저리 날카로운 눈으로 잡아먹을 듯 노려보는데도 계속 조르고 싶을까? 아무리 어리다고는 하지만 안 그런 애들도 있던데…….

오늘에야 알게 된 사실은 민가현은 눈치가 없다는 거다. 그뿐이면 괜찮았을 텐데 분위기 파악도 못 했다. 다른 때는 치고 빠지는 건 여우처럼 잘하더니 오늘은 감이 죽었나 보다. 아니면 그가 너무 예쁜 나머지 정신을 못 차리고 있는 건지도. 어쨌든 난감한 상황에 빠진 건 확실했다.

시현은 슬그머니 가현의 곁으로 다가와 그에게 향해 있는 손을 잡아 내렸다.

"아하하하. 얘가 오늘따라 왜 이러는지 모르겠네."

척 보기에도 어색한 웃음을 흘리며 동생의 손을 필사적으로 잡아당겨 그의 시선이 닿지 않는 곳으로 이끌었다.

"왜에? 나 저 언니랑 놀 거란 말이야."

"나중에. 일단 언니 말부터 듣고."

"히잉."

"떼써도 소용없으니까 언니 얘기 먼저 들어 봐."

그녀는 동생의 아랫입술이 조금씩 튀어나오는 걸 못 본 체하고 무릎을 구부려 눈높이를 맞췄다. 그리고 그에 관해 어떻게 설명하는 게 좋을지 잠시 생각을 정리하고 입을 떼려다 멈칫했다.

'이거 분명히 당장은 아니더라도 말이 나올 텐데.'

가현의 입에서 그에 관한 얘기가 흘러나올 것은 100% 확실했다. 거기에 생각이 미치자 그가 '남자'라는 것을 가현에게 말할 수가 없었다. 그 이야기를 엄마가 듣는다면? 보지 않아도 충분히 예상 가능한 상황이 눈앞에 쫙 펼쳐졌다.

어쩌다 이런 일을 하게 됐는지부터 시작해서 작은 것 하나까지 미주알고주알 캐물을 것이 분명했다. 그런 후엔 당장 그만두라는 말이 나올 것이다.

곰곰이 생각에 잠긴 시현이 입술을 잘근잘근 깨물었다. 어쩌지…….

의아한 눈으로 자신을 보고 있는 가현의 시선을 살짝 피하면서 그가 있는 방향을 흘끔거렸다.

아직은, 아직은 아니다.

지금은 그를 혼자 둘 자신이 없다. 나중에 엄마가 진실을 알게 된다 해도 그것은 어쩔 수 없는 일이고 지금은 그를 놓을 수 없었다.

솔직히 자신의 손길을 필요로 하는 그를 떨어트려 놓고 마음 편히 살 수도 없을뿐더러 그러고 싶지도 않았다. 그가 이 사실을 알게 되면 불쾌해하겠지만 지금은 이것이 최선인 것만 같았다.

'미안해요, 세강 씨. 당분간은 언니로 있어야겠어요.'

마음의 결정을 내린 시현이 가현을 똑바로 바라보며 시선을 맞췄다.

"가현아, 남의 집에 처음 와서 그렇게 예의 없이 굴면 안 돼. 오늘은 저……."

아무리 그래도 언니라는 소리는 도저히 못 하겠다. 그럼 뭐라고 부르지? 저분? 저 사람? 집주인? 딱히 적당한 단어가 떠오르지 않았다.

"저 언니가 가현이랑 안 논대?"

"어? 그, 그게 아니라 오늘은 몸이 조금 안 좋아서 가현이랑 놀아 줄 수가 없대."

때맞춰 묻는 동생의 말에 시현은 은근슬쩍 그의 호칭을 넘겨 버렸다.

"어디 아파?"

"그래. 우리 가현이 두통이 뭔지 알지?"

"응. 머리 아픈 거. 엄마도 머리 아프면 이렇게 하고 있어."

시현은 콧등을 찡그리며 인상 쓰는 모습을 흉내 내는 가현의 머리를 쓰다듬으며 고개를 끄덕였다.

'미안해요, 세강 씨.'

그녀는 마음속으로 세강에게 사과의 말을 건넸다. 멀쩡한 사람을 졸지에 두통이 있는 환자로 바꿔 버렸지만 이 순간을 넘기려면 다른 방법이 없었다.

"맞아. 머리가 많이 아픈데 가현이가 막 시끄럽게 떠들고 뛰어다니면 더 아프겠지? 그러니까 얌전히 놀아야 해."

"치이. 저 언니랑 놀고 싶은데."

"다음에. 오늘은 나랑 놀고 다 나으면 그때 놀자고 하자. 응?"

자기가 원하는 대로 되지 않자 대번 시무룩해지는 동생이 안쓰러웠지만 그의 눈치를 보지 않을 수가 없었다. 안 그래도 그를 향해 언니다 공주다 떠들어 대는데 인형놀이까지 하라고 했다간 날벼락이 떨어질 것만 같았다.

가현의 손을 잡고 거실로 돌아오자 뾰족한 그의 시선이 따라붙었다.

"더는 귀찮게 안 할 거예요."

"……."

그와 멀찍이 떨어진 소파 한 귀퉁이에 앉은 가현은 여전히 미련이 뚝뚝 묻어나는 눈길로 그를 쳐다보았다. 혹시 이제라도 저를 불러 주지 않을까 하는 간절함을 담아 그를 빤히 보고 있었지만 그는 작은 눈길조차 주지 않았다.

두 사람 사이에 낀 시현은 절로 터지려는 한숨을 눌러 참았다.

'에고, 내 신세도 참 처량하네. 팔자에도 없는 눈치나 보고 있어야 한다니.'

시현은 평상시 하던 대로 그의 머리를 묶기 위해 자리를 잡았다. 그녀는 평온한 얼굴로 그의 머리카락을 정성껏 빗어 내렸고 그에 화답하듯 세강은 지그시 눈을 감고 그녀의 손길이 주는 설레는 감각에 빠져들었다.

"힝."

그의 머리를 빗는 모습을 보던 가현의 눈이 새치름해졌다.

저와는 눈도 안 마주치고 놀아 주지도 않으면서 언니의 관심마저 빼앗아 가는 그를 향해 경계심이 발동했는지 입을 삐죽이며 천천히 다가오기 시작했다.

"언니이."

뒤에서 목을 끌어안으며 콧소리를 내는 것을 보니 저 좀 봐 달라는 소리다.

"왜?"

"언니야. 가현이 심심해. 나랑 놀자."

"알았어. 잠깐만."

그의 머리를 다 묶은 시현이 빗을 정리하고 가현과 마주 앉았다.

"뭐 할까?"

"인형놀이."

"그러자."

시현은 가방에 넣어 온 분홍색 곰 인형을 꺼내 본격적인 인형놀이에 돌입했다. 보이지도 않는 차를 나눠 마시고 함께 소풍을 가서 노래도 불렀다. 가현의 기분에 맞춰 상황을 설정하고 요구하는 것을 무조건적으로 들어주니 기분이 좋아졌는지 웃음소리가 높아졌다.

동생과 시간 가는 줄 모르고 놀다 보니 어느덧 점심때가 되었다. 시현은 슬슬 식사 준비를 해야 할 것 같아 자리를 털고 일어나며 가현을 향해 물었다.

"밥 먹을 때가 됐네. 우리 가현이 뭐 먹고 싶어?"

"음…… 고기."

"가현이 고기 먹고 싶어? 그럼 오늘 점심은 고기로 해야겠네."

"좋아. 가현이가 도와줄게."

"그럴래? 그럼 언니야 좋지. 가자."

가현은 시현이 내민 손을 꼭 잡고 경쾌한 걸음을 옮기며 세강을 향해 환환 미소를 날려 주었다.

가시방석이다.

밥을 차려 놓고 그를 불렀지만 잔뜩 찌푸려진 그의 미간은 펴지지가 않았다. 가현으로 인해 눈치가 보인 시현은 가능하면 그가 있는 쪽을 보지 않으려 안간힘을 썼다.

'큰일이네. 내일은 꼭 가현이를 유치원에 보내야지. 계속 데리고 다녔다간 내 명대로 못 살 것 같아.'

유독 날카롭게 눈을 치켜뜨는 세강이 낯설었다. 최근 들어 저렇게 날을 세운 적이 없었는데, 오늘은 질릴 정도로 서늘한 기운을 뿜어내 자꾸만 신경이 쓰였다.

그가 자리에 앉자 가현 역시 집에서 하던 대로 그녀의 곁에 찰싹 달라붙었다.

조바심을 내는 자신과 차가운 기운을 흘리는 그를 아랑곳하지 않고 저 좋을 대로만 행동하는 가현의 천진함이 조금은 부럽기까지 했다.

"……드세요."

"언니. 나, 고기."

"어? 그래."

세강에게 식사를 권하던 시현이 가현의 요구에 젓가락을 집어 들었다.

육류보다 생선을 좋아하는 가현을 위해 구운 고등어 살을 발라 조그만 입에 쏙 넣어 주었다.

"맛있어?"

"응."

"더 줄까?"

끄덕끄덕.

오물거리며 입속의 생선을 삼킨 가현이 제 몫의 밥을 야무지게 퍼서 입으로 가져가는 모습을 빤히 쳐다보았다. 금방이라도 흘릴 것만 같은 아슬아슬함으로 인해 도저히 눈을 뗄 수가 없었다.

"언니가 먹여 줄까?"

"시러. 가현이가 할 거야."

그녀의 제의를 단호하게 물리친 가현이 꿋꿋하게 숟가락을 놀렸고 시현은 밥 먹을 생각도 못 하고 어린 동생만을 바라보다 제게 쏟아지는 열렬한 시선에 그를 마주 보았다.

"왜 안 먹어요? 입맛이 없어요? 다른 거 뭐……."

"언니, 나 물."

"여기. 조심해서…… 잘했네."

동생의 입에 컵을 대 준 시현이 한 방울도 흘리지 않고 꼴깍꼴

깍 물을 마시는 가현의 머리를 살짝 쓰다듬었다.

"한 수저라도……."

"언니, 나 쉬."

"쉬?"

"응. 빨리."

"참지 말고 말하라니까."

참을 수 있을 만큼 참았다가 더 이상 버티지 못할 정도가 되어서야 화장실을 찾는 가현의 습성을 잘 아는 그녀가 허겁지겁 동생을 안아 들었다.

서둘러 화장실로 달려가 변기 위에 가현을 앉힌 시현이 고개를 갸우뚱거렸다.

뭔가 이상했다. 주방을 벗어나기 직전에 본 세강의 구겨진 표정이 묘하게 뇌리에 남아 한참 동안 지워지지가 않았다.

'뭐가 또 마음에 안 든 거야?'

❀

아침부터 현관과 대문 사이를 바삐 오가며 그녀를 기다린 자신과는 다르게 말간 얼굴로 느긋하게 나타난 그녀를 보자 울컥 성질이 났다.

'저건 뭐야?'

거기다 시현이 자그마한 꼬맹이와 함께 왔다. 늦게 온 것도 못마땅한데 그와 그녀 사이에 난데없는 혹이 생겼다.

흡. 그는 소리 없이 숨을 들이켰다.

점점 자신에게 가까이 다가오는 시현과 그녀의 손을 꼭 잡고 있는 꼬맹이의 모습을 보자 경악으로 눈이 커졌다.

과하다.

한 가지만 해도 충분하련만. 분홍색 머리띠에 양 갈래로 묶은 머리 방울 역시 분홍색이다. 그것도 위아래로 두 개씩, 총 네 개의 커다란 분홍색의 딸기 방울을 보자 눈이 어지러웠다.

그뿐이면 좋았을 텐데…… 나풀나풀 레이스가 화려한 분홍 원피스에 분홍 스타킹, 빤질빤질 윤이 나는 에나멜 구두까지 분홍색이다. 거기에 덤으로 꼬맹이의 어깨에서 허리를 가로지르는 작은 손가방 역시 진한 분홍이었다.

숨이 턱턱 막힐 것 같은 요란한 차림에 그는 할 말을 잃어버렸다. 그래도 한 가지 색으로 통일감을 준 것은 칭찬해 줘야 하나?

"동생 가현이에요."

결혼기념일이 되어 여행을 떠난 부모님을 대신해서 동생을 돌봐야 한다는 시현의 목소리가 들려왔지만 그는 그저 눈만 깜박였다.

"이 예쁜 언닌 누구야?"

'헉.'

기가 막혀 말도 나오지가 않았다.

그 작은 입술을 달싹이며 기껏 한다는 소리가 이런 말도 안 되는 엄청난 말이라니. 아무리 민시현의 동생일지라도, 아무리 그녀를 작게 축소해 놓은 듯 생겼다 해도 절대 용서할 수 없었다.

자신의 어디가 여자로 보인다는 말인지. 거기다 예쁜 언니에 이어 공주?

이 집 자매는 정말 이상하다. 눈이 어떻게 된 모양이다. 민시현도 그러더니 요 분홍덩어리마저 같은 소릴 했다.

어린아이에게 소리를 지를 수도 없어 발을 쿵쾅거리며 집으로 먼저 들어왔지만 기다리는 사람은 코빼기도 보이지 않고 조그만 녀석이 쪼르르 쫓아와 연이어 염장을 질러 댔다.

"언니, 가현이랑 인형놀이 하자."

그의 눈앞에 삐죽 내민 것 또한 분홍색 드레스를 입은 마론 인형이었다.

눈이 시릴 정도로 과한 분홍의 향연에 속이 울렁거렸다. 때마침 시현이 들어와 분홍덩어리를 데려갔기에 망정이지 하마터면 한마디를 할 뻔했다.

'꼬마야, 내가 너하고 놀아 줄 것 같으냐?'

것도 오빤지, 언닌지 구분도 못 하는 어리바리한 상 꼬맹이하고 말이다.

불길이 치솟는다.

여느 때와 다름없이 평온해야 할 일상이 작은 아이 하나로 망가져 버렸다. 머리카락에 닿는 보드라운 손길을 음미할 새도 없이 그녀의 목에 매달린 꼬마 하나 때문에 시현의 관심 밖으로 밀려나 버렸다.

그는 인형놀이를 하자는 말에 대번 좋다고 고개를 끄덕이는 시현을 원망 어린 눈으로 바라보았다. 좋기도 하겠다. 저게 뭐 그리 재미있다고…….

'유치해.'

꺄르르 숨넘어가는 웃음을 터트리는 꼬마도 마음에 안 들고 연신 재잘대는 시현도 못마땅했다. 그녀가 이 집에 온 이래 가장 긴 시간 동안 떠든 게 오늘이라는 것과 그 대상이 자신이 아니라는 사실에 기분이 상했다.

공부에 방해될까 싶어 최대한 기척도 죽이고 다닌 사람이 누군데, 그간 자신의 노고에 보답을 받기는커녕 완전히 찬밥 신세로 전락해 버렸다.

"후우."

자신에게는 조금도 닿지 않는 그녀의 시선에 목말라하기를 몇 시간째. 가느다랗게 지탱하고 있던 인내심이 끊어질 듯하던 순간 식사 준비를 한다며 그녀가 자리에서 일어났다.

하지만 이내 그는 좌절하고 말았다.

"우리 가현이 뭐 먹고 싶어?"

그것을 물을 대상이 잘못되었다. 저건 분명 자신에게 향해야 옳은 질문인데, 어째서?

'고기? 어린 나이에 벌써부터 고기 좋아하다가 콜레스테롤 과다로 병에 걸릴 수도 있다는 걸 알아야지.'

세강은 스스로가 가현의 한마디 한마디에 민감하게 반응하며 열을 내고 있다는 사실도 알지 못하고 연신 구시렁대었다.

"마음에 안 들어."

세강은 작게 중얼거렸다. 진짜 빌어먹게도 마음에 들지 않는 자리 배치다.

식사 때가 되어 평소 하던 대로 주방으로 가 늘 앉던 자리에 앉았다. 그런데 뒤늦게 들어온 분홍색 덩어리가 시현의 옆에 찰싹 달라붙는 것이 아닌가.

세강은 불만과 원망이 가득 담긴 눈으로 시현을 응시했다.

'진작 좀 알려 주지.'

이제까지 식탁에 앉을 때는 서로 마주 보고 앉아야만 하는 줄 알았다. 이렇게 좋은 방법이 있다는 걸 미리 알려 줬더라면 절대 저 꼬맹이한테 자신의 자릴 뺏길 일이 없었을 것을……. 혹시 일부러 알려 주지 않은 건 아닐까?

그는 의심스런 눈초리로 시현을 살펴보았다.

분홍덩어리를 챙기느라 정신이 없는 시현을 보고 있자니 없던 식욕이 더욱 떨어져 식탁 위의 음식을 봐도 구미가 당기지 않았다. 하지만 문제는 거기서 끝나지 않았다. 세강은 점점 더 굳어 가는 얼굴을 숨기지도 않은 채 조그만 아이를 노려보았다.

명백한 도발이다. 아니면 이렇게 기가 막힐 정도로 딱딱 맞출 수가 없다.

시현이 제게 말을 걸라치면 귀신처럼 알고 톡톡 끼어드는 것을 도발이 아니면 뭐라 설명해야 옳단 말인가. 끼어들기에 발군의 실력을 보인 꼬맹이 덕분에 그녀와 제대로 된 대화조차 나눌 수가 없었다.

하루 종일 같이 있으면서 많은 이야기를 나누는 건 아니었지만 이 정도로 입을 닫고 있지도 않았는데…….

자신의 기억으로는 꼬맹이가 집으로 들어온 뒤로 그는 한 마디도 하지 않고 입에 지퍼를 채우고 있는 상태였다.

'진짜 마음에 안 들어.'

복잡한 머릿속을 정리하느라 수저도 들지 못하고 있는 그와는 달리 시현은 꼬맹이를 위해 생선 살을 발라 밥 위에 올려 주고 '물' 하고 한 마디만 하면 물컵을 입에 대 주느라 바쁘다.

그녀는 먹을 생각도 못 하고 오로지 저 분홍색 꼬마의 입속에 들어가는 음식에만 신경을 쓰고 있었다.

"한 수저라도……."

"언니, 나 쉬."

'헉.'

역시 제 생각이 맞았다. 그를 걱정스럽게 바라보며 말을 걸던 시현을 향해 꼬맹이는 회심의 한 방을 날렸다.

화장실도 혼자 못 가는 분홍꼬맹이에게 완전히 밀려나 버렸다.

꼬마가 화장실 위치를 모른다는 것은 생각하고 싶지도 않았다. 그저 여러모로 마음에 안 들 뿐이다. 집에 오면 공부하는 시간 외에는 온통 그만을 위하던 시현이었는데……. 뭔지 모를 억울함에 점점 심기가 사나워졌다.

마음 같아선 밥이고 뭐고 당장 주방을 뛰쳐나가고만 싶은데 그랬다간 저 분홍덩어리한테 만만하게 보일 것만 같아 겨우겨우 참고 식사를 끝냈다.

주위를 알짱대는 분홍꼬맹이를 일부러 못 본 체했다.

혼자서 이리저리 뛰어다니다 엎어지기까지 하는 걸 봤으면서도 관심을 두지 않자 제풀에 지쳤는지 한동안 얌전히 있었다.

'또 무슨 일을 벌이려고……'

의심을 풀지 않은 그가 은근슬쩍 꼬마를 살폈다.

"졸려? 낮잠 잘까?"

끄덕끄덕.

시현이 동생을 불러 가슴에 안고 몸을 살살 흔들며 등을 토닥였다.

그녀의 가슴에 한쪽 볼을 찰싹 붙인 채로 안겨 곁눈질로 그를 응시하는 모습이 한 대 때려 주고 싶을 정도로 얄미웠다.

마치 '넌 이런 거 못 하지?' 라고 얘기하듯 점점 깊숙하고 은밀하게 그녀의 가슴을 파고드는 모습을 보니 제 자리를 뺏긴 것 같은 기분에 절로 숨이 거칠어졌다

그래, 자신은 첫눈에 알아봤던 거다. 시현의 동생 민가현은 마녀라는 사실을.

작지만 영악한 분홍마녀.

그와 절대 친해질 수 없는 영원한 앙숙으로 결정되어지는 순간이었다.

9. 깨달음

"우와! 끝내준다."

동영상 강의를 듣다 짬을 내 웹서핑을 하던 시현이 낮은 탄성을 터트렸다.

요즘 최고의 주가를 올리고 있는 남자 배우가 찍은 액션영화의 예고편이 그녀의 시선을 잡아끌었다.

"어쩜 생긴 거하고 이렇게 다르냐?"

마냥 착하게만 보이는 얼굴과 너무도 다른, 짐승 같은 몸매가 고스란히 드러나는 장면을 보며 그녀는 마른침을 꿀꺽 삼켰다.

"와! 이 쫙쫙 갈라진 근육 좀 봐. 이걸 바로 초콜릿 복근이라고 하는 거구나. 저절로 안구 정화가 되는데."

건강해 보이는 구릿빛 피부에 우락부락하지 않으면서도 탄력이 느껴지는 근육을 보자 저도 모르게 찬탄하지 않을 수가 없었다.

"세강 씨도 좀 봐요. 남자의 치골이 섹시하다는 걸 내가 오늘에서야 알았지 뭐예요."

당장이라도 모니터 화면을 뚫고 들어갈 기세로 눈을 빛내며 시현이 중얼거렸다. 그녀의 말에 시선을 책에 고정하고 있던 세강이 느리게 고개를 들었다.

"이리 좀 와서 보라니까요."

"눈 버려."

"절대 그럴 일 없어요. 한마디로 예술이야. 세강 씨도 보면 공감할걸요."

"변태 같아."

"네?"

잘못 들었나? 분명 변태라고 한 거 같은데……. 화들짝 놀란 시현이 모니터에서 눈을 떼고 그를 쳐다보며 되물었다.

"너, 늙다리 변태 같다고."

"내가 무슨?"

"가서 거울이라도 한번 보고 말하지? 세상살이에 질릴 대로 질린 나이 많은 여자가 자기보다 훨씬 나이 어린 남자 보면서 당장 잡아먹을 것처럼 침 질질 흘리는 게 딱이잖아. 완전 정신줄 놓은 늙다리 여자 변태."

"무슨…… 내가 언제 그런 눈으로…… 말도 안 돼. 그리고 내가 이 배우보다 어리거든요?"

역시. 제대로 들었다. 그냥 변태도 아니고 늙다리 변태란다. 하고 많은 말 중에 어떻게 저런 어이없는 말을 자신에게 할 수 있는지 모르겠다. 도대체 자신의 어디가 그렇게 보인다는 말인지. 절대 공감할 수도, 인정할 수도 없다.

한데 기껏 반박한답시고 한 소리가 나이 타령이라니. 이그, 바보같이…….

"내 말은 지금 네 나이를 말하는 게 아니야. 그걸 쳐다보는 네 눈빛을 얘기하는 거지. 그래서 거울 보라고 얘기했잖아. 지금 네 눈빛은 50을 훌쩍 넘은 늙은 여자 같아. 못 믿겠으면 밖에 나가 지나가는 사람 잡고 물어봐. 다들 내 말이 맞다고 할걸."

"허어."

"그리고 지금 그렇게 여유 부릴 때가 아닌 걸로 아는데, 작년엔 떨어졌다더니 이번엔 자신 있나 보지? 쓸데없는 것 보면서 금쪽 같은 시간을 낭비하는 걸 보니 전 과목 만점이라도 맞을 건가 봐?"

"……오늘 아침에 뭐 잘못 먹었어요?"

시현의 서러움 가득한 목소리가 그를 향했다.

그가 오늘처럼 많은 이야기를 한 적이 있었던가?

없다. 아무리 기억을 뒤져 봐도 지금처럼 오랫동안, 많은 말을 쏟아 놓은 적은 한 번도 없었다. 그런데 평소와 다르게 잔소리에 가까울 정도로 자신을 타박하는 말을 한 것이 고작 영화배우의 복근 칭찬을 했다는 이유라는 게 믿기지가 않았다.

자신이 얼굴을 내밀기가 무섭게 뒤꽁무니만 졸졸 따라다니는 사람이 이렇게도 얄밉게 말을 할 수 있다는 사실 역시 놀랍기는 매한가지다.

시현은 눈을 가늘게 뜨고 그를 노려보았다. 한눈에 봐도 화가 났소 하는 표정으로 그를 지그시 바라보며 무언의 압박을 가했다.

어서 사과하란 말이다. 평소처럼 주인의 손길을 원하는 오만한 고양이처럼 굴어 보라고.

'이건 뭐지?'

처음엔 보이지 않던 미묘한 변화가 조금씩 눈에 들어왔다. 꽉 다문 입술, 애써 자신의 시선을 피하는 불안해 보이는 눈동자, 잔뜩 굳은 턱과 어깨. 심한 말을 한 것이 미안하긴 한 건가? 아님 다른 의미가 있는 건지도 모르겠다.

시현이 의미심장한 표정으로 묘한 미소를 짓자 그가 더듬거리며 입을 뗐다.

"뭐, 뭐야? 왜 그런 눈으로 날 봐? ……지, 진짜 너 이상해."

"이상하기만 해요?"

"그럼?"

"혹시 하고 싶은 말은 따로 있는 건 아니고요?"

"하고 싶은 말? 내가?"

유독 공격적이다. 말꼬리를 물고 늘어지는 폼도 예사스럽지 않다.

그녀는 더욱 짙은 미소를 머금고 입을 열었다. 혼자만의 착각일 수도 있겠지만, 한번 찔러 보는 것도 나쁘지 않다는 생각이 들었다.

"뭐…… 예를 들어 내가 다른 남자를 보는 게 싫다든가, 하는?"

자고로 사람은 솔직해야 한다. 의뭉스럽게 본심을 감추고 간보는 듯한 행동을 취해선 안 되는 거다. 좋으면 좋다, 싫으면 싫다, 확실한 의사표현만이 쓸데없는 오해를 일으키지 않는다고 생각하던 대로 대꾸를 했다.

너무 노골적이었나? 표정이 왜 저래?

짙은 눈썹이 느리게 치켜 올라가는 것과 동시에 가느다란 쌍꺼풀이 있는 커다란 눈이 점점 작아진다. 한쪽 입매가 비뚜름해지는 걸 보니 무슨 말이 나올지 충분히 예상이 가능하다.

'너 공주병이냐?'

"공주병도 있었어? 증세가 심각하군."

딩동댕.

100% 싱크로율을 보인 건 아니지만 어쨌든 맥락은 같다.

"칫."

"지금 네가 헐벗은 남자의 몸을 보면서 침 흘리는 걸 지적했다고 그런 말도 안 되는 얘길 꺼낸 거야?"

"아님 말고요."

"당연히 아니지. 어떻게 그렇게 황당한 생각을 할 수가 있지?"

"황당할 것까지야."

"황당해. 아주 많이. 어이없을 정도야."

'어이없게 만들어서 미안하게 됐네요.'

소파에서 벌떡 일어나 자신을 노려보는 눈매가 사뭇 날카롭다.

그런데 그의 행동이 과하게 느껴지는 이유는 뭘까? 본심을 숨기기 위해 필사적으로 열변을 토하는 느낌이 들어 그가 귀엽게 보였다. 초등학교에 다니는 아이처럼 보이는 통에 자꾸만 웃음이 나와 시현은 입술을 깨물며 고개를 돌렸다.

"이야기할 땐 상대의 얼굴을 봐야 한다는 것도 몰라?"

"……."

"아니야. 네가 생각하는 그런 거 아니라고."

"내가 뭘 생각했다고 그래요?"

입을 달싹이려다 마는 걸 보며 그녀는 눈을 동그랗게 떴다. 필사적으로 변명하는 게 더 의심스럽다. 좋으면 좋다고 하면 되는 걸 가지고 어렵게도 군다.

지금껏 그가 한 행동을 보면 자신에게 호감이 있는 건 분명한데, 한 번쯤 남자답게 '난 네가 좋다' 하면 더 좋을 듯싶은데…… 조금 아쉽다.

띠리리링. 띠리리링.

"어머, 누굴까? 누가 왔나 보네."

때마침 방정맞게 울리는 초인종 소리에 그를 빤히 쳐다보고 있던 시현이 벌떡 일어나 비디오폰의 모니터를 들여다보았다.

"어? 세강 씨, 형님 오셨어요."

열림 버튼을 누른 시현이 쪼르르 뛰어나가 현관문을 열고 종혁을 기다렸다.

"어서 오세요."

"잘 지냈어요?"

"그럼요."

"오랜만이죠?"

"네. 진짜 오랜만에 오셨네요."

일을 시작하고 3개월이 지나는 동안 한 번도 모습을 드러낸 적이 없던 종혁의 갑작스런 방문에 시현은 그의 눈치를 살피며 조심스럽게 대답했다.

"세강이는……."

동생의 행방을 물으며 거실로 들어서던 종혁이 말을 멈췄다. 그리고 호기심을 가득 담은 눈으로 소파 앞에 서 있는 세강을 세세히 훑어보다 그대로 굳어 버렸다.

"너, 머……."

그렇게 머리카락 좀 자르자고 얘기를 할 땐 꿈쩍도 안 하던 녀석이 답답하게 시야를 가로막고 있던 머리카락을 훤히 넘겨 묶고 있었다. 이 녀석의 얼굴을 제대로 본 것이 몇 년 만인지, 종혁은 제 눈앞에 펼쳐진 상황이 현실처럼 느껴지지 않았다.

어머니의 얼굴을 그대로 옮겨 놓은 듯한 세강을 보니 울컥하고 뭔가 치밀어 올라 그는 주먹으로 입을 가리고 몇 차례 헛기침을 뱉었다.

"뭐 하고 있었어요?"

그는 주위를 둘러보는 시늉을 하며 자연스럽게 입을 열었다.

"……공부."

"아! 임용고시? 이제 몇 달 안 남았네요. 잘 돼 가요?"

"뭐, 나름대로 열심히 하고 있어요."

시현은 종혁의 물음에 멋쩍은 표정을 지었다.

"공부는 무슨. 너 방금 전까지……."

"켁켁. 아이고, 목에 뭐가 걸렸나. 켁!"

세강의 말을 자르기 위한 것이 분명한 시현의 과장된 행동에 종혁의 눈이 가늘어졌다.

심장이라…….

몇 년 동안 먼저 전화하는 일이 한 번도 없던 동생이 심장에 이상이 생긴 것 같다는 전화를 걸었다. 분명 가족력은 없는데. 늘

배타적이고 묻는 말 이외에 먼저 말을 거는 법이 없는 녀석의 뜬금없는 전화에 깜짝 놀라기가 무섭게 이어진 세강의 말에 그 역시 심장이 뛰었다.

'내 예상이 맞는 걸까?'

혹시나 했던 기대가 사실로 판명되길 간절히 바라는 마음에 없는 시간을 겨우 만들었다. 그렇게 세강의 변화된 모습을 제 눈으로 직접 확인하고 싶었다.

"오늘은 어때? 여전히 그래?"

시현의 이상행동을 못 본 사람처럼 태연하게 물었지만 세강에게 닿아 있는 시선은 날카롭기만 했다.

"응."

"더 심해진 건 아니고?"

"잘 모르겠어. 계속 그러는 건 아니니까."

'이건 또 뭐야?'

시현은 의미를 알 수 없는 대화를 나누는 두 사람을 어리둥절한 눈으로 쳐다보았다. 자신이 없는 사이에 무슨 일이 생긴 모양이다. 그래서 예고도 없이 종혁이 모습을 나타낸 거고. 뭘까? 궁금하다.

반짝반짝 빛나는 눈동자가 두 사람 사이를 바삐 오가며 나름대로 사건을 유추하려 애를 썼지만 별다른 소득은 없었다.

"심각해 보이는데……. 지금 네 얼굴색도 그다지 좋아 보이지 않고."

세강의 대각선 쪽에 위치한 소파에 자리를 잡은 종혁이 걱정스런 표정을 지었다. 만에 하나 자신의 생각과 다르게 세강의 건강에 진짜 이상이 생겼을 가능성도 염두에 둬야만 했다.

"지금은 시현이가……."

"어머! 이렇게 오셨는데 제가 아무것도 내오질 않았네요. 뭐 드시고 싶으신 거라도 있으세요? 커피? 녹차? 과일? 뭐가 좋을까요?"

시현은 다시 한 번 세강의 입을 막기 위해 정신없이 떠들었다.

지금 세강은 자신과 있었던 일을 형에게 낱낱이 고하려 하고 있었다. 정신없는 사람 같으니라고. 창피한 줄도 모르고 그걸 얘기하려 들어?

"괜찮아요. 그러지 말고 시현 씨도 여기 좀 앉아요."

그는 자신의 옆자리를 두드리며 부드러운 미소를 지었다.

"저, 저요?"

"네."

"왜요?"

"그냥 세강이가 어떻게 지냈는지 얘기 좀 들어 보려고요. 저 녀석한테 물어 봐야 다 괜찮다고 할 게 빤하니, 들으나 마나일 것 같아서요."

종혁은 세강을 흘끔 쳐다보고는 시현에게 시선을 고정했다. 그리고 조금 민망하다 싶을 정도로 그녀를 빤히 쳐다보며 시종일관 다정함을 유지했다.

한쪽 볼이 따끔거리는 느낌이 들었다. 심기가 불편한지 점점 더 뾰족해지는 세강의 눈초리에 시원하게 노출된 곳이 뚫려 버릴지도 모르겠다.

"저도 딱히 해 드릴 말이 없는데……."

"하하하. 그래도 꼬박꼬박 대답은 해 줄 거 아닙니까?"

"그렇기야 하겠죠."

"그거면 됐어요. 이리 앉아요."

마지못해 그의 옆자리를 차지하고 앉은 시현이 어색하게 웃었다. 그가 난처한 질문이라도 하면 어쩌나 싶어 조바심이 났지만 최대한 침착함을 유지하려 애썼다.

"세강이 편식이 심하죠?"

"네에."

시현은 조금 전까지 경계하던 것도 잊고 눈을 동그랗게 뜬 채 격렬하게 고개를 끄덕였다. 낯선 사람들 틈에서 자신과 뜻이 맞는 동지를 만난 듯한 반가움에 그녀의 긴장감이 스르르 풀어져 버렸다.

"어렸을 때부터 그랬어요. 그래서 저 녀석 밥 한 숟가락 먹이는 게 세상에서 가장 힘든 일이라고 어머니께서 늘 한숨을 쉬셨던 게 기억이 나요."

"그 마음, 제가 충분히 이해해요. 지금 제 심정이 그렇거든요."

"많이 힘들었나 보네."

종혁은 시현의 말에 맞장구를 치며 그녀의 반응을 살폈다.

"맞아요. 진짜 처음 왔을 때는 엄청 고생했어요. 생긴 것하고 다르게 완전 애들 입맛에, 안 먹는 건 왜 이리 많은지……. 딱 제 동생하고 똑같더라니까요."

"시현 씨 동생?"

"네. 아시잖아요. 저보다 열여덟 살 어린 동생이요."

"하하하. 동생이 세강이랑 그렇게 비슷해요?"

"진짜 똑같아요. 두 사람 식성이 딱 쌍둥이 같아요. 사실 세강 씨가 우리 가현이처럼 계란프라이에 케첩으로 그림까지 그리지 않을까 걱정한 적도 있어요."

"하하하하하. 그렇게까지……. 그럼 시현 씨 어린 동생도 시금치는 안 먹겠네요."

비밀을 털어놓듯 작게 덧붙인 말에 화통하게 웃어 젖힌 종혁이 입가에 웃음을 매단 채로 다른 걸 물었다. 물론 '어린' 이란 단어를 강하게 말하는 것도 잊지 않았다.

"네. 절대 입에도 안 대려고 해서 저희 엄마가 무지 고생하고 계세요. 그래도 세강 씨는 요즘 조금씩은 시금치를 먹으려 애를 쓰긴 해요."

"정말 세강이가 시금치를 먹었단 말이에요?"

"네."

"믿을 수가 없는데요."

"진짜예요."

어색함을 벗어던진 시현에게서 생기가 느껴졌다. 신이 나서 세강과의 일을 이야기하는 모습을 바라보던 종혁이 조금 더 그녀 가까이 다가앉았다.

'역시 내 생각이 맞았어.'

그동안 세강에게 쌓인 설움과 억울함을 모두 고해바치듯 많은 이야기를 쏟아 내는 시현의 이야기에 귀 기울이며 종혁은 벅찬 감동을 느꼈다. 누구에게도 관심을 주지 않던 동생이 유독 시현을 보며 눈을 빛내더니…… 그녀와 티격태격하며 이제야 제대로 된 사람처럼 생활하고 있었다.

"배고파."

갑작스럽게 튀어나온 세강의 말에 시현이 그를 잠시 쳐다보다 시간을 확인했다.

"아! 벌써 점심때가 됐네. 오신 김에 식사하고 가세요. 지금 빨리 준비할게요."

시현의 말에 종혁은 기다렸다는 듯 고개를 끄덕였다.

"준다면 맛있게 먹을 수는 있어요."

"당연히 드려야죠."

소파에서 벌떡 일어난 시현이 주방으로 모습을 감추자, 느른한 종혁의 눈동자가 동생에게 향했다. 잔뜩 굳어 있는 얼굴과 이를 악물고 있는 턱이 볼만했다. 거기에 그를 잡아먹을 듯 노려보는 눈빛은 당장 무슨 일이 생겨도 하등 이상할 게 없을 정도였다.

"생각보다 잘 지낸 거 같아 다행이다."

"……."

"뭐야? 표정이 너무 안 좋은데, 또 심장이 아픈 거냐?"

"왜 왔어?"

생각처럼 공격적인 말투다.

"몰라 묻는 건 아니지? 네가 심장이 아프다고 전화를 했잖아. 네 보호자로서 걱정도 됐고 상태가 어떤지 확인하는 건 당연한 일이라고 생각하는데. 내가 잘못 온 거냐?"

틀린 것이 없는 그의 말에 분한 듯 입술을 앙다무는 세강을 보며 종혁은 유들유들한 미소를 지었다.

죽지 않을 정도의 최소량의 음식만 마지못해 먹던 동생은 전보다 살이 올라 있었다. 그래도 큰 키에 비해 여전히 말라 보이지만 조금씩 나아질 거란 기대가 생겨났다. 거기다 시현과 대화를 나누는 내내 파르르 떠는 녀석을 보는 것도 색다른 즐거움이었다.

진작 와 볼걸. 이리 좋은 구경거리를 이제야 하게 된 것이 안타깝기만 했다.

"진짜 밥 먹고 갈 거야?"

"그럼, 그냥 가?"

"응."

"허엇."

순간 말문이 막혔다. 하나밖에 없는 동생에게 이 정도로 푸대접을 받을 거라곤 생각도 못 했다. 못마땅함을 노골적으로 드러내며 그의 방문을 탐탁지 않아 하는 세강이 이제는 낯설기까지 했다.

"진심이냐?"

"농담 같아?"

정색하며 되묻는 걸 보니 절대 농담은 아니다. 이것 참, 변한 것도 좋은데 너무 많이 달라진 모습에 이젠 두려움마저 생겨날 지경이었다.

"모처럼 왔는데 밥도 같이 안 먹겠다고?"

"매일 먹는 밥, 꼭 여기서 먹어야 할 이유가 없잖아. 한 끼 안 먹는다고 죽는 것도 아니고."

"너, 좀 치사해졌다. 전에는 사람이 오는지 가는지 신경도 안 쓰더니……. 내가 온 게 그렇게나 싫어?"

그의 말에 뭔가를 골똘히 생각하는 세강을 빤히 쳐다보던 종혁이 슬쩍 웃음을 흘렸다.

"훗."

"왜 웃는데?"

"민시현 씨, 좋아하는구나. 그래도 질투는 적당하게 해야지."

"……."

"네 심장이 빠르게 뛰는 이유가 뭘까? 답은 이미 나온 것 같은데……. 네 생각은 어때?"

종혁은 세강의 얼굴색이 변하는 걸 흥미진진하게 바라보았다. 자신의 동생은 인지하지 못하고 있던 제 감정의 실체를 이제야 확실하게 깨달은 모양이다.

"식사하세요."

때마침 시현의 부름이 없었다면 세강의 온몸이 빨갛게 변하는 것을 볼 수 있었을지도 모른다.

종혁은 가벼운 걸음으로 주방으로 향했다.

4인용 식탁에 정갈하게 차려진 음식을 눈으로 훑으며 자리에 앉았다.

"급하게 준비하느라 차린 게 별로 없어요. 그래도 맛있게 드실 거죠?"

"그럼요."

마치 자신의 집에 찾아온 손님을 대접하는 듯한 시현의 말에 종혁의 미소가 더욱 깊어졌다.

세강의 마음은 이미 자신의 눈으로 확인을 했으니 이제 시현의 차례였다. 지금까지 그녀의 행동으로 보면 두 사람의 관계가 나쁜 것 같지는 않았지만 혹시라도 자신이 놓친 것이 있을지도 모른다는 생각에 탐색의 끈을 늦추지 않았다.

'제발, 그녀도 동생과 같은 마음이길…….'

동생이 처음 경험하는 사랑이 혼자만의 것이 아니기를 간절히 빌며 그는 물컵을 들어 바짝 마른 입안을 축였다.

"?"

잠시 후 모습을 드러낸 세강의 얼굴은 본래의 뽀얀 피부색으로 돌아와 있었다. 조금은 경직된 표정으로 자연스럽게 시현의 옆자리 의자를 빼서 앉는 동생을 종혁은 놀란 눈으로 바라보았다. 생각지도 못한 상황에 멍해진 그의 눈동자가 빠르게 시현에게 닿았다.

조금은 당혹스럽고 난감한 얼굴에 멋쩍은 웃음을 달고 세강을 흘겨보는 시현을 보니 이런 일이 오늘이 처음은 아닌 것 같았다.

'지금까지 계속 저렇게 앉아 밥을 먹은 거야? 그래 놓고도 제 맘이 어디로 향해 있는지 모르고 있었다니.'

"하하하. 보기 좋네요. 시현 씨, 어서 들어요."

그는 세강을 노려보는 시현의 눈에 담긴 애정을 읽을 수가 있었다. 종혁은 혼자 힘으로 어려운 일을 끝낸 어린 아들을 보는 심정으로 안도의 한숨을 내쉬었다.

'이렇게 난감할 데가…….'

시현은 난감함에 그저 어색한 웃음만 지어 보이고 있었다.

지난번 가현이 왔다 간 뒤로 그는 식사 때마다 꼭 시현의 옆자리를 노렸다. 불편하지 않느냐는 물음에 '전혀'라고 깔끔하게 대답을 하고 묵묵히 식사를 할 때만 하더라도 이런 일을 예상하지 못했다.

그래도 눈치는 있어야지. 자신의 형이 빤히 보는 앞에서도 이러고 싶을까? 일부러 식탁에 ㄷ자로 밥과 수저를 세팅해 놓은 보람도 없게 말이다.

어색한 웃음으로 종혁의 뜨거운 시선을 피한 시현이 세강을 노려보았지만 그의 눈동자는 시금치무침에 닿아 있었다.

"꼭 먹어야 하는 거지?"

끄덕끄덕.

당연하지. 이제 시금치 먹을 수 있다고 그렇게 자랑을 해 놨는데 여기서 그가 먹지 않으면 자신은 뭐가 되느냔 말이다.

해맑은 얼굴로 당연하다는 듯 고개를 주억이는 그녀를 쳐다본 세강이 한숨을 쉬고 시금치를 집어 입으로 가져가 보란 듯 오물거렸다. 시금치를 삼킬 때까지 구겨진 미간은 펴지지 않았지만 이만하면 보여 주기로는 성공이다.

시현은 괜히 뿌듯한 마음에 입꼬리가 올라가려는 걸 애써 잡았다.

'이제 됐다.'

시금치를 먹는 세강을 자랑스럽게 바라보는 시현을 보자 울컥 차오른 감격에 눈시울이 붉어진 종혁은 서둘러 고개를 숙여 밥그릇에 시선을 고정했다.

타인에게 이렇게 다정한 음성으로 말을 거는 동생의 모습은 부모님이 돌아가신 후 처음이었다. 거기다 먹기 싫은 음식까지 참고 먹을 정도라면……. 시현으로 인해 세강이 조금씩 평범한 삶을 사는 방법을 배워 갈 수만 있다면 더 바랄 것이 없을 터였다.

그는 식사하는 내내 속으로 다행이다, 다행이다, 하고 되뇌었다.

❀

'이 여자를 어떻게 하는 게 좋을까?'

동영상 강의를 듣고 있는 줄로만 알았는데 기껏 보고 있던 게 저보다 나이 많은 남자 배우의 헐벗은 몸뚱이라니. 그동안 몰랐는데 민시현은 변태 기질도 갖고 있었나 보다.

"와! 이 쫙쫙 갈라진 근육 좀 봐. 이걸 바로 초콜릿 복근이라고 하는 거구나."

'치골? 섹시?'

거침없이 터진 시현의 언어에 기함할 듯 놀라기가 무섭게 연이어 들려온 말에 뒤로 넘어갈 뻔했다.

"이리 좀 와서 보라니까요."

같이 보자고? 지금 저 소리가 자신에게 할 말인가 싶었다. 남자인 자신이 뭐하러 제 신체 구조와 똑같은 남자의 벗은 몸을 본단 말인가. 눈 버릴 일 있나.

그리고 뭐? 예술? ……예술이 다 얼어 죽었다. 기껏해야 울퉁불퉁한 몸뚱이일 뿐인데 갖다 댈 단어가 그렇게도 없나? 선생님이 되려는 사람의 기본 언어 구사 능력이 참 엉망이다. 저래 가지고 무슨 선생님을 한다고. 더구나 중요한 시험 준비로 열심히 공부를 해도 모자랄 판에 쓸데없는 거나 보고 있다니.

"그리고 지금 그렇게 여유 부릴 때가 아닌 걸로 아는데, 작년엔 떨어졌다더니 이번엔 자신 있나 보지? 쓸데없는 것을 보면서 금쪽같은 시간을 낭비하는 걸 보니 전 과목 만점이라도 맞을 건가 봐?"

"……오늘 아침에 뭐 잘못 먹었어요?"

그는 시현의 원망 어린 눈동자와 마주하자 욱하는 마음에 너무 심하게 말을 한 건가 싶어 슬쩍 시선을 피했다.

상처받은 건 아니겠지. 왠지 찜찜하고 껄끄러운 마음에 본심은 그게 아니라고 말해야겠다고 결심하고 시현에게 눈을 돌렸다.

"뭐, 뭐야? 왜 그런 눈으로 날 봐? ……지, 진짜 너 이상해."

세강은 하려던 말도 잊어버리고 말았다. 풀이 죽어 있을 거라 생각했던 것과 달리 음흉한 미소를 입가에 매달고 물끄러미 자신을 보고 있던 그녀를 보자 가슴이 철렁 내려앉았다.

저렇게 능구렁이 수백 마리는 잡아먹은 것 같은 표정을 보면 왠지 불안하다. 또 어떤 일을 꾸미려고 이러는가 싶어 조마조마해진다.

역시 그녀의 입에선 그를 기함하게 만드는 말이 쏟아졌다.

"뭐…… 예를 들어 내가 다른 남자를 보는 게 싫다든가, 하는?"

무슨 생각으로 저런 소리를 아무렇지도 않게 하는 걸까? 어떤 대답이 듣고 싶어서…….

왠지 마음에 들지 않는다. 뭔가 약점이 잡힌 듯한 이 느낌도 좋지가 않다.

오늘은 그동안 알지 못했던 민시현의 새로운 모습을 여러 가지로 보게 되는 날이다. 변태 기질과 함께 숨겨진 공주병의 증세까지 확인하게 됐는데 아직도 부족하단 말인가. 다 알고 있다는 듯 느물거리는 태도가 더욱 심기를 어지럽혔다.

"황당해. 아주 많이."

어이가 없다 못해 뒤로 넘어갈 지경이다. 열이 나면서도 뭔가 켕기는 느낌이 든다는 게 더 기분이 나빴다. 그녀가 알지 말아야 할 것을 알아 버린 것만 같은 복잡하고 어수선한 마음에 소파에서 벌떡 일어나고 말았다.

씨근덕거리는 자신과 달리 여유롭게 행동하는 시현에게 휘둘린 것 같아 최대한 차분하게 얘기한다는 것이 변명처럼 되고야 말았다. 웃음을 참고 있는 기색이 역력한 시현을 보며 더 이상 입을 열어 봐야 제 무덤을 파는 꼴이라 입을 달싹이다 말았다.

당했다. 난 아무것도 몰라요, 하는 얼굴로 해맑게 웃는 여자에게 뒤통수를 맞은 그런 기분이다. ……왠지 억울하다.

오늘 운수가 사나운 건지 온종일 짜증나는 일이 계속해서 일어나고 있었다.

시현을 향한 화기가 채 가라앉기 전에 나타난 형을 의아해할 사이도 없이 마주 보고 앉아 시시덕거리는 두 사람을 보고 있자니 속이 쓰렸다.

세강은 날이 설 대로 선 눈으로 종혁을 노려보았다.

'온다는 말도 없이 들이닥쳐서 지금 뭐 하자는 거야?'

자신이 걱정되어 왔다는 사람이 왜 시현에게서 떨어질 줄을 모르는 건데…….

지난번 민가현에 이어 오늘은 윤종혁이 그의 심기를 어지럽혔다. 온다는 말도 없이 깜짝 방문한 것도 거슬리고 시현의 옆에 딱 달라붙어 있는 모습은 더 보기 싫었다.

곁눈질로 자신을 흘끔흘끔 보면서 히죽히죽 짓궂은 웃음을 짓는 걸 보니 자신을 놀리는 것만 같다. 부글부글 끓어오르는 속을 달래려고 몇 차례 심호흡을 했지만 쉬이 가라앉질 않았다.

처음엔 경계 어린 눈으로 형을 보던 시현이 이제는 언제 그랬냐는 듯 편안하게 풀어져 형과 눈을 마주하고 수다를 떨고 있었다. 그것도 아주아주 예쁘고 환하게 웃는 얼굴로 말이다.

'나한테 저렇게 웃어 준 적이 있었나?'

왠지 없는 것만 같다.

별로 재미있지도 않은 이야기에 박장대소를 하는 것을 보니 유치하기 짝이 없다.

살다 보면 좋아하지 않는 음식이 있을 수도 있지 그게 뭐 그리 재미있다고…… 당사자를 바로 눈앞에 두고 고작 6살짜리에게 자신을 빗대어 얘기를 하다니. 두 사람의 뇌 구조가 의심스러울 지경이었다.

'왜 자꾸 가까이 붙어? 지금도 잘만 들리는구먼.'

도무지 그가 끼어들 틈이 없을 정도로 친밀하게 이야기를 나누는 모습에 점점 더 심기가 사나워져 갔다.

그녀를 형에게서 떨어트릴 목적으로 배가 고프다고 했지만 그 뒤의 일은 예상하지 못했다. 내심 시현이 식사 준비를 할 동안 형이 돌아가길 바랐지만 그건 그저 희망사항일 뿐이었다. 진득하게 자릴 잡고 앉아 밥을 얻어먹겠다는 형이 원망스럽기까지 했다.

"민시현 씨, 좋아하는구나. 그래도 질투는 적당하게 해야지."

"……."

"네 심장이 빠르게 뛰는 이유가 뭘까? 답은 이미 나온 것 같은데……. 지금 네 모습을 봐. 넘쳐 나는 소유욕을 주체할 수 없어 허둥대고 있잖아."

'질투? 소유욕? 내게 그런 것이 있었나?'

하지만 형의 말에 아무런 대꾸를 할 수가 없었다.

물론 자신은 민시현을 좋아한다. 그를 둘러싼 어둠을 조금이라도 옅게 만드는 그녀의 존재가 소중하기도 하다. 하지만 그녀 외에도 좋아하는 것은 많다.

세상에 하나밖에 없는 피붙이 형도 좋아하고, 매일 손에서 놓지 않는 책들도 좋아한다. 어둠을 가르고 조금씩 모습을 드러내는 아침 해도 좋아하고……. 한데, 형의 말이 주는 뉘앙스는 미묘하게 그의 신경을 자극했다.

질투…….

아! 여자였구나.

민시현은 자신에게 처음부터 특별한 여자였다.

관심이 가고 사랑하고 싶은 여자. 그래서 그녀가 남자 배우의 치골이 섹시하다는 소리에 민감하게 반응했던 거다. 거기에 형과 나란히 앉아 눈을 마주하고 웃는 모습까지 봤으니, 그게 그렇게도 거슬렸던 거구나.

그의 얼굴에 서서히 홍조가 피어올랐다.

지금까지 사람을 남자, 여자 구분 지어 생각한 적이 한 번도 없던 그에게 찾아온 때늦은 깨달음에 그의 눈동자가 불안하게 흔들렸다.

처음부터 그녀가 신경 쓰였던 것도, 다른 사람의 시선이나 손길에 민감하면서도 그녀에게만은 유독 관대했던 것도, 시현이 오지 않는 날은 기분이 계속 가라앉았던 것 모두가 그녀를 가슴에 담았기 때문이다. 거기다 비정상적으로 뛰던 심장의 울림 역시 이해할 수 있었다.

'이런, 그걸 이제야 깨닫다니.'

남자와 여자 사이에 생겨날 수 있는 복잡 미묘한 감정을 경험해 보지 못한 자신의 무지에서 비롯된 일이었다.

10. 고백

뜨겁다. 강렬하게 날아와 꽂히는 시선에 슬그머니 고개를 돌리는 것으로 그것에서 벗어나 보려 했지만 집요한 눈동자는 쉽사리 제 뜻을 접을 생각이 없는 것만 같았다.

종혁을 배웅하고 돌아서던 시현은 자신을 잡아먹을 듯 쳐다보는 세강을 슬슬 피하는 중이었다. 한마디로 설명할 수 없는 복잡하고 날카로운 눈빛에 절로 움츠러들고 심장이 덜컹거려 가만히 숨을 쉬는 것조차 쉽지 않았다.

그래도 시현은 최대한 태연함을 가장해 얌전히 자리에 앉아 책을 펴 들었다.

긴장감과 어색함이 공존하는 지금 상황을 자연스럽게 넘기기에 가장 좋은 방법을 찾은 그녀는 필사적으로 문제집을 파고들었다.

'도대체 왜 저래?'

혹시 화가 난 걸까? 종혁과 신나게 그의 약점을 씹어 댔으니 기분이 좋지 않을 만도 했다. 거기에 보란 듯이 시금치까지 먹을 것을 강요했으니…….

'에고, 미련퉁이. 왜 일을 치고 나서 꼭 후회를 하는 거니.'

자신이 행한 만행이 하나씩 떠오를 때마다 시현은 자꾸만 얼굴이 붉어져 고개를 더 깊숙이 숙였다. 지금이라도 사과를 해야 하나. 그가 싫다거나 미워서 그런 게 아니라고 변명이라도 해야 할 분위긴데.

"하아."

숨이 턱턱 막히는 이 분위기에서 벗어날 방법을 생각하고 있는데 깊고 묵직한 한숨 소리가 들려왔다.

미치겠다. 얼굴이 빤히 보이는 자리에 앉아서 세상 무너진 것처럼 한숨을 쉬고 마른세수까지 하는 그를 보자 마음이 더 조급해졌다. 어차피 계속 모른 척하기도 그러니 한 번 묻기는 해야 할 것 같아 시현은 조심스럽게 말문을 열었다.

"왜, 왜 그래요?"

아, 모양 빠지게 말은 왜 더듬고 난린지 모르겠다.

"어디 아파요? 혹시 체했어요?"

"……."

그의 시선이 제게 쏟아지자 말문이 덜컥 막혔다. 역시 잘못 본 게 아니다. 오늘의 그는 너무도 낯설기만 하다.

평소의 순수하고 담백했던 시선과 판이하게 다른, 욕심이 가득 들어찬 눈길에 오소소 소름이 돋아났다. 마치 실오라기 하나도 걸치지 못한 채 낱낱이 해부당하는 느낌에 작은 신음조차 내뱉지 못

했다.

평소처럼 자신의 매력을 이제야 깨닫게 된 것이냐고 장난말이라도 뱉어야 하는데 도무지 입이 열리지 않았다.

시선이 점점 더 깊숙하게 얽혀 들었다. 좀 전의 뜨겁고 강렬했던 시선에 또 다른 열망이 더해져 묵직하게 숨통을 조여 왔고, 시현은 밧줄에 꽁꽁 묶여 옴짝달싹할 틈을 찾지 못하고 그대로 굳어버린 사냥감이 되어 그의 시선을 힘겹게 받아들이고 있었다.

뭐라 말을 해야 하는데 꽉 막힌 목구멍은 먼지를 한껏 집어삼킨 듯 껄끄럽기만 했다.

"……좋아."

"?"

밑도 끝도 없는 말 한 마디에 팽팽하게 날이 섰던 공기가 일시에 힘을 잃어버렸다. 시현은 커다란 눈을 깜박이며 그를 멀뚱하니 쳐다보았다. 그에게 집중하고 있지 않았다면 듣지도 못했을 정도로 작은 음성에 그녀는 천천히 그의 말을 되뇌었다.

'……좋……아? 제대로 들은 게 맞나?'

잔뜩 긴장한 상태로 그를 빤히 쳐다보고 있던 그녀의 귓속을 파고든 말은 분명 '좋아' 였다.

뭐가? 설마…… 나?

곰곰이 생각에 잠겨 있던 시현이 고개를 갸우뚱거렸다.

아무래도 미심쩍다. 자신을 홀라당 발라먹을 것처럼 뜨겁게 쳐다보며 하는 말치곤 너무 감흥이 없다고 해야 하나? 고백이라 하기엔 지나치게 무덤덤하고 심심했다.

'그래. 내가 좋다는 뜻은 아닐 거야. 그럼 뭘까? ……에잇, 모

르면 물어야지 어쩌겠어.'

잠깐의 고민 끝에 나름대로 결론을 내린 그녀가 시원한 얼굴로 되물었다.

"네?"

아무것도 못 들었는데 지금 뭐라고 얘기한 거냐는 의미가 분명히 담긴 물음이었지만 그는 입을 열지 않았다.

'갑자기 또 왜 이래?'

괜히 물었나 싶을 정도로 오랜 시간 뜸을 들이는 그의 행동이 점점 이질적으로 보이기 시작했다.

조금 전과 다르게 그녀의 시선에 딴청을 피우며 눈을 돌리는 폼이 거짓말하다 걸린 아이처럼 보여 어이가 없을 지경이었다. 이중인격도 아니고, 두 개의 자아가 서로 치열하게 싸우는 사람처럼 순식간에 변해 버린 그의 태도에 입이 다물어지지가 않았다.

그렇게도 난처한 질문이었나? 아무리 생각해도 지금 그의 행동과 그가 한 말은 매치가 되질 않았다.

역시 고백은 아니었던 모양이다. 괜히 오버했으면 큰일 날 뻔했다.

속으로 안도의 숨을 내쉰 시현이 신경질적으로 아랫입술을 내밀어 흘러내린 앞머리를 불어 올리고 애써 문제집으로 관심을 돌렸다.

중요한 얘기면 다시 하겠지. 그의 입이 열릴 때까지 기다리다가 답답해 속이 터질 것만 같아 힘겹게 호기심을 죽였다.

'또 왜요?'

뾰족하게 날이 선 시선이 바늘이 되어 온몸을 찔러 대는 통에 짜증 섞인 말이 튀어나올 뻔했다. 하고 싶은 말이 있으면 시원하게 하든가. 몇 번 입을 달싹이는가 싶더니 입술을 지그시 깨무는 것을 끝으로 그는 아예 말문을 닫아 버렸다.

고집쟁이. 윤세강은 고래 심줄보다 더 질긴 고집을 가진 것이 틀림없다.

환영받지 못한 손님이 된 것 같은 기분을 오후 내내 맛봐야 했던 시현은 집으로 돌아갈 시간이 되자 가시방석에 앉은 것처럼 불편하기만 한 공간에서 벗어나기 위해 빠른 동작으로 책을 정리해 현관으로 향했다.

"저 이제 가요. 내일……."

인사말을 건네는 그녀의 손목을 잡은 세강이 뭔가 말을 하려다 말고 슬그머니 잡은 손을 풀고는 고개를 내저었다.

"후우."

대문을 열고 집으로 들어서는 내내 마음이 편치 않았다. 무슨 말을 하고 싶었던 걸까? 많은 얘기를 담고 있는 그의 눈동자가 자꾸만 마음 한구석을 불편하게 만들었다.

시현은 곧장 집 안으로 들어가지 않고 마당 한구석에 놓인 썬베드에 엉덩이를 걸치고 앉아 옆집을 물끄러미 바라보며 생각에 잠겼다.

언제부터 그 사람 생각을 이리도 많이 하게 되었을까. 어느 결에 그가 자신의 심장을 차지하는 비율이 늘었던가. 윤세강이라는 사람에게 조금씩 스며들어 버린 기분이다.

솔직히 그가 좋다. 기다란 속눈썹이 보이도록 눈을 내리깔고 책을 읽는 모습도, 먼 산을 바라보며 사색에 잠겨 있는 모습도, 먹기 싫은 음식을 겨우겨우 삼키며 미간을 찌푸리는 모습도. 슬그머니 곁에 다가와 앉는 그도, 가뭄에 콩 나듯 보여 주는 부드러운 미소도 모두 좋기만 하다.

그의 작은 행동 하나하나에 촉각을 곤두세우면서도 아무렇지 않은 듯 장난을 거는 자신의 모습이 바보처럼 느껴질 때도 있지만 어쨌든 그로 인해 가슴이 떨리는 건 부인할 수 없는 사실이다.

답답한 마음에 저도 모르게 한숨을 내쉰 시현은 조용히 눈을 감았다.

이마에 닿았던 그의 입술이, 자신의 뺨을 감싸던 그의 손길이 생생하게 떠올랐다.

'날 싫어하는 건 아닌 듯한데…….'

지금 자신이 느끼고 있는 혼란을 그 역시 느끼고 있을까? 아무런 사심 없이 뻗은 손길에 혼자만 의미를 부여하고 있는 건 아닐까?

도저히 모르겠다. 그녀에게만큼은 스스럼없이 행동하는 사람이라 그의 감정에 대해 확신이 서지 않는다. 그저 자신에게 위안을 주는 존재이기 때문에 다른 사람에 비해 다정하게 대하고 있는 건지도 모른다.

"어휴, 복잡해."

시현은 양손으로 머리를 부여잡고 깊은 한숨을 내쉬었다. 우리나라 국기가 태극기라는 것처럼 누구나 아는 답이 빤한 문제도 아니고 타인의 감정을 짐작해야 하는 건 난이도가 너무 높다.

"힘드니?"

갑자기 들려온 물음에 시현은 화들짝 놀라 숙이고 있던 고개를 빠르게 들었다.

"엄마!"

"공부하기 힘들지? 날씨도 좋은데 여름휴가도 없이 매일 도서관에서 책만 보는 게 쉽지 않지?"

뜨끔. 찔린다.

"아, 아니야. 힘들긴……."

"아니긴, 지금 네 얼굴에 '힘들어 죽겠다.' 하고 쓰여 있는걸."

그녀의 옆자리를 차지하고 앉으며 하는 엄마의 말에 시현은 어정쩡한 미소를 지었다.

여기서 무슨 말을 한단 말인가. 에어컨 빵빵하게 나오는 집에서 편히 쉬면서 공부해요. 물론, 중간중간에 쉬면서 딴짓을 하기도 하고요. 이를테면 음식 만들기나 웹서핑 같은 거. 때론 말장난도 하고……. 지금 상황에서 자신이 그러고 있다고 솔직하게 말할 수는 없지 않은가 말이다.

"보약이라도 한 제 지어 먹어야겠다."

"히익. 엄마, 됐거든. 이 나이에 보약은."

켕긴다. 역시 이래서 사람은 죄를 짓고 살면 안 되는 거다.

"우리 큰딸, 엄마가 사랑하는 거 알지? 힘들어도 잘 참고 견디는 걸 보면 대견하기도 하고. 이제 조금만 더 참으면 네가 원하는 걸 할 수 있을 테니까 기운 잃지 마. 나이도 어린 녀석이 어깨 축 늘어트리고 있는 모습 보는 것도 안 좋다."

시현은 자신의 손을 잡고 빙긋이 웃는 엄마를 똑바로 바라볼 수가 없었다.

자책감이 몰려든다. 죽을힘을 다해 공부를 해도 부족할 판에 지금 사랑 타령이나 하고 있다니, 것도 임용고시에서 한 번 떨어진 전력이 있는 자신을 믿고 기다려 주는 부모님을 속여 가며 말이다.

"언니이~"

속으로 마구마구 자신을 꾸짖으며 땅굴을 파고 들어가고 있는 시현에게 가현이 달려와 안겼다.

"가현아."

"언제 왔어?"

"조금 전에."

"여기서 뭐 해?"

"엄마랑 얘기하고 있었어."

부모님을 향한 미안함을 숨긴 시현이 동생의 물음에 차근차근 대답했다.

"치. 나만 빼고……."

"미안. 이제 들어가려고 했어."

"이제 예쁜 언니 머리 안 아파?"

"?"

이건 또 무슨 말일까. 예쁜 언니? 머리? 동생의 머리카락을 쓸어 내며 웃고 있던 시현이 의문을 가득 담은 눈으로 가현을 응시했다.

아! 큰일이다. 날벼락이 떨어졌다.

'동생아, 그건 지금 이 자리에서 꺼낼 말은 아니지 싶은데 말이다.'

부모님의 여행 직후 가현의 입에서 엉뚱한 소리가 나올까 싶어 신경을 곤두세우던 때가 있었다. 하지만 며칠이 지나도 가현이 옆집에 간 것에 대해 입을 열지 않아 속으로 안도의 숨을 내쉬었다. 그렇게 가현이 옆집에서의 일을 잊어버렸다고 생각하고 마음을 놓아 버렸는데, 이런 식으로 폭탄을 터트릴 줄이야.

"……그, 글쎄."

"그럼 언니가 이제 가현이랑 놀아 준대? 또 놀러 가도 돼?"

"누굴 말하는 거니?"

가현의 입에서 계속 나오는 언니라는 말이 시현을 지칭하는 것이 아님을 알아챈 엄마의 입이 열리는 순간 심장이 얼어붙는 기분이었다.

"저기 사는 언니 친구."

그다음으로 동생이 엄마의 물음에 성실히 대답하며 손가락으로 옆집을 가리키는 순간 이번엔 심장이 떨어져 내리는 기분을 맛보았다. 연타로 이어진 강한 공격에 시현은 슬쩍 고개를 돌려 버렸다.

어떤 친구냐고 물으면 뭐라 대답해야 하지? 아무런 준비도 없이 덜컥 큰일을 저질렀다는 생각에 머릿속이 하얗게 바래져 가고 입안은 바짝 말라 버렸다.

"그래? 언니 친구가 왜 가현이랑 안 놀아 줬는데?"

"응. 언니가 머리가 많이 아프대. 그래서 못 놀아 준대. 엄마, 근데 언니 친구 진짜 예뻐."

"정말? 그렇게 예뻐?"

"어. 완전 공주님이야. 키도 이만큼 크고 머리도 굉장히 길어."

손짓까지 보태며 종알종알 떠드는 가현의 입을 막고 싶었다. 다행히도 엄마는 동생의 손가락질에 별다른 의미를 두고 있지 않은 듯했지만 이야기가 길어질수록 동생의 입에서 어떤 말이 나올지 장담할 수 없어 불안감은 쉽게 사라지지 않았다.

"그런데 우리 가현이 밥 먹었어? 언닌 배고프다."

시현은 배를 문지르며 눈꼬리를 축 늘어트렸다.

"점심 제대로 안 먹었니?"

"그냥 대충……."

"그럼 빨리 말을 하지. 어쩐지 기운 없이 축 늘어져 있다 했다. 가현이는 언니랑 들어와. 엄마는 먼저 들어가서 밥 차리고 있을게."

"응."

서둘러 집 안으로 들어가는 엄마의 뒷모습을 보면서 시현은 속으로 미안하다, 죄송하다는 말을 연신 되풀이했다.

지금 상황으로는 옆집에 가는 걸 당장 그만둬야 옳은데 차마 그렇게 할 수가 없었다. 애써 6개월이 지나지 않아서 그만둘 수가 없다고 이유를 대고 있지만 사실은 그를 혼자 두고 싶지 않은 마음이 더 컸다.

"예쁜 언니 만나러 가도 돼?"

어수선한 생각을 정리할 틈도 없이 날아든 동생의 물음에 시현은 눈만 깜박였다. 어떻게 얘기해야 될까? 복잡하다.

"가현아, 언니가 가서 우리 가현이가 놀러 와도 되냐고 물어볼게. 그런데 그 언…… 사람이 몸이 많이 약해서 여러 사람이 아는 걸 싫어해. 그러니까 언니가 물어보고 얘기할 때까지 너랑 나만 아는 걸로 하자. 어때?"

"비밀이야?"

"그래, 비밀이야."

"알았어."

양손으로 입을 가리고 킥킥거리던 가현이 신나게 고개를 끄덕였다.

지금 한창 귓속말과 비밀 만들기에 빠져 있는 동생이 새로운 비밀이 생겼다는 이유로 즐거워하는 걸 보니 가슴 한구석이 따끔거렸다. 거짓말이 거짓말을 부르는 이 상황이 몹시도 마음에 들지 않는다.

이렇게까지 해야 하나. 그렇게 못할 짓을 하고 있는 것도 아닌데 왜 감추고 숨겨야만 할까.

이래저래 복잡하고 힘겨운 날이라 절로 인상이 구겨지는 걸 참고 그녀는 동생에게 웃어 주었다.

"아자, 오늘도 딴 생각 말고 공부만 하자. 공부만!"

며칠 전부터 주문처럼 같은 말을 반복한 그녀가 눈을 크게 뜨고 책을 노려보았다.

부모님께 미안해서라도 최선을 다하자 마음먹은 시현이 놀라운 집중력을 발휘하며 공부에 빠져들었다. 자신에게 향해 있는 그의 시선을 애써 외면하며 제 처지를 잊지 말자 다짐한 지도 어느덧 일주일이 지나 있었다.

임용시험 공고가 나고 시험접수일이 열흘 뒤로 정해진 것도 그녀가 열심히 공부를 해야 하는 이유의 한 몫을 차지했다.

"진짜 다시 얘기해야 해?"

미간을 찌푸린 채 잘 외워지지 않는 문제와 씨름하고 있던 시현이 나지막한 목소리에 빠르게 고개를 들었다. 언제 내려온 건지 2층에 있던 그가 어느 결에 가까이 다가와 있었다.

진짜 공간이동을 하는 것도 아니고 왜 이리 사람을 깜짝깜짝 놀라게 만드는지. 그에 약간 짜증이 밴 퉁명스런 목소리가 절로 나왔다.

"뭘요?"

"내가 전에 했던 말. ……정말 못 들은 거야? 아님 대답하기 싫은 거야?"

붉은빛으로 은은하게 물든 얼굴로 묻는 말에는 힘이 하나도 없었다.

"전에 했던 말?"

언제? 무슨 말? 도무지 기억이 나지 않았다. 그가 자신에게 무엇을 물었던 적이 있던가? 요즘에는 그와 딱히 이야기를 주고받은 기억이 없어 고개를 갸우뚱거리자 그녀를 보던 그의 안색이 더욱 어두워졌다.

"전에, 형이 왔던 날. 내가 말했잖아."

"그러니까 무슨 말이요?"

"……후우. 너, 좋다고 했던 말. ……진짜 기억 안나?"

"에?"

처음엔 그가 무슨 말을 하는 건지 이해가 되지 않았고 그다음엔 기가 막혀 말이 나오지 않았다. 기억을 되짚어 본 결과 그날 자신을 잡아먹을 듯 쳐다보며 그가 했던 의문의 말이 '좋아' 였다.

도대체 뭐가 좋다는 것인지 알 수도 없었고 정확하게 무슨 뜻으로 그런 말을 꺼낸 건지도 몰랐다.

혹시나 싶어 다시 물었음에도 고집스레 입을 다물고 고개를 젓는 걸로 사람 불편하게 하더니, 이제 와 기껏 한다는 말이 그게 고백이란다.

"아니, 누가 고백을 그딴 식으로 해요? '좋아해' 도 아니고. 무작정 좋아, 그럼 그걸 알아들을 사람이 있다고 생각해요? 그래 놓고 지금 대답하기 싫은 거냐고 묻는 거예요?"

왜 이다지도 억울한 걸까. 좋아한다는 말을 하면서 거창한 이벤트를 벌인 것도 아니고 고작 말 한 마디 하면서, 것도 혼자만 알아듣는 말로 얼렁뚱땅 넘긴 그가 야속한 이윤 뭘까.

"그래서…… 싫어?"

"됐거든요. 나도 다른…… 흡."

여자의 로망을 잔인하게 짓밟은 그를 노려보며 쏘아붙이려던 그녀의 입이 막혀 버렸다. 동그랗게 열린 시현의 눈동자 속으로 눈을 질끈 감고 입술을 밀어붙이고 있는 그의 하얀 얼굴이 또렷하게 다가왔다.

시현에게 '좋아' 한다고 고백했다.

자신의 입에서 그런 낯간지러운 말이 나오리라곤 생각조차 못한 일인데…….

털썩.

그는 집으로 돌아가는 시현을 아쉬움이 뚝뚝 묻어나는 눈길로 배웅하고 돌아와 소파에 주저앉아 혼란으로 가득한 머리를 부여잡고 신음을 흘렸다.

안개 속에 숨겨진 제 감정의 실체를 알게 되자 도저히 그녀에게서 시선을 뗄 수가 없었다. 신기하기도 했고 믿기지 않기도 해 정신을 차리지 못했다.

민시현이라는 여자가 제 가슴에 뜨겁게 새겨지는 것도 모르고 그저 다른 사람과 조금 다르다고만 생각하고 있었다니, 어리숙해도 보통 어리숙한 것이 아니다.

거기다 흘러넘치는 감정을 주체하지 못하고 얼렁뚱땅 고백까지 하고야 말았다.

"대답도 안 하고……."

자신의 고백을 빤히 들었으면서도 딴청을 피우는 시현이 야속했다. 겨우 용기를 내서 한 고백에 고작 '네?' 라니. 그렇게도 낯부끄러운 고백을 어떻게 다시 하라고 되묻는 건지 모르겠다.

'성급했나?'

곁눈질로 자신을 흘끔거리며 책이 생명줄이라도 되는 것처럼 붙잡고 있던 그녀가 시간이 되자 쏜살같이 집을 빠져나가는 모습을 보니 허탈했다. 조바심치며 그녀의 처분만을 바라고 있었는데…….

세강은 창가로 다가가 미련이 잔뜩 묻은 눈으로 옆집을 쳐다보며 중얼거렸다.

'그래도 한 마디라도 해 주고 가지. 무정한 민시현.'

정신없는 고백을 하고 그녀의 눈치를 살피는 동안 일주일이라는 시간이 흘렀다.

다른 때 같았으면 주인을 기다리는 강아지처럼 쪼르르 달려가 머리를 묶어 달라고 했겠지만 화가 난 그는 고집을 부리고 있었다.

며칠이 지났는데도 시현은 자신의 고백에 아무런 대답을 하지 않았고, 그녀의 입이 열릴 때마다 기대를 하고 또 했지만 쉽사리 답을 줄 생각이 없는지 절대 그 일에 관해서 알은체도 하지 않았다.

'진짜 나쁘다. 못된 민시현.'

야속한 마음에 시현을 향해 투덜거리던 그가 아래층으로 향하는 계단을 날카롭게 노려보았다. 오늘은 어떤 일이 있어도 그녀가 먼저 자신을 찾을 때까지 아래층으로 한 발도 내려가지 않으리라 다짐을 하고 계단 바로 옆 벽에 미끄러지듯 기대앉았다.

신경줄이 하나씩 곤두서고 모든 감각은 아래층을 향해 활짝 열렸다. 작은 소리에도 민감하게 반응하며 그녀가 자신을 찾아 주기를 기다리고 또 기다렸다.

이럴 땐 어떻게 해야 하지? 형에게 물어볼까. 좋아하는 여자에게 고백을 했는데 그에 대한 답을 들으려면 어떤 방법이 좋은지. 신중하게 머리를 굴리던 세강이 격하게 도리질 쳤다.

지난번에 집에 왔을 때를 생각하면 그 인간에겐 절대 물으면 안 된다. 약점을 잡은 것처럼 두고두고 놀려 먹을 것이 빤한데 어찌 물을까. 그러면 인터넷 검색? 그건 너무 포괄적이고 개인차가 크기 때문에 답변에 관한 신뢰가 생기지 않는다.

딱히 뾰족한 법이 생각나지 않아 골머리를 앓던 그가 계단 쪽에 시선을 던졌다.

"너무하네."

말이 끝나는 것과 동시에 깊은 한숨이 허공으로 날아올라 서서히 흩어졌다. 시간이 꽤 흘렀는데 그녀는 그를 찾을 생각이 없나 보다. 어쩌면 고요한 이 시간을 즐기고 있을지도 모르겠다. 요 며칠 유독 공부에 집중력을 발휘하는 그녀라면 충분히 그러고도 남을 터였다.

세강은 신경질적으로 머리카락을 쓸어 올리고 벌떡 자리에서 일어섰다.

'잘못 생각했네. 내가졌다.'

그녀가 먼저 다가오기를 기다리겠다는 원대한 계획은 한 시간 만에 꼬리를 내리고 사라졌다. 이제 기다릴 만큼 기다렸다. 그의 인내심은 바닥이 났고 원하는 답을 들을 수도 없는 상황에서 지금 그가 할 수 있는 일이라곤 다시 한 번 부딪치는 것밖에 없었다.

단단하게 마음을 먹은 그가 용기를 내어 한 걸음을 내디뎠다. 물론 그녀의 공부에 방해가 되면 안 되니 소리는 내지 않고 조용히 움직이는 것 또한 잊지 않고 말이다.

조심스럽게 아래층에 도착하니 책 속으로 파고 들어갈 것처럼 보이는 시현이 있었다. 무언가에 쫓기는 사람처럼 간절함마저 느껴지는 그녀를 잠시 쳐다만 보았다.

기운이 빠진다. 그녀는 자신이 바로 옆에 서 있는 것조차 알지 못했다.

"진짜 다시 얘기해야 해?"

숨죽인 공간을 가르는 힘없는 음성. 그녀의 평화를 깨트리고 싶으면서도 시현이 놀라지 않을까 걱정이 앞서 큰 소리를 낼 생각조차 못 했다.

잠시 뒤 그의 물음에 황당하고 억울해하는 그녀를 보자 어이없는 웃음이 삐져나오려 했다. 자신의 감정에 빠져 어리바리하게 고백한 탓에 쓸데없이 애만 태웠다고 생각하니 절로 심장이 말랑해지는 기분이다.

"됐거든요. 나도 다른……."

싫다. 거절의 말을 하는 그녀를 보고 싶지 않았다.

화가 났음에도 여전히 반짝거리는 눈으로 자신을 보며, 고운 빛을 띠는 입술을 움직여 한다는 소리가 거절이라면 차라리 입을 막아 버리는 게 나았다. 듣고 싶지 않다고, 그만하라고…….

세강은 시현의 앞으로 성큼 다가가 그녀의 볼을 감싸 쥐고 입술을 밀어붙였다.

별다른 기교 없이 그저 입술만 맞대고 있을 뿐인데 가슴 밖으로 튀어나올 듯 맹렬한 기세로 박동하던 심장이 더욱 요란하게 발광하기 시작했다.

눈을 꼭 감고 그녀의 입술을 짓이기듯 누르던 그의 입술이 조금씩 움찔거리기 시작했다. 뭔지 모를 아쉬움에 저도 모르게 부드럽고 말캉한 입술을 한입에 머금었다가 슬쩍 빨아들였다.

맞닿은 입술로 그녀의 향기가 조금씩 그에게 전해져 왔다. 세상에 이다지도 달콤하고 부드러운 것이 있을까. 생전 처음 느껴보는 탱글탱글한 입술의 촉감에 완전히 빠져들어 머릿속이 멍해졌다.

그의 가슴을 밀어내려는 시현의 작은 움직임을 귀신같이 알아챈 그가 그녀의 볼에서 손을 떼 한 손은 목덜미를 잡고 나머지 한 손은 허리를 감싸 안았다. 조금도 떨어지고 싶지 않은데 그녀는 왜 버둥거리는지 모르겠다.

한동안 그녀의 입술을 씹고 핥고 빨던 그가 촉촉함이 묻어 있는 그녀의 입술 사이로 슬쩍 혀를 밀어 넣었다. 본능적인 움직임에 스스로 놀라면서도 숨겨진 그곳이 궁금했다. 지금까지 자신이 욕심껏 탐한 입술과 같은 맛일지, 아니면 그가 알지 못하는 새로운 맛을 간직하고 있는지 진심으로 알고 싶었다.

'허억.'

이건 상상 이상이었다. 도저히 떨어지고 싶지 않은 달콤함을 지닌 곳이 세상에 존재하고 있었다. 발바닥에서부터 부글부글 끓어오르는 듯하면서도 간질거리는 낯선 느낌에 완전히 취해 버린 그는 매혹적인 그녀의 입안을 휘저으며 필사적으로 자신의 흔적을 남기려 애를 썼다.

"……좋다."

한참 뒤 시현에게서 힘겹게 떨어져 나온 세강이 잔뜩 부어 버린 입술 위에서 낮은 목소리를 내고는 그녀를 품에 꼭 안았다. 그러자 금방이라도 터져 버릴 듯 빠른 속도를 내는 그의 심장소리를 가만히 듣고 있던 그녀가 팔을 들어 그를 마주 안았다.

"너도 좋은 거지? 지금 나처럼 너도 좋은 거 맞지?"

끄덕끄덕.

그녀의 작은 고갯짓에 안도의 숨을 내쉰 그가 팔에 힘을 주어 시현을 더욱 가까이 끌어당겼다.

예전엔 느껴 보지 못한 짙은 소유욕이 스멀스멀 고개를 치켜든다. 이 세상에서 유일하게 내 것이라고 이름 붙이고 싶은 존재를 이제야 갖게 되었다는 벅찬 감동과 함께 누구에게도 그녀를 보여 주고 싶지 않다는 뜨거운 욕심이 동시에 그를 집어삼켰다.

11. 그의 상처

힘겹게 한쪽 눈을 뜨는 것에 성공한 시현이 베개에 머리를 박고 이불을 뒤집어쓰며 웅얼거렸다.

"……꿈이구나."

시현은 옅은 홍조가 피어오른 얼굴을 감추며 뜨겁게 달아오른 몸을 비비 꼬았다.

'이건 다 윤세강 탓이야.'

좋다는 말 한 마디로 고백 아닌 고백을 대신한 그는 그녀가 제 정신을 차리기도 전에 입술부터 밀어붙였고, 그 뒤로 툭하면 키스를 하려 들었다. 마치 레벨을 올리기 위한 게임에 빠져든 사람처럼 한시도 그녀의 곁에서 떨어지지 않고 작은 틈이 생길라치면 대번 입술부터 공략했다.

물론 그와의 키스가 싫은 건 아니었지만 먹잇감을 노리듯 자신의 입술만을 쳐다보며 기회를 살피는 뜨거운 시선 탓에 요상한 꿈까지 꾸는 게 문제라면 문제였다.

질펀한 살색의 향연. 툭하면 그와 엉겨붙어 수위 높은 19금 영화 한 편을 찍어 대는 꿈을 꾸는 탓에 아침이 오는 게 고역스럽기만 했다. 스스로도 알지 못했던 음탕함이 제 몸 곳곳에 숨어 있었나 보다. 그렇지 않고서야 이리도 자주 그런 야릇한 꿈을 꿀 리가 없었다.

"미치겠다."

시현은 오늘 또 어떤 얼굴로 그를 마주해야 하나 싶어 절로 한숨이 터졌다.

이런 꿈을 꾸고 나면 그를 보기가 너무 힘들었다. 자꾸만 그의 신체 한 부분으로 시선이 가면서 희열에 찬 신음을 뱉어 내던 그의 음성을 실제로 듣고 싶다는 생각이 강하게 들어 홀로 얼굴을 붉히느라 제대로 된 일을 할 수가 없었다.

그래도 일어나야지. 이불 속에서 머리카락을 쥐어뜯던 시현이 어렵사리 몸을 일으켰다.

힘들게 일어나 앉은 그녀는 유독 몸이 찌뿌둥한 느낌에 크게 기지개를 켜다 밖에서 들려오는 이질적인 소리에 움직임을 멈추고 귀를 기울였다.

"비?"

그녀는 허겁지겁 침대에서 일어나 빠른 동작으로 창문을 열어젖히고 원망스런 눈으로 하늘을 쳐다보았다.

시꺼멓게 변해 버린 하늘은 아침의 환한 빛이라곤 조금도 찾아볼 수 없을 만큼 잔뜩 구겨져 있었고 많은 양의 비가 땅에 흘러넘치도록 쏟아져 내리고 있었다.

언제부터 이렇게 내린 걸까. 저녁에 잠이 들 때까지만 해도 비가 올 기미는 보이지 않았는데……. 이 정도로 비가 내리는 것도 모르고 잠에 빠져 있었다니, 미련하고 둔한 자신을 향해 마구 욕을 퍼부으며 인상을 썼다.

많은 비가 내리면 이상행동을 보이는 그로 인해 유독 일기예보에 신경을 곤두세우곤 했었는데 요새는 조금 풀어져 있었나 보다.

"이러고 있을 때가 아니지."

아직 이른 시간이었지만 그녀는 세강에게 가기 위해 외출 준비를 서둘렀다. 아침도 거르고 급하게 움직이는 그녀를 희선이 걱정스럽게 쳐다보았지만 약속을 깜박했다는 이유를 대고 허겁지겁 집을 나섰다.

시현은 자꾸만 거치적거리는 우산을 접어 옆구리에 끼고 가방을 뒤적여 열쇠를 찾아 들었다. 빨리, 빨리……. 저도 모르게 같은 말을 반복하고 있다는 사실도 인지하지 못하고 울상을 지었다.

"이건 또 왜 이리 말썽이야."

대문을 여는 내내 급한 마음을 따라가지 못한 손은 부들부들 떨렸고, 머리카락을 타고 떨어지는 빗방울마저 그녀의 시야를 가로막아 열쇠 구멍에 열쇠를 맞추는 일도 쉽지가 않아 짜증이 일었다.

어렵사리 대문을 열고 날듯 현관을 향해 돌진한 시현이 현관문을 열어젖히며 그를 불렀다.

"어딨어요? 세강 씨."

지난번처럼 어두운 구석에서 몸을 작게 만 채로 홀로 두려움에 떨고 있을 그의 모습이 그려져 마음이 급해졌다. 그녀는 발에 묻은 물기를 닦아 낼 생각도 하지 못하고 2층을 향해 달려 그의 방문을 열어젖혔다.

"세강……."

"아, 왔어요?"

침대 위에 쪼그리고 앉아 이불을 뒤집어쓰고 있는 그의 곁을 지키고 있던 종혁이 시현의 등장에 고개를 돌렸다.

다행이다. 그는 혼자가 아니었다. 안도의 숨을 내쉰 시현이 휘청거리는 다리에 힘을 주었다.

"언제 오셨어요? ……이 사람, 언제부터 이래요? 비가 오는 줄도 모르고 깊게 잠드는 바람에……. 괜찮은 거죠? 그동안은 비가 와도 아무렇지도 않았는데."

침대로 다가서며 두서없는 질문을 던지는 시현을 바라보는 종혁의 피로감이 가득 담겨진 눈에 반가움이 어렸다.

"어젯밤 늦게 퇴근을 하는데 비가 내리더라고요. 왠지 비가 쉽게 그칠 것 같지 않아 혹시나 하고 이리로 와 봤더니 저러고 있네요. 아무리 말을 걸어도 쳐다보지도 않고."

"……."

세강을 바라보는 시현의 눈에 고통이 스쳤다. 잔뜩 웅크린 채로 이불을 뒤집어쓰고 바들바들 떨고 있는 그를 보자 울컥하고 설움이 북받쳐 당장이라도 눈물이 터질 것만 같아 입술을 깨물었다.

왜 이러고 있어요? 이렇게 지독한 두려움에 떠는 이유가 뭐냐고, 이제는 그만 벗어날 때가 되지 않았느냐고 따지고 싶었다. 그리고 혼자가 아니라고, 이렇게 그를 걱정하는 형과 자신이 보이지 않느냐고 묻고 싶었다.

"……그래도 전보다 많이 나아졌어요."

종혁의 말에 시현은 눈을 질끈 감아 버렸다. 저 모습이 나아진 거란다.

그는 오래전 일을 회상하듯 희미한 미소를 머금고 안타까운 눈으로 동생을 응시했다.

세강이 눈을 질끈 감고 목이 터져라 비명을 지르며 자해까지 하던 때가 있었다. 무언가로부터 도망치려는 듯 발버둥 치는 동생의 작은 몸뚱이를 끌어안고는 괜찮다고, 이제 다 지난 일이라고 몇 번이나 이야기했지만 두려움에 잠식당한 동생에게는 닿지 않는 공허한 울림이었다.

끝이 보이지 않고 막막하기만 했던 그때에 비하면 지금은 많이 좋아진 축에 속했지만 자신의 테두리 안으로 아무도 들여놓지 않으려 하는 동생이 조금 더 달라졌으면 하는 욕심이 생기는 건 어쩔 수가 없었다.

"……시현아."

작고 힘없는 동생의 음성에 과거의 시간을 되짚고 있던 종혁의 시선이 빠르게 세강에게 향했다.

초점을 잃고 흐리멍덩했던 눈동자가 조금씩 선명한 빛을 머금기 시작했다. 오로지 민시현 하나에 고정되어 있는 눈동자에 생기가 차올랐다. 죽기 살기로 부여잡고 있던 이불자락을 놓고 시현을 향해 간절하게 손을 뻗고 있는 동생의 모습에 심장이 격하게 떨려왔다.

"이게 대체……."

종혁은 자신의 눈앞에 펼쳐진 상황이 도저히 믿기지가 않았다.

시현이 가까이 다가서기가 무섭게 필사적으로 그녀를 부둥켜안고 그 품을 파고드는 모습을 보면서 작게 숨을 죽였다.

혼자만의 세계에 빠져 있는 녀석의 손을 잡고 밤새 말을 걸어 보았지만 작은 틈도 허락하지 않았다. 그랬던 동생이 시현의 존재를 귀신같이 알아채고 반응을 보였다. 고작 그녀와 몇 마디 나눈 것이 다인데도 말이다.

간당간당 숨이 넘어가기 직전에 구명줄을 잡은 사람처럼 온 힘을 다해 시현에게 매달리는 세강을 그녀는 살살 달래 주었다.

"너무 늦게 와서 미안해요. ……졸리지 않아요? 밤새 잠도 못 잤다면서요. 피곤해서 어떡해?"

시현은 세강의 정수리에 입을 맞추며 작게 속삭였다. 그리고 식은땀에 젖어 축축하게 늘어진 머리카락을 부드럽게 쓸어 내리며 그를 마주 안았다. 강한 힘으로 자신의 몸을 죄어 오는 통에 허리와 가슴이 저릿할 정도로 아파 왔지만 그를 밀어낼 수가 없었다.

"비는 금방 그칠 거예요. 그러니까 이제는 편히 쉬어요. 음, 밥도 먹고 샤워도 하고 기분 좋게 자고 일어나면 다 괜찮아질 거예요. 그럼 밥부터 먹어야 하는데, 아침은 뭐가 좋을까? 뭐 먹고 싶은 거 있어요?"

시현은 진짜 하고 싶은 말을 목구멍으로 밀어 넣고 조금 수다스러울 정도로 입을 놀렸다. 큰 소리는 아니었지만 그가 자신의 목소리를 듣고 두려움에서 빨리 벗어나기를 바라는 마음에 계속해서 말을 걸었다.

한참 뒤 그녀의 가슴에 얼굴을 묻은 그가 눈을 꼭 감은 채로 작은 목소리를 내었다.

"……형이 떠났어. 미국에서 학교를 다닌다고."

종혁은 힘껏 주먹을 쥐었다. 드디어…… 10년이 넘는 세월을 훌쩍 뛰어넘어 그날 어떤 일이 벌어졌는지 알게 되는 순간이었다.

"유독 형을 좋아하던 엄마는 형이 없는 빈자리를 보며 많이 우울해했어. 조금씩 웃음을 잃고 말수도 적어졌지."

20살의 종혁이 유학을 떠난 뒤 우울해하는 어머니의 기분을 풀어 주기 위해 아버지는 세강의 여름방학에 맞춰 가족여행을 준비했다고 했다.

"기사도 물리고 아버지가 손수 운전하는 차를 타고 시골에 있는 별장에 도착했어. 그리고 그곳에서 4일을 보냈는데 12살이었던 내게는 너무나 지루하기만 한 곳이었어. 친구도 없고 놀 만한 장소도 없는 그저 심심하고 낯설고 재미없는 곳."

지루함을 견디지 못한 세강은 다음 날 친구의 생일잔치에 꼭 참석해야겠다고 고집을 부렸다. 폭풍의 영향권에 있어 비가 세차게 내리는 날이라는 것도 아랑곳하지 않고 무작정 떼를 썼고, 그의 철없는 행동을 야단치는 부모님을 향해 원망에 가득 찬 말도 서슴없이 뱉었다.

"싫어. 지금 당장 여기서 나가고 싶어. 답답해 죽겠다고. 이딴 데 오고 싶지 않다고 몇 번이나 얘기했는데 마음대로 끌고 와 놓고……. 형이 원했으면 해 줬을 거지? ……그렇지, 난 이 집에서 있으나 마나 한 존재지. 항상 형만 보고 형만 좋아하고 형 말만 들어주고. 엄마 아빤 늘 그랬어."

"윤세강!"

"이럴 거면 뭐하러 낳았어? 필요도 없는 걸 뭐하러 낳았냐고? 그렇게 소중한 형 하나만 있어도 충분했잖아."

씩씩거리며 대드는 그를 향해 손을 치켜드는 아버지를 말리며 엄마는 이제 그만 집으로 가자고 했다. 세강이 원하는 걸 들어주자고……. 그리고 그는 자신을 향해 무언가 말을 하려던 엄마를 외면하고 끝끝내 시선을 맞추지 않았다.

그렇게 그들은 차갑게 내려앉은 침묵 속에 가방을 싸고 세차게 내리는 비를 뚫고 집으로 향했다.

"빠르게 움직이는 와이퍼와 차장에 내리꽂히는 커다란 빗방울을 보면서 조금씩 겁이 나기 시작했어. 앞이 제대로 보이지 않을 정도로 그렇게 무섭게 내리는 비는 처음이었거든. 괜히 고집을 부렸나, 이제라도 그냥 돌아가자고 해야 하나……."

그의 목소리가 점점 더 심하게 떨려 왔다. 목구멍을 꽉 막고 있는 무언가를 힘겹게 밀어내며 그날의 일을 이야기하는 그의 말 한마디 한마디엔 고통이 스며 있었다.

시현은 눈을 꼭 감고 그를 안고 있는 팔에 힘을 주었다. 그만 얘기해도 된다고, 그렇게 아프면 얘기하지 말라고, 조금 전과 전혀 다른 말이 터져 나오려 했지만 이를 악물고 참았다.

지금이 아니면 그의 입이 영영 열리지 않을 것만 같아서, 영원히 자신을 가두고 있는 세상에서 빠져나오지 못할 것만 같아서,

겨우 용기를 내고 있는 그의 노력을 헛되이 할 수 없어서 콕콕 쑤시고 아파 오는 심장의 외침을 모른 체했다.

"……순식간이었어. 엄마의 비명 소리에 앞을 보니 커다란 트럭이 빠르게 우릴 향해 다가오고 있었어. 피할 곳도 없는 좁은 산길이었는데, 도망가려고 해도 갈 곳도 없는데…… 그 차는 너무 크고 너무 빨랐어."

어쩜 좋아. 시커먼 핏덩이를 토해 내듯 계속되는 이야기에 눈에 띄게 몸이 떨려 왔다.

마치 자신이 12살의 세강이 되어 그 공포와 맞닥뜨린 것만 같아 비명이 터질 것 같았다.

그는 형체를 알아볼 수 없을 만큼 심하게 망가진 차 안에서 피를 흘리며 죽어 가던 부모님을 똑똑히 봐야만 했다.

고통이 가득한 비명을 온몸으로 내지르며 그곳에서 벗어나려 발버둥을 쳐 보았지만 잔뜩 찌그러진 차체에 갇혀 옴짝달싹도 못하고 그저 두 분을 지켜볼 수밖에 없었다.

"잊을 수가 없어. 도저히 잊히지가 않아. ……그 눈동자. 나를 쳐다보던…… 새빨간 핏물을 뒤집어쓴 엄마의 눈이 아직도 생생해. 너무 무서워서 피하고 싶은데 고개를 돌리려고 해도 돌릴 수가 없었어. ……생명의 기운을 잃어 가는 엄마를 보면서 난 그냥 무서워 도망가고만 싶었어. 나 때문에 그렇게 된 건데, 내가 그렇게 집에 가자고 고집만 부리지 않았어도……. 다 내 탓인 걸 아는데……. 그런데도 나, 난 엄마가 날 보고 있는 게 싫기만 했어. 제발 그런 눈으로 날 보지 말라고, 그렇게 끔찍한 얼굴로 쳐다보지 말고 고개를 돌리라고, 무서워 죽을 것 같다고 비명을 질렀어.”

“……흡.”

“엄만데…… 내 엄만데, 내가 그랬어……. 엄마가 날 보는 게, 그 눈동자가 날 향해 있는 게 너무나 무섭기만 했어. 마치 잔인한 공포 영화 속의 괴물과 마주친 것처럼. 치가 떨리게 무서워서……. 너 때문이라고, 너 때문에 내가 이렇게 된 거라고 피에 젖은 눈동자가 계속 나를 따라다니면서 원망 어린 말을 해. ……참을걸. 아무리 지루해도 며칠만 참았으면, 아니 아빠 말대로 비라도 그친 다음에 출발했더라면 그런 일은 없었을 텐데.”

정신없이 토해 내는 말 속에 담긴 건 뿌리 깊은 죄책감이었다. 그가 안으로만 꽁꽁 숨어들었던 이유가 바로 죽어 가는 엄마의 시선을 떨쳐 내고 싶어 하던 미안함에서 비롯된 것일 줄은 전혀 생각조차 못 했다. 그저 사고로 부모님을 잃은 충격 때문일 거라고만 여겼는데 그것이 아니었다.

무슨 말을 해야 하나. 어떤 식으로 얘길 해야 그의 상처가 옅어질까.

“아니에요. 그건 원망이 담긴 눈이 아니에요.”

시현은 작지만 단호하게 속삭였다.

“……틀림없이 사랑한다고 말하고 싶었을 거예요. 필요 없는 아들이 아니라 세강 씨 역시 당신의 소중한 아들이라고 얘기하려 했을 거예요. 그러니 자책하지 마요. ……어머닌 세강 씨가 무사한지 확인하려 한 거예요. 당신은 어렵겠지만 아들만은 살길 원하셨을 테니까. 마지막 가는 길에 세강 씨가 살아 있는 모습을 어머님 눈에 담고 싶으셨을 거예요. ……어떤 아들인데, 그렇게 엄청

난 사고 속에서도 살아남은 아들인데, 절대로 세강 씨가 잘못되길 바라지는 않으셨을 거예요. 그러니까 제발, 더 이상은 자기 탓이라 생각하지 마요. 그건 그냥 사고였을 뿐이에요."

아주 불행하고 아프지만 그 누구도 예상하지 못했던 사고였을 뿐이에요.

어린 세강의 비명이 들리는 듯했다. 미안해요. 미안해요. 사과의 말을 반복하며 울부짖는 아이의 모습이 그려져 그녀의 음성엔 습기가 묻어났다.

"괜찮아요. 그럴 수 있어요. ……어렸잖아. 어린애가 그런 상황에서 무서워하는 건 당연한 거예요."

그가 고통에서 벗어날 수 있기를, 더는 아파하지 않기를 간절히 빌며 밖으로 새어 나오려는 울음을 억지로 삼켰다.

위로랍시고 던지는 몇 마디 말이 아닌 그의 아픔을 다독여 줄 무언가가 있었으면 좋겠다. 마술이라도 부려 그의 아픈 기억을 모두 날려 버릴 수만 있다면……. 정말이지 무능력하게 느껴지는 자신이 유난히 싫은 날이다.

그녀의 마음이 그에게 전해진 걸까?

힘겹게 누르고 있던 것이 분명한 설움이 말 한 마디와 함께 터져 나왔다.

"……엄마."

시현은 간헐적으로 들썩이는 여윈 어깨와 그녀를 필사적으로 부둥켜안고 있는 떨리는 팔, 빠르게 젖어 드는 자신의 옷을 차례로 훑어보다 고개를 들어 먹먹해진 가슴을 감췄다.

진한 그리움이 묻어 있는 단어 하나를 떳떳하게 부르지도 못하고 웅얼거리듯 말하는 그를 보자 그동안 마음고생이 얼마나 심했는지 느낄 수가 있었다. 제 속에 담겨진 고통을 누구에게도 털어놓지 못하고 얼마나 힘들었을까.

스스로를 지옥 속에 내던져 두고 오랜 시간을 홀로 아파하고 자책했을 그가 안타깝고 애처로워 눈시울이 뜨거워져 왔다.

"마음껏 울어요. 그리고 가슴속에 숨겨 놓았던 아픔과 슬픔은 모두 버려요. ……이제 다 끝났으니까. 지나 버린 끔찍했던 기억은 잊고 당당하게 살면 돼요. 부모님도 그걸 바랄 거예요."

그녀는 그의 머리카락을 부드럽게 쓸어내리며 같은 말을 반복했다. 다 끝났어요. 잊어도 돼요. 이젠 정말 그래도 돼요.

"하아."

세강이 오열을 터트리는 것과 동시에 종혁은 무너지듯 그 자리에 주저앉아 한 손으로 입을 막고 속울음을 삼켰다.

그랬구나. 그런 일이 있었구나.

'바보 같은 자식. 미련한 녀석. 진작 털어놨으면 좋았잖아.'

이야기를 들었을 뿐인데도 끔찍했을 광경이 손에 잡힐 듯 생생하게 그려져 힘겹게 숨을 뱉어 냈다.

어떤 사건을 직접 목격한 것과 아닌 것의 차이는 엄청났다. 하물며 그 일을 직접 겪었다면 그 충격은 얼마나 될까? 종혁은 새삼 하나뿐인 동생이 미치지 않은 것만으로도 감사해야 한다는 생각이 들었다.

자신에게 달라붙어 있는 무서운 기억에서 벗어나기 위해 미친 듯이 발버둥 치는 동생을 답답하게 여긴 자신이 한심해 죽을 지경이었다.

미리 알았더라면 네 탓이 아니라고 얘기해 줬을 텐데, 죄의식을 갖지 말라고 말이라도 해 줬을 텐데. 모든 것이 안타깝기만 하다.

종혁은 촉촉하게 젖은 눈을 들어 세강을 안고 연신 괜찮다고 말하는 시현을 바라보았다.

다행이다. 그녀가 곁에 있어서, 제 속을 털어놓을 사람이 한 명이라도 있어서.

고통으로 울부짖던 공기가 서서히 온기를 머금고 다정하게 그들을 감싸 안았다. 세 사람의 가슴에 욱신거리는 통증은 가시지 않았지만 언젠가는 희미하게 사라질 것이 틀림없었다.

"시현아."

그녀의 가슴에 얼굴을 묻고 있던 그의 흐느낌이 잦아들고 한참 뒤에 작은 목소리가 들렸다.

쑥스럽구나. 언제까지 이런 자세로 있을 수 없으니 서서히 떨어져야 하는데 어떻게 해야 하는지 방법을 몰라 당황하는 듯했다. 속 썩인 게 괘씸하니 모른 척하고 그냥 이대로 있을까?

"이제 좀 괜찮아졌어요?"

아팠던 사람을 놀리는 건 아니다 싶어 슬쩍 물었다.

"……응."

"그럼, 밥 먹을래요? 잘 먹고 기운 내야죠."

"응."

"뭐가 좋을까?"

"……시금치는 싫어."

작지만 확실한 의사표현에 피식하고 웃음이 터졌다. 이제 어느 정도 안정을 찾았나 보다. 대번에 먹기 싫은 음식을 입에 올리는 걸 보니.

"역시 시금칫국이 좋겠어요. 날도 칙칙한데 따뜻한 시금칫국에 하얀 쌀밥 어때요?"

"싫다니까."

"알았어요. 그럼 씻고 내려와요."

그녀는 그를 다시 한 번 꼭 안아 주고 방을 나섰다.

종혁이 바닥에 주저앉아 있었지만 애써 시선을 주지 않았다. 그에게도 시간은 필요할 테니까. 하루아침에 모든 문제가 해결될 리는 없겠지만 오늘을 계기로 두 사람의 상처가 조금은 옅어졌으면 했다.

괜찮을 줄 알았다. 1시 넘어서부터 내리기 시작한 비가 점점 굵은 빗방울로 변해 갈 때만 해도 이깟 비 정도는 아무렇지도 않다고 생각했는데 전혀 아니었다.

숨이 턱턱 막힌다. 조금씩 어둠이 짙어지고 세차게 내리는 빗소리가 귓속을 무섭게 파고들었다.

"제발……."

가녀린 신음을 뱉어 내듯 애원했다.

나 좀 내버려 두라고, 이제 그만 찾아오라고 빌고 또 빌었다.

무겁게 내려앉은 어둠이 점점 붉은 빛을 띠기 시작했다. 조금씩 그에게 다가오는 핏빛 눈동자. 심장박동이 빨라지고 눈동자가 불안하게 흔들렸다. 공기가 부족한 느낌에 크게 숨을 들이켰지만 아무런 소용이 없다.

주춤주춤 뒤로 물러서던 그가 침대 머리까지 밀려나 허겁지겁 이불을 둘러써 자신을 감추고 숨을 죽였다.

괜찮았는데, 시현이와 함께 있을 때는 진짜 괜찮았는데…….

잔뜩 웅크린 그가 거친 숨을 뱉어 내며 눈을 질끈 감았다. 눈을 뜨면 바로 코앞에서 빤히 자신을 노려보고 있는 피를 머금은 눈동자와 마주칠 것만 같아 겁이 났다.

“시현아, 시현아!”

간절하게 그녀의 이름을 불렀다. 그녀만 있으면 자신에게 다가오는 저걸 보지 않을 수 있고 제대로 숨을 쉴 수 있을 것만 같았다. 원망으로 가득 찬 무서운 눈초리를 피해 안전하고 편안한 곳으로 그녀가 데려가 줄 것이다.

‘잘못했어요. 죄송해요. ……시현아.’

흔들린다. 무언가가 제 몸을 잡아채는 느낌에 그는 더욱 깊숙이 몸을 말았다. 싫다고, 그만하라고 말해야 하는데 입이 열리지 않았다.

아득히 먼 곳에서 웅얼거리는듯한 소리가 난 것도 같지만 확인할 용기는 생기지 않았다. 그저 비가 멈추고 고통스럽기만 한 이 시간이 어서 지나가기를 원하고 또 원했다.

폭우만 내리면 12살의 그날로 돌아가 눈앞에 펼쳐지는 악몽과도 같은 상황과 마주해야만 했다.

악을 쓰며 벗어나려 해도 강한 힘에 묶여 버린 것처럼 모든 사고가 마비되고 온몸이 떨려 아무것도 하지 못하고 숨기에 급급했다.

비가 그치고 난 뒤에는 나약한 제 모습에 대한 짙은 혐오와 절망이 어김없이 그를 찾아왔다.

민시현?

그를 향해 달려드는 어둡고 질척한 공간을 비집고 그녀의 목소리가 전해져 왔다. 질끈 감고 있던 눈꺼풀에 힘을 주어 천천히 들어 올리자 뿌옇게 흐려진 공간 사이로 시현의 모습이 보였다.

"시현아!"

힘겹게 뻗은 손끝에 그녀의 손이 닿자 서서히 온기가 차오르며 뼛속 깊이 숨겨진 냉기를 밀어내었다.

역시 시현이 맞구나. 그녀가 와 주었다. 세강은 절박한 심정으로 그녀를 부둥켜안았다.

약간 빠르게 뛰는 그녀의 심장 소리가 억눌린 신경을 쓰다듬으며 안심하라고 말을 건네주었다.

생동감 넘치는 두근거림에 귀 기울이자 엇박자로 요동치던 숨결이 차분하게 가라앉았고 그를 둘러싼 핏빛 어둠이 점차 옅어지며 흔적을 감추기 시작했다.

식은땀으로 흠뻑 젖은 얼굴을 그녀의 가슴에 묻으며 고른 숨을 내쉬었다. 귓가에 잔잔하게 울리는 작은 속삭임. 평소처럼 재잘거리는 시현의 목소리가 다친 마음을 부드럽게 감싸며 상냥한 위로를 주었다.

할 수 있을까?

달라지고 싶다. 그녀를 위해서도 끔찍한 악몽에 휘둘리며 사는 건 이제 그만하고 싶었다. 두려움에 벌벌 떠는 지질한 모습이 아닌 당당하고 멋진 모습으로 그녀 앞에 서고 싶다는 욕심이 생긴다.

그녀라면 깊은 곳에 감춰 둔 그날의 진실을 듣고도 자신을 이해해 줄 것만 같았다. 그가 아무리 큰 잘못을 저질렀어도 비난이 아닌 다정한 위로의 말을 전해 주지 않을까.

세강은 크게 심호흡을 하고 용기를 내어 입을 열었다. 16년 전 여름에 일어난 그 끔찍하고 잔인했던 날의 이야기를 털어놓기 위해.

“엄마.”

우울증이 생길 정도로 형을 그리워하는 엄마에게 서운하고 야속한 마음이 들었다. 곁에 있는 자신은 봐 주지도 않으면서…….
그래서 못된 말을 서슴없이 했는지도 모르겠다.

그가 기억하는 엄마의 마지막 모습이 그렇게 끔찍하지만 않았어도, 켜켜이 감춰 두었던 그리움이 먼저 나오지 않았을까.

보고 싶다. 그립다. 다시 한 번 그 품에 안길 수만 있다면 원이 없겠다. 미안해요. 죄송해요. 엄마를 그렇게 무서워하고 끔찍하게만 여겨서…….

가슴에 담아 둔 말을 하나둘 꺼내자 제 안에 견고하게 쌓아 놓은 죄의식이란 벽에 조금씩 금이 가기 시작했다.

“으흑…… 흑.”

어느 정도 컸을 때부터 울지 않았다. 차마 울 수가 없었다는 게 맞는 걸 거다. 자신이 저지른 커다란 잘못 앞에서 알량한 눈물 몇 방울로 용서를 바란다는 건 말도 안 되는 소리였다. 그래서 울지 못했는데, 지금 그의 눈에서 10년 치의 그리움과 미안함을 담은 눈물이 쏟아져 나왔다.

시현이 나가고 미처 추스르지 못한 감정을 갈무리하기 위해 세강은 한참 동안 눈을 감고 있다가 천천히 부모님 얼굴을 그려 보았다. 처절했던 마지막 모습이 아닌 밝은 햇살 아래 환하게 웃던 모습을.

"……후우."

어떻게 생겼더라. 흩어지고 닳아진 기억을 아무리 되짚어 봐도 두 분 모습이 선명하게 떠오르지가 않았다. 한심한 놈. 몹쓸 생각에 사로잡혀 정작 기억해야 할 것은 잊고 말았다.

시현의 말대로 정신을 차려야겠다. 씻고 난 뒤에 할머니 방에 있는 앨범을 찾아 부모님 얼굴을 머릿속에 새겨 넣어야겠다. 그리고 좋았던 추억도 되새겨 보고.

양손으로 느리게 얼굴을 쓸어내린 그가 묵직한 한숨과 함께 침대에서 일어났다. 밤새도록 웅크리고 있던 몸뚱이가 삐걱대며 고통을 호소했지만 신음 한 자락 흘리지 않았다.

"언제 왔어?"

바닥에 주저앉아 있는 종혁과 눈이 마주친 세강이 움찔 뒤로 물러서며 작은 소리로 물었다.

"……편식하지 말라니까. 시금치가 몸에 얼마나 좋은데 그래."

"형."

"욕실 좀 쓰자."

끄응. 앓는 소리를 내며 몸을 일으킨 종혁이 그를 지나쳐 욕실로 향했다.

모두 다 들었구나. 제가 한 말을 형이 몽땅 듣고야 말았다. 그랬음에도 불그스름해진 눈자위와 꽉 다물린 턱이 아니었다면 눈치채지 못했을 만큼 형은 태연하게 행동했다.

그는 굳게 닫힌 욕실 문을 말없이 응시하다 낮게 욕설을 뱉어냈다.

형이 온지도 몰랐다. 잔뜩 구겨진 셔츠와 바지를 보니 집에 온 지 한참이 지난 모양인데, 그것도 모르고 제가 만든 지옥으로 기어들어 가 허우적거리는 꼴이나 보였으니……. 한심해 죽겠다.

"윤세강. 넌 대체 지금까지 뭘 한 거냐?"

답답함을 이기지 못한 그가 제 가슴을 몇 차례 내리쳤다.

형이 있었다. 지금까지 그는 혼자가 아니었다. 그날 사고로 형 역시 부모님을 잃었는데 그 사실을 인식하지 못하고 세상천지에 혼자 남은 사람처럼 이기적으로 굴었다.

어린 그의 손을 잡아 주고 미친놈처럼 발광하는 모습을 보면서도 흔들리지 않고 단단하게 버텨 준 형이 있어서 지금까지 삶을 이어 갈 수 있었다. 그걸 왜 이제야 깨닫게 되었을까. 진즉에 미안하다는 말을 했어야 했다.

미련하다. 한심하다. 아무리 욕을 해 봐도 가슴이 후련해지지가 않았다.

"식사하고 가세요."

아쉬움이 가득한 얼굴로 현관 앞까지 쫓아 나온 시현을 향해 종혁은 개운함이 담긴 미소를 지었다.

"다음에요. 지금 안 가면 지각이라……. 명색이 회사 대표라는 사람이 모범을 보여야죠. ……시현 씨, 고마워요."

여러 가지 의미가 담긴 감사의 말을 건네고 세강을 마주 보았다.

물끄러미 동생을 바라보던 종혁이 집을 나서기 직전에 그의 어깨를 힘주어 잡고 나지막이 입을 열었다.

"윤세강. 고맙다. 살아 줘서, 버텨 줘서……."

12. 시현바라기

"늦었어."

대문을 열자마자 현관 근처를 서성이고 있던 세강이 슬쩍 미간을 구기고 한 마디를 던졌다. 그에게 주려고 전부터 준비한 작은 선물을 챙기느라 평소보다 5분 늦었을 뿐인데 마치 50분은 늦은 것처럼 못마땅해한다.

"아직 안 늦었어요."

"내가 늦었다면 늦은 거야."

"쳇, 시간이나 좀 보고 말해요."

시현은 제 할 말을 마치고 미련 없이 집 안으로 향하는 그의 뒤통수에 대고 뾰로통하게 대꾸하다 슬그머니 미소를 지었다.

차라리 보고 싶었다고 솔직하게 말하면 어디가 덧나나. 꼭 저런 식으로 어깃장을 놓는 심보는 뭔지 알다가도 모르겠다. 속이 빤히 보이는 그의 타박에 같이 맞장구를 치는 자신도 우습고 기어이 고집을 꺾지 않는 세강의 태도도 우습기만 했다.

'조금은 편해진 건가?'

비가 오던 날 이후로 완벽하진 않지만 약간의 여유를 찾은 듯 보이는 그가 한 번씩 심통을 부릴 때면 그저 귀엽게만 보여 큰일이다. 이제야 인간미가 느껴진다고나 할까.

"날 기다린 거예요? 언제부터? ……혹시 잠도 안 자고 기다렸어요?"

한껏 마음이 가벼워진 시현이 그의 뒤를 따라 집 안으로 들어서며 천연덕스럽게 물었다.

"내가 그렇게 보고 싶었어요? 어서 대답해 봐요."

"그런 질문을 얼굴색 하나 변하지 않고 할 수 있다니…… 정말 대단해."

"궁금하잖아요."

"진짜 몰라서 묻는 건 아닐 테고. 일부러 이러는 이유가 뭐야?"

이해할 수 없다는 표정을 짓는 그를 향해 시현은 상큼한 미소를 날려 주었다.

"자꾸만 듣고 싶은 걸 어떡해요?"

"보고 싶어 미치는 줄 알았다. 됐어?"

"치사하게…… 진짜 성의 없다."

듣고 싶은 말을 해 줘도 타박이라고 구시렁대는 그를 보며 시현은 슬쩍 웃음을 흘렸다.

그녀는 일부러 그를 자극하는 말을 자주 던지곤 했다. 단순한 말장난이라도 자꾸 얘기를 나누다 보면 다른 사람과도 스스럼없이 소통할 수 있을 것만 같아서 자꾸 말을 걸고 장난을 걸었다.

그러다 보면 가슴 깊이 눌러 놓았던 아픔 역시 모두 털어 버릴 수 있을 것만 같아 실없는 말을 자꾸 늘어놓게 된다. 거기에 그의 목소리가 듣기 좋다는 이유가 가장 크다는 사실은 혼자만의 비밀이기도 했다.

"자."

자연스럽게 빗과 머리끈을 내미는 그를 향해 슬쩍 눈을 흘긴 시현이 그의 뒤에 자릴 잡았다.

"밤새 잘 잤어요?"

그녀는 세강의 긴 머리를 빗어 내리며 조심스레 물었다.

"응."

"진짜?"

"내가 못 자길 바라기라도 했나 보네."

시현에게 머리카락을 맡긴 그가 느른하게 대꾸했다.

"치, 말을 해도 꼭……."

"그렇게 불안하면 와서 재워 주든가."

"……."

"왜 대답 안 해?"

천연덕스럽게 묻는 말에 입이 붙어 버렸다. 이런 상황에서는 뭐라 답을 해야 하나? 순간적으로 말문이 막히고 얼굴이 붉어진 시현이 애꿎은 입술만 깨물었다. 가끔씩 정신을 차리지 못할 정도로 강력한 한 방을 날리는 그의 언어 구사 능력이 새삼 놀랍게 느껴졌다.

"민시현, 도대체 뭘 상상하고 있는 거야?"

"……내, 내가 뭘 상상했다고 그래요?"

연이어 들려온 그의 말에 뒤늦게 정신을 차린 시현이 펄쩍 뛰며 목소리를 높였다.

"왜 이리 놀라? ……하긴 네가 뭘 생각하고 있었는지 충분히 예상이 된다."

"뭐, 뭔데요?"

"헐벗은 남자 사진을 보면서 정신 못 차리는 여자가 뭘 상상했겠어. 빤하지."

놀리기 위한 목적이 담긴 말에 대응을 하지 말아야 한다는 것을 알면서도 시현은 자신을 제어하는 게 쉽지 않았다.

"나 그런 여자 아니거든요."

"진짜 아니야?"

"아니라고요."

"그래. 그럼 아니라고 쳐."

"이 남자가……. 진짜 아니라니까."

"그래, 그래."

"날 놀리는 게 그렇게 재밌어요?"

"그걸 지금까지 몰랐단 말이야?"

웃음기를 잔뜩 머금은 그의 음성이 거실 한가득 울려 퍼졌다.

"정말 못됐다."

투정 어린 말과 다르게 그녀의 표정은 부드럽기만 했다.

졸지에 남자를 밝히는 여자가 된 듯하지만 이런 하루도 나쁘지 않다는 생각을 하며 그의 머리카락을 곱게 빗어 끈으로 묶었다. 항상 느끼는 거지만 그의 머릿결은 정말 좋다. 샴푸 광고 속의 머리카락처럼 자르르 윤기가 흐르고 절로 탄성을 자아내는 촉감에 하루 종일 만지고 있어도 좋을 것만 같다.

느리게 제 할 일을 마친 시현이 장난스런 미소를 지으며 그의 머리카락을 뒤로 슬며시 잡아당겼다.

"아!"

예상치 못한 그녀의 행동에 그가 낮은 신음 소리와 함께 고개를 돌렸다. 놀라움으로 살짝 커진 그의 새까만 눈동자와 정면으로 맞닥트린 순간 머릿속이 텅 비어 버렸다.

어쩜 이리 예쁘게 생겼는지, 도저히 눈을 뗄 수가 없다. 깊고 깊은 심연을 닮은 검은 눈동자에 무수히 많은 별들이 담겨져 있는 것만 같아 눈 한 번 깜박이지 않고 그를 응시했다.

그렇게 시현은 그녀의 정신을 쏙 빼놓는 아름다움에 취해 자신이 어떤 처지에 놓이게 되었는지 망각해 버리고 말았다.

"어?"

정신을 차렸을 때는 그에게 양손을 잡힌 채 바닥에 누워 그를 올려다보는 자세를 취하고 있었다.

"민시현, 넌 은근히 사람을 자극해."

낮고 그윽한 음성이 작게 귓가를 맴돌았다.

그의 곱고 예쁘기만 했던 눈동자에 서서히 열기가 들어찼다. 조금씩 가까이 다가오는 그의 입술을 기다리며 그녀는 숨을 쉬어야 한다는 생각조차 하지 못했다.

진이 빠질 정도로 느리게 움직이는 그의 행동에 조바심이 일 지경이 되었을 무렵에야 그의 입술이 그녀에게 와 닿았다. 안도감과 함께 스르륵 눈을 감은 시현이 자신도 모르게 살짝 고개를 들어 그를 반겼다.

숨결이 엉키고 조심스레 입술을 빨아 당기는 그의 어설픈 움직임에 심장이 터져 나갈 것만 같다. 뭔지 모를 아쉬움에 애가 탄 시현이 잡혀 있던 손을 빼내 그의 목을 감싸 안아 더 깊게 그를 맞이했다.

맞닿은 입술 사이로 그를 조금이라도 더 차지하기 위한 절박한 움직임이 소리 없이 시작되었다. 완벽한 곡선을 그리고 있는 입술을 위아래 차례대로 빨아 당기다 그의 열성적인 초대에 응하며 그의 입안까지 흔적을 남겼다.

수줍게 고개를 내민 치아에 인사를 건네고 욕심으로 똘똘 뭉친 혀와 진득하게 얽혔다. 시간이 멈춘 것 같은 고요함 속에 뜨겁게 달아오른 숨소리가 이질적으로 다가왔다.

추릅. 쫍.

집요하게 움직이며 그녀의 입속을 헤집는 그에 못지않게 시현 역시 열렬하게 반응했다.

더, 더……. 미치겠다. 몸 깊은 곳에서부터 부글부글 끓어오르는 형언할 수 없는 감각과 아쉬움, 부족함에 절로 몸이 꼬이며 신음이 터졌다. 무언가 채워지지 않는 허전함이 가쁜 호흡 사이사이에 토해져 나왔다.

“하아. 하.”

“시현아!”

신음처럼 들려오는 제 이름이 이다지도 야릇하게 느껴지는 이유가 뭘까. 입술에서 벗어나 목덜미에 고개를 묻고 뜨거운 숨을 쏟아 내는 그의 등을 끌어당기며 열기에 취해 버린 눈동자를 눈꺼풀 너머로 깊숙이 감췄다.

살갗에서 느껴지는 촉촉한 입술과 그 뒤를 따르는 혀의 움직임이 주는 짜릿함에 발가락이 곱아지고 손에 힘이 들어갔다. 그녀의 몸을 휘감고 있는 열기의 온도가 점점 더 높아지는 것과 동시에 신음 섞인 흐느낌이 찾아왔다.

그가 맛보듯 쇄골을 핥자 온몸에 맥이 탁 풀리는 느낌이 들었다. 몸이 주체할 수 없을 정도로 달아오르고 허리가 절로 들썩였다.

"이상해."

속삭이는 그의 음성에 옅은 홍조를 띠고 있던 시현의 볼이 더욱 붉어졌다. 그에 못지않게 그녀도 이상하다는 말로밖에 설명하기 어려운, 오묘하고 야릇한 느낌을 맛본 터라 아무런 대꾸도 하지 못했다.

"심장이 터질 것 같아."

'나도 그래요.'

말로 하지 못했지만 시현의 상태 역시 그와 흡사했다.

언제부터였는지 그의 가늘고 모양 좋은 손이 그녀의 가슴을 차지해 조심스럽지만 힘이 느껴질 정도로 문지르고 주무르는 것이 느껴졌다.

그의 손 아래 가둬진 가슴 끝이 단단하게 뭉쳐지는 느낌에 시현은 주먹을 꼭 쥐었다. 평소엔 그냥 거추장스러운 살덩이라 생각했던 부분에 그의 손길이 닿자 저도 모르게 가슴을 내밀며 조금 더 강한 자극을 요구하고 말았다.

처음 느끼는 은밀하고 야릇한 자극에 연이어 거친 숨이 쏟아져 나왔다.

양쪽 가슴이 그의 손바닥 안에서 마구 다뤄지고 있었다. 봉긋하게 솟아올랐다 한쪽으로 쏠리고 아래에서부터 위로 치켜 올리듯 밀어붙이나 싶더니 다정스레 쓸어내린다. 목덜미를 정신없이 배회하던 그의 입술 사이로 거칠게 달아오른 숨결이 흘러나왔다.

"미치겠다."

열기를 주체하지 못한 세강의 입술이 다시 그녀에게 닿았다. 욕심을 드러낸 그가 그녀의 혀를 물고 핥으며 정신을 혼미하게 만들었다. 지금 맞대고 있는 입술에서 한 치도 떨어지지 않으려는 그의 간절한 몸부림에 동화된 시현이 열성적으로 키스를 되돌렸다.

열린 입술 안으로 거침없이 밀고 들어온 혀를 집요하게 얽어매고 각도를 바꿔 가며 그를 붙들었다. 처음 맞댔을 때 시원하다 못해 차갑게 느껴졌던 그의 혀가 이제는 뜨겁게 달아올라 그녀를 옴짝달싹 못하게 만들었다.

짙은 희열에 사로잡힌 그가 그녀의 다리 사이에 틈을 벌려 자릴 잡고 은근히 아랫도리를 밀어붙였다. 존재감을 확실히 느낄 수 있는 단단함이 은밀한 부분에 와 닿자 시현은 숨이 멎는 것만 같았다. 민망하게 얽힌 중심에서부터 시작된 자잘한 떨림이 파도가 되어 온몸을 덮쳐 왔다.

낯설었다. 세상에 이런 감각이 존재한다는 것이 믿기지 않았다. 고작 옷 위로 맞닿은 것뿐이었는데 이렇듯 강렬한 느낌을 맛볼 거라곤 꿈에도 생각해 본 적이 없어 절로 얼굴이 화끈거렸다.

무아지경. 백지 상태.

시현은 그 말의 뜻을 오늘 제대로 체험하게 되었다.

그녀의 목덜미와 귓불 사이를 바삐 오가던 그가 어렵사리 고개를 들어 시현과의 사이에 공간을 만들며 눈을 맞췄다.

"궁금해."

잔뜩 쉬어 버린 듯한 목소리.

"……?"

갑작스레 중단된 입맞춤에 정신을 차리지 못한 시현이 몽롱한 눈을 느리게 깜박였다.

궁금해? 분명 그런 말을 들은 것 같은데……. 이렇게 낯 뜨거운 장면을 연출하던 중간에 한숨처럼 뱉는 말치곤 너무나 생뚱맞다.

시현은 한 박자 늦게 그가 말한 '궁금해'가 무엇을 칭하는지 알아내기 위해 자꾸만 풀어져 내리는 눈에 힘을 주고 그의 얼굴을 세세히 살폈다. 한데, 모르겠다. 그녀의 입이 떨어지기만을 바라며 눈을 빛내고 있는 그를 보니 무척 부담스럽고 한숨만 나온다.

가끔 이런 식으로 앞뒤 말을 다 자르고 주가 되는 말 하나만을 툭 던지는 저 어투는 정말이지 익숙해지지 않았지만 지금은 어떤 말이든 해야만 할 것 같았다.

지난번 '좋아' 이후로 뜻을 알 수 없는 말로 그녀를 곤욕스럽게 하는 그가 밉다는 생각에 퉁명스레 대답하고 싶은 마음을 가까스로 억누르며 입을 떼려는 찰나에 그가 다시 물었다.

"봐도 돼?"

기대감이 듬뿍 밴 말로 재차 묻는 그를 향해 어정쩡한 미소를 지었다. 궁금해 다음은 봐도 돼? 대체 뭐가 그의 호기심을 자극한 건지 진심으로 그 대상이 알고 싶어졌다.

"……뭘요?"

역시 모를 땐 묻는 게 최고다.

"가슴."

"에? ……가슴?"

"응."

그를 올려다보고 있던 눈동자를 느리게 움직여 제 가슴에 흘끗 시선을 주었다가 다시 그를 쳐다보며 눈으로 물었다. 이거요? 그러자 그는 당연하다는 얼굴로 진지하게 고개를 끄덕였다.

이렇게 난감한 질문을 할 거라고 생각지도 못한 시현이 얼굴을 붉히며 고개를 돌리는 것과 동시에 질끈 눈을 감았다. 한껏 달아오른 몸뚱이 위로 찬물이 한 바가지 쏟아져 내린 것처럼 정신이 번쩍 들었다.

어쩌지…… 도대체 이럴 땐 뭐라 대답해야 하는 건지 진짜 모르겠다.

오케이. 보고 싶으면 봐야지, 하며 기다렸다는 듯 옷을 훌렁 벗어 던질 수도 없고 지금까지 마음대로 주물럭거리게 놔두었던 가슴을 가리며 꺄악 하고 비명을 지를 수도 없는 난감한 상황에 시현은 애꿎은 입술만 깨물었다.

"시현아~"

이젠 조르기까지 한다. 그는 그녀의 답을 기다리는 사이에도 가슴을 만지작거리는 행동을 멈추지 않았다. 아니 애가 타는지 가슴을 움켜쥔 손에 힘이 들어간다.

"잠깐만요."

정신이 없는 상태에서 욕망이 담긴 손길에 저를 맡기고 있자니 올바른 생각이란 걸 할 수가 없어 필사적으로 그의 손을 밀어냈다.

"……싫어?"

의기소침해진 그가 조심스럽게 묻는 말에 울고 싶은 기분이다.

"미안."

그의 입에서 사과의 말이 나오기가 무섭게 악! 하고 머리를 쥐어뜯고 싶었다.

차라리 묻지 말고 마음대로 밀어붙이든가, 그렇게 노골적으로 물으면 어떻게 대답하라고 이러는지…….

다중인격도 아니고 조금 전까지 가슴을 주물럭거리며 보여 달라고 조르던 사람이 바로 주인에게 버림받은 강아지처럼 축 처진 뒷모습을 보이며 느리게 멀어지는 걸 보니 정말 멘붕이라는 말이 확실하게 와 닿았다.

무거운 걸음으로 2층으로 향하는 그를 잡을 수도 없었고 또 모른 척하자니 그건 그것대로 아닌 것만 같았다.

"나더러 어쩌라고……."

짧은 시간 동안 천당과 지옥을 오간 느낌에 진이 쏙 빠진다. 처음 느껴 본 야릇하고 짜릿한 느낌에 정신을 놓아 버린 것까지였으면 좋으련만.

'민시현, 너 지금 무슨 생각을 하는 거야?'

음란마귀에 쓰인 것처럼 입술을 축이던 시현이 얼굴을 붉히며 발을 동동 굴렀다.

처음 느껴 본 황홀한 감촉을 음미해 볼 새도 없이 지금 뭐 하고 있는 건지 모르겠다. 잔뜩 기가 죽어 2층으로 올라간 그가 신경 쓰이지만 아무렇지 않게 그를 볼 자신이 없다. 그래도 자꾸만 눈에 밟힌다. 지금이라도 따라가는 게 맞는 걸까?

"에잇, 짜증나."

예기치 않은 사건이 일어난 통에 오늘 하루의 계획이 모두 엉망이 되어 버렸다. 오늘 공부해야 할 범위는 눈에 들어오지도 않았고 시선은 계속해서 2층으로만 쏠렸다.

늘 자신의 주위를 맴돌던 그가 위층에서 내려올 생각도 않는다. 곁에서 뜨거운 눈길을 보내는 사람이 없으니 홀가분해 공부가 더 잘 될 거란 생각과 달리 자꾸만 신경이 날카로워지는 통에 없던 두통이 생길 지경이었다.

"왜 입은 맞춰 가지고……. 아니 그냥 키스만 하면 되지 왜 가슴은 만져? 만지길……."

별게 다 불만이다. 그에 못지않게 열렬히 키스를 되돌리면서 더 만져 달라 가슴을 내밀 땐 언제고 이제 와서 모든 원흉이 그에게 있는 것처럼 세상을 향한 원망을 토해 내고 있었다.

한숨만 푹푹 내쉬다 오전 시간이 훌쩍 지나 버렸다.

무거운 마음으로 주방에 들어가 냉장고 문을 열고 한참을 들여다보았지만 딱히 밥 생각이 들지 않는다.

"먹긴 먹어야 하는데……."

끼니를 거르는 게 습관이 된 사람이었다. 그나마 그녀가 챙겨주면 못마땅한 표정을 지을지라도 끝까지 밥공기를 비우니 절대 밥때를 놓칠 수는 없었다.

"뭐가 좋을까?"

시큰둥한 얼굴로 고개를 돌리던 시현이 창밖에 시선을 두고 눈을 깜박였다.

그래, 좋은 생각이 났다. 탁월한 생각에 절로 흐뭇해진 시현이 장난스런 미소를 지으며 팔을 걷어붙였다.

❀

기다린다. 항상…….

문이 열리고 시현의 모습이 보이면 불안함으로 조바심치던 심장이 차분히 가라앉으며 다른 의미를 담아 빠르게 두근거린다.

일분일초가 아쉬운데 그녀는 평소에 오는 시간보다 훨씬 늦게 오면서도 느긋하기만 하다.

"늦었어."

다정하게 말을 걸어도 부족할 판에 서운함이 앞서 불퉁한 말이 먼저 나갔다. 혹시 기분이 상한 건 아닐까. 금방 후회할 걸 왜 그랬는지 모르겠다. 그래도 한번 뱉은 말은 주워 담을 수 없으니 태연한 척 행동하기로 했다.

세강은 자신의 뒤를 따르는 시현의 발소리에 귀를 기울이며 먼저 집 안으로 들어갔다. 가볍게 이어지는 소리가 자꾸만 뒷덜미를 잡아채는 것만 같아 뒤돌아보고 싶었지만 꿋꿋이 참아 냈다.

"보고 싶어 미치는 줄 알았다. 됐어?"

"치사하게…… 진짜 성의 없다."

분한 마음을 감추지 못하고 파르르 떠는 시현을 보고 있자면 시간이 어떻게 흐르는지도 모르겠다. 농담 섞인 말을 주고받는 내내 그녀의 입술에서 눈을 떼기가 어려웠다.

반짝반짝하고 촉촉해 보이는 입술이 연신 달싹거리자 그는 자신도 모르게 마른침을 삼켰다.

"아!"

딱히 이런 은밀한 자세를 잡으려고 계획한 건 아니었다.

그녀의 입술을 떠올리지 않으려고 애쓰고 있던 그를 자극한 것은 민시현이었다. 누가 예고도 없이 머리카락을 잡아당기는 장난을 치라고 했나.

생기 넘치는 그녀의 눈을 마주한 순간 아무 생각도 떠오르지 않았다. 그저 홀리듯 그녀에게 다가간 것이었는데 정신을 차리고 보니 그녀를 덮치듯 누르고 있었다.

민시현은 전생에 구미호였을지도 모른다. 그러지 않고서야 이렇게 끊임없이 자신을 자극할 리가 없다.

"민시현, 넌 은근히 사람을 자극해."

그는 눈을 내리깔고 시현의 입술을 노골적으로 응시했다. 너무 제 욕심만 내세우는 것 같아 선뜻 다가서기가 머뭇거려졌다. 그녀도 자신과 같은 생각이면 좋을 텐데.

미치겠다. 윤기가 좌르르 흐르는 먹음직스런 과일을 쳐다만 봐야 한다면 제정신일 사람이 있을까? ……닿아도 될까? 닿고 싶다. 닿아야겠다. 결심을 한 그가 조심스럽게 그녀에게 다가갔다.

도톰한 아랫입술을 살짝 빨아 당기자 극심한 갈증이 단번에 해갈되는 느낌이었다. 부드럽고 말캉한 입술이 그를 유혹하듯 틈새를 벌리자 이성이 날아가 버렸다. 그에게는 빛이 되고 있는 줄도 몰랐던 욕심을 자극하는 여자였다.

몇 번의 키스를 나누긴 했지만 이렇듯 야릇한 자세로 입술을 나누지는 않았다. 그의 정신을 쏙 빼놓기에 충분한 촉감에 세강은 속절없이 흔들렸다.

그녀의 입술을 맛보고 뜨겁게 달아오른 혀를 잡아채 강하게 빨아 당기며 단단히 옭아매었다. 조금씩 거칠어지는 그녀의 숨결이 그의 남성을 자극했다. 너무도 자연스럽게 그녀의 다리 사이에 자릴 잡고 은근히 제 것을 문지르며 시현의 가슴을 손안 가득 쥐고 마음껏 주무르고 만졌다.

살짝 벌어진 시현의 입술 사이로 쏟아져 나오는 끈적끈적한 흐느낌은 그의 욕망을 더욱 부채질하는 도구가 되었다.

어떤 방법으로 여자를 안아야 하는지 알지도 못하면서 거의 본능에 가까운 움직임으로 허리를 움직였다. 조금 더 깊게 얽히지 못한 아쉬움과 허전함에 그녀의 목덜미에 고개를 묻었다.

시현 특유의 시원하고 향긋한 향이 코를 통해 가슴 깊숙한 곳까지 퍼져 나갔다. 목을 핥고 쇄골에 입맞춤을 남기며 조금 더 몸을 아래로 내려 그녀의 가슴 계곡에 자릴 잡았다. 채워지지 않는 갈증이 급격하게 생겨나기 시작했다.

꽉 쥐고 있는 그녀의 가슴을 욕심껏 물어 버리면 시현은 눈물을 흘릴까? 생각지도 못한 가학적인 욕구가 솟아나자 그는 허겁지겁 그녀의 입술을 찾았다.

보고 싶다. 자신의 손 아래 있는 것의 실체를 똑똑히 보고만 싶다. 그럼 이 미칠 것처럼 뛰는 심장이 조금은 안정을 찾을지도 모른다.

"궁금해."

잔뜩 쉬어 버린 음성은 자신의 것이 아닌 것만 같았다.

실수인 걸까? 가슴을 보여 달라는 말에 시현이 고개를 돌리고 눈을 감는 걸 보자 가슴이 덜컹 내려앉는 기분이었다. 하지만 그것보다 더 큰 욕망이 그를 재촉하며 졸랐다.

다시 한 번 말해 보라고, 그녀라면 그의 청을 거절하지 않을지도 모른다고…….

시현이 그의 손길을 밀어내었다.

미세하게 찌푸려진 미간과 꽉 깨문 입술이 아프게 시선에 잡혔다. 싫은가 보다. 그녀는 자신처럼 황홀하지 않을지도 모른다는 생각이 뒤늦게 그를 찾아왔다.

"미안."

사랑하는 여자가 원하지 않는 일을 강요할 순 없었다. 그녀에게서 결코 손을 떼고 싶지 않지만 고집을 부려선 안 되는 일이다.

이 느낌을 뭐라 표현해야 할지 모르겠다.

2층으로 도망쳐 온 세강은 자신의 손바닥을 멍하니 응시하며 생소한 감촉의 여운을 되새기고 있었다. 심장이 달음질치고 입안은 바싹바싹 마르는 느낌에 묵직한 한숨이 흘러나왔다.

태어나 처음 만져 본 여자의 가슴은 경이롭기까지 했다.

탱글탱글하고 말랑거리면서 부드럽고 있는 힘껏 꽉 움켜쥐면 터져 버릴 것 같은데 절대 그러지는 않는다. 다만 뜨거운 신음 소리를 유발할 뿐.

너무 욕심을 부렸다. 고운 빛의 홍조를 머금은 채로 당혹감을 감추지 못하고 또르르 눈을 굴리던 그녀를 떠올리자 갑자기 부끄러워졌다.

몸 좋은 남자 배우의 사진을 보며 감탄사를 터트리는 그녀보다 자신이 몇 배 더 음흉하다. 불끈거리며 크기를 키우는 제 분신만 봐도 충분히 알 수 있다. 도무지 작아질 기미가 보이지 않는 그것으로 인해 시현의 얼굴을 보러 아래층에 내려갈 수가 없었다.

그녀가 신경 쓰고 있을 것이 빤한데 욕망으로 똘똘 뭉친 녀석은 좀처럼 자신을 풀어놓을 기미가 보이지 않았다.

"으윽."

터질 듯 아파 오는 아랫도리를 부여잡고 어쩔 줄 몰라 하던 그가 번쩍 고개를 들었다. 아래에서부터 올라온 시현의 목소리가 모든 것이 숨죽이고 있던 공간에 울려 퍼졌다.

"세강 씨!"

13. 이젠 웃어요

"그래. 조금 변화를 주는 것도 나쁘지 않을 거야. 계속 도망칠 수도 없는데……."

흥미로운 것을 발견한 사람처럼 그녀의 움직임이 빨라졌다.

싱크대 안쪽에서 커다란 쟁반을 꺼내고 넓은 접시에 점심으로 먹으려고 준비해 놓은 반찬을 조금씩 덜어 담고 보온병에 따뜻한 보리차도 담았다.

"괜찮겠지?"

깊은 한숨을 내쉰 시현이 반찬이 담긴 접시를 물끄러미 내려다보다 고개를 돌렸다. 이걸로 될까? 의기양양하게 식사 준비를 마친 것과는 달리 막상 그를 부르려니 망설여진다.

간간이 불어오는 바람에 하나둘씩 날리는 낙엽이 시선을 잡아끌었다. 날이 더 추워지기 전에 소풍 가듯 정원에서 밥을 먹는 것도 좋을 듯했다.

오늘따라 유난히 바람도 적고 햇살이 따스하게 내리쬐고 있어 계획을 실행에 옮기기에도 딱이다 싶어 과감하게 준비했지만 조금 전의 일을 생각하니 영 껄끄럽다.

몇 차례 심호흡을 한 시현이 2층을 향해 큰 소리로 외쳤다.

“세강 씨, 이리 좀 와 봐요!”

조마조마한 마음으로 기다리는데 그는 쉽게 모습을 보이지 않았다.

“왜 이리 늦어? 혹시 삐쳤나?”

시현은 엄지손가락을 깨물며 조금 전 상황을 다시 한 번 머릿속에 그려 보았다. 생각할수록 얼굴이 붉어지고 숨이 가빠지며 몸이 배배 꼬인다.

너무 심하게 밀쳐 낸 건가? 그녀가 만일 그 상황이었다면 상처받지 않을 자신이 있나?

생각을 하면 할수록 머릿속이 복잡해져 왔다. 사람을 상대하는 것에 있어 늘 조심스럽기만 한 사람이 평소와 다르게 욕심을 드러냈는데 그것을 거부했으니.

착잡한 마음에 볼을 부풀려 깊은 숨을 내쉰 시현이 의자에 털썩 주저앉자마자 그가 주방으로 들어왔다.

“아! 깜짝이야.”

소리 없이 움직이는 건 여전하다.

“놀라긴……. 뭐 잘못한 거라도 있어?”

딱히 잘못이라 말하기도 뭐한, 민망하면서 어정쩡한 상황임을 누구보다 잘 아는 사람이 하는 말하고는……. 입술을 작게 오므린 시현이 그를 향해 슬쩍 눈을 흘겼다.

그래도 다행이다. 기분이 상한 것 같지는 않아서, 평소처럼 식탁을 훑어보는 그의 얼굴은 평온하기 그지없었다.

"왜 이리 늦었어요?"

타박 어린 말에 그의 볼이 붉게 물들었다. 그런데 그 모습이 또 그녀의 시선을 앗아 버렸다. 진짜 예쁘다. 여자처럼 보인다는 말을 무척 싫어하지만 그 말을 안 할 수가 없었다. 이목구비 하나하나가 섬세하고 고와 넋을 빼앗기에 충분했다.

그의 얼굴을 보며 멍하게 있던 시현의 눈에 점점 위로 치켜 올라가는 그의 눈썹이 보였다. 마치 네가 무슨 생각을 하고 있는지 다 알고 있다. 그러니 당장 그 말도 안 되는 생각을 집어치워라, 하고 말하는 것만 같았다.

"흠흠. 이것 좀 들고 나와요."

슬쩍 눈을 내리깐 시현이 목소리가 가다듬고 태연을 가장했다.

"이게 다 뭐야? 뭘 하려고?"

"기분 좀 내 보려고요."

"무슨 기분?"

"날도 좋은데 매일 집에만 있으니까 답답하잖아요. 멀리는 못 가니까 가까운 정원에서 가을 소풍 기분이라도 내자는 거죠. 진짜 좋은 생각 아니에요?"

획기적인 발견이라도 한 사람처럼 시현이 경쾌하게 말을 이었다.

"……집에만 있어서 답답해?"

"그냥 그렇다는 거예요. 오랜만에 광합성 좀 하자는데 뭘 그렇게 심각하게 받아들이고 그래요? 얼른 들고 나가라니까요"

그녀의 눈치를 살피듯 묻는 세강이 혹시라도 상처를 받았을까 싶어 서둘러 그를 몰아붙였다. 지금 요점은 그게 아닌데 이상한 데에서 핀트가 안 맞는다.

햇빛과 그늘이 절묘하게 조화를 이룬 나무 아래 얇은 담요 한 장을 깔았다. 돗자리가 있었으면 좋았겠지만 없으니 담요로 대체할밖에.

바람도 선선히 불어 따스한 가을 햇살을 즐기기엔 딱 좋은 날이었다.

특별할 것 없는 반찬 몇 가지에 밥 한 공기가 다였지만 유난히 입에 짝짝 달라붙는 걸 보면 그리 나쁘지 않은 선택이었던 같았다.

식사를 끝낸 시현이 따스하게 데워진 보리차가 든 잔을 양손으로 꼭 감싸고 모처럼 여유를 즐겼다. 살짝 눈을 감고 평화로움을 만끽하는 그녀의 입술이 부드러운 곡선을 그리자 세강의 눈길이 그곳으로 향했다.

"좋죠?"

살며시 눈을 뜬 시현이 미소를 지으며 물었다.

"……그래."

"너무 덤덤한 거 아니에요? 고작 그래가 뭐야? 조금 더 구체적이고 공감대가 팍팍 형성될 그런 말 있잖아요. 절로 고개가 끄덕여지는."

과한 주문일까? 하지만 지금 그가 느끼는 감정이 어떤지 알고 싶다.

"괜찮네."

"그래나 괜찮네나, 거기서 거기네요. 다시."

"좋다."

"뭐, 조금 나아지긴 했는데 그래도 살짝 부족한 감이 있어요. 한 번 더?"

"예뻐."

"?"

이건 또 무슨 소릴까. 예뻐? 그래 하늘은 파랗고 간간이 부는 바람도 나쁘지 않고, 함께 있는 사람도 마음에 든다. 그렇다고 소감을 묻는 말에 '예뻐'라니…… 그건 아니지 않은가 말이다.

"지금 그 말은 이 분위기와 조금 안 맞는 거 같지 않아요?"

"민시현이 예쁘다고."

"……."

정말 할 말을 잊게 만드는 데 탁월한 능력이 있는 사람이다. 그만 물으라는 고도의 술수임이 틀림없다.

"일부러 그러는 거죠?"

"뭘?"

"내 입 다물게 하려고."

"훗, 마음대로 생각해."

아니 사람이 입을 열었으면 끝까지 립서비스를 해야 하는 거 아닌가. 왜 하다 말아? 가차 없는 돌직구를 날렸다가 금세 모르쇠다. 그래도 예쁘다는 말이 싫지 않아 배시시 웃음이 나는 건 막을 수가 없었다.

그는 못마땅함에 콧등을 찡그리다 이내 미소를 짓는 시현에게서 시선을 떼지 못했다.

"맞다!"

잊고 있던 것이 불현듯 떠오른 시현이 손에 들린 잔을 내려놓고 바지 주머니를 뒤적였다. 아침에 이걸 챙기느라 조금 늦어 그에게 타박까지 들었으면서 지금까지 새까맣게 잊고 있었다니……. 이래서 시험이나 제대로 볼는지 걱정이다.

원하는 것을 찾아낸 시현이 그의 앞에 자릴 잡고 앉아 그의 손목을 덥석 잡았다. 그러고는 알록달록한 무지개색의 팔찌를 끼워 주며 소곤거렸다.

"내가 만든 소원 팔찌예요. 색깔마다 의미하는 것이 다른데, 무지개색이 뜻하는 건 기쁨이고요. 계속 차고 있다가 시간이 지나고 이 매듭이 풀리거나 끊어지면 소원이 이루어진대요. 그러니까 늘 차고 다니는 거 잊지 말아요. 알았죠? 그러면 틀림없이 세강 씨한텐 기쁜 일만 생길 거예요."

그를 위해 무언가 의미 있는 선물을 하고 싶다는 생각에 며칠에 걸쳐 만든 팔찌가 제자리를 찾았다. 하얗고 가느다란 그의 손목에 둘러진 팔찌가 생각처럼 잘 어울려 절로 입매가 부드러워졌다.

"어때요? 괜찮아요?"

"예쁘네. ……너보다는 아니지만."

아! 또다. 그저 자신을 놀리기 위해 하는 말인 줄 알면서도 이런 순간에 들려오는 달달한 멘트는 시현의 얼굴을 붉게 만들기에 충분했다.

그런데 어쩜 저리 자연스럽고 태연하게 낯부끄러운 말을 할 수 있는 걸까? 그를 모르는 사람이 지금의 모습을 봤다면 분명 여자 경험이 많은 바람둥이를 상상하고도 남을 정도였다.

"고마워."

그가 시선을 마주하며 입을 열었다. 마치 귓가에 속삭이는 것처럼.

만약 지금 그와 자신을 감싸고 있는 미묘한 기류가 눈에 보인다면 그것은 분명 달콤한 핑크빛일 것이 분명했다.

"흐흠."

조금은 어색하고 쑥스러운 기분에 헛기침을 하며 슬며시 주변을 둘러보던 시현이 갑자기 떠오르는 생각에 눈을 반짝이며 물었다.

"참, 그런데 카메라는 어디어디에 있어요?"

"카메라? 무슨 카메라?"

"그 왜 있잖아요? 감시용 카메라. CCTV용으로 설치된 거요."

"없어. 그런 게 여기에 있을 리가 없잖아."

느닷없는 그녀의 말에 어리둥절한 표정으로 대꾸하는 그를 보며 시현의 목소리가 순식간에 커졌다.

"없다고요? 진짜예요?"

"그래, 없어."

"지금 한 말에 대해 책임질 수 있어요? 혹시 세강 씨도 모르는 카메라가 있는 건 아니고요?"

"그럴 리가 없잖아."

"세상에……."

당했다. 그녀가 이 집에 오게 된 결정적인 이유가 바로 세강의 형인 종혁이 들먹인 CCTV에 찍힌 자신의 모습이었다. 한데 교육청까지 들먹여 가며 그녀의 약점으로 만들어 버린 그것이 없단다. 시현은 억울함에 눈물까지 핑 돌았다.

"우씨, 이럴 수는 없어."

"왜 그래?"

"정말 이럴 수는 없다고요."

시현은 그의 물음에 대답할 생각도 못 하고 자신의 머리카락을 쥐어뜯었다. 비열하게 웃는 종혁의 얼굴이 떠오르자 시현의 분노 게이지가 점점 더 상승하며 속이 부글부글 끓어올랐다.

조금 전 핑크빛 기류를 뽐내던 그녀의 감정선이 급격하게 짙은 무채색으로 변하면서 음침한 기운이 무럭무럭 솟아올랐다.

"으악~ 내가 가만히 안 둘 거야. 당신 형, 진짜 가만히 안 둔다고!"

비명에 가까운 소리를 지른 시현이 정신없이 휴대폰을 찾아 분노에 찬 손놀림으로 종혁의 번호를 찾기 시작했다.

"이럴 수는 없어. 정말 이럴 수는 없다고! 나랑 무슨 원수진 것도 아니면서, 어떻게 사람을 이딴 식으로 속여 먹을 수가 있어? ……사람도 아니야. 내가 몇 날 며칠을 불안 속에서 떨어야 했는데! ……나쁜 놈. 진짜 못됐어."

종혁을 향한 원망과 분노를 빠르게 쏟아 내며 휴대폰을 노려보는 시현의 눈에서 서슬 퍼런 불꽃이 당장이라도 튀어나올 듯했다.

그녀는 신호음이 들리는 내내 눈앞에 종혁이 있는 것처럼 눈에 힘을 주고 한곳을 노려보았다. 길게 이어지는 통화연결음에 기운이 빠질 때쯤 낮은 목소리가 들려왔다.

— 오! 시현 양. 잘 지냈어요?

자연스레 안부를 묻는 폼이 가증스럽기 짝이 없다.

"지금 그딴 질문이 나와요? 못 지냈어요. 아~주아주 못 지냈다고요."

— 왜? 세강이한테 무슨 일이라도?

느물거리던 음성이 대번 딱딱하게 바뀌고 그의 긴장이 수화기를 통해 고스란히 전해져 왔다. 그래도 꽤나 동생을 생각하는 형이네. 성질이 날 대로 난 상황이었지만 그 점은 마음에 든다.

"아뇨, 세강 씨는 무지무지하게 잘 지내고 있어요. 그것 말고 저한테 뭐 할 말 없어요?"

— 내가? 시현 씨한테? ……글쎄, 뭐가 있을까?

세강과 관련이 없다는 말에 그의 말투가 빠르게 변했고 시현은 이를 갈며 차갑게 중얼거렸다.

"사기꾼."

— ……지금 그거 나한테 한 말이에요?

"그래요. 윤종혁 씨는 사기꾼이에요. 그것도 아주 못되고 질 나쁜 사기꾼이요."

— 이거 민시현 씨 고용주로서 상당히 듣기 거북한 말이네요. 내가 시현 씨한테 그런 소릴 들어야 하는 이유에 대해 말해 보시죠.

권위적인 종혁의 물음에 시현은 잡설은 제외한 요점을 콕 집어 읊었다.

"CCTV."

— …….

“왜 아무 말이 없어요? 그거에 대해 저한테 할 말이 분명 있을 텐데요?”

— CCTV? 무슨……. 아! 그거.

“네, 그거요.”

— 시현 씨가 내 제의를 받아들인 지 얼마나 됐더라…… 이런, 5개월이 다 되어 가네. 그런데 이제야 그걸 알아챘어요? 시현 씨, 보기보다 둔하구나.

“뭐라고욧?”

시현은 웃음기가 담긴 그의 말에 앙칼지게 소리쳤다.

“지금 장난해요? 내가 그것 때문에 마음고생 한 걸 생각하면 자다가도 벌떡 일어날 판이라고요! 그런데 날 감쪽같이 속였단 말이죠? 어떻게 그래요? 도대체 왜 그런 거냐고요? ……차라리 솔직하게 말하고 내 의사를 묻지 그랬어요? 그럼 이런 배신감이 들지 않았을 거 아니에요!”

— 만일, 내가 그때 솔직하게 말했다면 과연 시현 씨가 순순히 내 제의를 받아들였을까? 왜 그랬냐고 물었어요? 그건 처음 시현 씨를 만난 자리에서 분명히 밝힌 걸로 알고 있는데…… 가능성이 보였다고 말이에요. 그리고 그건 분명히 옳은 선택임이 증명됐고 말이죠. 아닌가요?

그녀가 절대 받아들이지 않았을 거라 단정적으로 말하는 그의 말에 울컥하고 오기가 솟아올랐다. 자신의 머릿속에 들어온 것도 아니고 자신이 어떤 답을 내놓을지 무슨 수로 안단 말인가.

“……헛소리예요. 해 보지도 않고 내가 어떻게 반응할지 윤종혁 씨가 어떻게 알아요? 신기라도 있어요? 눈앞에 미래가 막 보이냐고요?"

— 그걸 꼭 눈으로 봐야 아나? 지금까지 살아온 세월이 얼만데. 나름 사람 보는 눈은 정확하다고 자부하고 있는데 말이야.

"말씀 한번 잘 하셨어요. 그럼 윤종혁 씬, 지금까지 살면서 잘못된 판단을 한 적이 단 한 번도 없었어요? 그렇게 정확하다고 자부하는 눈으로 선택한 사람이 영 아닌 경우가 한 번도 없었다고 자신 있게 말할 수 있냐고요."

— 글쎄.

"없죠? 그렇죠?"

— 어이쿠, 이런. 회의 시간이 돼서 지금 나가 봐야 하는데 어쩌지? 시현 씨, 그럼 다음에 다시 통화하도록 해요.

"여보세요. 여보세욧!"

시현에게서 뜨거운 콧김이 뿜어져 나오는 것만 같았다. 끊어진 전화를 잡고 목 놓아 종혁을 부르는 목소리에 노여움이 가득 담겨 있었다.

"대답도 안 하고 전화를 끊었어? 야! 이 나쁜 놈아."

끝이 좋으면 과정이야 어찌 되었건 상관없다, 라는 식의 종혁의 발언이 그녀의 심기를 더욱 사납게 만들었다. 그따위 말도 안 되는 소리로 얼렁뚱땅 넘기려는 그의 술수에 욕이 절로 나왔다.

한번 상한 마음이 쉽게 회복되지 않았다. 시현은 꼼꼼히 주위를 살피지 않은 제 어리석음에 분노했다가 자신이 정신없는 틈을 파고든 종혁의 비열한 꼼수에 욕을 퍼붓기를 반복했다.

"후우."

얼마간의 시간이 흐르고 시현의 노여움이 조금씩 가라앉기 시작했다. 급격하게 오르내리던 가슴이 완만한 움직임을 보이고 거친 숨결이 고르게 변하자 세강이 입을 열었다.

"형하고 무슨 일이 있었어?"

그의 물음에 시현이 그를 응시했다.

제 분함을 모조리 고자질하고 싶었다. 당신 형이란 사람이 거짓으로 자신을 속이고도 뻔뻔스럽게 사과 한 마디가 없다고 털어놓고 싶었다. 하지만 그는 그녀가 이 집에 오게 된 경위를 알지 못한다. 협박처럼 느껴지는 종혁의 제안에 마지못해 응했다는 걸 알게 된다면……. 역시 그가 알아서 좋을 건 하나도 없다.

처음 계기가 나빴지만 그가 모르는 과거 일로 인해 세강이 상처받는 건 원하지 않았다. 그에겐 무조건 아름답고 좋은 것만 보여 주고 싶은 기분이랄까.

'뭐, 의견 일치되는 부분도 있긴 하네.'

지금 세강을 보고 있노라면 종혁이 그 부분에 대해선 입을 다물고 있던 것이 확실한데 괜히 긁어 부스럼을 만들 필요는 없었다.

"별거 아니에요. 세강 씨 형이 이 집 곳곳에 감시카메라가 설치돼 있다고 했는데 없다고 하니 왠지 속았다는 기분이 들어서 조금 흥분했어요. 다 먹었으면 이만 들어가요."

그도 눈치가 있으니 아예 아무것도 아니라고 말하기엔 무리가 따랐다. 그래서 최대한 간결하게 말을 마친 시현이 주섬주섬 늘어서 있는 그릇을 치우기 시작했다.

❀

"저 가요."

평소였으면 그를 혼자 두고 가야 한다는 것을 걱정스러워하며 몇 번이고 뒤돌아보던 사람이 오늘은 모든 기운을 상실한 채로 한 마디를 툭 던지고 대문을 나섰고 그는 말없이 그녀를 배웅했다.

시현이 가고 홀로 남은 집. 세강은 오늘 하루 동안 있었던 일을 하나하나 떠올리며 생각에 잠겼다.

자신이 거대한 욕구를 지닌 남자임을 알게 한 그녀와의 은밀한 스킨십.

"정말 미치는 줄 알았지."

다시 그런 상황이 닥친다면 그렇게 쉽게 물러설 수 있을까? 답은 아니다였다. 절대 그녀의 몸에서 손을 떼지 못할 것 같다. 부드럽고 탄탄한 감촉이 손안 가득 새겨져 있는 지금, 그는 자신의 욕망에 사로잡혀 버릴 것이 확실했다.

그리고 그녀가 오기 전부터 산책 삼아 자주 나와 있곤 하던 정원 역시 오늘은 유독 새롭게 느껴졌다. 시현의 말대로 그저 소풍 분위기를 내는 것뿐인데 왜 그리 가슴이 설레었던 걸까.

등을 따스하게 데워 주는 햇살의 입김도, 잊을 만하면 한 번씩 머리카락을 흐트러트리는 바람의 장난도, 젊음을 잃고 초라하게 늙어 버린 나뭇잎의 넋두리까지 생생하게 느껴졌다.

가슴 깊은 곳에서 꼬물거리듯 시작된 떨림이 조금씩 그를 집어삼켜 꼭꼭 감춰 두었던 두려움과 자책이란 감정을 허물어 버리려 하고 있었다.

행복에 젖은 얼굴로 지그시 눈을 감은 채로 그 순간을 만끽하는 시현에게서 눈을 뗄 수가 없었다.

잠시라도 시선을 돌리면 그림 같은 이 장면이 사라질까 두려워서, 지금 느끼는 이 충만한 감동을 놓칠까 겁이 나서, 도저히 눈을 돌리지 못했다.

그래서 때마침 시현이 어떠냐고 묻는 말에 예쁘다고 말을 해 버렸다. 오늘 민시현은 정말 예뻤으니까. 그의 시선을 꽁꽁 옭아맬 정도로 예뻤으니 말이다.

쑥스러운 듯 고개를 돌리는 그녀를 보고 있자니 입매에 힘이 풀리고 절로 웃음이 솟아났다. 역시 민시현이 좋다.

"소원 팔찌? 이런 것도 있었네."

빨강, 주황, 노랑…… 팔찌를 구성하고 있는 알록달록한 색의 의미가 기쁨이라고 했다. 항상 기쁜 일만 생길 거라 말하는 시현을 바라보며 그녀가 채워 준 팔찌를 천천히 쓸어내렸다.

사랑하는 여자의 손길이 가득 담긴 팔찌에서 은은한 온기가 흘러나와 그를 감싸 안는 느낌이었다. 마치 그는 혼자가 아니라고, 항상 그녀가 곁에 있을 거라고 말하는 것처럼. 그래서 혼자 있는 지금이 전혀 외롭지 않았다.

손목에서부터 시작된 편안하고 따스한 기운이 느리게 온몸으로 퍼지기 시작했다.

"내게 있어 가장 큰 기쁨은 네가 곁에 있는 거야."

조용히 읊조린 그는 이내 흥분해서 날뛰는 시현의 모습을 떠올렸다.

'카메라는 어디어디에 있어요?'

'으악~ 내가 가만히 안 둘 거야. 당신 형, 진짜 가만히 안 둔다고!'

처음엔 그 상황을 이해하지 못해 당장 불을 내뿜을 것 같은 시현을 어리둥절한 눈으로 쳐다보며 생뚱맞은 생각을 했다.

'귀엽다.'

형에게 전화를 걸어 열을 내며 따지는 모습이 왜 이리 예쁘게 보이는 걸까. 당장 걸쭉한 욕이라도 한 바가지 퍼부을 듯 기세등등한 모습이었지만 그의 눈에는 사랑스럽기만 했다. 살아 있다는 생동감이 느껴지는 시현은 진짜 매력적이었다.

이럴 수는 없다는 말을 연신 중얼거리며 좌절에 빠진 시현을 세강은 말없이 바라보았고 집으로 돌아가는 그 순간까지 배신감에 몸부림치는 그녀의 곁을 조용히 지켰다.

Rrrrr. Rrrrr.

상념에 빠져 있던 세강은 갑자기 울리는 벨 소리에 정신을 차리고 천천히 수화기를 들었다.

— 내 덕인 줄 알아. 그러니까 고맙다고 해 봐.

이 밑도 끝도 없는 말은 무슨 뜻일까. 나이 차가 많이 나는데도 불구하고 아이 같은 형을 도무지 이해할 수가 없었다.

"뭘?"

— 민시현.

"시현이가 뭐?"

— 녀석. 끝까지 모르쇠로 일관하겠다는 거냐?

그녀를 보내 줘서 고맙다는 말이 듣고 싶은 모양이다. 하지만 호락호락하게 해 줄 마음이 전혀 들지 않는다. 시현을 열 받게 한 원흉이니 말이다.

도대체 왜 있지도 않은 카메라가 있다고 해서 이 분란을 일으키는지 알 수가 없다.

"그래서 시현이한테 사기 쳤어?"

— 하하하. 그게 그렇게 되나?

"화 많이 났는데 어쩔 거야?"

— 안 그래도 전화받고 깜짝 놀랐다. 수화기를 통해 불이 뿜어져 나오는 줄 알고 심장 덜컥 내려앉았다고.

"거짓말도 작작 해. 그런 사람이 그런 식으로 전화를 끊어?"

— 윤세강, 내가 중요한 팁을 하나 알려 주마. 여자가 화를 낼 땐 말이야. 잠시 시간을 벌어야만 해. 계속해서 말꼬리를 물고 하나하나 따지면서 설명과 해명을 요구하면 남자는 미쳐 버리지. 그때 부딪치면 아주 끝장나는 거다. 그러니까 일단 내가 살고 여자를 진정시키기 위해서라도 잠시 떨어져 있는 게 좋아.

왠지 형의 말은 신뢰가 가지 않는다. 그렇게 화가 난 상태에서 상대방이 일방적으로 전화를 끊으면 그 후유증 역시 만만치 않을 것 같은데 저리 태평하게 말하는 걸 보니 아직 제대로 된 임자를 만나지 못한 것 같다. 하긴 그러니까 여태 솔로지. 저래서 결혼이나 할 수 있을까 걱정이다.

"더 열 받으라고 그러는 거 같은데."

— 하하하. 사실 민시현이 너무 무서워서……. 앞으로 넌 시현 씨한테 잘못할 일은 하지 마라. 그러다 큰일 나겠더라.

웃으면서 말은 했지만 그는 자신의 목적을 이루기 위해서라면 어떤 방법이든 서슴없이 쓸 사람이었다. 더구나 그 목적에 하나밖에 없는 동생이 걸려 있는 일이라면 비열한 짓도 가차 없이 할 수 있었다.

— 네가 내 대신 잘 좀 달래 줘라. 이거 지은 죄가 있으니 앞으로 시현 씨 얼굴을 어떻게 볼까 걱정이다.

걱정이라는 말과 거리가 먼, 꽤나 즐거운 목소리를 내고 있음을 꼬집어 말해 주고 싶다.

"말로만?"

— 하하하. 시현 씨 말 잘 듣고, 주는 대로 잘 받아먹고.

"내가 애야?"

— 그래, 내 눈엔 늘 아기처럼 보인다.

필요한 말만 짧게 끝내던 것과 다르게 형제는 한동안 많은 이야기를 주고받았다. 그리고 종혁이 전화를 끊으며 마지막으로 한 말이 주문처럼 세강의 뇌리에 박혀 들었다.

— 민시현, 꼭 잡아라.

14. 세상 밖으로

"뭐 해요?"

시현은 자신의 문제집을 훑어보고 있는 세강을 향해 눈을 반짝였다. 늘 책과 컴퓨터만 만지고 시간을 보내던 사람이 그녀의 것에 관심을 두는 것이 신기하기만 했다.

"그냥 매일 뭘 그리 열심히 들여다보나 싶어서."

"재미없죠?"

"……그러네. 그다지 재밌어 보이진 않아."

"하하하. 그래도 꽤 매력 있어요. 꽉 막혀 있던 문제를 풀었을 때 기분이 얼마나 통쾌한지 모르죠? 나 스스로가 대견하기도 하고, 괜히 어깨가 으쓱여지면서 콧대가 사정없이 치솟는 기분이 들곤 해요. 그땐 어떤 문제를 내놔도 한 번에 다 풀어 버릴 것만 같은 자신감도 샘솟고."

지금 막 어려운 문제를 풀어낸 사람처럼 기세등등한 시현을 조용히 쳐다보던 세강이 고개를 옆으로 기울이며 시큰둥하게 대꾸했다.

"글쎄. 난 골치만 아플 것 같은데. 안 풀리는 걸 붙잡고 아등바등할 시간에 다른 걸 하겠다."

조바심이 인다. 전보다 나아지긴 했다지만 시간은 빠르게 흐르고 늘 정체되어 있는 그를 보고 있자니 마음이 편치가 않았다. 달라져야 하는데, 그의 상처를 이해 못 하는 것도 아니지만 언제까지 이렇게 살 수는 없는 일이 아닌가 말이다.

"다른 거 뭐요? 뭘 하면 좋을 것 같은데요?"

"……."

말문이 막힌 걸까. 아님 그저 막연하게 다른 걸 했으면 좋겠다고 생각해서일까. 그의 입은 좀처럼 열릴 기미가 보이지 않았다.

"지금부터라도 생각해 보면 어때요?"

시현은 조심스럽게 물었다. 자신이 하는 말이 어쭙잖은 충고처럼 들릴 수도 있다는 것을 알고 있어 말을 꺼내기가 쉽지 않았다. 그래도 한 번쯤은 그가 자신의 이야기를 귀담아 주기를 고대해 본다.

그의 시선이 거실 창을 넘어 먼 곳을 헤매고 있었다. 무슨 생각을 하는 걸까? 그의 모든 것을 알아야겠다고 생각한 것은 아니지만 적어도 지금처럼 멀게 느껴지는 것은 싫기만 하다.

"그런데 밖으로 안 나가는 이유라도 있어요?"

오래전부터 묻고 싶었지만 차마 입이 떨어지지가 않아 묻지 못했던 주제를 슬그머니 꺼냈다.

"……세상에서 가장 무서운 게 뭔지 알아?"

"……."

안타까움을 가득 담은 물음에 머뭇거리던 그가 어렵사리 입을 열었다. 느리게 손을 뻗어 그녀의 손을 잡아 양손 안에 가두며 낮은 목소리를 내었다.

허탈함과 씁쓸함이 절묘하게 조합된 그의 음성은 시현의 가슴을 안타까움으로 꽉 차게 만들어 버렸다.

"사람의 눈이야. 거울에 비친 내 눈동자를 빤히 들여다보고 있으면 소름이 돋을 정도지. 내 몸에 달린 내 일부인데도 왜 이리 섬뜩하게만 느껴지는지……. 자격이 없는 것만 같았어. 부모님을 그렇게 만들어 놓고 뻔뻔하게 고개를 들고 다닐 자격이 내겐 없다고 생각했고, 나 스스로가 그런 생각을 갖고 있으니 세상 사람들 역시 나를 그렇게 볼 거라고 느꼈어. 그래서 그때부터 나 자신을 세상과 격리시키기 시작한 거지. 그땐 그게 옳다고 믿었으니까. ……하지만 지금은 모르겠어."

그가 머리카락으로 자신의 눈을 가리고 있던 이유가 이것이었나? 그렇게라도 자신의 시선을 가리고 타인과의 사이에 벽을 쌓아 두려고?

"두려워요?"

"아니라고 하면 거짓말이겠지. 너무 오랫동안 외면하고 있던 세계에 뛰어드는 일은 쉽지가 않더라고."

헛웃음을 흘리며 창밖으로 돌린 그의 시선 아래 깔린 것은 세상을 향한 두려움만이 아니었다. 호기심? 기대? 분명 그것도 함께 존재했다.

철옹성처럼 자신을 내보이지 않던 사람이 하나씩 속에 담긴 이야기를 풀어놓고 있었다. 그것이 얼마나 대단한 변화인지 모르는 것은 아니었지만 그래도 더 용기를 냈으면 하는 바람이 생겨난다.

그를 꽁꽁 묶고 있는 죄책감이란 사슬을 과감하게 끊어 내고 세상을 자유롭게 누비는 그의 모습이 정말 보고 싶었다.

"그동안 해 보고 싶었던 게 진짜 없어요?"

그녀와 함께라면 무언가 시도할 용기를 내 보지 않을까 싶어 은근슬쩍 물었지만 대답은 실망스러웠다.

"딱히."

"그럼, 우리 미용실에 가 볼래요?"

미용실에서 그와 나란히 앉아 있는 자신의 모습이 떠오르자 웃음부터 났다.

광택이 흐르는 가운을 입고 머리엔 롯드를 말고 등 뒤에서 열기구가 원을 그리며 돌아가고 있다 생각하니 웃음이 멈추지 않아 피식피식 바람 빠지는 소리가 절로 나왔다.

"또 엉뚱한 거 생각하고 있지?"

슬쩍 미간을 구긴 그가 못 말리겠다는 투로 물었다.

"아니요. 내가 언제……"

"빤해. 누굴 속이려고."

"아닙니다. 그런 오해를 하면 곤란해요."

시현은 새침한 표정으로 그의 말에 고개를 저었다.

급할수록 돌아가라고 했다. 급히 먹은 밥이 체한다는 말도 있다. 그가 변하기를 원하지만 지금 당장 눈에 띌 정도로 변화된 모습을 보이는 걸 원하는 건 아니다.

그러니 천천히. 지금 실현 가능한 일부터 시작해 보자.

"세강 씨이."

말꼬리를 늘이는 그녀를 세강은 경계심 가득한 눈으로 바라보았다. 대답을 해야 할 것 같은데 왠지 답을 하면 안 될 것 같다는 표정이 적나라하게 드러난 얼굴을 보며 시현은 상큼한 미소를 날려 주었다.

"세강 씨, 대답 안 해요?"

"왜, 왜?"

"나 부탁 있는데 하나만 들어줄래요?"

"또 이상한 거 시키려고 그러지?"

"어머, 무슨 그런 말을? 내가 언제 세강 씨한테 이상한 거 시킨 적이 있어요?"

아무리 기억을 뒤져 봐도 그에게 무리한 일을 시킨 기억이 없는데……. 시금치 먹인 거야 건강을 생각해서 그런 거고, 딱히 이상하다는 말로 정의 내리기에는 무리가 따른다.

"기억 안 나? 내 머리에 꽂으려고 했던 그 요상한 머리핀."

시현은 굉장히 억울한 일을 겪은 사람처럼 떨리는 목소리를 내는 그를 어리둥절하게 쳐다보았다. 머리핀? 그가 말하는 요상한 머리핀이라는 건 뭐지?

"내가 세강 씨 머리에…… 아! 푸하하핫."

그의 집에 오기 시작한 지 얼마 되지 않았을 때 답답해 보이는 앞머리를 처리하기 위해 집에서 가져온 동생의 머리핀이 떠올랐다.

앙증맞은 분홍색 딸기가 장식된 것이었는데. 어지간히 싫었나 보다. 그러니까 지금까지 잊지 않고 있지.

“그게 얼마나 예쁜데 그래요. 우리 가현이가 진짜 좋아하는 건데.”

“흥. 퍽이나.”

떨떠름하게 대꾸하며 고개를 돌리는 그가 귀여워 큰일이다.

“빨리 들어가요.”

시현은 웃음을 잔뜩 머금은 얼굴로 세강의 등을 주방으로 떠밀었다.

“오늘은 간단하게 세강 씨가 끓여 주는 라면으로 점심을 먹기로 하죠.”

“나더러 뭘 하라고?”

“라면 끓이라고요. 봉지에 나와 있는 조리법 그대로 하면 돼요. 엄청 쉽죠? 참, 전 계란이 풀어진 건 안 좋아하니까 형태를 잘 유지해서 끓여 주길 바라요.”

그녀는 황당함이 묻어 있는 그의 얼굴을 보며 눈꼬리를 곱게 접어 웃었다.

우선 집에서 할 수 있는 일부터 하나씩 시켜 보기로 했다. 제 손에 물 한 방울 묻히지 않고 살아온 그가 얼마나 잘 할는지 알 수는 없지만 일단은 뭐라도 시작한다는 것에 의미가 있으니까.

이렇게 기본적인 생활에 관련된 것부터 스스로 하게 되면 나중엔 더 크고 어려운 일도 스스럼없이 할 수 있지 않을까 하는 기대를 가지고 식탁 한쪽에 자릴 잡았다.

"어서 해요."

조각처럼 서서 믿을 수 없다는 눈을 한 그를 다그치며 손짓을 했다.

"저쪽 싱크대 아래에 냄비 있어요. 라면은 그쪽 서랍 안에 있고요. 계란이랑 김치는 어디 있는지 알려 주지 않아도 되죠?"

"진심이야?"

"그렇다니까 왜 자꾸 물어요. 윤 셰프님, 저 배고프니까 빨리 좀 부탁해요. 참, 두 개 끓여야 하는 건 알죠?"

한동안 멀뚱하니 서 있던 그가 눈을 반짝이며 꼼짝도 안 하는 시현을 바라보고는 고개를 푹 숙였다. 이제 곧 시작할 모양이다. 그의 행동 하나하나를 눈에 담으며 시현은 빙긋이 미소 지었다.

마지못해 한다는 것이 분명한 태도로 라면과 냄비를 꺼내고 한숨을 내쉰다. 그녀가 앉은 쪽을 흘끔거리더니 라면 봉지를 들고 심각한 표정으로 읽어 내리기 시작했다.

그를 보고 있자니 자꾸만 웃음이 새어 나왔다. 마치 중요한 투자를 앞둔 기업인처럼 신중한 태도로 고심하는 모습이 가히 압권이라 입술을 깨물며 힘들게 웃음을 참았다.

냄비를 들고 정수기 앞으로 다가선 그가 난감한 얼굴로 물었다.

"물 550㎖는 어떻게 맞춰야 해?"

그에게 다가간 시현이 눈대중으로 라면 끓일 물을 맞추자 대번 미심쩍은 표정이 되었다.

"이 정도면 되는 거 맞아?"

"한두 번 끓여 본 거 아니니까 맞을 거예요."

"맛없으면 책임져."

끝끝내 빠져나갈 구멍을 만들려 애쓰는 그를 향해 시현은 당당하게 고개를 끄덕였다.

그리고 잠시 뒤, 시현은 울상을 지을 수밖에 없었다.

"아까 불 끄랄 때 껐으면 좋았잖아요."

너무 오래 끓인 라면의 국물은 졸아들어 짠맛이 강했고 면은 당연히 퉁퉁 불었으며 뒤늦게 넣은 계란은 겉만 살짝 익어 노른자가 흐물거리며 흘러내렸다. 거기다 생애 처음으로 라면을 끓인 그가 단 한 젓가락을 먹고는 자리를 털고 일어났다.

"난 오늘따라 입맛이 없네. 네가 전에 음식 남기면 벌 받는다고 했지? 그러니까 절대 남기면 안 돼."

"뭐요?"

"그럼 천천히 먹고 나와."

그녀의 어깨를 살짝 쥐었다 놓은 그가 가벼운 걸음으로 주방을 나갔고 시현은 입을 벌린 채로 눈만 깜박이다 뒤늦게 소릴 질렀다.

"이런 법이 어딨어요?"

오늘은 뭐가 좋을까? 그에게 지난 며칠 동안 여러 가지 일을 시켜 보았고, 투덜거리면서도 열심히 임무를 마치는 그를 보는 즐거움으로 하루가 어떻게 가는지 모를 지경이었다.

"세강 씨이."

움찔.

최대한 다정한 음성으로 그를 부르자 세강의 등줄기가 뻣뻣하게 굳는 게 보였다. 말꼬리를 늘이는 시현의 부름에 대답을 하면 난감한 상황에 놓이게 된다는 것을 몇 차례 경험으로 체득한 그가 슬그머니 소파에서 몸을 일으켜 2층으로 향했다.

"어? 어디 가요?"

"잠깐 확인할 게 있어서."

"뭘요?"

"그런 게 있어."

더 이상 말을 섞고 싶지 않다는 분명한 의사표현에도 불구하고 시현은 그의 팔을 잡고 늘어졌다. 이거 왜 이러시나. 그가 할 일이 없다는 건 누구보다 잘 아는 사람 앞에서 너무 티 나게 도망치는 거 아닌가?

"에이, 그러지 말고 잠깐만 시간 좀 내 줘요."

"또 뭘 하려고? ……나 바쁘다니까."

그동안 그에게 시킨 거라곤 설거지와 청소, 운동화 빨기, 세탁기 돌리기와 빨래 널기 정도의 가볍고 실생활에서 꼭 필요한 몇 가지의 일이었다.

그럼에도 불구하고 경계심으로 똘똘 뭉친 눈길을 받고 보니 조금은 마음이 상한다고 할까.

간단한 밥 짓기와 계란프라이 정도를 요구할 생각이었는데 그의 반응에 마음이 상한 시현이 사악한 미소를 지었다.

"일단 따라와 봐요."

"민시현, 나 정말 안 돼. 지금 꼭 봐야 할 책도 있고……."

"금방이면 되니까 너무 그러지 말아요. 세강 씨가 자꾸 그러면 나 상처받는단 말이에요."

상처는 개뿔. 지금 그녀는 뿔이 났다. 치사하게 도망치려 해? 이게 다 누굴 위해서 그러는 건데.

그를 욕실에 밀어 넣은 시현이 욕조에 물을 받고 세제를 풀어 넣었다.

보통 집안일을 좀 해 봤다 하는 사람이면 무엇을 하기 위한 과정인지 빤히 알아챌 행동이었지만 그는 부산스레 움직이는 시현을 쳐다볼 뿐이었다.

“목욕하려고? 그건 입욕제가 아닌데…….”

“잠깐만 기다려 봐요.”

빠르게 욕실 밖으로 나가는 시현의 뒤통수에 미심쩍어하는 그의 시선이 날아와 박혔다. 부글부글 거품을 일으키며 욕조를 채워 가는 물을 바라보고 있던 세강은 뒤에서 느껴지는 인기척에 고개를 돌렸다.

시현이 그가 아침까지 덮고 있던 이불을 품 안에 가득 안고 들어와 과감하게 욕조에 던져 넣었다.

“헉! 지금 뭐 하는 거야?”

경악에 찬 목소리가 채 사라지기 전에 시현은 상큼한 답변을 내놓았다.

“밟아요.”

“뭐?”

“오늘은 이불 빨래예요. 바지 걷고 들어가서 꽉꽉 밟아 빨아요. 비눗물이 나오지 않을 때까지 여러 번 헹구는 것도 잊지 말고요.”

“지금 장난해? 내가 이걸 어떻게 해?”

파르르 떠는 그의 반응을 보니 왜 이리 신이 나는지 모르겠다.

그러게 처음 불렀을 때 순순히 응해 줬으면 좀 좋아? 이게 다 자업자득이랍니다.

속으로는 악마의 웃음을 지으며 겉으로는 태연하게 눈을 깜박였다.

"어머? 무슨 그런 섭섭한 소릴 다 해요? 우리 엄마도 이불 빨래는 이런 식으로 하는데 더 젊고 건장한 남자가 못 한다는 말이 나와요?"

"민시현!"

"전 그럼 점심 준비할게요. 오늘 맛있는 불고기 만들어서 쌈밥 먹어요. 알았죠?"

둥둥 뜰 것처럼 가벼운 걸음으로 주방으로 향하는 시현이 흥얼흥얼 콧노래를 불렀다. 지금쯤 약이 바짝 오른 그가 씩씩대며 욕실 문을 노려보고 있을 것이 뻔했다. 그러다 이내 모든 것을 내려놓은 사람처럼 바지를 걷어 올리고 욕조 안으로 들어갈 것이다.

투덜거리면서도 그녀가 원하는 것은 꼭 해내는 사람이니 이번에도 맡은 일을 깔끔하게 해낼 것이 틀림없었다.

시현은 쌀을 씻어 안치고 여러 가지 채소를 씻으며 계속해서 뒤를 흘끔거렸다.

'가서 어떻게 하고 있나 몰래 보고 올까?'

그가 퉁퉁 부은 얼굴로 어기적거리며 이불을 밟고 있는 모습은 자주 목격할 수 있는 일이 아닐 것이다. 어쩌면 이번이 마지막일지도 모른다. 거기에 생각이 미치자 절로 다리가 들썩이고 뒤통수가 간질거렸다.

"아유, 궁금해 죽겠네."

한참의 시간이 흐른 뒤에 세강이 주방으로 들어섰다. 가서 직접 보고 싶은 것을 꾹꾹 눌러 참은 시현이 반갑게 그를 맞으며 물었다.

"왜 이리 오래 걸렸어요?"

"왜 오래 걸렸냐고? 궁금하면 직접 해 보든가."

대답이 영 부드럽지가 못하다. 상당히 성질이 난 모양이지만 시현은 일부러 별다른 반응을 보이지 않았다. 조용히 그의 앞에 물이 가득 담긴 컵을 내밀자 그는 그것을 받아 시원하게 들이켰다.

"일부러 그런 거지?"

"그걸 이제 알았어요?"

"진짜 못됐다, 민시현."

"그러니까 다음부터 내가 부르면 도망갈 생각일랑 말라고요."

연신 투덜거리는 그의 음성이 은은하게 귓가를 간지럽혔다. 자신의 예상대로 제게 주어진 일을 모두 끝낸 그가 대견하게 느껴졌다.

잘 자란 막냇동생 같은 느낌이라는 생각이 들자 풋 하고 웃음소리가 밖으로 새어 나왔다.

"?"

날카로운 눈으로 그녀를 응시하는 그의 앞에 밥그릇을 놔준 그녀는 슬며시 입꼬리를 치켜 올리며 너스레를 떨었다.

"세강 씨 많이 먹어요. 부족하면 말하고요."

평소보다 빠르게 숟가락을 놀리는 그를 보니 절로 엄마 미소가 지어졌다. 내일은 또 어떤 일을 시켜 볼까. 그것을 궁리하는 것도 꽤나 즐거운 일이다.

❀

[기출문제]

실수체 R 위의 벡터공간 $P_2 = \{ a + bx + cx^2 \mid a, b, c \in R \}$에 대해 선형변환(linear transformation) $T : P_2 \to P_2$가 다음을 만족한다고 하자.

$T(1 + x) = 1+x^2$

$T(x + x^2) = x ? x^2$

$T(1 + x^2) = 1 + x + x^2$

이때, $T(4 + 2x + 3x^2)$을 구하시오.

'괜히 봤다.'

막막하다고 할까? 이해하지 못하는 문자와 숫자의 나열이다.

시현이 늘 고심하면서 들여다보고 있는 게 뭘까 하는 호기심에 그녀의 문제집을 본 것이 화근이었다. 그녀와 자신의 차이를 더욱 극명하게 부각시킬 원인이 될 줄 모르고 무식하게 덤벼든 꼴이라니.

못난 자격지심이 그를 흔들어 대고 있었다.

시현의 앞에선 그걸 할 시간에 다른 것을 하겠다고 태연하게 말했지만 사실은 자신에 대한 실망으로 의기소침해졌다는 걸 그녀는 모를 것이다.

그는 그녀에 비해 많이 부족한 사람이었다. 아무것도 할 줄 모르는 자신과 목표를 가지고 열심히 노력하는 그녀의 차이는 그 시작부터 엄청날 수밖에 없었다.

이대로는 시현과 자신의 관계에 발전이 있을 수 없는데…… 무얼 해야 할까?

자신의 삶이었음에도 불구하고 앞으로 어떻게 살아야 하는지에 대한 고민을 단 한 번도 해 본 적이 없었다. 한심할 정도로 형에게 의존해 있었으면서도 부끄러운 줄도 모르고 건방을 떨었다.

"하아."

비 오는 날의 두려움을 어느 정도 이겨 냈다 생각했는데 전혀 생각지도 않았던 문제가 불거져 발목을 잡는 기분이다.

"세강 씨이."

두렵다. 시현이 자신을 저런 식으로 부를 때면 오싹 소름이 돋아난다.

요즘 시현은 그를 골탕 먹이는 즐거움으로 사는 사람 같다. 갖가지 방법으로 뒷목을 잡게 만드는 데 그게 그다지 싫지는 않지만 피곤한 건 사실이다.

처음 끓여 본 라면은 정말 사람이 먹을 만한 음식이 아니었고 그다음은 공부하는 그녀를 위한 커피 심부름이었다. 처음엔 간단히 믹스 커피를 요구하더니 나중에는 드립커피를 대령하란다.

"세강 씨이."

대답을 안 하고 있으면 당장 쫓아와서 눈을 반짝이며 다시 부르겠지.

약간의 콧소리를 섞어 가며 부르는 음성을 듣고 있노라면 피식 하고 웃음이 나오는 것도 사실이다.

사실 그녀가 요구한 것은 그다지 힘든 일은 아니었다. 조금의 수고로움을 더하면 누구나 할 수 있는 일반적인 일임에도 지금까지 해 볼 생각도 안 했던 그런 일들이었다.

세탁기를 돌리고 설거지를 하면서 약간은 신기했던 것도 같다. 나도 이런 일을 할 수 있구나 하는 생각이 들어 스스로를 칭찬하고픈 마음이 잠깐 들기도 했다.

하지만 마지막으로 한 이불 빨래는 정말 압권이었다. 물을 잔뜩 빨아들인 이불은 한숨이 절로 나올 만큼의 무게로 인해 절로 앓는 소리가 나올 정도였다.

그 경험은 앞으로 절대 이불 빨래는 하지 않겠다는 다짐을 하게 된 계기가 되었다.

시현이 오지 않는 휴일.

그는 저도 모르게 바람에 실려 온 하얀 손수건을 따라 시현이 넘었던 담벼락 아래 몸을 기대고 앉아 있었다.

전에도 이 비슷한 경험이 있던 것만 같은데…….

까르륵. 히히힛.

숨이 넘어가도록 커다란 웃음을 터트리는 건 분명 분홍덩어리다. 오늘은 온 가족이 마당에 나와 있는 모양이다. 커다란 키를 이용해서 담 너머 시현의 모습을 찾아볼까도 생각했지만 그는 이내 고개를 저었다.

“아빠, 저거 따 줘. 저기 큰 거…….”

“민가현. 가만히 좀 있어. 그러다 다친다. ……좀 떨어지라니까.”

곱디고운 주홍빛의 커다란 감이 시현의 아버지 손에서 작은 분홍덩어리에게 옮겨 가는 장면이 고스란히 머릿속에서 그려진다.

그 옆에 선 시현의 걱정스런 시선이 두 사람 사이를 왔다 갔다 할 테고, 그녀의 어머닌 멀찌감치 떨어져 세 사람을 쳐다보며 흐뭇한 미소를 짓고 있겠지.

“혼자만 신났군.”

평화롭고 따뜻할 것 같은 그림 속에 자신의 모습을 슬그머니 밀어 넣어 봤지만 영 어색하기만 하다.

현실과 동떨어진 자신과 다르게 시현의 일상은 늘 활기차고 빛이 난다. 자신의 음침하고 어두운 기운이 그녀를 좀먹는 건 아닌가 걱정되면서도 그녀를 놓기 싫은 이기심에 가슴이 묵직해졌다.

‘나도 할 수 있을까?’

왁자지껄한 소음을 뒤로하고 세강은 천천히 대문 앞에 다가섰다. 굳게 잠겨 있는 문을 바라보며 천천히 숨을 내쉬고 떨리는 손을 뻗었다.

열림 버튼을 누르고 손잡이를 당기면 가볍게 열릴 대문이 육중한 무게로 다가와 금방이라도 그를 향해 쓰러져 내릴 것만 같았다.

식은땀이 솟아오르고 입안이 마르는 느낌에 이를 악물고 손을 내려 바지 주머니에 쑤셔 넣었다. 차가운 문에 이마를 대고 나약한 자신을 향한 저주의 말을 퍼부었다.

언제까지 이렇게 살래? 시현이 앞에서 떳떳한 남자로 서고 싶다는 생각이 들지 않아? 아무리 자신을 다그쳐 봐도 한번 생긴 두려움은 가실 기미가 보이지 않았다.

'못났다. 진짜 바보다, 윤세강.'

초조함을 견딜 수 없던 그는 주머니에서 손을 빼내 시현이 채워 준 팔찌를 조심스럽게 감쌌다.

15. 은밀하고 뜨겁게

"커피 가져다줄까?"

"아뇨."

"그럼 라면 끓여 줘?"

"괜찮아요."

"필요한 거 없어?"

"네."

시현은 몇 차례 말을 거는 그를 쳐다볼 새도 없이 문제집을 파고들었다. 오늘따라 유난히 치근덕거리는 그가 조금은 귀찮아 건성으로 대답하며 책에 집중하려 애를 썼다.

시험일까지 남은 시간이 조금씩 줄어들고 있다 보니 절로 조급한 마음이 들었다. 이번에는 꼭 합격해서 부모님의 걱정을 덜어드리고 그녀도 수험 스트레스에서 벗어나고 싶었다.

공부는 왜 해도 해도 부족하게 느껴지는 걸까? 벌써 몇 번이나 비슷한 유형의 문제를 풀었어도 자꾸만 불안해지는 통에 쉽사리 문제집을 손에서 놓을 수가 없었다.

초조한 마음에 볼펜 끝을 잘근잘근 씹으며 책을 보던 시현이 슬그머니 한숨을 내쉬었다.

고집쟁이 윤세강. 그렇게 뜨거운 시선으로 쳐다보면 어쩌란 말인지. 아까부터 한쪽 볼이 홀라당 타 버릴 것 같은 느낌을 애써 무시하고 있었지만 더는 참지 못하겠다.

"왜요?"

"그냥."

"할 말 있으면 해요. 그렇게 쳐다보지만 말고."

"바빠?"

"보면 알잖아요."

시간은 없고 봐야 할 책은 많아 자꾸 마음이 급한 자신에게 뭘 바라는 건지 모르겠다. 답답함에 한숨이 나올 것 같았지만 최대한 눌러 참았다.

"?"

시현은 등에서 느껴지는 낯선 감각에 움직임을 멈췄다. 분명 옆에 앉아 있는 걸 봤는데 어느새 자리를 옮긴 걸까.

그는 다리를 넓게 벌려 그 사이에 그녀를 가둔 것처럼 가까이 붙어 앉아 시현의 어깨를 끌어안으며 목덜미에 코를 박았다.

"좋아. 민시현이 너무 좋아."

귓가에 느껴지는 그의 숨결에 오소소 소름이 돋아 그대로 굳어 버렸다.

"……."

"막 안고 싶어. ……나만 봤으면 좋겠어."

아! 이 상황에선 어떻게 얘기를 해야 하지? 예상치 못한 말에 마른침을 삼킨 시현이 차마 고개를 돌리지 못하고 눈만 깜박였다.

상처받은 것이 분명한 침울한 음성에 시현은 미안함을 느꼈다. 시험일이 다가오자 무언가에 쫓기는 듯한 마음이 들어 그에게 신경을 쓰지 못했더니 이 사달이 났다.

목덜미를 배회하며 느리고 은밀하게 달싹거리는 그의 입술로 인해 심장은 경기를 일으킬 지경이었고 코앞에 있는 책의 내용도 눈에 들어오지 않았다.

"그런데 그럼 안 되겠지? 지금 민시현은 무엇보다 중요한 일을 앞두고 있으니까 말이야. 그걸 빤히 알면서도 나는 왜 서운한 걸까?"

귓불을 은근하게 빨아들이는 그의 행동에 숨이 멎었다.

시현의 어깨를 감싸고 있던 그의 손이 조금씩 자리에서 벗어나 아래로 향하는 것과 동시에 그의 입술이 본격적으로 목덜미를 핥기 시작했다.

"무정한 민시현. 나를 봐 주지도 않는 여자가 뭐가 그리 좋다고……. 난 이렇게 애가 타 죽겠는데."

이건 명백한 유혹이고 방해였지만, 뜨거운 숨결과 더불어 쏟아져 나오는 말로 인해 시현은 맥을 잃고 무너져 내렸다. 그의 가슴에 기대듯 몸을 맡긴 시현은 스르륵 눈을 감았다. 온 세포 하나하나가 그의 손길과 입술을 반기며 기쁨의 비명을 질러 댔다.

집요한 그의 입술에 고개를 숙이는 걸로 목덜미를 고스란히 내어 준 시현이 달뜬 숨을 느리게 뱉어 내자 그의 손이 양쪽 가슴을 하나씩 차지하고 은근히 움직였다.

아래에서부터 위로 쓸어 올리듯 가슴을 움켜쥐고 욕심껏, 힘껏, 제 마음대로 그것을 갖고 놀기 시작했다. 부드럽게 굴렸다 터트릴 듯 세게 쥐고 또 가볍게 문지르다 톡 불거진 정점을 잡아당기기도 하며 그녀를 몰아붙였다.

“하아.”

열기에 취해 달아오른 몸이 더한 자극을 요구하고 있었다. 그의 손길이 조금 더 은밀해지기를 바라는 마음에 시현은 혀로 입술을 축였다.

더 만져 달라는 애원의 말을 대신하듯 붉은 입술을 벌리고 욕망으로 흐려진 거친 숨을 몰아쉬었다. 그녀의 반응이 더욱 농밀해진 것을 알아차린 것인지 그의 손이 윗옷을 들추고 브래지어까지 한 번에 밀어 올렸다.

그토록 보기를 원하던 가슴을 드디어 차지한 그가 으르렁대듯 기쁨의 신음을 흘렸다.

“부드러워. 이렇게 부드러울 줄은 몰랐어.”

그녀의 매끄러운 살갗에 완전히 빠져든 그가 시현의 어깨를 살짝 물고는 손에 힘을 주었다. 적나라하게 솟아오른 유두를 손가락 두 개로 비비다 이내 엄지손가락으로 굴리며 만족스러운 웃음을 흘렸다.

세강이 시현의 귓불을 빨아들이며 손을 움직였다. 가슴에 머물러 있던 한 손을 조금씩 아래로 내려 그녀가 입고 있는 바지의 단추를 푼 다음 지퍼를 내리고 과감하게 팬티 속으로 밀어 넣었다.

"하악."

그의 손가락에 꼬불거리는 음모가 엉키자 그는 더욱 자극적으로 손가락을 놀렸다. 두 개로 갈라진 가운데 길로 제 손가락을 찔러 넣고 위아래로 은근히 비벼 대자 그녀의 깊은 곳에서부터 욕망으로 달궈진 눈물이 흘러내렸다. 조금은 질척하고 매끄러운 그것을 열렬히 반기며 그는 손가락 가득 그것을 묻혔다.

가슴과 음부가 동시에 그의 손 아래에 지배당하고 속절없이 휘둘리자 숨이 가빠져 오고 몸이 꼬인다. 그녀는 가랑이 사이에 그의 손을 가두는 것처럼 다리를 모았다. 저도 모르게 한 행동이었지만 그것이 그의 욕망에 불씨를 당겨 버리리라고는 생각조차 못했다.

그는 재빨리 그녀의 다리 사이에 갇혀 있던 손을 빼내더니 시현의 몸을 홱 돌려 시선을 맞춰 왔다. 갈증이 고스란히 담겨 있는 뜨거운 눈빛으로 그녀를 바라보던 그가 손을 뻗어 볼을 감싸고 엄지손가락으로 입술을 더듬었다.

홀린 듯 그의 눈만 쳐다보고 있던 시현은 입술을 더듬은 그의 손가락을 살짝 핥았다. 자신이 어떤 행동을 했는지조차 알지 못하는 몽롱함에 빠져 있던 그녀의 입술에 그의 것이 닿았다.

게걸스럽게 그녀의 입술을 핥던 그가 허겁지겁 입술 사이로 혀를 밀어 넣고 마구 휘저어 대며 시현을 몰아붙였다.

그는 목울대 아래 깊은 곳에서부터 올라온 욕망으로 가득 찬 신음을 뱉으며 시현의 윗옷을 단번에 벗겨 던져 버렸다. 잡아 뜯을 듯 브래지어마저 벗긴 그가 황홀하다는 눈빛으로 그녀의 가슴을 응시했다.

"굉장해."

소곤거리듯 중얼거린 그가 이내 입맛을 다셨다. 조금 전까지 제 마음껏 주물러 대던 봉긋하게 솟아오른 두 개의 언덕을 향해 떨리는 손을 내밀었다.

닿을 듯 말 듯 조심스럽게 가슴을 어루만지던 그가 시현을 빤히 응시했다. 만져도 괜찮냐는 허락을 구하는 눈빛으로. 시현은 붉게 달아오른 얼굴로 작게 고개를 끄덕였다.

"믿을 수가 없어."

그는 제 손 아래 이지러지는 그녀의 가슴을 바라보며 넋을 놓았다. 시현은 그런 그를 보며 여자로 태어난 것에 감사했다. 그의 욕망을 자극하는 존재가 바로 자신이라는 점이 무척이나 마음에 들었다.

세강은 시현의 가슴을 손에 쥐면서 그녀의 입술 사이를 가르고 혀를 밀어 넣었다. 따스하게 데워진 그곳을 속속들이 훑으며 그녀의 혀를 제 입안으로 초대했다. 시현은 수줍게 그의 입안으로 들어가 자신을 건드리는 그의 혀와 진득하게 얽혔다.

"하아, 하아."

숨 쉴 틈도 없이 그녀를 몰아붙이는 그로 인해 시현은 정신을 차릴 수가 없었다. 귓불을 핥는가 싶더니 이내 목덜미에 입술을 붙이고 떨어질 생각을 하지 않는다. 쇄골을 혀로 날름거리며 맛을 보다가 아끼고 아껴 두었던 것을 맛보듯 그녀의 유두를 슬쩍 핥아 올렸다.

시현은 촉촉한 혀가 할짝거리듯 움직이는 것을 게슴츠레한 눈으로 응시하고 있었다. 야하다. 그의 타액이 묻은 유두는 자신을 뽐내듯 더욱 고개를 치켜들었고 그 미묘한 반응을 귀신같이 알아챈 그가 흐릿한 눈으로 그것을 물끄러미 바라보다 덥석 베어 물었다.

"아!"

강한 힘으로 가슴 끝을 빨아들이는 통에 시현의 입에서 신음 소리가 높아졌다. 고통스러우리만치 욕심을 부리는 그를 차마 말리지도 못하고 그냥 가슴을 내어 준 채 시현은 허리를 비틀었다. 왜 아프면서도 짜릿한 걸까. 자신도 몰랐던 변태적인 성향이 제게 있는 걸까?

혼란 속에 내던져진 시현은 생각이라는 걸 저 멀리 날려 버리고 그가 주는, 탄성을 자아내는 감각에 몸을 맡겼다.

한참 동안 시현의 가슴에 고개를 묻고 떨어질 생각을 하지 않던 그가 어렵사리 고개를 들었다. 시현을 갖겠다는 욕구로 혼탁한 눈동자에 열기가 고였다. 그의 타액을 잔뜩 묻힌 그녀의 가슴 끝이 요염하게 자태를 뽐내며 그를 유혹했다.

그의 시선이 제게 향해 있는 것이 좋기만 했다. 그것도 욕망을 감추지 않고 거친 남자의 포스를 풍기는 그라면 더할 나위 없이 환영이었다. 마치 그의 시선을 즐기는 색녀가 되어 버린 느낌에 얼굴이 붉게 타올랐다.

상체를 온전히 드러낸 모습으로 그의 아래 누워 있던 시현이 부끄러움에 몸을 살짝 돌리자 그의 미간이 대번 찌푸려졌다. 그녀의 몸을 감상하고 있는데 방해를 받은 게 꽤나 마음에 들지 않는 모양이다.

"가리지 말고 보여 줘."

지독하게 잠긴 목소리가 작게 흘러나왔다.

"그만."

강렬한 시선이 부담스러운 시현이 도리질 쳤지만 그는 그녀의 거부를 무시하고 손을 뻗었다. 그녀가 정신을 차리기 전에 빠른 손놀림으로 바지와 팬티를 단번에 벗겨 버린 그가 촉촉하게 젖어 있는 그녀의 음모를 부드럽게 어루만졌다.

부끄럽다. 부끄러워 미칠 것 같았지만 몸을 가릴 만한 것은 아무것도 없었다. 그녀를 태워 버릴 듯한 강렬한 시선이 부담스러워 최대한 몸을 작게 움츠리자 그는 자신의 옷가지를 정신없이 벗어 던지고 덮치듯 몸을 낮췄다.

"예뻐."

시현의 귓가에 작게 속삭이는 말에 약하나마 저항의 손짓을 하던 것도 그만두게 되었다.

그녀의 몸인데 제 것이 아닌 것만 같았다. 그의 손길이 닿은 가슴과 허리, 배꼽 아래 평평한 부분과 그 아래 도톰한 언덕까지…… 그녀의 입술을 깊게 베어 문 그가 허벅지를 쓸어 올리며 몸을 더욱 낮췄다.

가리는 것 하나 없이 서로 맞닿은 살결이 주는 낯선 느낌에 정신이 아득하게 변해 가고 끈질기게 따라붙는 그의 입술로 인해 연신 숨이 부족해져 왔다.

"하아. 하아."

시현은 가쁜 숨을 뱉어 내는 그녀를 잠시도 가만히 놔두지 않는 그의 어깨를 힘겹게 부여잡고 꽉 다물린 다리를 벌리려는 그의 손길에 몸을 움츠렸다.

"제발."

애절하게 울리는 음성과 함께 간절함을 담은 손길이 이어졌다.

잠시 방심한 틈을 이용해 그녀의 다리 사이에 자리를 잡은 세강이 묵직하게 부푼 자신의 남성을 잡고 촉촉한 가운데 길을 따라 느른하게 움직였다.

열락의 눈물을 잔뜩 묻히고 의기양양하게 번들거리는 웃음을 짓는 그의 남성을 제대로 쳐다보지도 못하는 시현은 그저 눈을 꼭 감고 연신 입술을 핥았다. 바짝 마르는 입술과 자꾸만 뜨거워지는 몸뚱이로 인해 그저 도망가고 싶다는 생각만 들었다.

음탕해 보이는 제 모습이 낯설고 욕망을 가감 없이 드러낸 그 역시 그녀가 알고 있던 세강이 아닌 것 같았다. 완벽한 모양을 자랑하는 붉은 빛이 도는 입술을 꾹 다물고 성난 황소처럼 거친 숨을 뿜어내는 그를 보며 문득 두려움이 솟아났다.

이대로 괜찮을 걸까?

"아흣."

순간적으로 그녀의 다리 사이, 깊디깊은 곳을 파고든 손가락으로 인해 시현은 펄쩍 뛰어오르며 생각의 고리를 끊어 내었다.

숨 돌릴 틈도 없이 밀어붙이는 음란한 손짓에 정신은 점점 흐릿해져만 갔다.

그가 그만뒀으면 하는 마음과 더 깊은 곳을 만져 줬으면 하는 마음이 교차하며 시현을 흔들었고, 귀 가까이서 들리는 억눌린 신음 소리는 그녀의 이성을 앗아 가기에 충분했다.

찌르고 비비고 누르고 문지르고……. 쉼 없이 이어지는 공격에 그녀의 여성은 계속해서 눈물을 쏟아 내었다. 은밀한 곳을 집중적으로 건드리는 그를 밀어내지도 못하고 시현은 꺽꺽 숨넘어가는 신음만 쏟아 내었다.

"앗."

여기저기를 찔러 대는 그의 분신을 피해 엉덩이를 비틀던 시현이 당혹감에 입술을 깨물었다. 이런 건 누가 가르쳐 주지 않아도 막상 닥치면 자연스럽게 다 한다고 들었던 말은 다 거짓말이다.

제가 머물 자리를 찾지 못해 버벅거리며 그녀의 여성 주위를 찍어 누르는 세강과 아픔을 피해 달아나려는 시현이 만났으니 일이 제대로 이루어질 리가 없었다.

시현의 깊은 곳에 숨겨진 공간을 손으로는 귀신같이 찾아내던 사람이 막상 제 남성 차례가 되자 정신을 못 차리고 헤매기만 했다.

벗은 그의 몸을 똑바로 바라볼 엄두도 내지 못하는 시현이 그의 남성을 잡고 과감하게 자신의 그곳으로 이끌 수도 없는 일이다 보니 속절없이 시간만 흐르고 매끈거리는 그녀의 체액과 더불어 긴장으로 똘똘 뭉친 그의 땀이 뒤섞여 가까이 다가서는 것 또한 쉽지 않았다.

붉게 물든 얼굴로 한없이 끙끙대던 그가 서릿발 같은 기세로 시현의 다리를 양옆으로 벌리고 고개를 숙여 자신의 분신이 들어갈 입구를 확인했다.

"세강 씨."

민망하게 벌어진 다리로 바동거리며 그의 손아귀에서 벗어나려 애를 썼지만 그는 꼼짝도 하지 않고 오히려 손가락 하나를 밀어 넣었다.

시현은 붉은 꽃잎을 가르고 촉촉하고 매끄러운 길을 따라 몇 번이고 손가락을 넣었다 뺐다를 반복하는 그를 흐릿한 눈으로 쳐다보았다.

윤기 흐르는 혀가 그의 입술 사이에서 빼꼼히 고개를 내밀어 천천히 입술을 축였고 온 신경을 집중해 그녀의 민망한 곳을 쳐다보는 눈빛은 반짝임을 넘어 동물적으로 번득였다.

"하악."

그의 손가락이 시현의 좁은 골짜기 안의 한 부분을 건드림과 동시에 그녀가 몸을 비틀었다. 벼락처럼 내리꽂히는 짜릿함에 허리가 휘고 입술이 크게 벌어졌다.

"아~"

그녀의 격한 반응에 놀라움을 감추지 못한 그의 입가에 흐릿한 미소가 걸렸다. 풀이 죽어 어쩔 줄 모르던 조금 전과 다르게 자신감을 회복한 그가 느리게 몸을 맞대며 그녀의 다리 사이에 자릴 잡았다.

"흐흡. 아읏!"

"크읏."

시현은 고통을 참으려 이를 악물었다. 꽉 다물린 곳을 억지로 벌리며 들어서는 강렬한 고통에 눈물이 고였다. 방울방울 말간 액을 뿜어 대던 그의 분신이 제대로 된 방향을 잡고 거침없이 움직였다. 단번에 그녀의 안을 차지한 것은 아니었지만 조금씩, 조금씩 자신의 영역을 넓히다 마침내 그녀의 안에 자신을 묻었다.

온전히 그의 분신을 집어삼킨 시현이 꼼짝도 못하고 바들거리자 그는 이를 사리물고 눈을 감았다. 조심스레 그녀의 허벅지를 쓸어내리고 어루만지며 시현의 고통이 잦아들기를 기다려 주었다.

"더는 못 참겠어."

억눌린 신음을 토해 내며 세강이 허리를 움직이기 시작했다.

길이 들지 않아 빽빽한 그녀의 안을 후벼 파듯 천천히 공략했다. 익숙해지지 않을 것 같은 아픔에 시현은 다리를 모으고 그의 가슴을 밀었지만 그는 오히려 그녀의 다리를 벌리고 더욱 깊게 자신을 밀어 넣었다. 그리고 시현의 가슴이 짓이겨지도록 꽉 끌어안고는 그녀의 은밀한 공간에 자신을 새겨 넣었다.

폭풍처럼 그들을 덮친 열락의 기운은 그 기세를 누그러트리지 않고 매섭게 몰아쳤다. 정신을 차리지 못할 정도로 빠르고 강렬한 쾌락에 휘둘리던 시현은 힘겹게 숨을 몰아쉬며 헐떡였다.

이제 그만했으면 좋겠는데 그는 멈출 기미가 보이지 않았다.

헉헉거리며 뜨거운 숨을 몰아쉬다 오아시스를 찾는 사람처럼 허겁지겁 입술을 밀어붙여 질리도록 혀를 감싸다 이내 목덜미에서 조금은 편안해진 숨을 내쉬었다.

그사이에도 나른하게 움직이는 그의 골반은 그녀에게서 떨어지기가 무섭게 다시 붙어 왔다. 가슴 끝이 쓸릴 정도로 깨물고 빨아대다 시현의 신음이 깊어지면 살살 부드럽게 달래 주듯 혀로 할짝거렸다.

분명 열심히 공부를 하고 있었는데 어느덧 다른 공부에 정신이 팔려 목이 쉬도록 신음을 흘리고 있었다. 그의 품에 안긴 채 속절없이 흔들리던 시현이 붉게 변해 버린 눈을 꼭 감았다.

"하아, 하아."

"사랑해. 사랑해, 시현아."

달뜬 호흡을 뱉어 내는 중간중간에 그녀의 이름을 계속해서 부르며 사랑한다 말하는 사람이 처음이라 다행이다. 그녀를 온통 흔들어 대며 자신의 열정을 주체하지 못하는 그가 자신의 처음이라 정말 다행이다.

힘겹게 고통을 참아 내던 시현이 흐릿한 미소를 지으며 뜨겁게 그를 품에 안고 속삭였다.

"사랑해요."

기나긴 시간이 지나고 시현의 목덜미에서 숨을 고르던 그가 다정하게 눈을 맞춰 왔다. 제 욕심만 차려서 미안하다고 눈꼬리를 살짝 내린 얼굴로 안타까움을 표현했다. 홍조를 띤 볼로 부끄럽게 미소 짓는 그를 보며 넋을 잃었다.

어쩌자고 이렇게 예쁘게 생겨서…… 화도 못 내겠다.

"무거워요."

잔뜩 가라앉은 제 목소리가 너무도 낯설다.

"그래."

"……비켜 줘야죠."

"응."

대답만 하고 꼼짝도 하지 않는 그의 어깨를 살짝 밀었지만 그는 도리어 시현의 가슴 사이에 고개를 묻었다.

"빼고 싶지가 않아. 계속해서 이대로 있었으면 좋겠어."

웅얼거리듯 하는 말에 시현의 얼굴이 확 붉어졌다. 적나라하고 노골적인 장면이 연상되자 당혹감에 두 손으로 얼굴을 가렸다. 정말이지 창피한 것도 모르는 사람이다.

“힘들어?”

통통 부어 있는 그녀의 가슴을 살살 어루만지며 묻는 말에 시현이 고개를 끄덕이자 하고 싶지 않은 일을 어쩔 수 없이 해야 하는 사람처럼 입술을 쭉 내밀고 최대한 느리게 몸을 일으켰다.

“헉!”

그의 남성이 빠져나간 길로 그의 정액과 애액이 뒤엉킨 가운데 혈흔이 보이자 세강의 얼굴이 하얗게 질려 갔다.

“많이 아파? 어쩌지?”

“괜찮아요.”

“거짓말 마. ……병원에 가야 하나? 아니면 약이라도 발라야 해?”

당혹감이 역력한 얼굴로 그녀의 눈치를 살피는 그를 보니 웃음이 나왔다. 자신이 그녀를 아프게 했다는 자책에 땅에 머리라도 박을 기세였다.

새까만 눈동자에 가득 들어찬 죄책감에 놀란 것도 잠깐, 뒤를 이은 그의 말에 시현은 기함할 듯 놀라 입만 벙긋거렸다.

“미안, 미안해. ……다신, 다시는 안 할게.”

“뭐요?”

비명처럼 내지른 말에 그는 더 깊게 고개를 숙이며 진심을 다해 대답했다. 그리고 시현은 앞으로 평생 수절하고 살아야 할지도 모른다는 생각에 머리가 핑 돌며 어지러움을 느꼈다.

“진짜야. 믿어 줘.”

“이 인간이 정말.”

❀

동영상 강의를 들으며 요점 정리를 하는 시현을 원망 어린 눈으로 바라보았다. 자신만 봤으면 좋겠는데, 지금 그녀의 안중에 그는 눈곱만큼도 존재하지 않았다.

무엇을 물어도 시큰둥하게 대답하는 그녀의 태도에 할 말을 잃었다.

방해하고 싶지 않은데, 방해해서는 안 된다는 것도 아는데……. 지금 이 시간이 시현에게 얼마만큼 중요한지도 잘 알면서 자꾸만 허전해져 오는 가슴 탓에 그녀의 주위를 맴돌며 귀찮게 하고 있었다.

'한 번만 봐 주라.'

처음엔 그냥 그녀가 그에게 관심을 조금만 나눠 주길 바라는 마음이었다. 공부는 내팽개쳐 두고 그를 봐 달라는 것이 아니라 잠시 동안 눈을 마주하고 다정한 미소를 지어 주길 원했다.

시현의 등에 매달려 투정 부리듯 목덜미에 코를 박은 건 정말이지 계획에도 없는 일이었다. 실수였을까? 코끝에 맴도는 그녀의 체향에 정신을 놓아 버린 그가 자신도 모르게 입술을 움직였다.

그녀를 유혹하듯 은근하게 입술을 달싹이며 제 욕심을 드러내자 시현이 등을 기대 왔다. 그녀의 반응을 살피며 조심스럽게 손을 움직여 탱글탱글한 젖가슴을 양손에 가득 쥐었을 때는 정말이지 숨이 멎을 만큼 감격에 겨웠다.

옷 위로 만지던 것과 비교할 수 없을 정도의 황홀한 촉감에 취해 정신이 혼미해졌다.

시현의 팬티 속으로 손을 밀어 넣은 것이 언제였는지 정확하게 기억이 나지 않았다. 가슴을 주물럭거리며 기쁨에 탄성을 쏟아 내다 정신없이 그녀의 몸을 더듬었다.

그의 피부와 다르게 매끈하고 부드러운 그녀의 살결에서 손을 떼고 싶지 않았다.

"하아."

척추를 타고 흐르는 짜릿함에 일순간 정신을 놓을 뻔했다. 터질 듯 부푼 남성이 좁은 골목 같은 길을 따라 뜨겁게 데워진 공간을 파고들었을 때의 느낌은 이루 형용할 수 없을 만큼의 강력한 쾌감이었다.

태초의 모습으로 진득하게 엉켜 그녀의 빈 공간을 꽉 채운 것이 자신이라는 게 믿기지 않았다. 그녀를 가지려고 계획적으로 움직인 건 아니었지만 언젠가는 이런 날이 올 거라는 걸 알고 있었다. 생각보다 그것이 빠르긴 했어도 절대 후회는 없다.

다만 아쉬운 것이 있다면 그가 지금보다는 나은 모습이었으면 하는 것이었다. 제 인생을 스스로 계획하고 설계하면서 한 사람의 남자로 우뚝 선 모습이었다면 더 좋았을 것 같다.

"가지 마."

향긋한 체취만 가득 남기고 집으로 돌아가는 시현을 잡고 싶었다. 영원히 그녀와 함께 있을 수 있다면 얼마나 좋을까. 때가 되면 집으로 돌아가는 것이 아니라 그가 있는 곳이 집이 되어 시현이 찾아올 수만 있다면 더 바랄 것이 없을 텐데.

지금보다 당당하게 그녀를 지켜 줄 바람막이 같은 남자가 되어야만 했다. 그녀가 믿고 기댈 수 있는 믿음직한 남자가 말이다.

시현을 떠올리자 대번 뜨거워지는 몸뚱이를 주체하지 못한 그는 열심히 팔굽혀펴기와 윗몸일으키기를 했다. 건강을 위해 운동을 해야 한다며 방 하나 가득 운동기구를 채워 둔 형에게 감사의 인사라도 해야 할 판이다.

"후우, 후우."

열심히 런닝머신 위를 달리던 그가 슬쩍 인상을 구겼다.

아무래도 지금까지 거들떠보지도 않았던 이것들과 친하게 지낼 것 같은 불길한 예감이 들었다.

16. 네가 있기에

"헉. 헉. ……택시."

급한 마음에 차도에 내려선 시현이 미친 듯이 손을 흔들었다.

"무슨 이런 거지 같은 일이 다 생겨."

원망스러운 눈으로 하늘을 한번 쳐다보던 시현이 울상을 지었다.

제길, 필요 없을 땐 징그럽게도 많이 다니던 택시가 정작 필요할 땐 한 대도 보이지 않는다. 무슨 머피의 법칙도 아니고…….

"제발 좀."

시험에 필요한 책과 그의 삶에 도움이 될 만한 책을 구입하러 서점에 온 시현은 모처럼 느긋하게 책을 고르고 그와 함께 먹을 치즈케이크까지 구입했다.

버스나 지하철을 타고 가도 되지만 자신을 기다리고 있을 세강을 생각하면 그래도 택시가 낫다는 결론을 내리고 밖으로 향했다.

이것저것 들고 있느라 양손은 무거웠지만 기분만은 가벼워 경쾌하게 문을 연 순간, 시현은 그대로 굳어 버렸다.

쏴아아아. 투둑투둑.

"오늘 비 온다는 말은 없었는데……."

언제부터 내리기 시작했는지 잘 모르겠지만 아무리 인상을 쓰고 노려봐도 엄청난 양의 비가 쏟아진다는 사실엔 변함이 없었고 기상청에 항의 전화라도 하고 싶은 기분에 절로 입매가 비틀어졌다.

뭐 이런 재수 없는 경우가 다 있는지.

'아! 세강 씨.'

이 정도로 세차게 비가 오는데 그에겐 연락조차 없었다.

이젠 괜찮아진 건가? 자신을 옭아매던 고통의 기억을 털어 낸 듯 조금은 후련하고 안정적으로 보이던 그의 모습이 떠올랐지만 가슴 밑바닥에 잔뜩 웅크리고 있는 불안이란 녀석이 슬슬 고개를 든다.

혹시나 책상 밑에 들어가 바들바들 떨고 있는 건 아닌지, 이불을 뒤집어쓰고 땀을 뻘뻘 흘리고 있는 건 아닌지 당장 눈으로 확인해 봐야 안심이 될 것 같아 편의점에서 산 우산 하나에 몸을 맡긴 시현이 애가 타 종종걸음을 쳤다.

하지만 아무리 발을 굴러도 택시가 잡히지 않았다.

어서 가야 하는데, 절대 혼자 두지 않겠다고 약속했는데…….

이런 날씨에 택시를 잡는다고 설치는 자신이 잘못된 걸까. 마음은 급한데 차는 안 잡히고 비는 야속하게도 억수같이 쏟아져 내렸다.

가을비치고는 제법 많은 양이라 신발과 바지 밑단은 벌써 흠뻑 젖어 무겁기까지 했다.

가방을 한쪽 어깨에 둘러메고 책이 든 쇼핑백과 치즈케이크를 한 손에 몰아 쥐고 나머지 한 손은 연신 눈에 보이는 택시를 향해 팔랑거렸다.

'제발, 제발…… 한 대만.'

그 뒤로 10분 정도를 더 거리에서 조바심치던 시현의 앞에 드디어 주황색 택시가 한 대 멈춰 섰다. 시현은 제가 아는 모든 신들을 들먹여 가며 감사의 인사를 했고 차에 오르는 것과 동시에 빠르게 목적지를 읊었다.

시현은 초조함에 입술을 잘근잘근 깨물고 연신 창밖의 도로상황과 신호등을 흘끔거렸다.

마음은 그를 향해 전력질주를 하고 있는데 현실은 제자리걸음이라 야속함에 눈물이 날 것 같았다.

'너무 막히네.'

앞 유리를 깨트릴 기세로 쏟아져 내리는 빗방울 하나의 크기가 어지간한 조약돌 크기만 했고 쉼 없이 움직이는 와이퍼는 어떻게든 자신을 아프게 하는 빗방울에서 벗어나고자 발악하는 듯 보였다.

설상가상으로 꽉 막힌 도로는 그녀의 마음과 달리 차들이 마음껏 달리는 것을 허락하지 않았다.

혼자 있는 그가 신경 쓰여 견딜 수가 없었다. 일단 목소리라도 들어야 안심이 될 것 같아 전화를 걸어 봤지만 그는 끝내 전화를 받지 않았다. 그와 통화라도 했다면 불안감이 조금은 옅어졌을 텐데…….

한참 뒤 기사님께 부탁해 세강의 집 대문 앞에서 하차한 시현이 잔돈은 받을 생각도 못 하고 허겁지겁 대문을 열어젖혔다.

대문에서 현관까지의 거리가 왜 이렇게 먼 걸까? 그가 기다리고 있는데, 가서 그를 꼭 안아 줘야 하는데……. 야속하게도 두 다리는 제 의사와 상관없이 느리게만 움직였고 쏟아지는 빗방울은 자꾸만 눈앞을 가렸다.

그녀가 올 때쯤이면 항상 현관 근처를 서성이는 세강이 오늘은 보이지 않아 그곳은 휑하고 을씨년스럽게 보이기까지 했다.

"세강 씨!"

현관문을 열고 빗물에 푹 젖은 신발을 어렵사리 벗겨 내고 거실로 뛰어 들어가며 소리쳤다. 자신이 왔다고, 그러니 안심하라는 의미를 담아 크고 우렁차게 그의 이름을 불렀다.

"민시현."

가느다랗게 들리는 음성에 시현은 그 자리에 멈춰 서고야 말았다.

거실 창을 등에 지고 바닥에 앉아 있던 그가 시현을 보며 희미하게 미소 지었다.

"천천히 와도 되는데……."

하얗게 질린 얼굴로 입가엔 아련한 미소를 머금고 입을 여는 그가 왜 이리 아파 보이는 걸까? 부들부들 떨리는 손을 꼭 쥔 채,

비 오는 날의 고통을 어떻게든 이겨 내 보려 애쓰는 그를 보자 왈칵 설움이 밀려들었다.

오랫동안 그를 괴롭혀 왔던 고통과 아픔이 단번에 사라지기가 어렵다는 건 잘 알고 있었다. 그래도 자꾸만, 이제 그만 아파했으면 어서 벗어났으면 하는 생각이 드는 건 멈출 수가 없었다.

"괜찮아요?"

힘든 걸 참고 있는 그에게 호들갑을 떨고 싶지 않았다. 대답할 기운도 없는 걸까? 아님 자신을 보고 안심한 걸까? 힘겹게 뜨고 있던 눈을 꼭 감는 그를 보자 절로 손이 움찔거렸다.

'언제부터 이랬어요? 전화라도 하지 왜 이러고 있어요.'

원망 어린 말이 튀어나올 것만 같았다. 힘들면 힘들다고, 아프면 아프다고 얘기를 해 주면 안 돼요? 언제까지 혼자 고통스러워하려고 이래요?

그녀도 알고 있었다. 딱히 자신이 그를 위해 해 줄 수 있는 일이 없다는 사실을. 고작해야 곁에서 손을 잡아 주는 것 외엔…….

알면서도 자꾸만 서운한 감정이 드는 건 막을 수가 없다.

"내가 세강 씨 주려고 책도 사고 치즈케이크도 사 왔거든요. 맛있다고 소문난 제과점 건데 우리 같이 먹어요."

복잡한 감정을 갈무리하고 평소처럼 말을 건넨 시현은 그제야 제 손에 들고 있던 물건을 찾기 시작했다. 주위를 두리번거리던 그녀는 현관 앞에 처참하게 팽개쳐진 케이크 상자를 보고 한숨을 내쉬었다.

급한 마음에 잘 벗겨지지 않는 신발을 벗으려다 저렇게 되었구나. 그래도 좀 살살 내려놓을걸. 뒤늦은 후회가 가슴을 스치고 사라진다.

“어쩌죠? 치즈케이크는 수저로 떠먹어야겠어요.”

케이크를 쳐다보던 시현이 천천히 그에게 다가가 그의 옆에 쪼그리고 앉아 주먹을 꽉 쥐고 있는 그의 손을 슬그머니 잡았다.

“서점에서 나오다 보니 비가 엄청나게 오는 거 있죠. 짐은 많은데 우산도 없죠. 겨우겨우 택시를 탔는데 차까지 막히니까 얼마나 짜증이 나던지……. 오는 내내 얼마나 투덜거렸는지 몰라요.”

그녀는 조곤조곤 이야기를 풀어놓았다. 꾀꼬리 같은 목소리는 아닐지라도 그가 자신의 목소리를 듣고 조금이라도 안정을 찾았으면 하는 바람에서 말하는 걸 멈추지 않았다.

나중에 귀 따갑다고 하려나? 귀가 아프다고 타박해도 좋으니 그를 힘들게 하는 기억에서 벗어났으면 좋겠다. 지금 자신이 할 수 있는 일은 고작 이것뿐이니 말이다.

“배고프지 않아요? 난 아침도 안 먹었더니 무지 배고픈데…….”

“…….”

“케이크 가져올게요. 잠시만 있어요.”

시현은 슬그머니 일어나 현관 앞으로 향했다. 비에 젖은 채로 내던져진 케이크 상자를 보자 절로 한숨이 나왔지만 최대한 온전한 부분을 찾아보고자 그것을 들고 주방으로 향했다.

상자를 열고 내용물을 확인한 시현의 이마가 와락 구겨졌다.

“아주 엉망이네.”

촉촉한 윤기를 잃은 케이크는 한쪽으로 쏠리고 뭉개져 처음 모습을 찾아볼 수가 없을 정도라 절로 입맛이 떨어졌다.

그래도 우울할 땐 단것을 먹으면 조금은 낫다고 하니 이것이라도 없는 것보단 낫다고 위로를 삼고 그나마 제일 온전한 부분을 골라 접시에 담았다. 그리고 심신에 안정을 주고 불안을 가라앉히는 진정효과가 있는 카모마일차도 함께 준비해 주방을 나섰다.

차에서 우러나오는 은은한 향기를 가슴 깊이 들이켜며 천천히 그에게 다가가던 시현의 눈에 소파 옆 탁자에 놓인 앨범에 들어왔다.

그녀는 분명히 보았다.

회한으로 가득한 눈물과 함께 사고 당시 이야기를 털어놓은 뒤 슬그머니 모습을 드러낸 것이 바로 저 앨범이었고 그가 수시로 저 앨범의 겉표지를 조심스럽게 쓸어내리면서도 차마 펼쳐 보지 못하고 슬그머니 내려놓곤 하는 걸 말이다.

시현은 그의 곁에 쟁반을 내려놓고 앨범을 집어 들었다.

괜찮을까? 차마 이것을 펼치지 못하는 이유가 있을 지도 모른다. 조금씩 안정을 찾아가는 그에게 오히려 해를 끼칠 수도 있다. 손안을 가득 채우는 무게감에 잠시 망설이던 그녀가 입술에 힘을 주었다.

일단 부딪쳐 보자.

"세강 씨, 케이크 가져왔어요. 우선 이거 먹고 이따가 부침개 해 먹어요."

"……돼지야?"

"뭐요?"

"그거 먹고 뭘 또 먹으려고."

다행히도 많이 나아졌다. 조금 전보다 기력을 회복한 것이 분명한 음성에 안도감이 찾아왔다. 비록 대화의 내용이 마음에 차진 않지만 말이다.

"모르는 소리. 비 오는 날엔 부침개가 제격이라고요. 알지도 못하면서……."

"핑계는."

"아니거든요. 나름 과학적인 근거가 있어요. 비가 오면 체온을 많이 뺏기니까 고칼로리 음식이 당기고 그중에서 고소한 기름 냄새가 폴폴 나는 부침개가 딱이라는 거죠. 냉장고에 남아도는 재료를 이용해서 뚝딱 만들 수 있으니까."

그의 앞에 털썩 주저앉으며 시현이 입술을 삐죽였다. 똑바로 맞춰지는 시선. 이제야 자신의 모습이 그의 눈동자에 제대로 담겼다.

"일단 먹어요."

"……이걸 지금 먹으라고 가지고 온 거야? 누가 버린 거 주워 왔어?"

쟁반을 그의 앞에 밀어놓자 표정이 오묘해지더니 기어코 한 소리를 한다.

말을 해도 꼭……. 잠시 전까지 그가 걱정돼 가슴 아파하던 게 억울할 지경이었다. 이제 제대로 정신을 차린 건지 의외의 것으로 구시렁대는 그를 보자 헛웃음이 터졌다.

"우씨, 먹지 마요. 남은 비바람을 뚫고 힘들게 가져온 거구만."

"누가 들으면 토네이도라도 뚫은 줄 알겠네. 그리고 남? 지금 우리가 남이라고 한 거야?"

"지금 그 말을 하던 게 아니잖아요. 요점이 벗어났다고요. 요점이!"

부루퉁한 그녀의 대답에 그는 살짝 미소를 지으며 시현의 머리카락을 흐트러뜨렸다. 말은 하지 않았지만 그의 마음이 담긴 손길에 불안하게 뛰던 심장이 차분하게 가라앉았다.

작은 수저로 케이크를 떼어내 입으로 가져가는 세강을 잔잔한 표정으로 바라보던 시현이 옆에 두었던 앨범을 들고 그의 안색을 살피며 물었다.

"그런데 나, 이거 봐도 돼요?"

"……."

"보면 안 돼요?"

무슨 생각을 하는 걸까. 심란해 보이는 눈길이 앨범에서 떨어질 생각을 안 한다. 괜한 짓을 한 건가 싶어 됐다고 말하려는 순간 그의 입이 열렸다.

"그래, 보자."

"정말 봐도 되는 거죠?"

다시 되묻는 그녀의 말에 그는 고개를 끄덕였다.

"우와! 이거 출생증명서네요. 우하하하. 세강 씨, 태어났을 때 3.2kg이었네. 나보다 작았구나. 난 3.4kg이라고 했는데."

허락의 말이 떨어지기가 무섭게 앨범을 열어젖힌 시현이 눈을 반짝였다. 생각지도 못한 출생증명서에 이어 눈도 뜨지 못한 아기 얼굴이 담긴 사진과 발도장을 쓸어 보며 흐뭇한 미소를 지었다.

"어쩜, 세강 씬 태어날 때부터 예뻤구나. 이거 봐요. 진짜 작다. 그죠?"

"어."

아련한 표정으로 앨범에서 눈을 떼지 못하는 그를 흘끔 쳐다본 시현이 애써 시선을 돌렸다. 그의 성장기록이 담긴 사진과 그 사진을 설명하는 메모들이 빼곡한 앨범은 보통 정성으로 만들어진 것이 아니었다.

"처음으로 몸을 뒤집은 날, 낑낑대느라 얼굴이 빨개진 세강이. 가까운 공원으로 첫나들이. 여기저기 둘러보느라 정신이 없다."

생일날 고깔모자를 쓰고 환하게 웃는 모습은 정말 예뻤고, 뭔가 성에 차지 않은 듯 잔뜩 심통 난 모습을 보면서 자꾸만 웃음이 나와 참느라 힘이 들었다. 또 장난감을 들고 환하게 웃고 있는 모습은 너무 사랑스러웠고 학교에 갓 입학한 그의 어색한 표정을 따라 하며 장난을 걸었다.

우월한 외모를 지닌 형제임을 자랑하듯 사진 곳곳에 모습을 드러낸 어린 종혁의 모습 또한 시선을 잡아끌어 앨범을 보는 재미가 쏠쏠했다.

꼼꼼히 사진을 살피고 적어 놓은 메모를 읽던 시현이 단란해 보이는 가족사진을 훑으며 중얼거렸다.

"세강 씬, 어머니를 닮았나 봐요. 여기 웃는 모습이 똑같아."

"……그랬나."

"무슨 말이 그래요. 여기 좀 자세히 봐요. 세강 씨랑 어머니랑 얼굴 라인이며 눈매, 입매가 똑같이 생겼잖아요. 완전 붕어빵이야."

시현의 시선을 좇아 사진을 바라보던 눈동자가 그리움을 담은 채 그대로 굳어 버렸다. 미동도 없이 그것을 바라보던 그의 입가에 씁쓸한 미소가 떠오르는 것을 보며 시현은 몇 번 입술을 달싹이다 말았다.

위로의 말이라도 해야 할 것 같은데, 뭐라 얘기를 해야 할는지 도무지 떠오르지가 않아 묵묵히 그의 곁을 지켰다. 가족사진과 함께 붙어있는 메모에는 그가 건강하게 자라기를 바라는 어머니의 마음이 가득 담겨 있었다.

이것을 정리하면서 무슨 생각을 하셨을까? 조심스런 손길로 사진을 쓸어내리는 모습이 눈에 보이는 듯했다.

한 장 한 장 사진을 들여다보며 살포시 미소를 지으셨겠지? 그 다음에 앨범에 사진을 끼워 놓고 정갈한 글씨로 그날의 느낌을 정성껏 쓰셨음이 분명했다.

"사랑 많이 받고 자랐네요."

그의 어머니의 손길이 가득 스민 앨범은 아들을 향한 애정으로 똘똘 뭉쳐 있었다. 이렇게 과분한 사랑을 받고 자랐음에도 그것을 기억하지 못하는 그가 너무나 가엾고 안타까웠다.

시현은 앨범에서 시선을 떼지 못하고 뻣뻣하게 굳어 있는 그의 손을 살며시 쥐고 제 마음을 전했다.

'기운 내요.'

앨범 속의 어린 세강처럼 아무런 걱정 없이 환하게 웃는 얼굴을 찾아 주고 싶었다. 자신의 능력이 어디까지인지 알 수는 없지만 최선을 다해 그의 곁에서 힘을 주는 사람이고 싶었다.

바스라질 듯 아련한 미소를 지은 그가 눈을 맞춰 왔다.

❀

갑자기 쏟아져 내리는 빗방울이 창문을 세차게 두드리는 것과 동시에 숨이 가빠져 왔다. 항상 다음엔 괜찮겠지, 이번엔 안 그러겠지 하고 기대를 가졌다가 무기력하게 처지는 몸뚱이로 인해 절망에 빠지고 만다.

그래도 전보다는 낫다. 이번엔 정신을 놓지 않을 수 있다며 끝없이 자신을 향한 채찍질을 멈추지 않았다. 자꾸만 아득해지려는 정신을 기를 쓰고 붙잡고 힘없이 감기려는 눈꺼풀을 힘들게 끌어올렸다.

조금 있으면 시현이 온다. 그녀가 올 때까지만 자신을 놓지 않으면 된다. 피를 머금은 어머니의 눈동자가 마지막으로 확인하고 싶었던 것은 자신의 안위였을 뿐이다.

"하아. 하아."

수없이 같은 말을 반복해 봐도 무섭게 질주하는 심장은 쉽게 안정을 찾을 생각이 없나 보다. 그래도 이번만은 지고 싶지 않았다.

시현의 걱정 가득한 눈망울도 보고 싶지 않았고 형의 근심 어린 전화도 받고 싶지 않았다.

'민시현, 조금만 빨리 와라.'

버틸 수 있을 만큼 버텨 보려고 하는데 익숙하지 않아서 그런지 자꾸만 어둠속으로 가라앉으려고 한다. 주위의 사물이 흐릿하게 제 색을 잃어 가는 걸 멍하니 바라보다 가까스로 전화기에 시선을 고정했다.

시현에게 전화를 걸까? 언제 오느냐고 투정 어린 말이라도 뱉으면 이 무섬증이 조금은 사라질는지도 모른다.

그는 힘겹게 전화를 향해 손을 뻗다 이내 주먹을 꼭 쥐고 이를 악물었다.

참아야지. 참고 견뎌야지. 아이처럼 자꾸 시현에게 의존할 수는 없다. 당당하고 멋진 남자로 그녀의 곁에 서기로 마음먹은 지 얼마나 지났다고 벌써부터 징징거릴 생각을 하느냔 말이다.

Rrrrr. Rrrrr.

시현일까? 따갑게 귀를 때리는 빗소리 사이로 전화벨이 울렸다.

받아야 하나? 말아야 하나? 분명 그를 걱정해서 전화를 한 것일 텐데 태연한 목소리를 낼 자신이 없다.

확실한 민폐 덩어리가 되었다는 생각에 속에서 쓴물이 올라왔다.

"세강 씨."

시현이 왔다. 역시 걱정했군. 비에 흠뻑 젖은 몰골로 헐레벌떡 뛰어들어 그를 세세히 살피는 걸 보니 안심이 되면서도 허탈한 웃음이 나왔다.

내 여자에게 괜찮은 남자로 보이기는 애초부터 불가능한 일이었다는 자괴감에 그는 슬쩍 눈을 감았다. 오늘은 그 핏빛 구렁텅이에 빠지지 않고 스스로를 지킨 것만으로도 다행이다 생각하자. 그러다 보면 언젠가는 멀쩡한 모습으로 그녀를 맞을 날이 있지 않을까?

그는 시현의 음성에 귀를 기울이며 불규칙하게 뛰는 심장을 다독였다.

잠시 뒤 케이크를 가져온다며 제 곁에서 멀어지는 그녀를 붙잡지 않으려고 그는 갖은 애를 써야 했다. 그깟 케이크 따위 관심도 없다고, 그냥 곁에만 있으라고 소리치고 싶은 것을 이를 악물고 가까스로 참아 냈다.

여기서 더 이상 꼴사나운 모습을 보일 순 없다는 필사적인 노력 덕분에 시현이 돌아왔을 땐 태연하게 행동할 수 있었다.

"……이걸 지금 먹으라고 가지고 온 거야? 누가 버린 거 주워 왔어?"

말은 그렇게 했지만, 케이크가 엉망이 된 것도 모를 만큼 시현이 걱정했을 거라 생각하니 마음이 편치 않았다. 항상 그녀의 고민거리가 되어 버리는 자신의 모습이 한심해 미칠 것만 같았다.

'언제쯤 정신 차릴래?'

자괴감에 빠져 허우적거릴라치면 귀신같이 제 상태를 알아챈 시현이 구원의 손길을 내밀곤 했다. 지금처럼 말이다. 세강은 그 마음이 고마워 희미하게나마 미소 지을 수 있었다.

"그런데 나, 이거 봐도 돼요?"

시현이 슬쩍 내민 것은 앨범이었다.

그가 굳은 마음을 먹고 할머니 방에서 찾아냈음에도 며칠 동안 펼쳐 볼 엄두를 내지 못하고 있던 것. 앨범을 열어 봄과 동시에 무언가 후회할 일이 생길 것 같아 미루고 미뤘던 건데…….

기대감으로 반짝이는 시현의 눈을 보며 거절의 말을 하기란 쉬운 일이 아니었다. 그래 어차피 봐야 한다면 그녀와 함께 있는 이 자리가 더 나을 수도 있다.

그의 허락이 떨어지기가 무섭게 앨범을 열어젖히는 시현을 보자 허탈한 웃음이 새어 나왔다. 이다지도 쉬운 일인데, 그저 손가락 하나만 움직이면 되는 일일 뿐인데, 뭐가 그리 두려워 표지만 쓸고 있었을까?

"세강 씬, 어머니를 닮았나 봐요. 여기 웃는 모습이 똑같아."

앨범 속지를 천천히 넘기며 사진과 메모를 확인하던 시현의 말에 그는 뒷덜미가 싸해지는 기분이었다. 잊고 있었다. 자신이 엄마를 많이 닮았다는 사실조차도…….

세강은 가족사진을 뚫어지게 쳐다보았다.

엄마, 아빠가 이렇게 생겼었구나. 또 형의 모습도 지금과는 많이 달랐다. 자신보다 8살 많은 형이 꽤 어른이라 생각했는데, 이렇게 사진으로 보니 그렇지도 않았다.

'내가 나이를 먹은 거겠지.'

스스로가 너무 한심해 욕이 절로 나왔다.

두려움에 사로잡혀 정작 기억해야 할 것은 모두 잊어버렸다는 것이 어이가 없을 지경이었다. 뭐가 우선이고 뭐가 중요한 건지 생각조차 하지 않았다. 가족과 함께했던 수많은 추억들을 깡그리 잊었고 부모님과 형의 사랑을 듬뿍 받고 자란 이 집의 막내라는 사실도 잊었다.

'멍청한 놈.'

그저 밀어내고 도망칠 궁리만 하느라 정신이 없던 시간이 너무 길었다. 앞으로 그 시간을 어떻게 만회해야 할는지 모르겠다. 정말 모르겠다.

“사랑 많이 받고 자랐네요.”

시현의 말에 숨이 멎는 것만 같았다. 못난 자신이 너무 싫은 날이다.

17. 기다릴게

"시현아."

서점을 다녀온 시현을 기다리는 건 희선의 애절한 음성이었다.

가현이 낮잠 자는 걸 보고 잠시 슈퍼에 다녀온 엄마가 동생을 깨우기 위해 보니 조금 전까지 잠들어 있던 아이가 감쪽같이 사라졌다고 했다.

가현이가 가장 좋아하는 분홍색 구두도 없는 걸 보니 밖으로 나간 것 같은데 도무지 찾을 수가 없다며 당장이라도 쓰러질 듯 비틀거렸다.

"경찰에 미아신고는 했어?"

"아니."

"아빠는?"

"지금 부산에서 올라오고 계셔."

경황이 없는 엄마는 그저 가현을 찾아야 한다는 생각만 하고 집 주위를 헤매고 다닌 모양이다. 시현은 서둘러 신고 전화를 하고 밖으로 뛰쳐나갔다.

평소에 동생이 좋아하던 놀이터와 문구점이라도 가 봐야 할 것 같았다. 이대로 손을 놓고 가현이 돌아오기를 바라고 있을 수만은 없어 뭐라도 해야만 했다.

"제발."

사라진 가현을 찾아 온 동네를 뒤지고 다닌 시현과 휴대폰을 꼭 쥔 채로 시현을 기다리며 문 앞을 지키고 선 희선은 금방이라도 울음을 터트릴 것 같은 얼굴이었다.

"시현아."

"아직 아무 소식도 없어?"

"응."

초조함을 감추지 못하고 발을 동동 구르고 있던 희선이 정신없이 뛰어오는 큰딸을 보고 실망감에 휘청거렸다. 못 찾았구나. 바짝 마른 입술을 힘껏 깨물고 터져 나오려는 오열을 꾹꾹 눌러 참았다. 여기서 울어 버리면 진짜로 딸을 영영 찾지 못할 것 같아 힘겹게 울음을 삼켰다.

"이젠 어쩌지?"

"경찰서에 다시 전화해 볼게."

"그래. 이 녀석, 들어오기만 해 봐. 볼기짝을 때려 줄 거야."

희선은 잔뜩 잠긴 목소리로 중얼거렸다. 금방이라도 북받쳐 오르는 설움이 목구멍을 틀어막아 입을 열기도 힘들었지만 가까스로 말을 꺼냈다.

자꾸만 다리에 힘이 풀려 그대로 주저앉을 것만 같아 떨리는 손으로 벽을 짚으며 꽉 막힌 가슴을 세게 누르던 그때 삐그덕 소리와 함께 옆집 대문이 열리고 그 사이에서 다다다 뛰어나오는 가현의 모습이 보였다.

"어?"

"가현아!"

생각지도 못한 곳에서 발견된 가현으로 인해 시현과 희선은 반가움도 잊고 크게 소리를 질렀다.

"엄마~"

"너 왜 거기서 나와?"

"엄마. 나 옆집 언니하고 놀았어."

아는 사람을 만났다는 반가움에 가현의 목소리가 골목길에 높다랗게 울려 퍼졌다.

"이 녀석아, 누가 말도 없이 나가래? 엄마랑 언니랑 얼마나 찾아다녔는 줄 알아?"

딸을 잃어버리지 않았다는 사실에 안도한 희선이 가슴을 쓸어내리며 가현을 향해 무서운 표정을 지었다.

아무것도 모르는 가현은 엄마의 일그러진 얼굴을 보며 눈동자를 또르르 굴렸다. 뒤늦게 뭔가가 이상하다는 것을 느낀 것인지 재잘대던 입을 꾹 다물고 엄마의 눈치를 살폈다.

"민가현, 엄마도 없이 너 혼자 돌아다녀도 돼?"

"……아니요."

"그걸 알면서, 겁도 없이 나갈 생각을 해?"

가현의 팔을 잡고 눈을 맞춘 희선이 엄한 표정을 지었다. 여기서 그냥 넘어가면 다시 또 이런 일이 생길지 모른다는 두려움에 그녀는 더욱 무서운 얼굴을 했다.

"잘못했어요."

약삭빠를 정도로 눈치가 빤한 가현이 빠르게 입을 열어 희선이 원하는 답을 내놓았다.

"자다가 일어나니까 엄마가 없어서……. 문 앞에서 엄마 기다리려고 했는데, 감이 있어서……. 엄마가 친구랑 나눠 먹으라고."

말꼬리를 흐리며 변명처럼 하는 가현의 말을 정리하자면 낮잠을 자고 깼는데 엄마는 없고, 딱히 할 일도 없고 심심하던 차에 그럼 집 앞에서 엄마를 기다릴까 하고 밖으로 나오다 보니 전에 잔뜩 따다 놓은 감이 보였고, 부모님이 늘 하시던 말씀이 먹을 게 있으면 나눠 먹어야 한다고 했으니 옆집 예쁜 언니한테 감을 주고 같이 놀면 되겠다 하고 생각했다는 거다.

"휴우, 널 어떻게 하면 좋으니? ……일단, 들어가자."

걱정 가득한 얼굴로 가현을 바라보던 희선의 시선이 채 닫히지 않은 옆집 대문으로 향했다. 자신도 모르는 새에 시현은 옆집 사는 사람하고 왕래를 하고 있었나 보다. 지난번 가현이 말한 예쁜 언니라는 사람이 옆집에 사는 줄도 모르고 있었으니 제 무심함에 한숨이 나왔다.

"그러고 보니 바로 옆집에 살면서 서로 인사도 못 했네. 진작 알고 지냈으면 이런 사달이 나지 않았을 거 아니야."

희선이 그의 집으로 다가가자 시현의 얼굴이 백지장처럼 하얗게 변했다. 안 되는데……. 엄마를 말려야 한다는 건 알았지만 발이 떨어지지가 않았다. 이 상황을 어떻게 헤쳐 나가야 하는지 방법도 떠오르지 않았고 그저 안 된다는 생각만 머릿속에 맴돌았다.

옆집으로 가까이 다가간 희선의 눈동자가 열려진 대문 사이에 장승처럼 굳은 채로 서 있는 세강에게 닿았다.

'세상에…….'

자신이 잘못 본 것이 아니었다. 작은 얼굴에 오밀조밀한 이목구비는 여자라고 해도 충분히 믿을 만큼 예쁘고 고왔지만 긴 머리를 올려 묶고 있는 사람은 분명 남자였다.

'어떻게 해.'

눈으로만 희선을 좇던 시현의 표정이 점점 더 암울하게 변해 갔다. 분명 엄마는 알아챌 텐데……. 그 뒷수습을 어떻게 해야 하는지 막막하기만 했다.

눈을 커다랗게 뜨고 꼼꼼히 그를 살펴보던 엄마의 표정이 야릇하게 변해 갔다. 그에게 향해 있던 희선의 눈동자가 가현에 이어 시현에게 옮아 오자 그녀는 자포자기한 심정으로 눈을 질끈 감아 버리고 말았다.

뚫어질 것 같다.

날카로운 엄마의 시선과 세강의 시선이 모두 제게 향해 있는 모양이다. 눈을 뜨고 확인하지 않아도 그것을 느낄 수 있을 정도로 그 기세는 대단했다.

"언니라고?"

"응."

엄마의 물음에 가현이 천진하게 대답했고 시현은 입술을 깨물고 고개를 숙였다. 큰딸의 행동이 무엇을 뜻하는지 모를 희선이 아니었다. 역시 잘못 본 것이 아니다.

희선이 딱딱하게 굳은 표정을 갈무리하고 세상을 향해 정중한 인사를 건넸다.

"……저희 딸들이 큰 실례를 한 것 같네요. 죄송합니다. 다음부터는 폐를 끼치지 않도록 단단히 주의를 줄게요."

그가 무언가 말을 하기 위해 입술을 달싹였지만 희선은 단호하게 몸을 돌려 시현과 가현의 팔을 야멸차게 잡아끌었다. 자꾸만 뒤돌아보는 시현의 행동이 눈에 거슬렸지만 일단은 참고 그 자리를 벗어났다. 꼴사납게 그 자리에서 딸아이를 다그칠 수는 없으니 말이다.

"하아! 기가 막히네."

가현을 잃어버렸다며 벌벌 떨던 모습은 자취를 감추고 평소에 침착한 모습을 되찾은 희선은 차분하게 아이를 찾았다는 전화를 경찰과 남편에게 전했다.

"아빠도 거의 다 도착한 모양이다."

희선은 끓어오르는 화를 참기 위해 눈을 감고 남편이 오기를 기다렸다. 지금 당장 시현을 몰아붙여 봐야 자신의 혈압만 오를 것 같아 최대한으로 화를 누르고 이성적인 생각을 하려 애를 썼다.

별일 아닐 것이다. 우연히 알게 돼 몇 번 놀러 간 것이 전부일 것이 분명했다. 미리 제게 말을 하지 않은 건 괘씸하지만 어느 정도는 이해하고 넘어갈 수 있는 부분이었다.

"가현아!"

얼마 후 급하게 현관문을 열고 들어선 원종이 작은딸의 이름을 외치며 신을 벗어 던졌다. 하필 그가 집에 없는 사이에 일이 생겼다. 가현이 없어졌다는 아내의 전화를 받았을 때 심장이 내려앉고 온몸의 피가 증발하는 기분을 맛보았다.

정신없이 차를 몰아 집으로 향하는 내내 초조함을 감출 수가 없었다. 사고가 나지 않은 것이 다행이다 싶을 만큼 빠른 속도로 차를 모는 중간에 딸을 찾았다는 전화를 받았고 겨우 안도의 숨을 쉴 수 있었다.

일단 가현의 얼굴을 확인하고 단단히 주의를 주리라 다짐한 그가 허겁지겁 집으로 들어왔지만 집안 분위기는 영 좋지 못했다.

"왜들 그래?"

원종은 아빠의 부름에 책 한 권을 손에 들고 방에서 쪼르르 달려 나온 가현을 품에 안으며 물었다.

거실 소파에 앉아 팔짱을 낀 자세로 눈을 감고 있는 아내와 그 맞은편에 앉아 안절부절못하는 큰딸의 태도가 무척이나 이상했다.

잃어버린 가현을 찾은 안도감에 넋을 놓았다고 하기에는 어딘가 어색하고 이질적인 기운이 그의 눈살을 찌푸리게 했다.

"가현이는 방에 들어가서 책 보고, 당신은 이리 와서 앉아요."

지은 죄가 있는 가현이 아빠의 품에서 발버둥 치며 내려 달라고 조르다 바닥에 발이 닿자 빠르게 방으로 들어가 버렸다.

"뭐야? 무슨 일인데 집안 분위기가 이래?"

원종의 물음에 그 누구도 대답하지 않았다. 희선은 그저 자리에 앉으라는 손짓만 할 뿐이었다.

"너, 지금까지 뭐 하고 다닌 건지 솔직하게 말해 봐. 옆집 사는 사람은 어떻게 알게 된 거야?"

"엄마."

"엄마는 부르지 말고 내가 묻는 말에 대답이나 해."

서슬 퍼런 희선의 음성에 의아함을 느낀 원종이 심각한 얼굴로 자리에 앉아 시현을 응시했다. 일단 이야기를 들어 보면 무슨 일이 벌어진 건지 알 수 있을 터였다.

"널 믿었다. 누구보다 반듯한 너를 믿고 네가 하는 일에 간섭한 적이 없었어. 그런데 그 대가가 고작이거니? 그 믿음에 대한 대가가 고작 이거냐고?"

참아 보려고 해도 절로 큰 소리가 터졌다. 아닐 거다, 심각한 관계는 아닐 거다 하며 자신을 위로해 봤지만 가슴 한구석에서부터 스멀거리며 올라오는 불안감이 희선을 다그쳤다.

"……."

"엄마, 아빠를 속이고 공부한다고 집에서 나가서 뭘 했는지 솔직하게 말해 보래도."

잃어버렸다 생각했던 가현을 찾은 일은 뒷전이었다. 가현이 시현을 통해 옆집에 사는 사람을 알게 되었고 자신이 전해 들은 것과 달리 그 사람이 여자가 아닌 남자라는 것에 희선은 기가 막힐 정도로 어이가 없었다.

"엄마 말이 무슨 뜻이냐? 네가 뭘 하고 다녔다고?"

"그게, 우연히 옆집에 갈 일이 생겼는데……."

시현의 이야기가 계속될수록 희선과 원종의 얼굴은 딱딱하게 굳어 갔다. 기가 막힌다는 게 이런 기분이구나. 믿었던 딸에게 뒤통수를 얻어맞은 느낌에 한동안 아무 말도 할 수가 없었다.

여러 가지 감정이 한꺼번에 희선을 괴롭혔다. 속에서 쓴물이 올라올 정도로 시현에 대한 배신감과 실망감이 커져 말이 나오지 가 않았다. 하루 이틀이 아닌 초여름부터 계속된 눈속임이란 걸 알게 된 뒤에는 허탈함이 찾아왔다.

시간이 흐를수록 희선과 원종의 표정은 심각하게 굳어 갔고 시현은 더듬더듬 그에 관한 이야기를 풀어놓았다.

'제발,'

예감이 좋지 않았다. 잔뜩 흥분한 엄마는 아예 그녀를 이해하려는 시도조차 하지 않았고 아빠는 무슨 생각을 하고 계신지 알 수가 없었다.

잠시 후 세강에 관한 이야기를 끝낸 시현이 부모님의 눈치를 살피며 눈을 내리깔자 희선은 완고한 표정으로 입을 열었다.

"누가 너더러 쓸데없는 일 하래? 내가 너한테 돈 벌어 오라고 눈치 주던?"

21살에 시현을 낳은 희선은 늘 친구처럼 이해심이 많은 엄마였다. 그런 희선의 뾰족한 어조는 도무지 익숙해지지가 않았지만 시현은 최대한 두 분을 이해시키기 위해 애를 썼다.

여기서 무너질 수는 없었다. 그녀를 쳐다보던 세강의 상처받은 눈동자가 떠올라 가만히 있을 수가 없었다.

"돈을 벌려는 게 목적이 아니야. 처음엔 그냥 좋은 경험이 될 수도 있겠다 싶었는데 지금은 그 사람을 좋아해. ……지금까지 힘들게 살아온 사람이 조금씩 달라지려 하고 있는데 그걸 곁에서 지켜보고 싶어."

시현의 말에 희선은 경악에 가까운 반응을 보였다. 그저 단순하게 이웃에 대한 동정심일 거라고 생각했다. 그런데 그게 아니란다. 단순히 안면을 튼 관계가 아니라 좋아하는 감정을 품었단다.

"난 반대야. 어디 남자가 없어서……."

"엄마!"

"안 돼. 너 정신 차려."

말리고 싶었다. 가시밭길이 분명히 보이는 길에 서슴없이 발을 내미는 딸을 붙잡아야만 했다.

"엄마, 내가 그 사람 정말 사랑해. 세강 씨 아주 괜찮은 사람이야. 그저 남들과 똑같은 길을 가지 않았다뿐이지 어디 하나 부족한 곳이 없는 그런 사람이야. 제대로 한 번만 봐 줘. 응?"

"그래 말 한번 잘했다. 네 말대로 남들처럼 살지 않았다는 이유만 봐도 제대로 된 사람일 리가 없어."

그에 대해 제대로 알려 하지 않는 엄마를 이해할 수가 없었다. 말도 안 되는 궤변으로 그녀의 말에 반발하는 엄마가 이상하게만 보였다.

차분히 설명을 하면 당연히 이해해 줄 거라 생각했는데 그게 아니었다. 그를 만나 보지도 않고 반대부터 하는 엄마를 보며 시현은 서운함을 느꼈다.

"……엄마한테 실망이야."

시현의 말에 희선은 딸을 한 대 칠 기세로 달려들었다. 고작 이런 말이나 들으려고 힘들게 키웠나 싶은 게 서럽기까지 했다.

"실망? 그래 실망해. 왜? 네 엄마가 속물처럼 느껴지니? 그래도 하는 수 없어. 세상 어느 부모가 자식이 힘든 길로 가는 걸 그냥 두고 보고만 있는다니? 내 속으로 낳은 내 새끼가 덜 힘들었으면, 좋고 바른길로만 갔으면 하는 게, 그게 그렇게 비난받아야 할 일이야? 너도 새끼 낳아 봐. 애지중지 키운 내 새끼가 혹시라도 아플까, 힘들까 노심초사하면서 키운 내 자식이…… 제 능력으로 처자식 벌어 먹일 능력도 없는 녀석이 좋다는 소릴 들으면 어떨 것 같아? 응? 쉽게 그래, 네 맘대로 해라 하는 소리가 나올 것 같아?"

"조건이 그렇게 중요해? 사람이 먼저잖아. 아무리 능력이 뛰어나도 인간 같지 않은 사람도 많아. 그거에 비하면 세강 씨는 아이처럼 순수하고 착한 사람이야."

너무 순수해서 그 오랜 시간 동안 고통을 짊어지고 있으면서도 바보처럼 한 마디 말도 못 했던 사람이 윤세강이란 남자였다.

"꿈속에서 살래? 현실은 그게 아니라는 걸 왜 몰라? 너 바보니? 현실과 이상을 구분할 줄도 모르는 바보 멍청이야?"

거친 말이 서슴없이 튀어나왔다. 천하에 둘도 없는 답답이처럼 구는 딸의 모습이 낯설어 제 배로 낳은 제 자식이 맞는가 싶었다.

"너 두 번 다시 그 집에 갈 생각일랑 말아. 내가 이렇게까지 말을 했는데도 네가 간다면 그 시간 이후부터 너, 다시는 안 볼 거야."

"엄마……."

"내말 허투루 듣지 마. 네 엄마 그리 호락호락하지 않아."

시현은 희선의 말이 믿기지 않아 눈을 크게 떴다. 지금 부모 자식 간의 천륜을 끊겠다는 말을 하는 건가? 진짜 우리 엄마 맞아?

이렇듯 강경한 태도를 보이는 엄마의 모습은 처음이었다. 항상 그녀의 편에 서서 이해하고 공감해 주던 엄마였는데……. 왠지 누군가에게 엄마를 뺏긴 것 같은 느낌이 들어 시현의 눈동자에 눈물이 고였다.

"여보."

잔뜩 흥분한 희선의 손을 잡으며 원종이 걱정스런 표정을 지을 때 띵동 하는 경쾌한 초인종 소리가 퍼렇게 날이 선 공간을 가르고 들려왔다.

"세강 씨!"

인터폰 화면에 비친 사람은 윤세강, 그였다. 어떻게? 대문 밖으로 한 발도 내밀지 않는 사람이 자신의 집 앞에 있다는 사실이 믿기지가 않았다.

그를 대문 밖으로 이끈 것이 무엇인지 잘 아는 시현은 참고 있던 눈물을 흘렸다.

❀

띠리리링. 띠리리링.

요란스럽게 울리는 초인종 소리에 세강은 인터폰 화면을 응시했다. 아무것도 없다. 하지만 또다시 들려오는 초인종 소리. 분명 그는 보았다. 화면 밖에서 작은 손이 움직이는 것을.

"?"

그는 느리게 현관문을 열고 대문으로 향했다. 끊임없이 울리는 초인종 소리를 듣고 있자니 머리가 울리는 것만 같아 견딜 수가 없었다. 세강은 인상을 잔뜩 구긴 채 느리게 움직였다.

세강은 크게 심호흡을 했다. 10년이 넘도록 만져 본 적 없는 대문에 손을 댄다는 것은 생각 외로 커다란 용기를 필요로 하는 일이었다. 전에도 한 번 시도했다가 포기했던 일을 하려니 영 탐탁지가 않았다.

띠리리링. 띠리리링.

여전히 존재감을 드러내며 징징 울어 대는 초인종 소리만 아니었다면 이런 수고로운 일을 하려는 생각조차 안 했을 것이다.

"뭐야?"

조그만 틈이 보일 정도로 겨우 대문을 연 그의 눈에 작은 인영이 들어왔다.

"언니~"

오늘도 머리부터 발끝까지 분홍색으로 치장한 분홍덩어리, 분홍마녀다. 것도 사람 볼 줄 모르는.

그를 여기까지 나오게 만든 원인이 바로 분홍덩어리였다니 왠지 허탈감마저 느껴진다. 기가 막힌 얼굴로 문을 닫으려는 그를 향해 분홍덩어리가 무언가를 내밀었다.

흠 하나 찾아보기 어려운 고운 빛깔의 감.

얼마 전 요란스럽게 감을 따더니 고작 하나만 가지고 왔다. 그래도 그에게 주려고 가져왔다는 것에 대해 조금은 후한 점수를 줄까 생각하던 차에 뒤이어 들려온 말을 듣고는 마음을 접었다.

"이거 줄게. 나랑 놀자."

"하!"

어이가 없다. 먹을 것 가지고 아이를 꼬이는 질 나쁜 어른도 아니고, 지금 이 분홍마녀가 하는 행동에 헛웃음이 터졌다.

조용히 집에 가서 놀라고 말하려던 차에 막무가내 밀어붙이기의 달인인 분홍마녀는 서슴없이 대문을 넘어 정원으로 들어왔고 돌아가라는 그의 강렬한 눈짓에도 아랑곳없이 집 안까지 한달음에 들이닥쳤다.

온 집 안을 헤집으며 가지고 놀 만한 것이 없는지 살피던 분홍덩어리가 결국 그의 앞에 자리를 잡고 한참 동안 주저리주저리 떠들더니 집으로 가겠다고 했다. 귓가를 울리는 소란스러움이 확실히 사라지는 것을 확인하려는 목적으로 분홍마녀의 뒤를 따라 대문까지 향했다.

'이럴 줄 알았으면 저 꼬마의 뒤를 따라오는 게 아니었는데.'

심장이 멎는 느낌이다. 자신에게 쏟아지는 날카로운 시선에 숨도 쉴 수가 없었다.

민시현, 그가 사랑하는 여자와 상당히 많이 닮은 이의 날카로운 시선이 그에게 꽂혀 들었다.

계획되지 않은 만남이 주는 충격은 이루 말로 할 수가 없었다. 예의 바른 목소리로 폐를 끼쳐 미안하다는 사과를 하는 것을 듣고도 아무런 대꾸도 하지 못했다.

시현의 팔을 잡아끄는 그녀의 어머니를 보면서도 발이 떨어지지가 않았다. 그녀가 제게서 멀어지는 것을 멀뚱하니 바라보면서 신체의 일부가 잘려 나가는 아픔을 고스란히 받아들일 수밖에 없었다.

"안 돼."

그녀를 데려가지 말라고 소리쳤지만 입 밖으로 나오지가 않았다. 그저 무언가가 목구멍을 틀어막은 것처럼 꺽꺽거리는 신음 소리만 새어 나올 뿐이었다.

그녀의 집 초인종을 누르기까지 한참의 시간이 걸렸다. 긴장으로 등줄기가 빳빳해지는 것을 겨우겨우 참고 문을 열고 나오기까지 얼마나 힘든 시간을 보내야 했는지 그 누구도 알지 못하리라.

오로지 시현을 뺏길 수 없다는 간절함 하나로 용기를 내었다. 절대 그녀가 없는 삶은 살고 싶지가 않았고 누구도 그녀를 제게서 빼앗아 갈 수 없었다. 그것이 그녀의 부모님일지라도.

"하겠습니다. 뭐든."

시현의 부모님 앞에 무릎을 꿇은 세강이 결연한 자세로 입을 열었다. 그녀의 곁에 설 수만 있다면 나쁜 짓이라도 서슴없이 할 수 있을 것만 같았다.

그녀의 부모님은 시현에게 그간 자신의 사정에 대해 설명을 들었는지 단호하게 잘라 말했다.

"자네가 뭘 할 수 있는가? 제대로 된 졸업장 하나 없는 자네가 뭘 할 수 있느냔 말일세. 지금 당장 이 상황을 어떻게든 모면해 보려고 아무런 계획도 없이, 책임지지 못할 말을 하는 자네의 뭘 믿고 내 딸을 주느냔 말이야."

"……."

한없이 작아진다. 시현의 부모님의 말에 감히 반박할 수 없음에, 그의 가슴은 무너져 내렸다. 진작 달라졌어야 했다. 그녀가 그의 마음을 차지했다는 걸 인지했던 그 순간부터 무언가를 시작했어야만 했다.

"돌아가게. 인연이 아니었다 생각하고 우리 애는 잊어 줬으면 하네."

"……그럴 수 없습니다."

끝이 보이지 않는 수렁에서 그를 끄집어내 준 사람이 바로 시현이었다. 그렇게 소중하고 귀한 존재를 이렇게 놓고 싶지 않았다. 애원이라도 해야 했다. 제발 그녀를 제게서 떨어트리지 말아 달라고.

"그럼 앞으로 어떤 계획을 가지고 있는 말해 보게나. 일은 하긴 할 텐가? 할 수 있는 일은 뭐고?"

"……."

"자네가 지금 내가 한 질문에 제대로 대답한 것이 하나라도 있나?"

"……."

"내가 하는 말을 너무 서운타 생각하지 말게. 자네가 내 입장이라면 같은 말을 했을 테니 말이야. 아닌가?"

부끄러웠다. 그녀의 부모님 앞에서 도저히 고개를 들 수 없을 만큼 붉게 달아오른 얼굴을 감추기 위해 세강은 깊게 고개를 숙였다.

그녀의 아버지 말이 맞았다. 소중하게 키운 딸을 저 같은 사람에게 누가 내어 줄까? 입이 열 개라도 할 말이 없었다.

비틀거리는 걸음으로 집으로 돌아온 세강은 넋을 잃은 표정으로 전화기를 찾아 두리번거렸다.

"형."

방법이 없었다. 시현의 곁에 당당하게 서려면 뭐든 해야 했고, 그를 아무 조건 없이 도와줄 사람은 한 명밖에 없었다.

— 잘 지내고 있지?

"나 좀 도와줘."

— ……무슨 일이야.

그의 말 한마디에 대번 목소리가 굳어 버린 종혁이 으르렁대듯 물었다.

"달라져야 해. ……이대로 있으면 안 돼."

— 윤세강, 정신 차려. 무슨 말인지 알아듣게 얘길 해야지.

"형, 난 왜 이리 바보 같을까?"

못난 자신이 견딜 수 없을 만큼 싫었다. 그를 보고 눈물만 뚝뚝 흘리는 시현을 보듬어 줄 수도 없었다. 당당하게 손을 뻗어 품에 안고 싶은 여자를 아프게 했다는 자괴감에 가슴이 꽉 막혀 왔다.

"나 좀 데려가."

18. 얼어붙은 마음

내쫓기다시피 집을 나서던 세강의 뒷모습이 자꾸만 눈에 아른거렸다. 당장이라도 쓰러질 것처럼 아슬아슬해 보이는 그가 걱정이 되어 견딜 수가 없었다. 혼자 두면 안 되는데…… 아프게 하면 안 되는데.

그의 뒤를 좇아가고 싶었지만 그녀를 막아서는 부모님으로 인해 제 뜻을 이룰 수가 없었다.

"집에 있어."

"엄마!"

외출하려는 그녀를 막아선 희선은 냉정하게 딸의 얼굴을 외면했다.

지금 여기서 자신이 흔들리면 매몰차게 세강을 몰아낸 이유가 퇴색된다. 남의 자식 가슴에 대못을 박는 일은 그녀에게도 쉬운 건 아니었다. 하지만 이기적인 인간이라 내 새끼가 먼저였다. 그러니 여기서 시현을 내보내 두 사람이 만날 여지를 둘 수는 없었다.

"그 사람, 괜찮은지만 확인할게. 어디 아픈 건 아닌지 걱정돼서 죽겠단 말이야."

"내가 가 보마."

"엄마, 제발."

"난 뭐 좋아서 이러는 줄 아니? 네가 이럴수록 내가 더 독해진다는 걸 몰라? 왜 네 엄말 자꾸 나쁜 사람으로 만들어?"

강경하게 시현을 방으로 밀어 넣는 희선의 표정은 금방이라도 허물어질 듯 아파 보였다. 독하게 먹은 마음이 흔들리지 않도록 단단히 단속해야 할 것 같다. 당장이라도 눈물을 쏟아 낼 듯 보이는 딸을 보면서 태연할 엄마는 없으니까.

시현은 쾅 닫힌 문을 원망 어린 눈으로 노려보았다.

이럴 수는 없었다. 엄마, 아빠가 무슨 권리로 그를 아프게 하고 자신의 앞을 막는지 도무지 이해가 되지 않았다. 아무리 부모라고 해도 이건 아니지 않은가 말이다.

가야 하는데, 그가 기다릴 텐데.

자꾸만 급해지는 마음에 발을 동동 구르던 시현이 방바닥 주저앉아 울음을 터트렸다.

"흐흑. 엄마! 나 가야 해……. 그 사람 혼자 있는 거 무서워한단 말이야."

한참 동안 목 놓아 울던 시현이 거친 손길로 눈물을 훔쳐 내고 방문 손잡이를 잡았다. 이대로 무너질 수는 없다. 그를 향한 자신의 마음이 얼마나 간절한 건지 보여 주기 위해서라도 그에게 가야 했다.

덜컥.

문을 잡아당겼지만 조금 흔들릴 뿐 열리지가 않았다. 아무래도 맞은편 쪽에서 엄마가 손잡이를 꼭 잡고 있는 모양이다.

"이렇게까지 해야 해?"

"그래!"

"제발…… 그럼 한 번만, 한 번만 보게 해 줘. 괜찮냐고 묻지도 못했단 말이야."

"얌전히 있어. 너랑 입씨름하고 싶지 않아."

"엄마!"

쾅. 쾅. 시현은 몇 번이고 방문을 두드렸다. 이 애타는 마음이 엄마에게 전해지도록 쉼 없이 문을 두드리고 또 두드렸다.

보름이라는 시간이 어떻게 흘렀는지 기억도 나지 않는다.

잠시일 뿐이라고 생각했던 시간이 점점 길어짐에 따라 시현의 인내심도 빠르게 바닥을 드러내고 있었다.

'지금 어디에 있어요?'

매일매일 그를 생각하고 그리워하고 애를 태우는 날들이 계속 반복되었고 하루하루가 살얼음 위를 걷듯 조심스럽고 아슬아슬한 날의 연속이었다.

모든 일을 접어 두고 그녀의 행동을 주시하고 제어하는 엄마와의 소리 없는 전쟁이 길고 지루하게 이어지고 있었다.

"하아."

일찌감치 잠자리에 들었음에도 쉽사리 침대에서 벗어날 수가 없었다. 비몽사몽간에 몽롱한 정신이 제자리를 찾지 못하고 자꾸만 밑으로 가라앉아 몸을 일으키기가 어려웠다. 이렇듯 극심한 반대에 부딪힐 거라고 생각해 보지 않았다.

내 엄마라면, 내 부모님이라면 딸이 좋다는 사람을 무턱대고 반대하지는 않을 거란 기대가 있었다. 물론 그가 살아온 지난 시간을 생각하면 쉽지 않을 거라 생각은 했지만 어느 정도 시간이 지나고 그녀의 얘기를 들어 보면 달라질 거라 믿었다.

하지만 두 분의 태도는 너무도 강경했다. 지금껏 살면서 그 정도로 화가 난 부모님의 표정을 본 적이 한 번도 없었다. 시현 스스로가 정도를 지키기도 했지만 최대한 그녀의 입장에서 모든 것을 들어주는 편이어서 지금 상황이 당혹스럽기 그지없었다.

똑. 똑.

가벼운 노크소리가 들리고 문을 빼꼼히 연 가현이 그녀를 향해 작은 목소리로 물었다.

"가현이 들어가도 돼?"

"그래."

요즘 들어 가현이하고 놀아 줄 정신도 없었다. 그래서인지 가현이 쭈뼛거리며 그녀의 눈치를 살폈다.

"언니, 아파?"

"아니."

"근데 왜 계속 누워 있어?"

"그냥 힘이 없어서."

"언니, 내가 딸기우유 줄게. 그러니까 이제 일어나."

분홍색을 좋아하는 시현이 가장 좋아하는 딸기우유를 선뜻 내놓겠다고 하다니……. 제 생태가 보기보다 심각한 모양이다.

어이없는 생각에 피식 웃음이 터진 시현을 보던 가현이 눈을 반짝였다. 언니가 조금 나아졌다 생각하고 있는 건가?

"엄마는 뭐 해?"

"빨래해."

"그래? ……가현아, 그럼 언니 휴대폰 어디 있는지 알아?"

기회다. 보통 엄마가 손빨래를 하면 1시간 정도는 꼼짝도 못하는 걸 아는 시현이 이때를 노려 세강과 통화를 해야겠다고 마음먹었다.

"그거 거실에 있어. 리모컨 옆에 있는 거 봤어."

"언니한테 그것 좀 가져다줄래? 엄마 모르게……."

"왜? 언니도 게임 많이 해서 엄마가 핸드폰 못 하게 했어? 언제까지 금진데?"

"어? 오늘…… 오늘부터는 해도 돼. 그러니까 빨리 갔다 와."

"알았어."

시현의 말을 100% 믿은 가현이 날 듯 방을 나서는 걸 보고 그녀는 벌떡 일어나 방문 앞을 서성였다.

드디어 그의 목소리를 들을 수 있다.

초조하게 가현을 기다리는 시현의 입이 바짝 말라 와 연신 입술을 축였지만 그다지 소용이 없었다.

다다다다.

온다. 지금까지 살면서 가현의 발자국 소리가 이다지도 반가웠던 적은 없던 것 같다.

“언니, 여기!”

“아! 고마워.”

가현의 손에서 낚아채듯 휴대폰을 받아 든 시현이 정신없이 그의 집 전화번호를 눌렀다. 신호음이 들리고 누군가 전화를 받기를 초조하게 기다렸지만 아무런 반응도 없었다. 마음이 급해진 시현이 종료 버튼과 재다이얼 버튼을 번갈아 가며 눌렀지만 여전히 변화가 없다.

세강에게 연락이 닿지 않는다. 그렇다면 누구에게 그의 소식을 들어야 하나?

맞다. 윤종혁. 그가 있었다.

“제발…….”

시현은 엄마의 눈까지 피해 가며 필사적으로 종혁에게 연락을 취해 봤지만 그 역시 전화를 받지 않았다.

막막했다. 마지막 희망이라고 생각했던 종혁마저 연락이 닿지 않는다. 이젠 어떻게 해야 하지? 방법이 뭐가 있지? 혼란스러운 머릿속이 더 복잡하게 뒤엉켜 버렸다.

뚝.

시현의 눈에서 커다란 눈물이 볼을 타고 연신 흘러내렸다.

“언니!”

놀란 가현이 그녀를 불렀지만 동생의 음성은 시현의 귓가에 닿지 않았다.

모든 것이 끝났다.

그를 찾기 위해 밖으로 나가는 것도, 그의 목소리를 듣는 것조차 금지된 날이 이어졌고 모든 의욕을 잃어버린 그녀는 생기라곤 조금도 찾을 수 없는 퍼석하게 메마른 사람이 되어 갔다.

꼭 필요한 말 외에는 하지 않는 그녀로 인해 희선의 속은 까맣게 타들어 갔지만 쉽게 외출금지를 풀진 않았다.

'어딜 간다면 간다고 말이라도 해 주지.'

그날 안타까운 만남을 끝으로 그를 한참 동안이나 못 만날 줄 알았다면 이 자리에서 기다리고 있을 테니 꼭 돌아오라는 말이라도 했을 텐데…….

그리움과 아쉬움에 하루하루를 버티듯 견뎌 온 시현이었다. 집 밖으로 한 발자국 내미는 것도 어려워하던 사람을 잡아 주지 못했다. 아무것도 모르는 순백의 아이 같은 남자가 잘 지내고 있는지 너무나 걱정이 되어 숨이 턱 막혔다.

아침이면 눈을 떴고 저녁이면 눈을 감았을 뿐. 그 무엇도 생각하고 싶지 않았고 그 어떤 반응도 보이고 싶지 않았다.

눈을 감고 있어도 잠을 자는 건 아니었다. 그저 이 상황을 외면하고 싶은 마음에 고집스레 눈을 감고 있을 뿐이다. 며칠 동안 계속된 불면증에 시현의 체력은 급격하게 떨어졌고 음식마저 거부하는 일이 빈번해졌다.

"밥 안 먹을래?"

"생각 없어."

"굶어 죽기라도 할 작정이야?"

"그냥 내버려 둬."

"지금 네 꼴을 봐. 내가 그냥 내버려 둘 수가 있나."

엄마가 왜 열을 내는지 모르겠다. 애초에 그를 만나게 해 줬더라면 이런 일이 생기지도 않았을 텐데.

때가 되면 밥을 먹고 또 때가 되면 잠을 자는 일상이 과연 옳은 건가? 하루하루의 삶이 무의미하게 느껴졌다.

아등바등 살아 봐야 뭐 하나 싶은 생각도 들고, 보고 싶고 그리운 사람도 마음 놓고 만나지 못하는 상황이 절망스러웠고 그 어느 것에도 재미를 느낄 수가 없었다.

반짝반짝 빛이 나고 뭐든 할 수 있을 것 같았던 자신감은 옅어졌고 세상을 향한 호기심으로 바쁘게 움직이던 눈동자는 방향을 잃어버렸다.

마치 이 세상에 그가 있었다는 게 거짓인 것처럼, 그렇게 사라져 버린 세강으로 인해 시현은 오랫동안 준비한 시험도 제대로 칠 수가 없었다.

"세강아."

동생의 연락을 받고 허겁지겁 달려온 종혁은 망연자실, 넋을 놓아 버린 세강을 보고 다리에 힘이 풀려 휘청거렸다.

삶의 의욕을 잃은 채 텅 비어 버린 눈동자는 12살 적 세강의 그것과 똑같았다.

가슴 밑바닥에서부터 스멀거리며 올라오는 두려움이란 놈에게 곧 잠식당할 것만 같은 느낌에 그는 눈에 핏대를 세웠다.

이대로 무너져 버리면 예전의 일을 되풀이해야 할는지도 모른다. 절대로 여기에서 밀려서는 안 된다는 생각에 종혁은 긴장감을 이기지 못하고 마른침을 삼켰다.

묻기도 겁이 난다. 그가 감당할 수 없는 일이 벌어진 것만 같아서…….

"왜 이러고 있어?"

한참 만에 겨우 마음을 다잡은 종혁이 질문을 던졌다.

"시현이를……."

시현의 이름을 입에 올리는 순간 와락 구겨지는 세강의 미간을 보니 오늘의 사건은 그녀와 관련된 일인가 보다. 많은 부분을 그녀에게 의지하고 있던 동생에게 도대체 무슨 일이 생긴 걸까.

차분해지자며 스스로에게 주문을 걸었지만 자꾸만 조급해지려는 마음을 다잡기가 힘들었다.

"시현이? 민시현이 왜?"

"……다시 못 만나면 어쩌지?"

"그게 무슨 말이야?"

"시현이가 여기에 오는 걸 시현이 부모님이 아셨어. ……그런데 내가, 내가 자격이 없어서 시현이를 못 주신대."

"시현 씨 부모님이 널 봤어?"

"응."

"어떻게? 이 집에 찾아온 거야?"

"아니, 내가 찾아갔어. ……우리 시현이, 내 여자니까 나한테 달라고 말하려고."

믿기지가 않았다. 세강이 대문 밖을 나섰다는 것이 현실처럼 느껴지지가 않았다. 제 것을 지키기 위해 스스로 움직였다는 것이 놀라워 아무런 대꾸도 하지 못했다.

"하하하. 내 꼴을 좀 봐, 형! ……내 눈에도 내가 이렇게 한심한데 어느 아버지가 이런 놈한테 딸을 맡기겠어. 그래서 아무 말도 못 했어. ……나더러 그 입장이면 어떻게 하겠느냐는 물음에 도무지 입을 열 수가 없었어."

모든 걸 내려놓은 세강이 허탈한 웃음을 지으며 작게 중얼거렸다.

"이제 난 어떻게 살지? 시현이가 없으면 난…… 어떻게 해야 할지 모르겠어."

세강은 음울하게 변해 버린 얼굴을 양손으로 감싸며 눈을 감아 버렸다. 모든 게 꿈이었으면 좋겠다. 오늘 아무 일도 일어나지 않은 것이라면 정말 좋겠다.

그 분홍마녀가 집에 온 것도, 열린 문 사이로 그녀의 어머니와 마주친 것도, 용기를 내어 대문을 나선 일도…… 모두, 모두가 꿈이라면 정말 좋겠다.

"내가 민시현을 네 앞에다 데려다줄게. 형만 믿어."

고통스러워하는 세강을 안타깝게 바라보던 종혁이 힘주어 입을 열었다.

"아니, 그러지마."

그러나 세강은 그의 말에 단호하게 대답했다.

"내가 갈 거야. 내 힘으로 떳떳하게 찾으러 가야만 해."

세강은 자신을 향한 다짐처럼 같은 말을 여러 번 되뇌었다. 당장 눈물을 흘려도 이상할 것 없는 표정으로.

그가 형의 집으로 와 제일 처음 한 일은 길게 늘어진 머리카락을 자른 것이었다. 매일 아침이면 차분한 손길로 조심스럽게 머리를 빗겨 주던 시현이 곁에 없다는 사실이 견딜 수가 없어서…….

빗을 손에 들고 망연자실하게 서 있던 순간, 그녀를 향한 그리움이 극에 달해 미친 듯이 시현의 이름을 부르며 설움을 터트렸다.

심장이 터지는 듯한 고통에 가슴을 부여잡고 쉼 없이 시현을 불렀지만 그녀는 모습을 보이지 않았다. 그리고 그는 자신을 가두고 있던 머리카락을 과감하게 잘라 버렸다.

힘겨운 시간이었다. 시현에게 달려가고픈 마음을 겨우겨우 누르고 태어나 처음으로 정신없이 책을 보고 문제를 풀었다. 그가 살길은 오로지 그것 하나뿐이라는 마음으로 검정고시를 준비하고 시현이 가르쳐 준 대로 청소도 하고 설거지도 했다.

그녀가 곁에 없는데도 숨을 쉬고 살아간다는 게 믿기지 않는다. 아니, 지금 자신의 모습은 살아간다는 말로 표현하기에도 우습다. 그저 버티고 있다는 게 옳은 걸 거다.

시현을 향한 그리움을 꾹꾹 눌러 밟으며 매일매일을 힘겹게 버티고 있다.

"민시현, 조금만 더 기다려. 내가 갈 때까지 날 절대 잊으면 안 돼. 흔들려서도 안 되고……."

19. 약속

그렇게 두 달의 시간이 지났다. 옆집이 완전히 비었고 시현이 그와 연락을 주고받지 않는다는 확신이 든 후에야 희선은 시현의 외출을 조심스럽게 허락했다.

"춥다."

차가운 바람이 꽁꽁 여민 옷자락을 헤치고 들어와 심장까지 얼려 버릴 기세로 덤벼들었다. 시현은 신경 써서 말아 놓은 머리카락 사이를 누비고 정갈하게 차려입은 치맛자락을 들추며 투정을 부리는 바람의 손짓을 무시하고 느린 걸음을 옮겼다.

"민시현 씨."

동기들 중에 가장 먼저 식을 올리는 친구를 만나기 위해 집을 나선 시현의 앞을 누군가가 가로막았다. 몇 번 본 적 있는 윤종혁의 비서.

그렇게 궁금해하던 세강의 소식을 가지고 그녀를 기다리고 있는 사람을 마주한 순간 시현의 눈에 눈물이 고였다.

다행스럽게도 그는 잘 지내고 있단다. 밥도 잘 먹고 잠도 잘 자고, 요즘은 공부하느라 바쁘단다. 그의 입에서 세강의 이야기가 계속될수록 힘겹게 누르고 있던 그리움이 봇물처럼 터져 나왔다.

"가시죠."

검정색 승용차의 뒷문을 활짝 연 채로 그녀를 기다리고 있는 사람을 보면서도 실감이 나지 않았다. 이 차를 타면 꿈에 그리던 그를 만날 수 있다는 것이.

시현이 시트에 앉기가 무섭게 차가 움직이기 시작했다.

떨리는 심장을 주체할 수가 없어 그녀는 가슴을 꾹 누르고 입술을 깨물었다. 그를 만난다고 생각하니 가슴이 벅차오르면서도 지난 두 달간의 악몽 같았던 시간들이 떠올라 자꾸만 움츠러들었다.

당장 그를 만나고 싶다는 생각과 그 뒤에 찾아올 이별의 순간을 견딜 수 있을까 하는 생각이 반복해서 시현을 괴롭혔다.

잠시 뒤 강남 한복판에서 조금 떨어진 고급 빌라 앞에 차가 멈추고 차문이 열렸다.

"5층입니다. 관리실에는 연락을 해 두었으니 곧장 엘리베이터를 타실 수 있을 겁니다."

임 비서의 말에 비틀거리며 걸음을 옮기던 시현이 허탈한 웃음을 지었다. 고작 차로 30분도 안 되는 거리에 있는 사람을 만날 수가 없었다니…… 기가 막히고 어이가 없다.

"세강 씨."

"시현아!"

그녀가 눈앞에 있다는 사실이 믿기지 않는 듯 시현을 멍하니 바라보던 그가 이름만 부른 채 소리 없이 중얼거렸고 그녀 역시 흔들리는 눈으로 그를 응시했다.

두 달 만의 만남은 그를 향한 그리움에 몸부림치던 시현에게 큰 선물과도 같았다. 어느 순간 아무런 연락도 없이 텅 비어 버린 집. 윤세강은 항상 그곳에 있을 거라고, 절대 벗어날 수 없을 거라고 생각했던 것과 달리 그의 종적을 찾을 수가 없어 얼마나 애를 태웠던가. 다시는 만나지 못할지도 모른다는 생각에 두려움에 질려 있던 그녀의 눈앞에 그가 있었다.

커다란 눈동자에 가득 차오르는 말간 눈물 때문에 그의 모습이 제대로 보이지가 않았다.

"보고 싶었어. 시현아, 정말 보고 싶어 미치는 줄 알았어."

격하게 시현을 끌어안는 그의 품에서 그녀는 살포시 눈을 감았다.

"왜 이리 말랐어?"

"그러는 세강 씨는요? 머리카락도 잘랐네. 잘 어울려요."

그의 짧아진 머리카락을 어루만지며 작게 속삭였다. 이제는 그의 긴 머리카락을 빗어 줄 일은 없겠다 생각하니 왠지 설움이 밀려들었다. 그녀가 보이지 않는 곳에서 많은 변화를 겪은 그를 보자 다행이다 싶으면서도 서운함이 앞섰다.

'이 사람은 나 없어도 잘 살고 있었구나.'

그것이 좋으면서도 싫은 이유는 뭘까. 자신이 챙겨 주는 것 외엔 제대로 밥도 먹지 않는 사람이었는데, 그녀가 보이지 않으면 현관 앞에 조각처럼 앉아 그녀가 오기만을 기다리던 사람이었는데……. 모두 옛이야기가 되어 버렸다.

"정말, 정말 그리웠어. 사랑해."

다행이다. 그의 마음이 변한 게 아니라서……. 알아볼 수 없을 만큼 변해 버린 외양과 달리 그의 마음은 여전히 그녀를 향해 있어서.

그녀의 실체를 확인하기 위해 얼굴을 감싸 안는 그의 손바닥에 볼을 비볐다. 이 가느다란 손이 주는 온기를 얼마나 그리워했던가. 혹시라도 그의 신변에 무슨 일이 생긴 건 아닌지 얼마나 노심초사했는지 모른다.

눈물이 글썽이는 눈으로 그를 바라보던 시현이 그의 품에 자신을 맡겼다. 단단하게 등을 끌어안는 그의 손길에 작은 안도의 숨을 내쉬며 온전히 그를 느꼈다.

"시현아."

애정이 듬뿍 담긴 시선이 그녀에게 쏟아졌다. 그리움에 눈물짓게 했던 내 남자.

사랑하는 남자의 애절한 시선에 시현은 희미하게 미소 지었다. 손끝으로 그의 볼을 쓸어내리면서도 진정 눈앞에 있는 그가 있는 것이 맞는지 의심스러웠다. 눈을 감으면 금방이라도 그가 사라져 버릴 것만 같아 눈을 깜빡이는 것도 하지 못했다. 점점 빨갛게 변하는 그녀의 눈을 지그시 바라보며 그가 아프게 웃었다.

"믿어. 지금 네 앞에 있는 거 윤세강 맞으니까."

"아!"

참고 있던 눈물이 볼을 따라 흘러내렸다.

"울지 마. 울지 마, 제발."

떨리는 손으로 그녀의 눈물을 닦아 내며 안절부절못하는 걸 보니 이제야 그를 만난 실감이 난다.

"어떻게 지낸 거예요?"

"……."

시현의 물음에 그는 입술을 깨물었다. 차마 말로 하지 못할 그리움이 담긴 눈으로 그저 그녀를 빤히 응시했다. 힘들었구나. 그 역시 저처럼 그리움에 몸살을 앓았구나.

똑같은 병에 걸려 서로를 그리워하며 애를 태웠다 생각하니 심장이 쪼그라들고 고통이 찾아왔다.

"지금은 그냥 너만 볼래."

언제 다시 만날지 모르니 지금이라도 온전히 너를 새기고 싶다는 말은 하지 않아도 느낄 수가 있었다. 고작 몇 시간만 허락된 만남. 또다시 심장이 찌르르 울린다. 헤어지기 싫다고, 너무 힘들게 만났는데 떨어지고 싶지 않다고 가슴이 투정을 부렸다.

입술이 부딪혔다.

그녀의 입술을 먹어 치울 기세로 덤벼드는 세강의 목을 끌어안으며 시현 역시 열망이 담긴 입술을 벌렸다. 분홍빛 혀가 그를 맞이하기 위해 고개를 내밀자 기다렸다는 듯 그가 혀를 얽어 왔다.

세강과 뜨겁게 입술을 맞대고 있던 시현이 힘겹게 가쁜 숨을 뱉어 냈다. 그 역시 자신과 별반 다르지 않았다. 뜨거운 열망이 담긴 눈빛이 오가고 시현은 그를 향해 애달픈 손을 뻗었다.

떨리는 손으로 그가 입고 있는 셔츠의 단추를 풀고 따스한 온기를 품고 있는 그의 가슴을 쓸어내렸다. 움찔거리면서도 그녀의 손이 닿기 쉽게 자신을 내어 주는 그를 물끄러미 바라보았다.

양 뺨을 감싸고 볼이 패일 정도로 입술을 빨아들이는 그의 간절한 몸짓에 시현은 필사적으로 그의 허리를 부여잡았다. 혀가 엉키고 온몸이 순식간에 뜨거워졌다.

다시는 볼 수 없을지도 모른다는 두려움을 안겨 줬던 남자의 품에서 그의 숨결과 손길을 느끼고 있다는 게 꿈만 같았다. 그의 짧은 머리카락 사이에 손가락을 찔러 넣고 가까이 끌어당겨 더욱 깊은 접촉을 시도했다.

떨어지고 싶지 않은 사람과 타의에 의해 멀어질 수밖에 없는 현실에서 벗어나고자 간절하게 혀를 맞대고 빠르고 강렬하게 그것을 옭아매었다.

'멀어지지 마요. 절대 멀리 가면 안 돼요.'

입 밖으로 뱉어 낼 수 없는 말을 속으로 눌러 삼키며 달아오른 숨결을 나누었다. 질척거리는 소리와 이리저리 고개를 바꿔 가며 열기를 교환하는 움직임이 애절함을 띠었다.

그가 양팔에 힘을 줘 제 몸 깊숙이 그녀를 끌어당기며 시현의 목덜미를 핥았다.

"하아."

고개를 모로 돌려 그의 입술이 주는 짜릿함을 마음껏 받아들이는 그녀의 엉덩이를 그가 힘껏 움켜쥐어 단단하게 일어선 제 남성 가까이에 끌어당겼다.

그녀를 향한 갈망을 노골적으로 드러내는 그것으로 인해 온몸이 화끈거리고 열기에 취한 신음이 흘러나왔다.

이를 세운 세강이 그녀의 쇄골을 살짝 깨물자 찌릿찌릿한 전율이 척추를 타고 온몸으로 퍼져 갔다. 이 시간이 지나면 또다시 헤어져야 한다는 이유 때문에 그의 등을 더듬는 시현의 손길에 간절함이 더해졌다.

거침없이 시현의 입술을 헤집고 파고들던 그가 성급한 손길로 치맛자락을 들어 올려 그녀의 엉덩이를 어루만졌다. 매끄러운 스타킹의 감촉이 마음에 들지 않은지 신경질적으로 으르렁거렸다. 못마땅한 손길로 그것을 밀어낸 그가 팬티 속으로 손을 밀어 넣어 탄력 넘치는 엉덩이를 차지하고 마음껏 주물렀다.

"해도 돼?"

몇 개월 전, 하얗게 질린 얼굴로 다시는 안 하겠다고 진심을 다해 말하던 사람이 아닌 것만 같았다. 붉게 충혈된 눈동자와 타액으로 번들거리는 입술, 욕망의 포로가 되어 색스러운 체취를 풍기는 그는 그날과 완전히 다른 모습을 보였다.

"아니, 거절해도 할 거야. 이대로 널 보낼 수가 없어."

그녀를 홀라당 잡아먹고 싶다는 눈빛에 움찔한 시현이 대답을 할 새도 없이 그의 손에 이끌려 침대로 향했다.

단추가 풀어진 채 너풀거리는 셔츠를 벗어 던진 그가 시현의 눈을 바라보며 벨트를 풀고 지퍼를 내렸다. 한 번의 동작으로 자신의 몸을 감싸고 있던 옷가지를 던져 버린 그가 이글대는 욕망을 훤히 내보인 채 그녀에게 다가섰다.

"이리 와."

거친 호흡과 함께 흘러나온 말을 들었음에도 다리가 떨어지지 않았다. 족쇄가 채워진 것처럼 꼼짝도 하지 못하고 멍하니 그를 쳐다보았다. 나지막이 한숨을 뱉어 낸 그가 성큼 그녀의 앞에 다가와 섰다.

"애태우는 거야?"

시간이 없는데, 그를 품 안 가득 안기에도 부족한 시간인데 그럴 리가 있나. 시현은 홀린 듯 고개를 저었다.

세강이 다시 손을 뻗었다. 애정을 담은 눈으로 그녀를 응시하며 부드럽게 볼을 감싸고 엄지손가락을 움직여 그녀의 입술과 볼을 어루만졌다.

"널 내 안에 심었으면 좋겠어. 다신 떨어지지 않게, 보고 싶은 땐 언제든지 볼 수 있게 말이야."

"나도, 나도 그래요."

"알아. 말로 하지 않아도 민시현이 무슨 생각 하는지 난 다 알아."

힘겹게 말을 꺼낸 그가 시현의 입술을 베어 물고 침대로 쓰러졌다. 살짝 열린 입술 사이로 그의 혀가 밀려들었다. 조심스럽게 그녀의 치열을 훑던 그가 이내 거칠게 혀를 옭아매 자신의 입안으로 빨아들이자 질척한 신음이 하나에서 둘로 바뀌어 갔다.

곱게 차려입은 원피스가 허공을 가르고 날아 조용히 바닥으로 떨어져 내렸다. 매끈거리는 스타킹 역시 찢을 듯 벗겨 내 뒤로 던져 버린 그가 기본 속옷만 입고 있는 시현을 보며 탐욕 어린 미소를 보냈다.

그녀의 목덜미에 코를 박고 깊게 숨을 들이켠 그가 좋다 하고 작은 소리를 내었다. 시현 특유의 향긋한 체향에 취해 거침없이 그녀의 몸을 어루만졌다.

그리움이 묻어나는 손길에 은밀함이 더해져 시현을 집요하게 흔들었다. 브래지어 한쪽 끈을 내려 수줍게 드러난 그녀의 젖가슴을 한껏 빨아들이던 그가 고통 어린 신음을 흘리는 시현을 야수처럼 내려 보았다.

그동안의 어리숙한 세강이 아니었다. 시현의 몸을 타고 오른 그는 한 마리의 맹수처럼 그녀를 몰아붙였다. 세강 외에는 누구도 허락하지 않겠다는 의지를 담아 그녀의 가슴을 움켜쥐고 톡 튀어 오른 정점을 잡아당겼다.

"아!"

전율과 통증이 동반된 짜릿함에 시현의 허리가 들썩이자 그의 손가락이 지체 없이 그녀의 팬티 쪽으로 향했다. 머뭇거림을 찾아볼 수 없는 그의 손가락이 꼬물거리며 촉촉하게 젖어 드는 시현의 은밀한 부위를 자극하기 시작했다.

베이지색의 속옷이 물기를 머금고 거무스름한 그림자를 살짝살짝 내보였다. 그의 음심을 자극하기에 충분한 모습이었지만 시현은 제 상태가 어떤지 알지 못했다.

희열에 들뜬 신음을 뱉어 내며 아슬아슬하게 걸려 있는 브래지어를 벗기고 마지막 남은 팬티마저 우악스럽게 벗겨 버렸다.

그가 주는 나른함에 취해 있던 시현이 수줍어하며 몸을 움츠리자 그가 부드럽고 매끈한 그녀의 다리를 천천히 쓰다듬으며 귓가에 속삭였다. 가리지 마. 보여 줘.

약았다. 이렇듯 은밀하게 속삭이면 흐물흐물 녹아내린다는 것을 아는 그가 일부러 귓속말을 한 것이 틀림없다.

시현의 옆에 몸을 누인 그가 그녀의 목 뒤로 팔을 둘렀다. 기대감으로 일렁이는 눈으로 그녀를 바라보던 그가 천천히 움직여 시현의 입술을 차례대로 머금었다.

윗입술엔 짧은 입맞춤을 아랫입술은 길고 진한 입맞춤을 남겼다. 고개를 옆으로 튼 그가 깊숙하게 혀를 밀어 넣으며 가슴을 움켜쥐었다.

세심하게 입속을 더듬는 혀를 반기며 시현이 그의 목덜미와 어깨를 끌어안았다. 전에 없던 탄탄한 근육이 그녀의 손 아래서 꿈틀거렸다.

시현은 그의 입술을 살짝 깨물고 목에 둘러져 있던 손을 내려 그의 가슴을 어루만졌다. 그녀의 손길에 움찔 긴장감을 드러낸 가슴 위 작은 돌기가 똘똘 뭉쳐져 존재감을 드러내자 시현은 그것을 손톱으로 살살 긁어내렸다.

"흡."

예상치 못한 그녀의 공격에 놀란 그가 급하게 숨을 들이켜며 시현의 가슴 사이에 이마를 붙였다. 하아, 하아. 뜨거운 숨결이 가슴 위로 쏟아져 내린다.

척추를 따라 짜릿하게 전해져 오는 미세한 전율에 시현은 저도 모르게 가슴을 내밀었다. 그러자 세강이 기다렸다는 듯 한쪽 가슴을 움켜쥐고 뾰로통하게 고개를 내민 정점을 혀로 길게 핥았다.

할짝할짝.

미칠 것만 같다. 온몸이 간질간질하고 찌릿찌릿해 자꾸만 몸이 꼬인다. 그의 탄탄한 몸에 제 것을 비비적대며 애타는 시선으로 그를 쳐다보았다. 그의 붉은 입술이 벌어지고 새하얀 이를 보았다고 생각한 순간 그의 입속으로 젖꼭지가 빨려 들어갔다.

"하아~"

탄성 가득한 신음이 잇새로 빠져나왔다.

그녀의 가슴을 양껏 손에 쥔 그가 그것을 사납게 물고 빨고 핥았다. 짜릿한 아픔과 더불어 은근한 쾌감이 연이어 그녀를 찾아왔다. 시현은 저도 모르게 그녀의 가슴에 필사적으로 달라붙어 있는 그의 옆구리를 어루만지고 잔뜩 힘이 들어간 등을 손톱으로 긁었다.

목적지를 잃은 시현의 손이 정신없이 그의 몸을 더듬었다. 그의 골반을 거쳐 허리 뒤 오목하게 패인 곳을 거쳐 작고 탄탄한 엉덩이까지…… 닿을 수 있고 만질 수 있는 모든 곳에 자신의 손도장을 찍었다.

움찔움찔. 그녀의 손이 닿는 면이 넓어지는 것과 동시에 그의 근육이 긴장으로 움찔거리는 횟수가 많아졌다. 자신도 그를 자극할 수 있다는 사실에 기쁨을 느낀 시현이 한쪽 다리를 들어 그의 다리를 휘감으며 위아래로 은근히 쓰다듬었다.

"시현아, 시현아!"

그녀의 가슴을 입에 문 채로 웅얼거리듯 뱉어 내는 제 이름이 야릇하게 들려왔다. 그리고 질리도록 가슴을 괴롭히던 그의 한 손이 다른 한 손에게 그 자리를 내어 주고 곧장 방향을 바꿔 짙은 수풀이 우거진 곳으로 내려가기 시작했다. 반쯤 덮치듯 그녀를 내리누른 그가 무릎을 이용해 시현의 한쪽 허벅지를 옆으로 벌렸다.

부드러운 생기를 뿜어내는 그녀의 습지를 손바닥 전체로 덮고 은근히 비벼 대며 시현을 울리기 위한 준비에 들어갔다.

"아아~"

시현의 목 깊은 곳에서부터 생소한 흐느낌이 새어 나왔다. 끈질기게 그녀의 질 깊숙이 손가락을 꽂아 넣는 그로 인해 시현은 숨을 헐떡이며 그의 팔을 붙잡고 속절없이 매달렸다.

너무나 자극적이다. 고집스럽게 한곳을 공략하며 손을 놀리는 그를 밀어내려 했지만 잔뜩 흥분한 그는 쉽게 그 요청을 들어주지 않았다.

"하악. 제발."

한 번의 경험이 다인 시현이 계속되는 자극에 어쩔 줄 몰라 하며 몸을 꼬았다. 이대로 계속하다간 제 몸이 남아날 것 같지가 않았다. 울컥울컥 기쁨의 눈물을 쏟아 내는 제 몸이 부끄러워 눈을 꼭 감고 연신 달뜬 신음을 뱉어 내는 입술을 손등으로 막았다.

"막지 마, 시현아."

입술을 가리고 있는 그녀의 손목을 잡아 머리 위로 올리는 그의 얼굴에 고통의 빛이 역력했다. 자신의 욕구를 억누르고 그녀의 몸을 달구는 그의 이마에 송골송골 땀이 맺혀 있었다.

"네 목소리를 들려 줘."

그 말을 뱉은 세강이 마침내 제 남성을 시현의 은밀한 틈새로 밀어 넣었다. 시현은 제 아랫도리를 후비며 빡빡하게 들어차는 이물감에 고개를 뒤로 젖히고 가쁜 숨을 몰아쉬었다.

그녀의 의사와 상관없이 비어 있던 공간이 주인을 만나 찰싹 달라붙어 떨어지려 하지 않았다. 뒤로 빠져나가려는 그의 남성을 붙들고 고집을 부리며 파르르 앙탈을 부렸다.

시현은 허리를 세차게 튕기는 세강의 아래에서 몸이 둘로 갈라지는 것 같은 생생한 느낌에 아찔함을 맛보며 거친 숨을 힘겹게 뱉어 내었다. 빠져나가기가 무섭게 다시 들어차는 그로 인해 숨이 턱까지 차올랐다. 온몸의 신경이 움츠러드는 느낌에 제 몸을 주체하기가 힘에 겨웠다.

그는 그녀의 다리를 넓게 벌리고 끊임없이 그녀의 안을 들락거리다 수풀 아래 숨어 있는 작은 붉은 진주를 손가락으로 비비기 시작했다. 안과 밖을 모두 그에게 내어 준 시현은 짜릿한 감각에 허리를 비틀며 비명 같은 신음을 흘렸다.

"아흑."

격렬하게 출렁이는 그녀의 가슴을 양손으로 움켜쥔 그가 그 상태로 강하게 허리를 들이밀었다. 남자의 욕망을 노골적으로 보여주는 그의 표정을 시현은 몽롱한 시선으로 응시했다. 견디기 힘들 만큼 진한 쾌감이 슬금슬금 다가오고 있었다.

지난번 그와 관계를 가졌을 때보다 더욱 집요하게 시현을 파고드는 그의 행동에 눈물이 날 것만 같았다. 간절함이 가득 담긴 그의 작은 손짓 하나, 애절함이 담긴 입맞춤 하나에 숨이 턱턱 막히고 심장이 멎는 듯한 아픔이 느껴졌다.

질척거리는 원색적인 소리가 그녀와 그의 주위를 감싸고 절정을 향해 달려가는 그의 표정에 간절함이 새겨졌다.

이대로 시간이 멈춰졌으면…… 헤어짐이란 단어를 모르던 때로 돌아갔으면 좋겠다.

"하악."

"흐흡."

그가 그녀의 안에서 자신을 풀어놓는 순간 시현은 그의 분신을 꽉 물어 버렸다.

"기다려. 꼭 데리러 올게."

집 근처에 시현을 데려다주며 하는 말이 스산하게 심장을 울려 아무런 대답도 못 했다. 그저 왜? 라는 물음으로 가득한 머릿속이 정리가 되지 않아 그의 말이 뜻하는 것을 정확하게 인지하지도 못했다. 시현은 작게 도리질 치며 멀어지는 그를 아프게 바라보았다.

왜 그와 헤어져야 하는지 그 이유를 모르겠다.

윤세강은 더 이상 아프면 안 되는 사람인데, 평생 해야 할 마음 고생을 어린 나이에 지독하게 겪어야 했던 그는 행복해져야만 하는 사람인데, 그런 그가 자신으로 인해 고통받고 있다고 생각하니 가슴이 찢어지는 것만 같았다. 그녀를 만남으로써 그의 고통에 아픔 하나를 더 얹어 버린 꼴이 되었다.

"미안해요. 나를 안 만났더라면……."

❀

"시현아."

손님이 찾아갈 거라는 형의 전화에 별다른 생각을 하지 않았다. 으레 그의 생활과 관련된 사람을 보내리라 생각해 알았다고 건성으로 대답했다.

그런데 전혀 예상치 못한 사람이 그의 눈앞에 나타났다. 밤마다 쉽게 잠을 이루지 못하게 만드는 사람이 나타나 눈물을 글썽였다. 진짜 시현이다. 나의 민시현, 나만의 시현. 내 여자.

그는 시현을 와락 끌어안았다. 코끝으로 달콤한 살내음이 밀려들자 두 달 만에 처음으로 작게나마 웃을 수 있었다.

두 달 만에 만난 시현의 몸에 자신의 이름을 새겨 넣고 싶었다. 그녀가 거부한다고 해도 할 수 있다면 문신이라도 떡하니 새겨 놨으면 하는 게 솔직한 심정이었다.

전보다 여윈 시현은 독특한 분위로 시선을 끄는 여자가 되어 있었다. 고작 두 달 만의 변화에 숨이 멎는 기분이었다.

정말 자신의 품에서 내려놓고 싶지가 않았다. 그가 없는 시간 동안 그녀가 자신 곁에서 훨훨 날아가 버릴지도 모른다는 두려움이 조금씩 그의 신경을 갉아먹었다.

"절대, 절대 그렇게 놔두지 않을 거야."

심장이 터지고 뼈가 끊어지는 것 같은 그리움을 겨우 참고 있는데, 그녀를 다시 볼 수 없다면 사는 의미가 없을 것이 뻔했다.

윤세강은 민시현이 아니면 완전해질 수 없는 바보니까.

격렬하게 그녀를 안고 또 안았다. 절대 떨어질 수 없는 샴쌍둥이라도 되는 것처럼 제 분신을 그녀의 몸 깊숙이 묻고 또 묻었다.

지금 이 순간이 지나면 언제 다시 보게 될는지 알 수 없는 상황이라 그런지 그는 집요하게 시현을 어루만지고 또 만졌다.

금방 그녀를 만난 것 같은데 어느덧 세 시간이 훌쩍 지나 버렸다.

이제는 시현을 놓아주어야 할 시간. 떨어지지 않는 손길을 억지로 떼어 내고 멀어지고 싶지 않다고 울부짖는 심장 위로 두꺼운

덮개를 덮어 버렸다.

그녀의 손을 다시 잡는 그 순간까지 빨리 뛸 일이 없는 심장에게 작게 속삭였다.

"기다려. 꼭 데리러 올게."

20. 당당하게

손이 곱아진다. 낙엽이 하나둘 바람에 날리는 해질녘의 황량한 거리가 유난히 춥게 느껴져 절로 몸이 움츠러들고 깊은 한숨이 새어 나온다.

시현은 텅 비어 적막하기만 한 그의 집을 오늘도 미련이 가득한 눈으로 한없이 쳐다보았다.

"언제 와요?"

습기를 머금은 목소리가 갈라져 나온다.

그를 보지 못한 지 한참이 지났다. 하루가 24시간이 아닌 48시간처럼 느껴지는 날들이 계속되고 있었고, 그 길고 지루하면서 애달픈 시간을 버티고 있는 자신이 대견하게 느껴질 지경이었다.

그리움이 깊어져 두 눈에 눈물이 고였다.

"보고 싶다."

지금 이 시간 세강은 뭘 하고 있을까? 눈앞에 보이지 않으니 답답함이 커져만 갔다. 어서 빨리 시간이 흘러 그를 만날 날이 왔으면……. 그녀는 하루에도 몇 번씩 그의 모습이 담긴 휴대폰을 들여다보며 아쉬움을 달랬다.

세상은 왜 이리 자신에게 가혹한 걸까. 처음으로 맞이한 사랑은 그녀를 행복하게 두지 않고 오히려 갖가지 시련으로 그녀의 인내심을 시험하곤 했다.

지루하게 느껴지는 이 시간이 언제쯤 끝이 날까. 언제가 되어야 마음껏 그를 향한 사랑을 드러낼 수 있을까.

'이젠 한계야. 더는 못 기다릴 것 같아.'

당장 그에게 달려가고 싶었다. 아무리 멀리 있다고 해도. 그를 보지 못한다면 그리움에 숨이 막혀 죽을 것만 같았다.

"시현아!"

그의 목소리다. 지금 이 시간, 이 자리에 결코 있을 수 없는 사람의 목소리가 또렷하게 들리는 걸 보니 그가 많이 보고 싶긴 한가 보다.

"민시현."

"……세상에. 세강 씨."

진짜 그다. 애절함을 담은 그의 음성은 거짓이 아니었다.

시현은 몸을 돌려 그를 향해 힘껏 뛰었다. 조금이라도 그에게 빨리 닿으려고 죽을힘을 다해 다리를 움직였다. 그런데 왜 이리 멀게 느껴질까?

와락 그의 품에 안긴 시현이 투정 어린 말을 뱉었다.

"보고 싶었어요. 왜 이제야 온 건데?"

"미안해. 빨리 오려고 했는데 상황이 좋지가 않았어."

"당장이라도 쫓아가고 싶은 거 참느라고 얼마나 힘들었는지 알아요?"

"그래도 나보다는 아니었을걸."

그녀의 말에 세강이 안타까움을 가득 담은 손으로 시현의 머리카락을 쓸어내렸다. 하얗던 피부가 조금은 어두워졌다. 그간 고생이 심했는지 곱기만 했던 피부도 조금은 까칠해 보이고, 여전히 낯설기만 한 짧은 머리는 더 짧아진 것도 같다.

"어디 아픈 데는 없었어요?"

"없어."

"많이 힘들었죠?"

"이젠 익숙해져서 괜찮아."

시현은 그의 눈을 빤히 쳐다보며 그의 얼굴을 가볍게 어루만지다 그동안의 안부를 물었다. 그녀가 없는 곳에서 그는 어떻게 지내고 있는지 몹시도 알고 싶었다. 시현의 물음에 조곤조곤 대답하는 목소리에 귀 기울이며 그녀가 그의 품을 파고들었다.

어김없이 시현의 등을 따스하게 감아 오는 그의 팔에 어리광을 부리듯 가슴에 얼굴을 비볐다. 그럴 때면 그는 그녀의 어린아이 같은 투정을 말없이 받아 주었고 더불어 세상에서 가장 아름다운 것을 보는 듯한 표정으로 밝은 미소를 지었다.

"쯧쯧, 잘들 한다. 동네 창피하니까 당장 떨어져. 집 앞에서 이게 뭐 하는 짓이야? 도대체 너희들은 나이를 어디로 먹은 거니?"

득달같이 날아든 희선의 타박에 시현은 그의 품에서 슬그머니 빠져나오며 입을 삐죽였다.

"엄마!"

"누가 보면 몇 십 년 동안 떨어졌다 힘들게 만난 사람들인 줄 알겠다. 고작 3개월 떨어져 있던 걸 갖고 아주 영화를 찍어라."

희선을 발견한 세강이 허리를 꼿꼿이 세우고 절도 있게 팔을 들어 올렸다.

"어머님, 충성."

"충성이고 나발이고, 당장 들어와."

요즘 군대는 왜 이리 휴가를 자주 나오느냐고 투덜거리며 집으로 향하는 희선의 뒤를 시현과 세강은 손을 꼭 잡고 쫄랑쫄랑 따라갔다.

시현의 집 거실 소파에 떡하니 자릴 잡은 세강의 곁에 찰싹 달라붙은 시현이 그의 머리카락을 장난스럽게 어루만졌다.

"또 잘랐어요? 이젠 좀 길러도 된다며?"

"열심히 기르고 있는 중이야."

"아닌데, 전보다 짧아진 거 같아."

꼼꼼히 그를 살피는 시현을 보며 세강은 빙그레 미소 지었다.

"안 덥니?"

세강의 앞에 주스 잔을 내려놓으며 희선이 눈살을 찌푸렸다. 아무리 제 딸이지만 창피한 것도 모른다. 아예 대놓고 붙어 앉아 손을 주물럭거리고 머리를 쓰다듬는 걸 보니 기가 막힐 지경이었다.

"엄만, 이제 곧 있으면 겨울 될 텐데, 덥긴."

"너희들만 보면 절로 땀띠가 나는 거 같아서 하는 말이다."

"하하하. 어머니, 절대 그럴 일은 없습니다."

시현을 보며 예뻐 죽겠다는 얼굴로 대답하는 세강을 향해 희선은 고개를 절레절레 저었다. 어쩜 저리 죽이 잘 맞는지 모르겠다.

"아이고, 그리도 예뻐?"

"시현이요? 네, 정말 예뻐요."

"하아."

객관적인 시선으로 봐도 제 딸인 시현보다는 세강이 훨씬, 훠얼씬 예쁘게 생겼다. 그럼에도 불구하고 세상에 둘도 없는 여자를 보듯 넋을 놓고 있는 걸 보니 천생연분인가 싶었다.

"이번엔 언제 들어가나?"

"14박 15일입니다. 그리고 부대 복귀하고 그다음 날 제대하고요."

"뭐? 하루 만에 제대할 걸 뭐 하러 휴가를 나와? 차라리 일찍 제대시키고 말지."

"그러게요. 하루라도 빨리 나와야 시현이 얼굴 마음껏 볼 수 있을 텐데 말이에요."

일명 말년휴가라 일컬어지는 병장정기휴가를 나온 세강을 시현은 흐뭇한 표정으로 바라보았다. 이 사람이 언제부터 이리도 말을 잘 했던가. 그녀와 종혁을 제외하고는 다른 사람들과 대화를 나누는 것을 어려워하던 사람이 참 많이 달라졌다 싶어 대견하다는 생각까지 들었다.

"제대하고 내년에 바로 복학하는 건가?"

"네, 겨울 동안 준비하고 봄에는 복학해야죠. 얼른 졸업해서 우리 시현이 빨리 데려와야 하는데…….”

눈을 빛내며 대답하는 세강을 보며 희선은 피식 웃어 버렸다.

마음 같아선 지금 당장이라도 데려가라 하고 싶은 마음이 굴뚝 같았다. 세강이 당장 결혼을 할 상황이 아니긴 하지만 너무 들러붙어 쪽쪽거리는 걸 보면 엄마인 자신조차도 낯이 붉어질 때가 많아 요즘은 진지하게 빨리 보내 버릴까 고민하고 있었다.

“아버님은 오늘 일찍 들어오세요?”

“특별하게 약속 있다는 얘긴 못 들었으니 시간 되면 오시겠지.”

“그럼 어머님, 저 씨암탉 잡아 주시는 겁니까?”

“됐네. 그것도 오랜만에 봐야 하는 거지. 툭하면 나오는 사람한테 해 주긴 뭘 해 줘.”

“에이, 그러지 말고 맛있는 것 좀 주세요.”

아무렇지도 않게 너스레를 떠는 그가 귀엽게 보였다.

한동안 연락을 끊었던 세강이 검정고시를 보고 그 합격증과 더불어 앞으로 자신의 인생에 대한 계획서를 일목요연하게 만들어 시현의 집을 찾은 것이 몇 년 전의 일이었다.

그리고 그녀의 부모님 앞에 무릎을 꿇고 시현이 왜 자신의 곁에 있어야 하는지, 그 이유에 대해 예를 들어 가며 설명하기 시작하자 두 분은 그만 귀를 막고 손을 드셨다.

그것을 시작으로 뻔질나게 그녀의 집을 드나들더니 이제는 부모님과 농담 따먹기를 할 정도의 경지에 도달하고야 말았다.

“그냥 대충 먹어. 시장도 안 다녀왔는데.”

“그럼 어머니가 만들어 준 된장찌개에 한우 꽃등심을 곁들여 먹는 건 어떨까요?”

세강의 말에 희선은 어이없다는 표정으로 자리에서 일어났다.
"꽃등심? ……시금치나 무쳐야겠네."
"어머님!"
"호호호. 시현아, 오늘 시금칫국에 시금치나물 어떠냐?"
"오호! 좋은데, 엄마."
엄지손가락을 치켜들며 고개를 끄덕이는 시현을 그가 매서운 눈으로 노려보았다. 모처럼 만난 자신에게 그러고 싶으냐는 눈빛에 그녀는 환한 미소로 답했다. 그러고 싶다고, 그를 놀리는 게 얼마나 재미있는지 아느냐고 말이다.
솔직히 뭘 먹든 아무려면 어떠냐 싶었다. 김치 하나를 놓고 먹어도 그와 함께라면 꿀맛일 것이 분명했고 거기다 말은 시금치나 무친다고 해 놓고 주섬주섬 지갑을 챙겨 들고 밖으로 나가는 희선을 보니 적어도 소불고기 정도는 식탁에 올라올 것이 틀림없었다.
"엄마, 어디 가?"
"내가 가긴 어딜 간다고 그래?"
"나도 같이 갈까?"
"됐다. 모처럼 만난 사람을 앞에 두고 왜 날 쫓아다니려고 그래? 사람 귀찮게……."
시현은 자신에게 면박을 주며 현관으로 향하는 희선을 배웅하며 배시시 웃었다. 행동과 다르게 말로는 투덜거리는 엄마의 모습에 웃음이 나왔다. 지금은 옛이야기가 돼 버렸지만 그를 반대했었던 일에 대해 아직까지 미안함을 가지고 계신 듯했다.
이제 그만 털어 버리셔도 된다고 얘기를 했건만 엄마에겐 그것이 쉽지 않은 모양이다. 뭐 말로는 예전에 잊어버렸다고 했지만 말이다.

시현은 희선의 모습이 보이지 않자 빠르게 뒤를 돌아 세강에게로 향했다.

세강은 군 입대를 하고 휴가를 나오면 항상 시현의 집에서 머물렀다. 어차피 그의 집은 바로 옆이었고 그를 반겨 줄 사람이 한 명도 없다는 이유도 있었지만, 어차피 가족이 될 사람들이니 자꾸 보고 친해져야 한다는 아빠의 강력한 주장을 그가 받아들인 결과였다.

마치 아들이 하나 생긴 것 같다며 좋아하는 아빠와 눈에 불을 켜고 두 사람 사이를 방해하는 엄마 사이에서 007작전을 방불케 하는 스킨십을 나누고 있지만 그를 만나지 못해 애를 태웠던 때를 생각하면 그것조차 즐겁기만 했다.

"세강 씨이."

시현의 부름에 그는 입꼬리를 올리고 손을 뻗었다. 어서 이리 오라는 손짓에 시현은 날듯 가벼운 걸음으로 그의 품에 안겼다.

"많이 보고 싶었어."

그가 시현의 볼을 감싸며 은근히 입술을 밀어붙였다.

시현은 애타는 마음을 담아 그의 입술을 느릿하게 핥았다. 완벽한 모양을 이루는 고운 색의 입술은 자꾸만 혀를 대 보고 싶게 만드는 것 중에 하나였다. 촉촉하고 매끈한 입술 사이로 혀를 밀어 넣어 그의 혀와 얽히자 나른한 신음이 흘러나왔다.

늘 고프고 늘 그리운 사람의 다정한 성품만큼이나 입술도 다정하다. 그의 아랫입술을 살짝 물고 혀로 살살 쓸었다. 순식간에 뜨거워진 숨결이 허공 속에서 얽히고 오랫동안 키스를 나눴음에도 채워지지 않는 갈망에 헐떡이자 그의 손이 가슴으로 향했다. 세강이 목덜미에 입술을 누르고 윗옷을 들어 올려 부드러운 살갗을 점령하려던 순간, 이질적인 소음이 그녀의 귓가에 전해져 왔다.

쾅.

"뭐야? 또 왔어?"

갑자기 들려온 가현의 뾰로통한 음성에 시현은 그를 밀치고 화다닥 떨어져 앉았다. 신발을 벗다 현관에 놓인 세강의 군화를 발견한 가현이 못마땅한 표정을 지으며 거실로 들어섰다.

"가현이 왔니?"

"뭐야? 언니 얼굴이 왜 이렇게 빨개?"

"내 얼굴이 빨개? 왜 그럴까? 하하. 아~ 덥다."

손으로 연신 부채질을 하는 언니를 보고 그 곁에 있는 세강에게 시선을 준 가현이 눈을 가늘게 뜨고 어이없다는 표정을 지었다.

"언니, 입술에 묻은 립스틱이나 지우시죠."

세강을 쳐다보며 한마디를 툭 던진 가현이 쪼르르 제 방으로 뛰어갔다. 그가 가장 싫어하는 말인 '언니'라는 단어를 서슴없이 사용한 동생의 얼굴에서 사악한 웃음을 본 것 같은데…….

"어휴, 저 분홍마녀."

세강도 시현의 뒤통수에 대고 으르렁거리듯 한마디를 중얼거렸다.

도무지 친해지지 않는 사람을 꼽으라면 세강과 가현 정도일 것이다.

가현이 어릴 적에는 그를 향해 언니, 언니 하면서 친근감을 표시할 때마다 세강은 질색하며 가현을 피해 다녔다. 그런 관계가 얼마간 유지되는가 싶더니 어느 순간부터 가현이 그를 보면 마치 라이벌 대하듯 경계 어린 태도를 풀지 않았다.

조금 친하게 지내도 좋으련만 두 사람의 관계는 가현이 학교에 입학하고 고학년이 되면서 더욱 전투적으로 변해 갔다.

처음엔 가현의 간식을 세강이 홀랑 먹어 치우는 애교 섞인 수준이었다면 지금은 그가 가현이 아끼는 물건을 숨긴다든가 다 해 놓은 숙제를 망치는 경지까지 올라섰고, 가현 역시 그의 옷을 모두 욕조에 몰아넣거나 신고 나갈 신발을 몽땅 감춰 두는 일을 서슴없이 저질렀다.

물론 그런 일을 했을 때 시현과 희선에게 질펀한 욕을 한 바가지는 먹어야 하는 위험부담이 있음에도 서로를 향한 공격의 끈을 놓지 않았다.

"똑같아."

그녀가 보기엔 세강과 가현은 같은 부류임에 틀림없었다. 샘 많고 지기 싫어하고 특히 서로에 대해서는 조금의 손해도 보지 않으려는 마음이 강한 아이와 아이 같은 남자.

"그런 소리 하지 마. 내가 분홍마녀와 동류라니…… 기분 나빠."

"하하하. 정말 아니라고 생각해요?"

"당연하지. 절대 아니야."

"누가 할 소리."

어느새 가방을 방에 두고 거실로 나온 가현이 떡하니 팔짱을 끼고 그를 노려보며 서 있었다. 제 딴엔 무서운 표정을 짓는다고 인상을 쓰는 모양인데 그저 귀여울 뿐이니 큰일이다.

"내가 더 기분 나빠. 난 저 언니처럼 못되지 않았다고."

"누가 언니야? 분홍마녀, 너 한 번만 더 언니라고 하면 혼난다고 했다."

"치. 누가 그렇게 곱상하게 생기래?"

"뭐?"

엄마랑 시현 언니가 하는 말을 들으니 지금 눈앞에 있는 저 아저씨가 여자보다 더 예쁘고 곱상하게 생겨서 걱정이 많다고 했다. 곱상이 무슨 뜻인지는 모르겠지만 그다지 나쁜 의미는 아닌 거 같다. 그리고 예쁘게 생기면 좋은 거지 왜 걱정을 할까?

어쨌든 저 아저씨가 여자보다 더 예쁘다고 하니 자신은 그때부터 저 아저씨를 언니라고 부르기로 결정했다. 물론 언니라는 말을 할 때마다 붉으락푸르락해지는 아저씨의 표정이 더 재미있기는 하지만 말이다.

"엄마는 어디 갔어?"

"마트에 장 보러 가셨어."

"진짜?"

시현의 말에 가현이 세강을 은근히 째려보았다. 엄마가 집에 없는 이유가 저 아저씨 때문이라는 게 영 못마땅했다. 가현은 쪼르르 전화기 앞으로 다가가 수화기를 들었다.

또르르. 또르르. 신호음이 가는 동안 가현의 눈동자도 같이 구르기 시작했다.

"엄마!"

— 어, 우리 가현이 집에 왔어?

"응."

—그래? 엄마 금방 가니까 잠깐만 기다려.

"알았어. 그런데 엄마, 나 오늘 저녁에 칼국수가 먹고 싶어. 그거 해 주라."

— 칼국수?

"응."

— 가현아, 그거 내일 먹으면 안 될까? 오늘은 세강이도 왔고 하니까.

"싫어. 나 오늘 꼭 칼국수 먹을 거야. 그러니까 꼭 사 와. 엄마, 사랑해."

가현이 의기양양하게 전화를 끊고는 세강을 바라보며 씨익 웃었다.

시현은 그런 가현을 보며 큰 웃음을 터트렸다. 정말 못 말리겠다.

희선이 차려 준 저녁을 먹고 난 뒤 시현은 세강의 손을 잡고 산책을 나왔다. 예전이라면 꿈도 꾸지 못할 일이지만 이제는 자연스럽게 거리를 거닐 수 있게 되었다.

"진짜 괜찮아요?"

"이제 군에 갓 들어간 신병도 아닌데 걱정 안 해도 돼."

"적은 나이도 아닌데 어린 사람들 틈에서 생활하는 게 쉽지 않을 거 아니에요. 그러니까 자꾸 걱정돼서 그렇지."

나이도 나이지만 그의 외모도 그녀의 걱정거리 중에 하나였다. 다른 사람의 시선을 잡아끄는 예쁘장한 얼굴 때문에 여자로 오해

받는 일이 비일비재하다 보니 절로 신경이 쓰였다. 거기다 간혹 가다 독특한 성적 취향을 가진 사람이 있다 보니 근심이 커지는 것도 사실이었다.

왜 그는 항상 물가에 내놓은 어린아이처럼 느껴지는 걸까.

"안 해도 될 걱정을 뭐 하러 해?"

"그런가?"

"집에 가자. 둘만 있고 싶어."

세강은 시현을 빤히 쳐다보며 손을 내밀었고 그에게 환한 미소를 되돌린 시현이 그의 손을 맞잡아 깍지를 끼웠다. 빈틈없이 맞물린 손의 모양이 꽤 마음에 들었는지 세강의 입매가 부드러운 호선을 그렸다.

천천히 걸음을 옮기는 시현의 속도에 맞춰 세강도 한 발을 내디뎠다.

시현은 집에서 쉬고 싶다는 그의 손을 잡아끌고 미용실로 향했다. 오래전부터 계획했던 일을 이제야 실행하게 되었다는 기쁨에 걸음마저 가벼웠다.

거울을 통해 눈이 마주치자 세강이 부드러운 미소를 지으며 살짝 손을 흔들었다. 거기에 호응하듯 미소를 되돌린 시현이 이내 인상을 와락 구겼다.

'에휴, 저것들을 콱!'

그의 주변에 앉은 여자들의 노골적이고 음흉한 시선이 순식간에 그에게 날아들었다.

도대체 남의 남자를 보며 저렇게 침을 흘리는 이유를 모르겠다.

분명 자신과 눈빛을 주고받고 미소를 나누는 것을 보았을 텐데도 불구하고 사심이 가득 담긴 눈길을 거두지 않고 오히려 그에게 바짝 다가앉는 여자도 있었다.

'그래, 내가 실수한 거야.'

미용실에 나란히 앉아 머리하는 모습을 상상했던 시현은 그것을 실행해 보고자 그와 함께 미용실에 들어오는 순간, 후회를 했다.

아무리 기르고 있다고 해도 살짝 다듬을 수밖에 없는 길이를 가진 그의 머리카락 상태를 확인하지도 않고 상상 속의 그와 자신의 모습만 생각한 결과였다. 거기에 덤으로 따라붙은 여자들은 저 끈적끈적한 시선까지.

'미쳤지, 내가…….'

디자이너의 손에 머리를 맡기고 있으면서도 내내 마음이 편치가 않았다.

날카롭게 곤두선 신경은 주위의 모든 것들을 탐색하고 적을 경계하느라 팽팽하게 당겨져 당장이라도 끊어질 듯 위태롭게 흔들렸고 하도 이를 악물고 있던 탓에 턱이 아파 왔다. 그리고 머리에 잔뜩 발라져 있는 파마약으로 인해 당장 뛰쳐나갈 수도 없었다.

예전에 집에서 둘만 있을 때가 좋았다. 주위의 시선은 신경 쓰지 않아도 되었으니 이런 쪽으로는 마음이 편했었다.

'당장 집으로 돌려보내?'

"어머, 오빠!"

높고 경쾌한 목소리에 시현의 짜증 섞인 시선이 그리로 향했다.

겨울이 성큼 다가와 바람이 차가운데도 불구하고 한여름에나 입을 듯한 짧디짧은 반바지에 속이 훤히 들여다보이는 시스루 블라우스를 입고 치렁치렁한 머리를 늘어트린 여자가 세강의 곁에서 반가움을 표시하고 있었다.

손에 들고 있는 외투와 가방을 자연스럽게 테이블 위에 내려놓더니 그의 팔을 덥석 잡기까지 했다.

"휴가 나오신 거예요?"

"어? 네가 여기 웬일이야?"

처음엔 그 여자가 누군지 몰라 어리둥절해하던 그가 금세 알은척을 했다.

"미용실에 머리 하러 오지 왜 오겠어요. 오빠도 머리 하러 온 거예요? 어머, 잘됐다."

'잘되긴 뭐가? 그가 머리를 하는데 지가 왜 잘돼? 너랑 그랑 무슨 사이라고.'

꼬일 대로 꼬인 심사가 점점 더 불퉁하게 변해 가고 마치 눈앞에서 내 남자의 불륜을 목격이라도 한 것처럼 화가 나기 시작했다.

"언제 제대해요? 내년에 복학하실 거죠? 그럼 우리 내년엔 같이 학교 다닐 수 있는 거예요? 어쩜, 좋아. 너무 반가워요. 나 진짜 오빠 많이 보고 싶었거든요. 면회도 갈까 생각했는데."

점점 가관이다. 대답할 틈도 주지 않고 제 말만 폭풍처럼 늘어놓더니 저러다가 아예 그의 품에 몸을 던질 기세였다. 시현의 눈동자가 태평해 보이는 세강에게 향했다. 도대체 무슨 생각을 하고 있는 걸까? 팔 위에 올려놓은 손을 치울 생각도 안 하나? 내가 이렇게 빤히 보고 있는데?

"머리는 다 하셨어요?"

"아니, 아직은 조금 남은 것 같은데……."

"그래요? 그럼 머리 다 하고 우리 밥 먹으러 가요. 진짜 궁금한 게 얼마나 많은지 몰라요."

간이라도 내줄 기세로 살랑거리는 여자를 물끄러미 바라보던 그가 피식 웃었다.

"네가 궁금해하는 걸 내가 다 말해 줘야 해?"

"네?"

"그리고 네가 내 팔을 이렇게 서슴없이 잡을 정도로 너랑 내가 친했던가? 내 기억엔 아닌데……."

인정머리 없는 그의 말에 여자의 손이 스르르 떨어져 나갔다. 급격하게 달라진 그의 태도에 조금은 당황한 듯 보이기도 했고 자신이 이렇게 잡상인 취급을 받는다는 것에 어이없어 하는 것도 보였다.

더 기가 막힌 건 그의 주변에 있던 여자들의 반응이었다. 지들이 왜 안도하는데? 까칠하게 구는 그의 태도에 눈에 띄게 편안한 표정을 짓는 것도 이해할 수가 없었다.

"아! 밥 먹자고 했던가?"

그의 말에 대번 기대 어린 표정을 짓는 저 여자도 참 속이 없다.

"그건 허락을 받아야 하는데 말이야."

"허락이요?"

"응."

느리게 자리에서 일어나는 그를 보던 다른 여자들의 입에서 탄성이 새어 나왔다. 키도 크고 다리도 길다는 등의 말이 여기저기서 들려왔다.

그가 다가온다. 왜 저러지? 뭘 하려고? 괜히 불안한 마음에 슬쩍 눈을 돌렸다.

"자기야."

그녀의 곁에 바짝 다가온 그가 의자 등받이를 한 손으로 잡고 고개를 숙여 눈을 맞춰 왔다. 크고 까만 눈동자에 가득 담긴 자신의 모습이 거울처럼 비쳐졌다. 이러면 심장에 안 좋은데…….

"저 애가 우리랑 밥 먹자는데 어떻게 할까? 자긴 싫지? 나도 싫거든. 그래도 혹시나 자기가 좋다고 할까 봐 한번 물어보는 거야. 자긴 어때?"

그 말을 끝내고 그가 시현의 입술에 입을 맞췄다. 그리고 어서 처분을 내려 달라는 눈동자로 지그시 그녀를 응시했다. 마치 네가 원하는 거면 싫은 일도 참고 해 보겠다는 듯이 말이다. 머리를 쓰다듬어 주지 않으면 안 될 것 같은 강아지와 닮은 표정이라 절로 웃음이 나왔다.

시현은 그를 향해 함박웃음을 터트리며 대답했다.

"저 여자가 쏜대? 그럼 먹지 뭐."

"……그래, 알았어."

예상치 못한 그녀의 대답에 눈꼬리를 치켜 올린 그가 이내 화답하듯 미소를 지었다. 그리고 천천히 몸을 일으켜 그 여자를 쳐다보며 입을 열었다.

"들었지? 우리 자기가 네가 쏘래."

"……."

그리고 한동안 그 누구도 입을 열지 않았다. 그 많은 사람들에게서 쏟아져 나오던 모든 소음이 일시에 소거가 되는 그런 현상이 벌어졌다. 물론 다시 깨어나는 데 그리 오래 걸리지는 않았지만…….

얼굴이 붉게 변한 여자가 제 물건을 챙겨서 신경질적으로 그 자리를 벗어남으로써 모든 것이 제자리로 돌아왔다.

"윤세강, 못됐다."

"후훗."

작게 중얼거린 시현의 말에 그는 어깨를 으쓱이며 슬쩍 웃음을 흘렸다.

❀

저 멀리 아련한 표정으로 서 있는 여자는 분명 민시현이다. 자신을 매번 그리움에 허덕이게 만드는 힘을 가진 여자. 아직까지 그의 존재를 눈치채지 못하고 있는 시현을 뚫어지게 바라보다 큰 소리로 불렀다.

"시현아!"

그녀를 향해 달려가는 묵직한 군홧발 소리가 골목 가득 울려 퍼지는 것과 동시에 화들짝 놀란 시현이 그를 향해 달려오기 시작했다.

꿈에 그리던 제 여자를 품에 안고 얼굴을 쓸고 머리카락을 어루만지며 그녀의 실체를 확인했다. 진짜 시현이다. 그 사실 하나에 감격한 세강의 표정이 절로 부드러워졌다.

이내 동네 창피하다고 어머니께 한 소리를 듣긴 했지만 그 타박 어린 말도 정겹기만 했다. 정말 시현이 제 곁에 있다는 실감이 나서 말이다.

세강은 시현과 어깨를 나란히 하고 집으로 향했다. 그를 보면 습관처럼 부드러운 미소를 짓는 사랑하는 여자와 함께.

하나둘 불이 켜지는 가로등 불빛이 앞으로 나가는 그를 응원하는 것만 같았다. 문득 시현의 곁에 떳떳한 남자로 서기 위해 애를 썼던 일들이 주마등처럼 스쳐 갔다.

지난 5년의 시간은 그에게도 힘겨운 시간이었다.

연이어 검정고시를 봐야 했고 어려운 수능도 힘겹게 치러 냈다. 그리고 시현이 앞에 당당하게 서기 위해 늦게나마 군대도 가야 했다.

무엇보다도 시현에게서 떨어져 있어야 한다는 사실이 얼마나 그를 힘겹게 하는지 그 누구도 이해하지 못할 것이다.

정말이지 죽도록 노력했다. 익숙하지 않은 공부를 뒤늦게 하며 허무하게 흘려보낸 시간을 얼마나 아까워했는지…….

그마나 다행이라면 시현의 부모님이 치열하게 치러 낸 그의 노력을 인정해 주셨다는 거다. 만일 그것마저 없었다면 자신은 지금 뭘 하고 있을지 눈앞이 깜깜하기만 했다.

전에 우연히 시현과 그녀의 아버지가 나누는 대화를 엿듣게 된 적이 있었다.

두 사람 사이에서 거론된 제 이름 탓에 본의 아니게 자리를 떠날 타이밍을 놓쳤고 그날 그 자리에서 들었던 말은 오래도록 그의 가슴에 남게 되었다. 마치 문신처럼.

"아빠, 전에 세강 씨가 우리 집에 왔을 때 왜 반대한 거야? 나중에 생각하니 딱히 반대할 마음은 없었던 거 같은데."

"남잔 책임감이 있어야 해. 아무리 어렵고 힘들어도 내 식구 배곯게 하지 않겠다는 각오가 있지 않으면 이 험한 세상을 살아갈 수가 없어. 아무리 더럽고 어렵고 힘든 일을 하더라도 내 마누라, 내 새끼를 위해서 꿋꿋이 참아 낼 줄 아는, 그게 바로 가장이지. 한데 전에 그 녀석에게는 가장이 된다는 자각이 없었어. 아니 자각이 뭐야. 그때 그 녀석은 어떻게든 살아 보려는 의욕도 없었어. 그래서 반대를 했지."

그녀의 아버지 말이 맞았다. 그 당시 그에게는 누굴 책임지겠다는 자각은커녕 제 몸 하나를 건사하는 데에도 관심이 없었다. 그저 무의미하게 하루를 보내며 안으로만 움츠러들었다.

공부를 시작하게 된 계기도 단지 시현을 놓기 싫어서였을 뿐 자신의 삶을 변화시킬 의도는 없었다. 그런 상태에서 우연히 듣게 된 그 말은 그를 흔들어 놓기에 충분했다.

앞으로 보름 정도 후면 제대를 하고 본격적으로 시현과 함께 하는 삶이 시작될 터였다.

조금은 두렵고 또 약간은 기대를 갖게 하는 시간들. 때론 잘못된 선택을 할 때도 있고 좌절할 때도 있겠지만 시현과 함께라면 그는 천하무적이 될 것이다.

귀엽다. 새침하게 치켜뜬 눈과 붉으락푸르락 달아오른 얼굴을 보고 있자면 처음 시현을 만났을 때 느꼈던 생동감이라는 말이 떠오른다.

'머리카락을 아프게 당기나?'

뭐가 저리 마음에 들지 않아 뾰로통한 표정을 짓고 있는지 모르겠지만 이렇게 한 걸음 떨어져 그녀를 지켜볼 수 있는 것도 나쁘지 않았다.

화가 난 아기 고양이가 털을 곤두세워 주위를 경계하는 것처럼 자신이 있는 쪽을 노려보는 모습이 너무 귀여웠다. 나이를 먹을 만큼 먹은 여자가 저리 아이 같아서야 어떡하나 싶었다.

질투하는 민시현. 정말 보기 드문 광경이다. 항상 가현과 경쟁하듯 시현의 사랑을 애걸하는 쪽은 자신이었는데…….

그 모습을 오래도록 보고 싶어 이상한 여자가 팔을 잡는 것도 내버려 두었지만 더는 안 되겠다. 이 상태로 계속 있다간 내 아기 고양이가 야멸차게 할퀴어 댈 것이 뻔했다. 곁에도 오지 못하게 하고 만지지도 못하게 하면 죽어나는 건 자신뿐이다.

찰랑찰랑 웨이브 진 머리를 흔들며 그의 팔에 매달려 있는 시현을 보니 왜 이리 가슴이 벅차오르는지 모르겠다.

제 주변을 경계하며 뾰족하게 날을 세우던 모습도, 지금처럼 천진하게 주위를 둘러보며 눈을 빛내는 모습도 어느 것 하나 예쁘지 않은 게 없다.

정말 우연히 손수건 한 장과 함께 날아든 시현이 그의 삶에 이렇듯 큰 의미가 될 거라곤 생각지도 못했는데……. 너와의 인연은 어디서부터 연결되어 있던 걸까. 그저 조금 더 일찍 너를 만나지 못했다는 것이 아쉬울 뿐이다.

"시현아, 사랑해."

그의 뜬금없는 고백에 눈을 동그랗게 뜬 시현이 이내 곱게 웃으며 그가 원하는 답을 해 주었다.

"나도 사랑해요."

역시 이래서 난 네가 아니면 안 되는가 보다.

에필로그

"시현아."

"형부. 어서 오세요."

현관문을 열기가 무섭게 들려온 가현의 음성에 세강의 얼굴이 대번 딱딱하게 변해 버렸다. 저 분홍덩어리가 왜 여기에 있는 거지? 다정하고 나긋한 시현의 목소리가 아니라 순식간에 그의 심기를 사납게 만드는 존재의 목소리가 왜 들리는 거냔 말이다.

"어쩐 일이야?"

"사랑스런 조카 얼굴 좀 보러 왔죠. 제가 왜 왔겠어요?"

'설마 형부가 보고 싶었다는 말을 듣고 싶은 건 아니시죠?' 라는 말을 뒤로 감춘 채 가현은 생글생글 웃었다.

"다녀간 지 얼마 되지 않았잖아."

"어머, 나 정말 서운하려고 하네. 형부는 내가 이 집에 오는 게 그렇게 싫어요? 아주 대놓고 싫은 티를 내내."

가현이 과장되게 충격을 받았다는 액션을 취했지만 세강은 코웃음을 칠 뿐이었다.

"그걸 지금까지 몰랐단 말이야? 생각보다 더 둔하군."

"뭐라고요? 형부, 지금 한 말 진심이에요?"

"당연하지."

"언니한테 다 일러 줄 거예요. 형부가 내가 오는 거 싫다고 했다고."

"……분홍마녀."

가현의 말에 세강은 이를 갈며 한 마디를 던졌다. 시현에게 멋지게만 보이고 싶어 하는 그의 약점을 잡아 협박을 일삼는 분홍덩어리는 정말이지 절대 좋아하려야 좋아할 수가 없다.

어린 분홍마녀가 집에 쳐들어온 뒤로 시현과 떨어져야만 했던 암울한 기억이 생생하게 떠오르자 절로 눈꼬리가 치켜 올라간다.

'고작 감 하나로 날 물 먹였지.'

"분홍덩어리."

"아 참. 그렇게 부르지 말라고 했잖아요."

"처제 학교 친구들은 과거 처제의 몰골을 알고 있을까? 옛날 사진을 학교에 뿌려 버리는 것도 꽤 좋을 것 같은데."

"형부!"

가현은 씨근덕거리며 세강을 노려보았다. 사실 어렸을 때 핑크색을 조금 과하게, 아니 많이 과하게 좋아한 건 사실이지만 그것을 가지고 저런 식으로 자신을 공격하는 건 마음에 들지 않았다.

언니네 집에 놀러 오면 형부는 항상 저런 식이었다.

시현이 조카에 이어 자식 같은 동생인 가현을 그보다 더 신경 쓰고 챙기는 것에 불만을 토로하는 것을 똑똑히 들었다.

넘버 2에서 넘버 3가 되는 것이 싫다나. 애도 아니고…….

"자꾸 그런 식으로 나오면 저 여기서 살 수도 있는데요."

의미심장한 미소를 머금은 가현이 결정타를 날렸다.

"누구 맘대로?"

"누구 맘이겠어요. 언니 맘이지."

"……미안. 내가 실수했어."

정말이지 사과가 빠르기도 해라. 충분히 실현 가능한 이야기임을 직감한 세강의 발 빠른 대처에 가현의 이마가 와락 구겨졌다.

"형부, 진짜 너무한 거 알아요?"

"왜 이래? 처제만 할까."

이제 겨우 저 분홍마녀의 곁에서 떨어져 나왔는데 다시 그 지옥 같은 생활로 돌아갈 순 없었다.

시현과 결혼을 하고 첫 살림을 예전 그 집에서 시작했다. 담 하나를 사이에 두고 나란히 붙어 있는 집은 말이 두 집이지 한집이나 마찬가지였다.

특히나 시도 때도 없이 들이닥쳐 늦은 시간까지 뭉그적대는 저 분홍마녀 때문에 그의 몸에 사리가 한 바가지나 쌓였더랬다. 그러다 시현이 이번에 부임하게 된 학교가 집에서 멀어지는 바람에 겨우 멀어졌는데……. 한집에서 살아야 한다면? 으, 상상만으로도 끔찍했다.

시큰둥한 표정을 한 가현과 못마땅한 표정을 한 세강의 시선이 부딪혔다. 누구 한 사람이 입을 열면 맞받아칠 자세로 서로를 견

제하고 의식했다.

"언제 왔어요?"

그때 견원지간이라는 말에 딱 들어맞는 두 사람 사이로 또 다른 목소리가 파고들었다.

"시현아!"

"언니~"

빨래를 가득 안고 모습을 드러낸 시현을 향해 세강은 반가움을 표했고 가현은 울상을 지었다.

"그런데 분위기가 묘하네."

서로 못 잡아먹어 안달인 두 사람 사이가 따스한 봄날 같을 순 없었다. 보이지 않는 기 싸움으로 팽팽하게 날이 선 분위기를 시현이 느끼지 못한다는 것은 말이 되지 않았다. 하지만 세강은 태연하게 미소를 지으며 그녀의 말에 반박했다.

"무슨 소리야. 오랜만에 만난 처제와 정답게 대화를 나누고 있는 중인데 무슨 큰일 날 소리를 다 하고 있어."

전에 한 번만 더 둘이 티격태격하는 것을 본다면 그에 따른 불이익이 있을 거라는 경고를 기억한 그가 천연덕스럽게 이 상황을 넘기려 했다. 아이와 똑같은 수준으로 행동하지 말라는 말을 착실하게 듣는 사람처럼 말이다.

"이상한데."

"이상하긴 뭐가 이상해. 괜히 사람 잡을 생각 말고 이리 와."

가현이 어이없다는 얼굴로 그를 응시하자 세강은 더욱 환하게 웃으며 어깨를 으쓱하고는 제 옆자리를 두드렸다.

정말 모를 거라 생각하나? 가현이와 만나면 늘 아웅다웅한다는 걸 빤히 아는데 능청스럽게 아닌 척하는 모습이 귀엽기만 하니 큰일이다.

뭐 알고도 모른 체 넘어가 주는 미덕을 가진 그녀니까 오늘은 이쯤에서 그만두기로 하자.

"그런데 현웅이는?"

"자요. 낮에 가현이랑 너무 놀았는지 정신을 못 차리네."

"그래?"

시현에게 질문을 하는 내내 열심히 눈을 맞추는 그를 보던 가현이 눈꼬리를 올리며 입을 열었다. 왠지 이 자리에 자신은 없는 사람이 된 것 같아 마음이 상했다. 언니가 저는 봐 주지도 않고 형부만 쳐다보는 것도 마음에 안 들고…….

"역시, 형부는 대단해요."

"내가?"

"네."

가현의 말이 무슨 뜻인지 모르는 그가 미심쩍은 눈으로 그녀를 응시했다. 또 저 입에서 어떤 말이 나올까 하고 경계하는 모습이 미소를 자아내기 충분했다.

"완전 달라. 언니가 있을 때랑 없을 때가. 언니가 있으면 완전 정신없이 꼬리 흔드는 강아지 같아. 혹시 이중인격?"

"민가현!"

그녀는 시현의 경고 어린 부름에도 태연자약한 태도를 유지했다.

'강아지?'

사실은 '개' 라고 말하고 싶었던 게 아니라? 이대로 참고 있을 수 없다 생각한 세강이 한마디를 하려고 입을 열려는 찰나 시현이 먼저 나섰다.

"너, 지금 뭐 하는 거야? 형부가 네 장난 다 받아 주니까 친구 같이 보이니? 어디 버르장머리 없이 입을 함부로 놀려? 예쁘다 예쁘다 하니까 다 잘하는 줄 알지? 너 자꾸 이런 식으로 형부한테 까불 거면 집에 오지 마. 알았어?"

"언니."

늘 웃는 얼굴로 잘한다, 귀엽다 얘기하던 언니가 너무도 낯설었다. 자신에게서 언니를 빼앗아 간 형부가 얄미워 톡톡 쏘긴 했지만 그때도 언니는 한 번도 화를 낸 적이 없어 당혹스럽고 서러웠다.

이게 다 형부 탓이다. 언니를 빼앗아 간 것으로 모자라 화까지 내게 만들었다.

아무리 많이 컸다 해도 아직은 사랑만 받던 막내인 가현은 눈물을 글썽이며 시현을 향해 외쳤다.

"언니 미워! 나 집에 갈래."

"안 잡는다."

"진짜로."

"갈 거면 더 늦기 전에 어서 가. 엄마 걱정하실라."

가현이 있는 쪽은 쳐다보지도 않고 현웅의 옷을 개며 시큰둥하게 대꾸했다. 시근덕거리며 시현을 노려보던 가현이 팽 하고 고개를 돌리고 쾅쾅거리는 걸음으로 현관을 향했다.

"참, 형부한테 사과는 하고 가야지."

"안 햇."

"그럼 나중에 사과할 마음이 들면 그때 와. 그전엔 절대 오지 말고."

"언닌 바보야!"

쾅.

깜짝 놀랄 정도로 세게 문을 닫고 나가는 가현을 보며 시현은 혀를 찼다.

"쯧, 현웅이 깨겠네. 계집애 성질머리하곤."

"시현아~"

세강은 감격에 겨워 그녀를 덥석 끌어안았다.

가현과 있을 때 늘 그의 역성을 들어 주길 바라던 희망사항이 오늘은 완전하게 충족되었다.

그의 등을 토닥거리던 시현이 넌지시 물었다.

"바쁜 건 다 끝났어요?"

"응. 1차 설계는 끝났고 세부 설계는 남았는데 아직 며칠 여유가 있어."

"그렇구나. 너무 무리하면 안 되는 거 알죠?"

"그럼, 내가 우리 시현이하고 현웅이 먹여 살리려면 튼튼해야지."

국내 최대 해운회사를 운영하는 집안의 사람답게 그가 재능을 보인 것은 선박 설계 부분이었다. 늦깎이 대학생이 되어 자신보다 어린 친구들과 경쟁하던 그가 이제는 뒤늦은 사회인이 되어 바쁜 하루를 보내고 있었다.

며칠씩 계속되는 야근도 무리 없이 견디고 있었고 4차까지 이어지는 회식도 가능하면 빠지지 않으려 노력하는 모습에 이제 시현은 한시름을 놓았다.
“그런데 분홍마녀는 괜찮을까?”
“당신도 제발 그 말 좀 하지 마요. 가현이가 뻔히 싫어하는 거 알면서 꼭 그러더라.”
“하핫. 재밌잖아. 파르르 떠는 게 얼마나 귀여운데.”
“퍽도 귀여워서 그러겠어요.”
“……진짜 안 나가 봐도 돼?”
“냅둬요. 요즘 사춘긴지 툭하면 성질내니까. 엄마도 힘들다고 그러더라고요. 시간이 지나면 괜찮아지겠죠.”
잠시 후 시현이 빨래를 다 개기가 무섭게 그가 팔을 잡으며 입을 뗐다.
“우리 현웅이 동생 가지자.”
“아직 현웅이도 어린데 무슨 아이를 또 갖자고 그래요?”
또다시 저 분홍덩어리에게 시현을 빼앗기느니 차라리 자신과 그녀의 피를 이어받은 아이가 더 나을 거란 계산이 깔렸다. 첫째 아이는 아쉽게도 그를 닮은 아들이지만 둘째는 그녀를 닮은 딸일 수도 있다는 가능성 역시 계산에 포함되었다.
“널 닮은 딸이 갖고 싶어. 무척이나 예쁠 텐데…….”
“뭐야? 내가 그렇게도 좋아요?”
그의 말이 싫지 않은지 시현이 은근히 물었다.
“응.”
다른 일에는 쑥스러움을 많이 타고 솔직하지 못하지만 그녀를 좋아한다는 말은 거리낌 없이 할 수 있는 사람이 윤세강이었다.
“좀 더 이따가요. 이제 겨우 숨 좀 돌리는데 또 아이를 가지면 그 감당을 어떻게 해요."

"아이는 키울 때 한꺼번에 키우는 게 좋대."

이제는 육아박사까지 될 모양이다.

어떻게든 그녀를 설득해 그가 원하는 바를 이루리라 다짐한 듯 그가 애처로운 눈을 그녀의 코앞에 들이밀었다.

"시현아, 난 정말 널 닮은 딸이 갖고 싶어."

"하아."

그의 강력한 눈빛 공격에 시현은 난감한 얼굴을 했다. 못 이기는 척 넘어가 볼까?

"현웅이 깰 텐데……."

"빨리 하면 되지. 빨리 끝낼게."

무슨 속도 경쟁하는 운동선수도 아니고, 그게 그렇게 빨리 끝나게 되느냔 말이다. 평소에 하던 습관이 있는데…….

세강을 살짝 흘겨보던 시현이 그에게 손을 내밀며 의미심장하게 웃었다.

"빠아! 모야?"

호기심이 왕성한 현웅이 짧은 손가락을 들어 대충 가리키며 물었다. 하루에도 수십 번은 듣는 저 '모야' 소리에 지칠 법도 하건만 세강은 늘 성심껏 그 질문에 대답했다.

"저건…… 큰아빠네."

정원에 넓은 돗자리를 펴 놓고 뒹굴거리며 따스한 햇살을 즐기던 세강이 벌떡 일어나 앉았다.

"웬일이야? 연락도 없이."

“동생네 집에 오면서 꼭 연락을 해야 하는 거냐?”

“그건 아니지만, 늘 바쁜 사람이니 그렇지.”

종혁이 세강은 거들떠보지도 않고 현웅이 앞에 자릴 잡으며 눈을 맞췄다.

“우리 현웅이 잘 지냈어?”

“빠아.”

“아니지. 네 아빤 여기지. 저쪽이 아니라 여기다, 이 녀석아! 다른 건 몰라도 호칭은 확실히 해야 할 거 아니야?”

말할 줄 아는 단어가 몇 가지가 안 되는 아이한테 뭘 바라는 건지.

세강의 투덜거림에 종혁은 피식 바람 빠지는 소리를 내었다. 늘 꼬마 같기만 하던 세강이 어느새 이리 훌쩍 커서 아이까지 낳아 키우는지, 절로 아빠 미소가 지어졌다.

“제수씨는?”

“집에…… 금방 나올 거야. 김밥 싸고 있거든.”

“김밥?”

“응. 우리 지금 소풍 나온 거거든.”

“고작 집 앞마당이 소풍 장소냐?”

“이 꼬맹이가 어려서 멀리 가면 힘들대.”

세강이 현웅의 볼을 살짝 꼬집으며 대답했다. 자신을 꼭 닮은 아이가 하루가 다르게 커 가는 걸 볼 때마다 새로 태어나는 기분이었다.

부모님도 그러셨을까? 피를 뒤집어쓰고 생이 끝나는 순간까지 눈을 감지 못하고 자식의 안위를 확인하고 싶었을 거란 시현의 말이 요즘에야 이해가 되었다. 그전에는 그저 막연하게 그럴 수도 있겠다고 생각했던 문제의 답이 명확하게 눈에 들어온다고나 할까?

그가 만일 그 상황이었더라도 똑같은 행동을 했을 것만 같다.

다행이다. 그래도 너만은 무사해서 정말 다행이다, 라고…….

"오셨어요?"

시현이 손에 피크닉 바구니를 들고 나오며 종혁에게 인사를 건넸다.

"네. 제수씨. 이거 생각지도 않게 이 집 식구들 나들이에 끼게 됐네요."

"아주버님이라면 언제든지 환영이죠."

"까아~ 마맘."

엄마를 보고 다가가기 위해 바동거리는 현웅을 품에 꼭 안아 꼼짝도 못하게 하는 세강을 한심하게 바라보던 종혁이 녀석의 머리를 툭 하고 쳤다. 어렸을 적에도 하지 않던 행동을 나이 먹어서 처음으로 하는 것이 우습긴 했지만 지금은 왠지 한 대 치고 싶었다.

너무 행복해 보여 샘이라도 났나 보다.

"출장은 잘 다녀오셨어요?"

"출장 갔다 왔어?"

시현의 물음에 세강이 호기심을 드러내며 물었다.

"허 참, 형이 뭘 하고 다니는지 관심 좀 가져 주지?"

"아~ 그래서 왔구나."

그제야 종혁의 곁에 놓인 쇼핑백을 바라보며 고개를 주억거렸다.

“내 거야?”

“그럴 리가. 네가 뭐가 예쁘다고 네 걸 사 오겠어? 2주 동안이나 출장을 다녀왔는데 알지도 못하는 녀석한테…….”

“사소한 것에 꽁해 있으면 큰 사람이 되지 못해.”

“너나 잘해라, 인마.”

티격태격하는 형제를 쳐다보며 시현은 바구니 안의 음식을 하나씩 꺼내 놓고 종혁에게 젓가락을 건넸다.

“식사하세요. 오실 줄 알았으면 다른 걸 하는 건데 그랬어요.”

“아니에요. 이것도 훌륭한데요.”

찬합에 차곡차곡 담긴 김밥과 과일을 보며 눈을 빛내는 현웅이 와락 달려들려는 것을 시현이 잡아채 다리에 앉혔다.

“이거.”

손가락으로 김밥을 가리키는 현웅에게 따로 준비한 꼬마김밥을 꺼내 주었다.

“우리 현웅이는 이거 먹자.”

작은 포크를 손에 쥐여 주고 김밥을 내밀자 열성적으로 달려들어 포크로 김밥을 찍어 입으로 가져갔다.

짧은 손으로 작은 입에 한가득 김밥을 밀어 넣고 오물거리는 현웅의 모습을 세 사람이 애정이 담뿍 담긴 눈으로 바라보았다.

“윽, 민시현. 시금치는 조금만 넣으라고 했잖아. 다른 집은 시금치를 빼기도 한다던데, 너는 꼭 넣더라.”

“넌 여전하다.”

“싫은 건 싫은 거라고.”

투덜거리며 김밥을 우물거리는 세강이 시금치를 씹었는지 미간을 슬쩍 찌푸렸다. 물론 조금만 넣어도 되는 시금치를 일부러 많이 넣기는 했다. 그렇다고 저리 질색을 하나? 오늘은 그가 싫어하는 시금치로 저녁상을 차려야겠다고 생각하던 시현이 현웅을 보고는 허탈한 웃음을 흘렸다.

"어머, 얘 좀 봐. 어쩜 닮지 말았으면 하는 건 꼭 닮냐."

포크로 제 몫의 김밥을 난도질하듯 찍어 대던 현웅이 시금치가 쏙 빠진 김밥만 골라서 주워 먹고 있었다.

"하하하. 씨도둑질은 못 한다더니…… 딱 윤세강이다."

"자식."

종혁은 현웅을 보며 화통하게 웃어 젖혔고 세강은 아들의 머리를 쓱 쓸며 흐뭇한 표정을 지었다. 밥풀을 입 주위에 묻히고 그들을 어리둥절한 눈으로 쳐다보던 현웅이 까야 하고 크게 웃음을 터트렸고 아이의 웃음소리와 함께 어른들의 웃음소리도 커졌다.

"인마, 너 뭘 알고 웃는 거야?"

종혁이 돌아가고 설거지를 끝낸 시현이 거실로 나오자 미국산 슈퍼히어로들의 피규어와 가면, 방패, 망치 등과 그것을 포장하고 있던 종이와 비닐이 여기저기 하나씩 널브러져 있는 게 눈에 들어왔다.

"난장판이네."

작게 한숨을 쉰 시현이 그것들을 치우기 시작했다. 그러다 이 난장판을 만든 원흉인 두 사람이 보이지 않는다는 사실을 깨달았다.

"어디에 있는 거야? ……혹시?"

거실에 이어 안방까지 엉망으로 만들었나 싶어 서둘러 방문을 열어 보니 세강과 현웅이 침대에 같은 자세로 잠들어 있었다.

커다란 초록색 주먹을 손에 낀 현웅과 깡통 아저씨의 레이저가 발사되는 붉은 장갑을 낀 세강이 나란히 누워 만세를 부르는 모습에 절로 웃음이 터졌다.

급하게 휴대폰을 찾아 그 모습을 사진으로 남기는 내내 시현의 입가에는 미소가 사라지지 않았다. 찍은 사진을 가만히 들여다보던 시현이 종혁에게 사진을 전송했다. 그가 선물한 장난감이 어떻게 사용되고 있는지 알려 주고 싶었다. 저 철없는 아빠를 어떻게 하면 좋을지.

띵동.

[보기 좋네요. 이거, 세강이 녀석 약점 하나 잡은 기분입니다.]

아니 그냥 보고 웃으면 되지 약점은 뭐래? 사람이 순수하지 못하고 사악하다니까.

종혁이 약점이라 말했으면 그건 분명 세강의 약점이 될 것이 자명한 일이었다. 없는 것도 있는 것처럼 사실적으로 만드는 사람이 바로 윤종혁이었으니 말이다.

이것을 빌미로 제 남편이 종혁에게 시달리게 될지도 모른다고 생각하니 괜한 짓을 했다 싶어 속이 상했다.

[제수씨 고마워요. 세강이, 그 녀석 사람답게 살 수 있게 해 줘서.]

문자를 확인한 시현의 가슴이 뭉클해져 왔다.

이러니저러니 해도 세강이 행복하기를 바라는 사람 중 하나가 바로 종혁일 것이다. 그의 제안이 없었더라면 지금 이런 행복을 맛볼 수 있었을까? 아무런 상관도 없는 사람들이 그로 인해 인연을 맺고 연인이 되었다가 이제는 평생 함께할 동반자가 되었다.

시현은 다정한 얼굴로 현웅의 손에서 초록색 주먹을 빼내고 아이의 이마를 위로 쓸어 올렸다. 살짝 땀이 묻어나는 손을 보다가 진한 미소를 지었다.

'녀석, 정말 열심히 놀았구나.'

우리 건강하게 오래도록 같이 살자.

[역시 내가 사람 보는 눈은 확실하죠? 처음 말했던 그 가능성이 기적을 낳았으니 말입니다.]

—*fin*

외전. 종혁의 행보

"안녕하십니까."

종혁은 최대한 정중하게 고개를 숙여 인사를 건네고 원종을 향해 명함을 내밀었다.

화승해운 대표 윤종혁.

검은 종이에 은빛으로 인쇄된 고급스러운 재질의 명함이 주는 위력은 항상 대단했다. 누구나 알 만한 위치에 있다는 건 때론 복잡하게 꼬인 일을 쉽게 풀 수 있는 지름길이 되기 때문이다.

"화승해운?"

우리나라의 대표적인 유통, 물류회사의 대표가 무슨 일로 그와 아내를 만나고 싶어 했는지 이유를 몰라 원종은 어리둥절한 표정을 지었다.

"윤세강이 제 동생입니다."

"윤세강?"

"예. 시현 씨……"

"아!"

시현이 좋아하는 남자와 관련된 사람이란 걸 알게 된 원종의 표정이 대번 딱딱하게 굳었다. 만남의 목적을 밝히지 않고 이런 자리를 마련한 사람의 예의 없음에 슬그머니 미간이 좁혀졌다. 그리고 그것과 별개로 생각했던 것과 다르게 세강이 굉장한 집안의 자제라는 사실이 조금 놀랍기는 하였다.

"그런데 무슨 일로 저희를 보자고 하셨는지 물어도 되겠습니까?"

"세강이에게 대강 이야기를 들었습니다. 두 분께서 제 동생과 시현 씨의 만남을 반대하신다고요."

"그렇습니다만."

"외람된 말씀이지만 두 사람, 다시 만날 수 있게 허락해 주시면 안 되겠습니까?"

"그게 이 자리를 만드신 이윱니까?"

"네."

"저희가 왜 그래야 합니까? 내가 본 윤세강이라는 그 청년은 내 딸의 짝으로는 맞지 않아요."

"아직 제 동생에 대해 모르시는 부분이 많으시지 않습니까?"

종혁이 가방에서 몇 장의 종이를 꺼내 그들 앞에 쫙 펼쳐 놓았다.

그의 행동에 눈살을 찌푸리던 원종이 조용히 물었다.

"이건 다 뭡니까?"

불편한 자리를 어서 벗어나고 싶다는 생각이 간절했다. 팔짱을 낀 채로 테이블 한쪽 모서리를 노려보고 있는 아내를 보니 더욱 심기가 불편해졌다.

“이건 세강이 앞으로 된 주식과 부동산의 등기 권리증이고, 또 이건 세강이 이름으로 된 예금증서입니다. 보유하고 있는 부동산은 강남 중심의 13층짜리 건물과…….”

“아, 아니…… 도대체 이게 뭐하자는 짓입니까?”

종혁의 행동에 기함할 듯한 표정을 짓던 원종이 버럭 소리를 질렀다. 사람을 얼마나 우습게 봤으면…… 자신과 아내가 고작 돈 몇 푼 때문에 두 사람의 만남을 허락하지 않는 몹쓸 사람이 된 것만 같아 기가 막혔다.

“고작 돈으로 모든 것을 해결하려는 형님을 두었다니, 그 청년이 더 탐탁지가 않네요.”

떨리는 음성을 가다듬으며 차분하게 대응하려 애쓰는 아내를 보며 원종은 자리를 박차고 일어났다.

“일어나. 더 있어 봐야 좋은 꼴은 못 볼 듯하네.”

“네. 그래야겠어요.”

당장이라도 자리를 떠나려는 원종의 팔을 양손으로 부여잡은 종혁이 어렵사리 입을 열었다.

“제 뜻은 그게 아닙니다. 전 다만…….”

열심히 말을 고르던 그가 입술을 깨물고 북받쳐 오르는 무언가를 눌러 삼켰다.

“세강이는 지금 제가 데리고 있습니다. 그 녀석을 데리고 온 다음 날 시현 씨의 이름을 부르며 우는 녀석을 보았어요. 가슴을 움켜쥐고 계속 시현이를 찾는 모습을 도저히 두고 볼 수만은 없어서……. 제 동생이지만 세강이 정말 괜찮은 놈입니다. 부모님이 돌아가신 사고를 직접 목격한 충격으로 마음에 커다란 상처를 입고 오랫동안 힘든 시간을 보냈을 만큼 여린 놈이기도 하고요."

원종은 종혁의 말에 착잡한 표정을 지었다. 뭐라 얘기를 해야 하는데 딱 붙은 입술을 떨어질 줄을 몰랐다.

"……그 녀석이 더는 아프지 않았으면 합니다. 지금까지 너무 아파서, 심장이 너덜너덜해질 만큼 고통스러워하던 녀석이 이제는 정말 행복해졌으면 하는 마음에……."

"……."

종혁의 이야기를 듣고 있던 희선이 의자에 털썩 주저앉았다.

"늘 뭘 요구하지도, 관심도 두지 않던 녀석이 처음으로 무언가를 해 보려고 하더군요. 부모님이 돌아가시고 10년이 훌쩍 지난 지금에 와서야 검정고시를 본다고 공부 중이에요. 그래야 시현이를 데리러 갈 수 있다고……. 제 동생이 시현 씨로 인해 달라지려 하고 있어요."

머리를 조아리듯 고개를 숙인 종혁의 어깨가 조금씩 흔들리기 시작했다. 거대 기업의 대표라고는 믿을 수 없을 정도로 자신을 낮추는 그를 바라보던 원종이 입술에 힘을 주고 먼 곳을 응시했다.

그는 원종의 팔을 잡고 있던 한 손을 풀어 테이블 위에 펼쳐 놓은 서류를 집어 들고 그들 앞에 조심스럽게 내밀었다.

"아! 그리고 이건 그저 우리 세강이 좀 잘 봐주십사 하고……. 많이 부족하지만 녀석이지만 먹고사는 데 지장이 없을 정도로 재산도 있으니까……. 시현 씨, 우리 세강이 옆에 데려다 놔도 고생 시키지 않을 테니까…….”

두서없이 말을 꺼내는 종혁의 손을 희선이 부여잡았다.

“그만. 그만해도 돼요. 무슨 말이 하고 싶은지 충분히 알았으니까 그렇게 애쓰지 말아요.”

희선의 말에 종혁은 어색한 웃음을 흘렸다.

수많은 사람들 앞에서 회의를 하고 상상할 수 없을 만큼의 돈이 오가는 계약을 체결함에 있어 빈틈이 없다고 소문난 그가 유난히 어리숙한 모습을 보였다.

그만큼 간절함이 앞섰다. 제 모습이 어떤지 생각할 여력도 없이, 그저 윤세강 하나만을 생각했다.

12살의 작은 몸뚱이를 최대한 작게 말고 그 누구의 눈에도 띄지 않으려 구석을 찾아 애써 몸을 숨기던 녀석의 애달픈 몸짓이 자꾸만 눈앞에 아른거려 이성적인 대처를 할 수가 없었다.

솔직히 윤세강이라는 녀석 하나만 놓고 본다면 정말이지 어디에 내밀기도 부끄러운 것이 사실이었다. 나름 독학으로 여러 가지를 배웠다고는 하지만 학연을 중시하는 이 나라에서는 살아남기가 쉽지 않다는 것도 잘 알고 있었다.

“부모 마음이 참 그러네요. 세강 군의 딱한 처지는 잘 알겠는데, 그래도 내 자식이 우선이라……. 지금 당장 두 사람의 관계를 허락하긴 어렵겠지만, 세강 군이 변하지 않고 계속 노력한다면 우리도 다시 생각해 보도록 할게요.”

“……감사합니다. 정말 감사합니다.”

조건이 붙긴 했지만 두 사람 사이에 희망을 불어넣어 줄 만한 계기를 마련했다는 것에 가슴이 떨려 왔다. 당장 세강에게 이 소식을 알려 줄까 하다가 한발 물러서기로 했다.

시현의 부모님의 반대에 부딪힌 세강이 달라진 모습을 보이려 하고 있었다. 그렇게 잔소리를 하고 야단을 쳐도 꿈쩍도 않던 녀석이 적극적으로 나서는 이때를 이용할 필요가 있었다.

먼저 룸을 나선 아내의 뒤를 따라가던 원종이 잠시 멈춰 서서 고개를 돌렸다. 그리고 정중하게 고개를 숙여 배웅을 하는 종혁을 지그시 바라보다 혼잣말하듯 중얼거렸다.

"시현이가 내일모레 친구 결혼식에 참석하려고 외출한다고 하던데, 한 11시쯤 나간다고 했던가……. 크흠."

"?"

처음엔 무슨 말인가 했다. 룸을 나서다 말고 입을 여는 그를 멍하니 바라보다 뒤늦게 그 말의 뜻을 이해한 종혁이 멋쩍은 웃음을 흘리며 감사합니다, 라고 작게 대답했다.

"임 비서!"

조금 전과 다르게 우렁찬 목소리가 룸 안 가득 울려 퍼졌다.

앞으로 힘든 싸움을 시작해야 하는 동생에게 작은 선물 정도는 줘도 좋지 않을까? 그 선물을 받고 좋아할 세강의 모습이 떠오르자 절로 가슴이 뿌듯해졌다.

오늘 그가 벌인 일은 세강이 평생토록 모를 테지만 그래도 동생을 위해 무언가를 했다는 것이 그의 어깨를 으쓱여지게 만들었다.

'자식, 넌 나 같은 형을 만난 걸 평생 감사해야 해. 그러니 잘 살아야 돼.'

작가 후기

이 글을 완성하기까지 1년이라는 시간이 흘렀네요.

처음에 야심차게 시작했던 것과 달리 마무리하는 데 시간이 오래 걸려 면목이 없어요. 생각지도 않게 일을 시작하게 되었고, 일을 하면서 글을 쓴다는 게 쉽지 않다는 것을 온몸으로 체험하게 해 준 글입니다.

상처를 입고 자꾸 안으로 숨으려 하는 세강과 그에게 유일한 희망인 시현이 우연한 만남으로 인해 서로를 가슴에 담아 가는 과정을 잔잔하게 풀어 가고 싶었는데 잘 되었는지 모르겠네요.

마감 약속을 여러 번 어겼음에도 인내심을 갖고 기다려 주신 이은정 편집자님, 첫 작업을 이런 식으로 해서 정말 미안하게 생각해요. 다음엔 힘들게 하지 않을 거라는 약속을 감히 드려 봅니다.

다음으로 우리 서재 작가들과 독자님들.

언제나 사랑합니다. 늘 조언과 타박을 아끼지 않는 님들이 있어 오늘도 힘을 낼 수 있었어요.

그리고 같은 사무실에 근무하는 양숙 언니와 정수 양. 땡큐 베리 감사여~

근무시간 중에 조금이라도 게으름을 보일라치면 차라리 글을 쓰라고 잔소리를 해 준 덕분에 가까스로 마감을 할 수 있었네요.

많은 분들의 관심과 애정 덕분에 저는 오늘도 힘이 납니다.

꼭 안아 주세요

1판 1쇄 찍음 2015년 6월 10일
1판 1쇄 펴냄 2015년 6월 16일

지은이 | 김효원
펴낸이 | 정 필
펴낸곳 | **(주)뿔미디어**

편집장 | 이재권
기획 · 편집 | 이은정

출판등록 | 2002년 9월 11일 (제1081-1-132호)
주소 | 경기도 부천시 원미구 소향로 17, 303(두성프라자)
전화 | 032)651-6513 / 팩스 032)651-6094
E-mail | scarlets2012@hanmail.net
블로그 | http://blog.naver.com/dahyangs
홈페이지 | http://bbulmedia.com

값 9,000원

ISBN 979-11-315-6507-0 03810

※파본은 구입하신 서점에서 교환하여 드립니다.

Scarlet
스칼렛
www.bbulmedia.com

Scarlet
스칼렛
www.bbulmedia.com